나무 남자

[작가의 말]

떨켜를 만드는 시간에 초대합니다

모든 떨켜는 생존과 성장을 위해 마련된 안전장치입니다.

가을이 오면 잎으로 가는 영양을 차단해, 낙엽을 떨어뜨리며 혹독한 겨울을 준비하는 식물의 떨켜, 몸이 자라면 벗어야만 살 수 있는 허물이 뱀의 떨켜라면, 사람에게도 떨켜가 있습니다. 저절로 빠지는 머리카락, 소리 없이 떨어져 방바닥을 더럽히는 살비듬, 잘라내야 무사한 손톱, 발톱이 있습니다. 그뿐이 아닙니다. 독하게 마음먹고 끊어내야 하는 수다한 인연도 있습니다.

이번 소설집에는 13편의 떨켜가 실립니다.

가족 가스라이팅으로 장착된, 고독한 불신과의 떨켜-「나무 남자」
죽을 때까지 참아야 하는, 담배와의 떨켜-「너를 참는다」
몽골에서 가져온, 몹시 특별한 느낌과의 떨켜-「흐미」

말기암 환자의, 열아홉 망나니 시절과의 떨켜-「말승냥이 시절」
15년을 동거동락한, 노견과의 떨켜-「150그램」
가정폭력으로 말미암은, 오래된 슬픔과의 떨켜-「하리라 스프」
감정아이를 가졌던, 첫사랑과의 떨켜-「허벅지를 퇴고하다」
식물성 텔레마케터의, 학습된 친절과의 떨켜-「코를 걸다」
우아한 여자가 치마폭에 숨긴, 똥판지와의 떨켜-「원피스가 운다」
조용한 반전의, 기생충과의 떨켜-「이를 박멸하는 최고의 방법」
소씨 노인이 머물던 섬에서 불려나온, 오랑캐와의 떨켜-「소야도 야화」
가족 미투를 공통분모로 가진, 두 여자의 떨켜-「해시태그」
효자 아들이 빠진 딜레마, 아득한 절망과의 떨켜-「혼돈을 빚다」

이상 13편의 소설과 13인의 독법을 함께 묶어 냅니다.

버려야 할 때 버리지 않으면 내가 스러집니다. 살기 위해 끊어내야 하는 괴로움, 아쉬움, 죄의식 등을 13첩 반상으로 차려냅니다. 쓰고 짜고 달고 시고 매운 맛으로 오감을 즐기면서, 나의 떨켜를 발견하는 시간이 되면 참 좋겠습니다.

2024 한여름.
김진초

나무 남자

차례

작가의 말　4

나무 남자　10
너를 참는다　34
흐미　60
말승냥이 시절　84
150그램　110
하리라 스프　136
허벅지를 퇴고하다　162
코를 걸다　190
원피스가 운다　214
이를 박멸하는 최고의 방법　244
소야도 야화　270
해시태그　296
혼돈을 빚다　322

13편의 소설, 13인의 독법

이근복　348
한유민　354
구지영　357
이점석　360
정현정　363
최지혜　367
이은종　371
윤재호　374
김현진　378
박형익　382
송윤정　385
이한모　389
이성률　394

나무 남자

나무 남자

 분명 내가 끊었다고 생각했는데 혹시 네가 끊은 거였나?
 전화도 문자메시지도 먹통이다. 무슨 일인지 나는 알 수가 없고 따로 알아낼 방법도 없다. 네가 보내준 사진들, 주고받은 대화들 그 모든 게 다 가짜였나? 그럼 너한테 빌려준 돈은 어떻게 되는 거지. 가슴이 벌벌 떨린다.
 네가 보내준 카톡 사진을 열어본다.
 나무들은 가짜가 아닐 것이다, 설사 네가 심은 나무가 아니라 해도. 은행나무 숲을 확대하며 여기가 진짜 베트남인가 살펴본다. 내겐 베트남에 대한 정보가 별로 없다. 전통의상인 백색 아오자이와 원뿔처럼 생긴 모자 농라를 찾아본다. 눈에 띄지 않는다. 그럼 여긴 어딜까. 혹시 네가 한국에 있는 건 아닐까? 별별 생각이 다 든다. 숙제 다 마친 이모가 왜 불안해 보이냐며 무슨 일이냐고 조카가 자꾸 캐묻는다.

"별거 아니야."

조카는 내 말을 믿지 않는 눈치다. 제발이지 나도 별거 아니었으면 좋겠다.

너를 처음 만난 곳은 월미도 어느 나무 밑이었다.

눈에 띄게 외로운 모습으로 기다랗게 홀로 우뚝 서 있던 나무. 잔가지 하나 없이 미끈하게 훌쩍 솟구친 나무 꼭대기엔 그다지 무성하달 것 없는 가지들이 소담스레 아니, 마치 기도라도 드리듯 하늘을 향해 손을 모은 자세로 서 있었다. 둥치의 굵기로 보아 제법 나이배기인 그 나무는 어쩐지 제자리가 아닌 곳에 놓인 오브제처럼 생뚱맞아 보이기도 했다.

버스 종점에서 월미산으로 향하는 길이었다. 그 기다란 나무에 이끌려 나도 모르게 그쪽으로 갔다. 아직 이파리가 나오지 않아 소속을 알 수 없는 나무였다. 이파리가 있다 해도 모를 가능성이 농후하지만 나는 일단 이파리 핑계를 대며 그 나무에 다가갔다. 생김새가 특이해서 다가갔는데 세로로 쭉쭉 갈라진 수피의 골이 너무 깊었다. 식물이라기보다 파충류 등짝 같았다. 얼마나 오래 살면 수피의 골이 이렇게 깊어질까. 어쩐지 경건한 마음이 되어 나무 둥치를 조심스레 쓰다듬었다.

가끔 식물에서 동물을 발견하곤 한다.

여름날 칡넝쿨이 막무가내 길가로 뻗어 나오는 모습이나, 호박 덩굴손이 허공에 길게 손을 뻗치고 잡을 곳을 찾아 더듬대는 모습에서 동물적인 욕망을 본다. 오래된 메타쉐콰이어 밑동을 보면 코모도도마뱀 발가락이 연상된다. 그럴 땐 나도 모르게 주춤, 뒤로 물러난다.

수령이 퍽 된 것 같은데 무슨 나무일까.

해마다 자라면서 수피가 터져 깊어진 골에 나무의 나이가 들어 있을 터이다. 일단 수피의 깊이에 경도된 나는 그것을 저장하고 싶어 폰카를 찍기로 했다. 밑에서 올려다보며 찍으면 좋겠지. 은회색 수피가 주인공이니까, 주인공을 클로즈업해야지. 밑동에 바짝 붙어 위를 향해 두세 컷 찍을 즈음이었다.

"무슨 나무인지는 알고 찍으시는 겁니까?

딱 미루나무처럼 기다란 네가 호감인 듯 시비인 듯 모호한 질문을 하며 다가왔다.

"모르면 사진도 못 찍나요?"

그 나무는 바로 미루나무였다. 미국에서 들어온 버드나무라서 미류나무로 불리기도 하는.

"사실 이 나무가 제 나무거든요."

너는 계속 말도 안 되는 소리를 했다. 별명이 미루나무라는 너, 너는 내가 제일 싫어하는 복장인 아웃도어를 입고 건들거렸다. 눈코입이 큰 서구적인 얼굴에 키까지 큰 네가 튀는 인물을 감추려 일부러 옷을 아무렇게나 입은 건 아닐까? 터무니없는 의심이 스멀스멀 올라왔다. 하지만 그렇거나 말거나 나와는 상관없는 일이었다.

모처럼 내게 보상하기 위해 나선 길이었다.

너무 오래 걸린 길이었다. 집 장만이라는 과제에 집중하다 좋은 시절 다 보냈다. 후진이 안 되는 인생인 줄 모르고 그만 젊음을 갈아 넣고 말았다. 한 고개 넘으면 그보다 더 큰 고개가 기다린다는 걸 빤히 알면서도 한 가지 목표에 심취하면 다른 걸 못 본다. 이제 와 후회해도 소용없지만 아무튼 한눈 한 번 안 팔고 미련곰탱이처럼 걸어왔다. 아무리 걸어도 걸은 만큼 길이 뒤로 물러나는 기이한 현상에 가끔은 좌절했지만 포기하지 않고 꾸역꾸역 왔다. 온 길이 아까워서라도 끝까지 가야 했다. 네가 이기나 내가 이기나 해보자는 심정으로 여기까지 왔다.

길은 끝나는 법이 없다.

길은 길로 열리면서 가지를 친다. 점점 늦어지는 집 장만에 오기가 생기면서 목표를 수정했다. 좀 이상한 셈법이지만 잘했다고 생각한다. 이렇게 힘든 집 장만 내 생전에 두 번은 못 하겠지? 평생 한 번인데 작은 평수는 옳지 않아. 단 한 번이란 허영 때문에 집 장만은 더욱더 늦어질 수밖에 없었다.

어쨌든 고생 끝에 성적표를 받았다. 마침내 삼십 평대 아파트를 분양받아 꿈을 이룬 것이다. 막상 입주하니 허무했다. 겨우 이걸 위해 인생을 탕진했나?

  그래도 나를 칭찬하고 위로하는 절차는 거쳐야 했다. 이제 그만 독기 빼고 말랑말랑 살자. 앙가슴 단추 느슨하게 풀어놓고 여유를 즐기자고 나선 길. 너의 등장으로 정신이 번쩍 들었다. 공든 탑은 순식간에 무너지기 마련이고, 좋은 일엔 나쁜 일이 업혀 오는 법이다. 동티가 나면 큰일이다. 실없이 다가오는 네가 위험했다. 엄중히 경계해야 했다.

  "그러시군요. 주인장 허락도 안 받고 실례 많았습니다."

  더럭 겁이 나서 일단 내빼기로 했다. 네가 난처한 얼굴로 그게 아니라 어쩌고저쩌고 하는 소리를 귓등으로 흘리며 꽁지가 빠져라 달아났다.

  너를 다시 만난 곳도 월미도다.

  가볍게 일상을 환기시키기 좋아 월미도를 종종 찾는 편이다. 운동이 필요하면 월미산 둘레길을 걷고, 잠시 머리를 식히려면 문화의 거리를 걸으며 바닷바람 쐬는 게 딱이다. 유람선을 따라가며 야아야아야아, 관객을 부르는 갈매기들의 자유로운 공연을 보면 저절로 미소가 비어진다.

  그럴 땐 얼마 만에 웃는지 짚어보게 된다.

  요샌 개그 프로도 흥미를 잃어 잘 보지 않는다. 예전에 '개그콘서트'는 본방을 사수하며 일주일에 한 번은 배꼽이 빠지도록 웃었는데 그 시절이 그립다. 월미도에서는 갈매기뿐 아니라 가족과 함께 나온 아이들 모습도 미소를 깨물게 한다. 아이들의 대화나 동작이 어여쁘고 신기해 입꼬리가 자동으로 올라간다. 나와 하등 상관없는 아이들인데 화초처럼 고웁다. 싱글맘이 된 동생이 제대로 된 남자를 만나 시집갈 때, 선뜻 조카를 맡아 키운 것도 아기한테 반해서다.

나는 한 번도 훼손된 적 없는 원형 그대로의 처녀다.

처녀가 조카를 키운다는데 엄마는 역시 언니는 언니라며 등을 두드리며 흐뭇해했다. 동생은 눈물바람을 하며 꼭 은혜를 갚겠노라 다짐했다. 조카는 아직도 나와 함께 살고 있다. 내 주변의 누구도 내가 결혼하는 걸 원치 않는다. 꼭이 그 때문은 아니지만 난 때를 놓쳤다. 때를 놓치자 시나브로 관심도 증발했다. 조카를 잘 키우고 집 장만을 하는 것만이 내 삶의 목표였다. 거기만 집중하고 사는 것도 버거웠다. 딴생각할 겨를이 없었다. 신축 아파트로 이사하면서 나는 안방을 쓰고 나머지 두 개의 방은 조카가 쓴다. 조카가 행복하니 나도 행복하다. 조카가 결혼해도 함께 살 생각이다. 조카도 으레 그러려니 한다. 괜찮다. 아니 좋다. 지금이 내 인생에서 가장 만족도가 높고 편안한 시절이다. 요즘 나는 세상 누구도 부럽지 않다.

초여름 햇살이 뜨거워 양산을 쓰고 걸었다. 월미구장 근처 무장애길이 시작되는 곳이었다. 여자들 몇이 나무 밑에서 웅성거리고 있었다. 뭐지? 여자들 시선을 따라가니 나무 위에 노란 꽃들이 질서정연하게 피어 있었다. 여자들은 노란 찻잔이 피었다며 연신 폰 카를 눌러댔다. 여자들 말마따나 노란 찻잔이 하늘을 향해 가지런 했다. 꽃들이 일제히 하늘을 향해 있어 정작 꽃의 얼굴은 볼 수 없었다. 줌을 당겨 찍어도 얼굴이 보이지 않는 꽃이었다.

"어이쿠, 이렇게 또 만났군요."

거기서 너를 또 만날 줄은 몰랐다. 네가 내 휴대폰을 거의 빼앗 듯 해서 꽃을 찍어줬다. 미루나무처럼 큰 너는 비교적 아래쪽에 핀 꽃을 찾아 선명하게 꽃의 얼굴을 잡았다.

"원래 이렇게 일방적이세요?"

"그건 아니죠. 저도 취향이란 게 있는데."

그 나무는 목백합이었다. 꽃이 튤립 모양이라 튤립나무라고도 하고. 너는 나무에 대해 상당히 해박했다. 뭐하는 사람일까? 호기심이 일었지만 머리를 흔들어 정신을 정돈했다.

"유감스럽게도 제 취향은 아니군요."

나는 또 너를 따돌리고 돌아섰다. 어쩌면 네가 헷갈렸을지도 모르겠다. 내 취향이 아닌 게 목백합인지 넌지……. 여전히 아웃도어를 입은 너. 어쩌면 옷이 그것밖에 없을지도 모른다 싶자 다시 겁이 부풀었다. 무서운 세상이다. 저이가 나를 찍었다면 어쩌지?

"혹시 다음에 또 만나면 우리 사귀는 겁니다."

애들 같은 너의 말이 아주 싫지는 않았는지 가슴이 일렁거렸다. 당황스러웠다. 경직된 얼굴로 바람을 일으키며 돌아섰다. 혹시 내게서 냄새가 나나? 집 가진 여자의 냄새가 나서 네가 들이대는 건 아닐까, 정말이지 말도 안 되는 상상을 했다. 그만큼 두려웠던 거다. 사실은 네게서 냄새가 났던 거다. 그걸 내가 직관적으로 알아챘던 거다. 잘 알지도 못하는 네가 평생 걸려 마련한 내 집에서 나를 쫓아낼지도 모른다는 불길함이 올라왔던 거다.

광에서 인심 난다고 집 장만이라는 숙제가 해결되자 형편이 좋아진 다음으로 미루었던 여가 즐기기가 주머니 속의 송곳처럼 튀어나왔다. 해서, 여기저기 돌아다니며 멍때리는 시간을 즐기는 중이었다.

교동도 대룡시장에서는 60년대 풍경을 만났다. 좁은 골목 여기저기 붙은 옛날 영화 포스터와 표어들이 과거를 붙들고 있었다. 방앗간, 이발관, 약방, 신발가게 등은 거의 옛 모습 그대로였다. 좁다란 시장 골목만큼이나 작은 가게들, 허리를 숙이고 들어가야 할 만큼 낮은 천장과 비좁은 가게엔 비치한 물건도 몇 가지 없었다. 허물어져 가는 슬레이트 지붕 처마에는 제비집이 몇 개씩 잇대어 지어져 있었다. 마치 옛날 영화 세트장처럼 현실감이 느껴지지 않는 장소였다. 거기 전통 쌍화차 맛집이 있다고 해서 찾아갔다. 옛날식 다방이었다.

엄마가 마신 쌍화차 맛을 볼 수 있을까?

아빠를 처음 만났을 때 묻지도 않고 시켜준 쌍화차를 마시다가 너무 뜨거워 목구멍을 데었다는 엄마. 그래도 그 쌍화차 덕분에 배가 불러 재건 데이트를 몇 시간이나 했다는 엄마. 그 추억이 뭐 그리 재밌다고 계속 재방송하던 엄마. 엄마는 그만큼 추억거리가 없는 거였다. 제대로 된 사랑을 받아보지 못한 엄마가 간신히 건져 올린 쌍화차의 추억 때문에 나는 엄마가 내게 무슨 서운한 말을 해도 넘어간다. 일찍 죽은 아빠 대신 다 받아준다. 세상에 진짜 낭만적인 사랑이 있긴 할까? 혹시 다 판타지 아닐까? 없기 때문에 만들어낸 꿈의 판타지.

물어물어 찾아간 궁전다방은 사방에 포스트잇이 겹겹이 붙어 벽이 보이지 않았다. 사방 벽으로 모자라 천장에서 내려온 사연들이 주렴처럼 매달려 흔들거렸다. 사랑을 약속하거나 누군가를 그리워하거나 오늘의 감상을 적어서 붙여놓은 사람들……. 다들 얘기가 하고 싶은 거다. 불특정 다수에게 자기 마음을 들려주고 싶은 거다. 이건 메아리를 기대하지 않는 자기 폭로다. 자기 폭로? 마음이 동했다. 나도 포스트잇을 한 장 가져와 나를 폭로하려 붓방아를 찧었다. 쓸 게 많을 줄 알았는데, 막상 쓰려하자 건드린 더듬이처럼 생각이 쏙 들어갔다. 잠시 망설이다가 아무렇게나 썼다.

쌍화차는 둘이 마시는 차겠지요? ㅎㅎ

둘 쌍雙에 조화로울 화和, 쌍화차는 음양의 조화로 몸을 이롭게 하는 차다. 음양의 조화를 모르는 나는 물이 많아 몸이 차갑다. 잘 체하고 여름에도 춥다. 둘이 마시면 더 좋겠지만 혼자 마셔도 이로운 차를 천천히 마셨다.

청란이 들어가 걸쭉한데다가 견과류가 푸짐해 스푼으로 떠먹어야 하는 쌍화차는 생각보다 고소하고 떠먹는 재미가 있었다. 죄책감 없이 마실 수 있는 차, 몸에 좋은 차였다. 다방 자리가 옛날엔 면사무소였다며 주인 여자가 자랑스레 말했다. 우리나라 최초의 향교가 있는 섬, 연산군 위리안치가 있는 섬, 주민의 8할이 농민으로 광활한 평야가 자랑인 섬이 바로 교동도라며 이왕 온 김에 신기한 은행나무도 보고 가라고 권했다. 덕분에 생각지도 못한 곳까지 갔다. 나무 애호가라고까지는 할 수 없지만, 특이한 나무를 만나면 한 번 쳐다보게 되고 만져보게 되고 좀 더 마음이 가면 폰카에 담아두는 나이기에 마음이 동했다.

마을 한가운데 자리한 무학리 은행나무는 수령이 9백 년 이상으로 추정되는 노거수였다. 천년이 넘었다는 용문사 은행나무에 비해 체구가 너무 작아 의아했는데 아픈 사연이 담겨 있었다. 고려 중엽 마을에 화재가 발생하면서 뉘 집 뒤뜰에 있던 은행나무가 함께 타버렸다. 한데 이듬해 봄 시커먼 숯덩이 같은 그루터기에서 기적처럼 새싹이 움터 자라기 시작했다. 그것만도 놀라운데 더 놀라운 얘기가 이어졌다. 암수딴그루인 은행나무가 수나무 없이도 열매를 맺는다는 사실이다. 바다 건너 황해도 연백의 수나무 꽃가루가 바람을 타고 날아와 기적처럼 수정이 이루어진다고.

분단으로 사람은 오고 가지 못해도 새는 자유롭게 왕래하고, 나무도 바람을 타고 교접하여 종족 번식을 한다. 한 발짝도 떼지 못

하는 나무, 평생을 그 자리에 붙박여 사는 나무는 곁에 짝이 없으면 바람이 도와준다. 그게 자연의 섭리다. 결국 만물의 영장이라며 잘난 척하는 인간만 제 발로 마음껏 돌아다니고 수많은 짝을 스치면서도 짝이 없다고 아우성이다.

그나저나 은행나무도 꽃이 핀다고? 금시초문이다. 손바닥 안의 선생님 휴대폰한테 물어볼밖에.

은행나무꽃은 암수가 다르게 생겼다고 한다. 수나무 꽃은 연두색 오디처럼 생겼다. 암나무 꽃은 T자형으로 생겼는데 크기가 작고 새순 밑에 숨어 있어 웬만해선 발견하기 어렵다. 그러고 보니 4월 중순쯤 비 오고 난 뒤 은행나무 가로수 아래 무더기로 떨어진 수꽃들은 많이 보았다. 다만 그것이 은행나무 수꽃인 줄 몰랐을 뿐이다.

은행나무는 장수하는 수종이라 그런지 성체가 되는 데 오래 걸린다. 수정을 이루어 열매를 맺는 어른나무가 되기까지 30년은 좋이 걸린다니 종족 번식이 어렵겠다. 가을이면 가로수 낙과 냄새 때문에 골머리를 앓아, 수나무만 심고 싶어도 꽃을 피우기 전까진 암수를 구분할 수 없어 애로사항이 많다는 기사를 읽은 기억이 난다. 아무튼 성체가 될 때까지 성별을 감추고 성장하는 은행나무가 신기하긴 하다.

생태계의 96%를 날려버린 고생대 페름기를 지나온 은행나무는 식물계의 살아있는 화석이다. 그런데 우리에겐 가로수로 흔한 은행나무가 멸종위기종이란다. 씨앗이 커서 바람에 날아가지도 새들이 먹지도 못해서다. 그 옛날 공룡시대엔 매개 동물이 있었지만 이젠 사람의 도움 없인 번식도 불가능한 처지다. 결국 은행나무한텐 사람만이 매개 동물로 남았다.

게다가 유독성 열매다.

기관지에 좋은 은행이지만 많이 먹으면 독성이 있어 몸에 해롭다. 성인도 하루 열 알 이상 먹으면 안 된다. 웬만한 건 다 먹어치우는 미생물이나 곰팡이조차도 은행은 잘 안 먹는다니 알아볼 조다. 누군가의 양식이 되어야 비로소 번식하는데, 일부는 소화되고 일부는 배설하면서 영역을 넓혀 종족 보존을 해야 하는데, 은행나무는 먹히지 못해 멸종으로 간다. 다 먹혀도 멸종되지만 안 먹혀도 멸종된다니 생태계에도 중용의 법칙이 작용하는가 보다.

뭐니뭐니해도 은행나무는 맹아력의 제왕이다.

뿌리를 제거하고 줄기만 남은 상태에서도 몇 년은 거뜬히 잎이 돋아난다. 명승지마다 고승이 꽂아두고 간 지팡이에 싹이 나 고목이 된 은행나무가 심심치 않게 등장하는 것도 이런 연유일 것이다. 심지어 히로시마 원폭 투하 폭심지에서 2km 안에 있던 은행나무가 아직까지 살아남았다고 한다. 이렇게 천하무적이니 가로수로 적격일밖에. 어쩌면 매개 동물이 사라지면서 맹아력을 키워 스스로 살아남는 길을 택했는지도 모르겠다. 만일 인류가 멸종하면 함께 멸종할 생물 1순위가 은행나무라는 대목에서는 어쩐지 동지애까지 느껴진다.

 무학리 은행나무는 불타 죽은 자리에서 다시 돋아난 맹아목이다. 끊어졌다 이어진 목숨이다. 부활한 목숨이 밭 가운데 서서 9백 년을 살고 있다. 해마다 가을이면 발등에 열매를 떨어뜨리면서 번식을 기도하지만 주변 어디에도 은행나무는 없다. 할머니 나무 혼자 기나긴 목숨을 건사한다. 동네 사람 중 누구도 할머니 나무에게 젊은 수나무를 선사할 의사가 없었나 보다. 그래도 가을이면 은행알은 알뜰히 수확하겠지. 참 인색한 사람들이다. 9백 년이나 인색한 사람들이다.

 "어? 이제 우리 어쩔 수 없이 사귀어야겠군요"
 네가 다가오며 싱긋이 웃었다. 장수동 은행나무 앞이었다. 4월이 기울 즈음, 8백 년이 넘었다는 은행나무를 찾아갔다. 8백 년 노거수의 꽃은 어떤지 궁금해서였다. 인천대공원 근처라 그런지 사람들이 들끓었다. 마치 소크라테스를 따라다니며 한 말씀 듣는 무리처럼 사람들이 은행나무를 에워싸고 있었다. 은행나무 밑에서 무슨 공연을 하는 중이었다. 나는 은행나무 가까이 다가가 늘어진 줄기를 유심히 바라보았다. 놀라워라. 통통하게 살진 수꽃이 줄줄이 달려 있었다. 버드나무처럼 낭창거리는 가지들이 마치 연둣빛 폭포를 연상시켰다. 마음껏 자란 그 나무는 어디도 훼손되지 않은 모습으로 위용을 자랑했다.

전복은 오래되면 녹아버리고 홍합은 오래되면 쫄아버린다는데, 팔백을 넘어 천년을 향해 가는 장수동 은행나무는, 찢어진 겨드랑이에 스테인리스 부목을 대고 눈부신 봄 햇살 아래서 아이처럼 까르르 웃고 있었다. 천수관음보살처럼 늘어뜨린 가지마다, 젖은 바가지에 깨 달라붙듯 다닥다닥 매단 생명이 연둣빛으로 쏟아져 내리는 봄날, 나뭇잎 폭포수 앞에서 무릉도원을 느끼며 아찔한 현기증까지 느낄 때, 네가 나타났던 거다.

처음 만났을 때로부터 일 년이 좀 지난 시점이었다. 세 번을 우연히 만나면서 어쩌자고 매번 나무 앞에서만 만나는지 그것도 참 희한한 일이었다.

"혹시 형사예요?"

네가 어깨를 들고 고개를 갸웃거렸다. 이상하게 네겐 말이 막 나갔다. 너의 그 무식한 복장 때문인지, 너의 그 츤데레 같은 관심 때문인지, 줄잡아 나보다 서너 살은 어릴 것 같은 모습 때문인지 알 수 없지만 아무튼 평소의 나답지 않게 말이 막 나갔다.

"위치 추적당하는 것 같아서요."

네가 큰소리로 웃었다. 아, 하하하 웃는 사람이구나. 네 웃음소리로 인해 경계심이 약간 풀어졌다. 너처럼 하하하 크게 웃는 사람은 명랑하고 호탕하며 거리낌 없이 건강한 사람이다. 요즘은 MBTI가 유행이지만 웃음소리로도 사람을 알 수 있다.

"지금 내 통장은 텅장이지만 내 통장은 매일매일 자라고 있습니다."

"누가 물어봤어요?"

"물어봤잖아요. 눈빛으로."

너는 나무를 많이 심었다고 했다. 은행을 열 가마나 심었다고 했다. 그 어마어마한 양을 어디다 심었냐고 물으니 베트남 북부 중국 접경지역이라고 했다. 네가 지갑에서 사진을 꺼내 보여줬다. 비탈진 넓은 땅에 사람들이 일렬횡대로 서서 은행알을 파종하는 사진, 너른 땅에 군데군데 은행이 싹을 틔우고 나온 사진, 그다음은 사람 키만큼 자란 나무들 사진이었다. 그것을 보여주는 너의 표정은 자식 자랑하는 아빠 같았다. 마지막 사진이 벌써 5년 전이라고 말하는 네 목소리에 안타까움이 잔뜩 묻어났다.

"지금은 내가 우스워 보여도 이 나무들이 열매를 맺으면 끝장나는 겁니다."

문제는 네가 나무를 심어놓고 이젠 밑천이 떨어져 오도 가도 못한다는 사실이었다. 나무들이 보고 싶어 죽겠는데 이젠 여비도 없어 못 간다며 엄살을 떠는 너. 왜 내 앞에서 저러지? 누가 물어봤어? 물어봤냐고? 마음이 불편한 나는 뭘 어떻게 도와줘야 하나 궁리하다 이게 아니지, 정신을 차렸다. 공감 능력이 뛰어난 내 성정은 늘 위험하다. 내 인생은 남보다 내가 더 문제다. 앞서가는 내가 문제다. 부탁도 하기 전에 먼저 손을 내미는 내가 문제다.

"인간은 미래에 중독된 종족이라죠. 그 대가는 불안이고. 제가 딱 그렇습니다."

나무를 심고 기다리는 너. 미래에 중독된 종족이라고 자평하는 너. 응원이 필요한 시점이라 말을 골라 했다.

"길을 떠나지 않으면 길 잃을 일도 없는데, 지금 길을 잃은 거잖아요. 잘 사시는 중인데요 뭘."

"사실 이게 다 조바심이고 노파심이죠. 가보지 않는다고 잘 자라던 나무가 성장을 멈추진 않을 텐데 미친놈처럼 이러고 있습니다. 하하하."

너의 하하하에 나는 기어이 넘어갔다. 새삼스러운 일도 아니다.

넌 신불자였다. 은행을 심느라 몇 군데 투자를 받고 갚지 않아 그렇게 됐다는 너의 말을 나는 의심하지 않았다. 백만 평의 땅을 임대하고 사람을 사서 파종하고 어쩌고 하면서 십억 넘게 베트남에 들이부었다는 너와 연거푸 몇 번 만나면서 나는 아파트를 담보로 대출을 받았다. 뭔가에 쓴 시간이었다. 역시나 네가 부탁하지도 않았는데 내가 자발적으로 그리했다. 내가 보기에 너는 사기꾼일 수 없는 남자였다. 사기꾼은 너처럼 시원찮은 모습이 아니다. 잘 나가는 사람으로 포장해 깐밤처럼 맨질맨질 세련된 모습으로 사람을 홀린다. 너처럼 촌스럽고 서툴고 진지하지 않다. 내가 네게 돈을 보낸 날 너는 나를 찾아와 한 번 안아봐도 되냐고 물었다. 나는 고개를 저었지만 이미 네 품에 들어가 있었다. 내 가슴도 뛰었지만 네 가슴은 더 무섭게 뛰었다. 나는 항복하듯 손을 든 자세로 네게 안겨 있었다. 너를 밀어내려다 그렇게 안겨버리고 말았다.

키가 작은 내 손은 네 가슴을 짚고 있었다.

"잠깐만, 잠깐만 가만히 있어줘요. 부탁이에요."

네가 나를 당겨 안으며 간절하게 부탁했다. 그리곤 말했다.

"이런 포옹 내 인생에 딱 두 번째예요."

참 답이 없는 너였다. 그런 말을 굳이 왜 하는지. 이미 안겨버린 나는 어쩌라고.

"첫 번째는요?"

"청량리 588에서요."

나도 588은 안다. 하필이면 거기서 왜?

전농동에 살던 너는 호기심에 588번지 골목을 지나다녔다. 그날도 친구와 함께 그 길을 지나가는데 한 여자한테 손을 붙들렸다. 그럴 때 동네사람이에요, 하면 바로 손을 놓고 보내주는데 그 여자는 안 그랬다. 학생, 나 한 번만 안아주세요, 하고는 대답도 듣지 않고 너를 안아버렸다. 불시에 당한 너는 저만치 친구가 기다리고 있어서 그만 풀고 싶은 동작을 취했다. 여자가 다시 입술을 달싹였다. 잠깐만 가만히 있어 주세요. 그다음은 기억이 나지 않는다고. 얼마나 안고 있었는지도 모른다고. 여자가 느끼는 안도감과 편안함이 네게도 전이돼 마음이 따뜻하게 녹아 흘렀다고. 세상에 다시 없는 포옹이었다고. 오늘에야 그런 포옹을 하는데 이번엔 입장이 바뀌었다고. 네가 안아달라는 입장이라고. 그 말을 듣고서야 나는 자세를 달리했다. 만세 자세를 풀고 네 허리께를 안았다. 네가 무릎을 낮추고 내려왔다.

"588 그 여자는 키가 컸어요?"

"아니요. 작았어요, 당신처럼."

두고두고 친구한테 588기둥서방이라고 놀림을 받았다는 너. 그래도 너는 기분이 좋았다고. 모르는 사람들이 나누는 온기, 잊을 수 없는 포옹의 흐름이 좋은 느낌으로 남아서 가슴에 새겨졌다고. 가끔 그 느낌이 그립기도 했지만 그녀를 찾아가지는 않았다고. 그날 이후 588의 호기심은 졸업했다고…….

"그땐 내가 나무 같았어요. 매미처럼 내게 매달려 뭔가 알 수 없는 얘기를 들려주는 것 같은 그 여자, 슬픈 눈을 한 그 여자가 힘을 얻고 부디 용기 내기를 바랐지요. 그 여자를 안고 있으면서 내 안의 좋은 기운은 모두 그 여자에게 흘려보냈어요."

그럼 이번엔 입장이 바뀌어서 내가 너니, 나도 내 안의 좋은 기운은 모두 너에게로? 에이 그건 아니지. 이미 네게로 간 담보대출만도 너무 과한데…….

며칠 소식이 없더니 카톡으로 베트남 사진이 들어왔다. 은행나무 사진이었다. 앞서 보았던 것보다 훨씬 덩치가 커진 나무들이 숲을 이루고 있었다. 네가 베트남으로 간 뒤부터 우리는 하루 한 번 카톡 통화를 했다.

"그런데 어쩌다가 은행을 그렇게 심은 거예요?"

"넌 뭐가 되고 싶어, 때문에 그렇게 됐어요."

어려서 너는 이다음에 커서 뭐가 되고 싶어, 라는 질문이 제일 골치 아팠다. 번번이 즉답을 못 했기 때문이다. 넌 아무것도 되고 싶지 않은 아이로 웃음거리가 됐다. 대통령이든 선생님이든 기관사든 길거리 엿장수든 아무거라도 대라고 윽박지르는 사람들을 향해 너의 입이 열렸다. 마침 그날이 식목일이라 너는 식목인이라 대답했고 다시 웃음거리가 됐다. 그리고는 식목인을 잊어버렸다. 미루나무란 별명을 얻은 뒤에도 식목인은 생각나지 않았다.

가구 디자인을 공부한 너는 가구공장을 했다. 부동산이 활황을 타면서 덩달아 가구업도 상승세라 제법 재미를 봤다. 너는 은행나무 책상을 주로 생산했다. 은행나무는 쉽게 변형되지만 복원력이 좋은 게 매력이다. 비자나무 다음으로 수복 능력이 뛰어난 소재다. 은행나무 상판은 연필로 눌러써도 들어갈 만큼 약하지만 일주일 정도면 원래대로 복원돼서 일상 속의 마술을 보는 듯 신기하다.

호사다마라고 한창 잘 나갈 때 공장에 화재가 났다. 공장은 재만 남았지만 인명피해가 없어 다행이었다. 경기가 좋아 욕심껏 쟁여뒀던 어마어마한 목재가 모두 연기로 사라졌다. 바로 그때 너는 잊었던 식목인을 기억해냈다. 돈은 벌어봤으니 이젠 나무를 심자. 태워 먹은 나무 벌충하려면 많이 심어야 한다. 어려서 네가 식목인이 되겠다고 한 것도, 은행나무 책상을 생산한 것도, 공장에 불이 난 것도, 은행을 열 가마나 심은 것도 다 예정된 것처럼 순서대로 흘러갔다면서 네가 물었다.

"그쪽은 이다음에 뭐가 되고 싶어요?"

"무슨 질문이 그래요? 지금 나 놀리는 거지요?"

"그럼 이렇게 말할게요. 그쪽은 늙어서 뭐가 되고 싶어요?"

아이들한테 이다음에 커서 뭐가 될 거냐고 묻는다면 어른한테는 이다음에 늙어서 뭐가 될 거냐고 묻는 게 맞긴 한데 답을 찾기는 더 어렵다. 이다음에 늙어서? 생각할수록 웃기는 질문이다. 그래도 아무거나 대답해야 한다. 네가 어려서 식목인을 생각해내듯이 나도 생각해내야만 했다.

"음……, 나는 이다음에 늙어서 놀고먹을 거예요. 남 생각 안 하고 나만 생각하고 살 거고요."

말을 하고 나니 너무 유치했다. 그래도 그게 솔직한 심정이었다. 나는 이 나이 되도록 해외여행 한 번 못 가 여권도 없다.

"여권이 없다고요?"

너는 진심 놀란 듯했다. 어서 여권을 만들어 놓으라고 성화를 댔다. 다음번에는 나도 함께 베트남에 가서 은행나무 숲도 보고 거기서 멀지 않은 하롱베이도 가자고 했다. 바다 위에 심어진 3천 개의 섬들이 얼마나 환상적인지 거기서 죽어도 좋겠다는 생각이 들 정도라고 했다. 가보지 않아 나는 모른다. 내가 키운 조카는 세계 각국을 누비며 배낭여행을 하지만 나더러 같이 가잔 소리는 한 번도 없었다. 그저 같이 살기만 바랄 뿐이다. 아무렇지도 않게 동행을 얘기하는 네게 작은 감동이 왔다. 대접받는 느낌이 들었다. 도대체 난 어떻게 산 걸까. 제대로 살긴 한 걸까. 빨간불이 들어왔다. 위험신호다. 혼자 사는 여자는 작은 호의에 쉽게 기울어진다. 한데 너의 제안이 정말 작은 호의일까? 경험이 없어 잘 모르겠다.

"청신호예요. 어쩌면 내년쯤 수확이 시작될 것 같아요."

전화기로 들려오는 네 목소리에 다시 정신이 번쩍 들었다. 너와는 왜 자꾸 정신을 놓았다가 차리길 반복하는지 모르겠다. 내가 알기로 은행을 수확하기까지 30년은 걸린다. 네가 거짓말을 하는 거다. 굳이 안 해도 되는데 왜 이런 거짓말을 하는 걸까. 너한테 실망한 내 목소리가 달라졌을 것이다. 나는 감정을 잘 숨기지 못한다. 왜 그런지 모르지만 너한테는 특히나.

"왜요? 내가 배신 때릴까봐요?"

그러든 말든 은행을 수확해 돈을 벌면 아파트 대출금 갚아서 나도 좋지 뭐. 불안할 일이 사라지니 얼마나 좋아.

"제발 배신 때릴 일이 생겼으면 좋겠네요."

"안 믿는 거예요? 왜요? 이거 정말 대단한 일이에요. 베트남에서도 난리지만 소문 듣고 한국에서 취재 나왔었는데······."

알 수 없는 불길함에 아니 거북함에 통화를 계속하기가 어려웠다. 네가 무슨 소리를 하는데 다 듣지 않고 그냥 끊어버렸다. 마치 연결 상태가 나빠서 끊어진 것처럼 가장했다. 뒤에 남은 여음이 비명 소리 같기도 했지만 신경 쓰지 않기로 했다.

그놈의 나무가 문제다.

미루나무부터 시작해 튤립나무를 거쳐 은행나무까지 모두. 은행을 심었다는 너를 믿고 너를 도왔다. 그게 진짜 도움인지 아닌지도 모른 채 혼자 취해서 마구 달려갔다. 1억을 벌려면 난 또 얼마나 땀을 흘려야 할까. 얼마나 더 늙어야 할까. 설렁설렁 놀러 다니며 멍때리던 호사도 이제 끝장이다. 그동안 집값이 뛰어 주택연금으로 살아도 되겠지만 빚이 있는 건 싫다. 온전히 내 집이어야 한다. 호텔 룸메이드로 다시 일할 생각을 하니 벌써부터 온몸이 뻐근하다.

나무의사 장 모 씨가 테러를 당해 하노이 병원에 실려 갔습니다. 칼로 복부를 두 번 찔렸지만 생명에는 지장이 없다고 합니다. 장 모 씨는 십오 년 전 베트남 사막지대 백만 평을 임대하고 실험적으로 은행을 파종해 성공을 점치는 와중에 사고를 당했습니다.

텔레비전에서 사건사고 소식을 전하는데 빨래를 개느라 보지 않고 듣기만 했다. 나무의사 장 모 씨를 말할 때만 해도 너일 줄은 상상도 못 했다. 백만 평 임대, 은행 파종까지 가서야 귀가 번쩍 띄었다. 네가 보내줬던 최근 은행나무 숲 사진이 텔레비전 화면을 스쳐갔다. 너와 연락이 두절되고 하도 들여다봐서 익숙한 사진이다. 누가 보는 것도 아닌데 무안해서 얼굴이 홧홧거린다.

그나저나 얼마나 다친 걸까? TV 앞으로 바짝 다가선다.

장 모 씨는 은행 매개 동물을 자청한 나무의사입니다. 가구공장을 하다 나무의사가 됐습니다. 은행나무가 성체가 되려면 15년에서 30년 걸리는데 성장 속도가 빨라 내년이면 첫 수확을 예견하는 가운데 당한 사고라 더욱 안타깝습니다. 범인은 현지인으로…….

성체가 되려면 30년이 걸리는 줄 알았는데 15년부터 시작이구나. 그것도 모르고 너를 의심했네. 그런데 나무의사라니, 그런 의사도 있나?
나무에 토양, 기후, 대기, 병충해로 인해 발생한 피해 원인을 조사하고 치료하는 전문가가 나무의사란다. 네가 의사구나. 나무의사구나. 네가 심은 은행나무는 거기가 어디든 안심해도 되겠다. 나무의사가 관리하니까.
그보다 나는 이제 늙어서 놀고먹어도 되겠네. 먼지 먹고 더럽게 힘든 호텔 룸메이드 안 해도 되겠네. 너만 털고 일어나면 베트남도 가볼 수 있겠네.
구청에 간다. 설레는 맘, 걱정스런 맘으로 난생처음 여권을 내러 간다. 내가 해외여행을 가면 처음으로 보는 게 젊은 은행나무일 것이다. 아직 한 번도 수정하지 않은 신삥 나무들. 은행나무만 신삥인가? 나도 신삥이다, 좀 구식이지만…….

너를 참는다

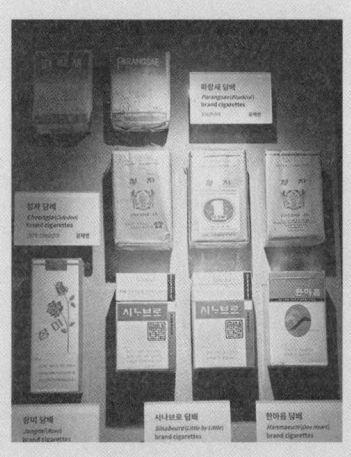

너를 참는다

오늘도 너를 참는다.

지금도 너를 참는다. 나는 너를 끊을 수 없다, 다만 참을 뿐이다. 너의 복원력은 탁월하다. 아무리 오랜만이라도 손에 대는 순간 팅기듯 제자리로 돌아간다. 오래전 한려수도에서 그걸 체험했다. 그러고도 작년 여름 몽골 유목민 게르에서 똑같은 실수를 반복했다. 건망증이 개입된 실수라 해도 그렇고 또 다른 이유라 해도 체면이 말씀이 아니긴 마찬가지다. 과정에서는 실수가 아닌 선택이라 괘념치 않았다. 악수라 해도 나의 선택이기에 나름 만족스러웠는데 결과적으로 포기하는 순간, 그러니까 다시금 너를 참기로 한 순간, 선택은 실수로 곤두박질치고 말았다. 살다 보면 본래의 뜻과 달리 결과에 따라 의미와 가치가 수정되는 일이 부지기수다.

때때로 실수는 위대하다.

실수로 탄생한 기네스 맥주, 굴 소스, 포스트잇은 말할 것도 없고, 사소한 말실수로 베를린 장벽을 무너뜨린 사건이 동서독 통일과 소련의 붕괴로 이어졌으니 실수계의 탑이라 해도 무방하겠다. 실수는 창의성의 창구다. 구태의연의 반대편에서 상상도 못할 신세계를 열어주고 안내한다. 실수는 곧 또 다른 세계이며 우주다. 실수가 단순히 실수로 끝나는 게 아니라 아무도 예상 못 한 의외의 결과로 세상에 기여하니 실수야말로 꼭 필요한 생활 패턴일지도 모르겠다. 오죽하면 실수조차 없는 인생보다 실수라도 하는 게 적극적인 인생이라 하겠는가.

남해 한려수도를 유람한 건 20여 년 전이다.

20년이면 건망증 핑계를 대도 무방하지 싶다. 그때 나를 충동질해 너를 입에 대게 한 이는 한려수도 유람선 선장이었다. 다부진 체격에 구레나룻을 멋들어지게 손질한 그 남자는 도발적인 말로 나를 자극했다.

"이 좋은 풍광에 누매는 어찌 주님만 모시는지요. 징글징글한 인생사 희로애락도 한 줄기 연기로 날려버려야 제격 아니겠습니까?"

아마도 그는 나를 친구들 성화에 모처럼 끌려 나온 참한 아낙으로 보았나 보다. 갑판에서 바다멍에 들어 캔맥주를 홀짝이는 내게 그가 먼저 말을 걸었다. 하긴 내가 입 다물고 가만히 있으면 누구보다 조신하고 우아해 보여 함부로 접근하기 어렵다고 한다. 선장이 보기에도 그랬나 보다.

그때 나는 금연 2년차에 접어들고 있었다.

자아가 실종되는 금단 터널을 독하게 통과해, 흔들리지 않고 나름 안전한 일상을 유지하는 중이었다. 그런 나를 선장은 담배라곤 일생 입에 대본 적 없는 천생여자로 여겼는지 여행지에서의 일탈을 부추겼다. 그때 내가 왜 그랬는지는 아직도 의문이다. 2년이나 무사히 지났으니 이제쯤은 한 대야 괜찮지 않을까? 나를 시험하고도 싶었고 어설픈 방심이기도 했다. 그동안 내가 얼마나 고생했는데? 어쩌다 한 번은 즐길 줄도 알아야지. 금연도 아마추어보다는 프로가 여유 있는 거 아니겠어? 내가 얼마나 든든한 백을 가진 애연가였는데?

할머니와 맞담배를 한 아이가 몇이나 있을까.

횟배를 앓는 내게 할머니는 담배를 가르쳤다. 할머니도 그렇게 횟배를 치료했다면서 엄마 몰래 담배를 가르쳤다. 아무도 몰래 할머니 방에서 담배를 피웠다. 기침을 해대면서 할머니의 응원을 받아가며 피웠다. 쓰고 매워서 싫다는 내게 할머니는 밀크캬라멜을 시상으로 걸었다. 고소하고 달콤한 밀크캬라멜 한 갑 받아먹는 재미에 나는 매운 담배 연기를 삼켰다. 할머니 감시하에 눈물콧물 범벅으로 삼켰다. 할머니 덕분에 담배 하나는 제대로 배웠다. 흡연 때문인지 학교에서 준 회충약 복용 때문인지 시나브로 횟배에서 해방됐다. 대신 흡연 지옥에 갇혔다.

여름날 오전엔 산도 담배를 피웠다.

산골짜기가 잔뜩 뱉어내 산봉우리로 흩어지는 아침 안개는 담배 연기와 똑 닮았다. 어린 시절 나는 산도 담배를 피운다고 믿었다. 할머니도 아버지도 산도 굴뚝도 다 피우는 담배를 엄마만 못 피운다고 생각했다. 겨울이면 시가껌을 입에 물고 후우우 후우우 입김을 내뿜으며 담배 피우는 흉내를 냈다. 그때는 해태에서 시가껌이 나왔는데, 딱 담배 모양의 껌이라 아이들이 그러고 놀았다. 그러다가 기어이 싸구려 담배에 입문한 것이다.

담배를 가르친 죄로 할머니는 어린 손녀가 요구할 때마다 고쟁이 안주머니에서 담배를 꺼내 지포라이터로 불을 붙여주었다. 지포라이터는 미군 부대 하우스 보이로 있는 뒷방 삼촌이 할머니한테 상납한 것이다. 사실은 할머니가 먼저 상납을 시작했다. 지포라이터에 눈독을 들인 할머니는 부침개고 인절미고 단술이고 만들 때마다 끊임없이 뒷방에 갖다 바쳤다. 할머니의 와이로가 라이터 때문임을 안 뒷방 삼촌은, 진작 말씀하시지 않고, 껄껄 웃으며 내놓았다. 그때부터 지포라이터는 할머니의 소중한 재산이 되었다.

"늙으나 젊으나 계집한텐 불이 있어야 하는 기라. 불씨가 시세 없어진 세상이지만 에나로 불이라도 지녀야 닫다가 필요할 때 요긴하게 쓰이느니라."

아닌 게 아니라 할머니의 지포라이터는 자주 요긴하게 사용됐다. 날이 궂어 성냥불을 그을 때마다 황이 문드러져 나갈 때, 모처럼 장죽 곰방대를 물고 추억에 잠길 때, 갑자기 들불을 놓을 때, 한밤중 마실에서 돌아올 때, 할머니는 고쟁이 안주머니에서 지포라이터를 꺼냈다. 누구든 어디서든 불이 필요할 땐 할머니를 쳐다봤다. 웬만한 바람엔 끄떡없고 일단 불을 켜면 뚜껑을 닫을 때까지 꺼질 줄 모르는 지포라이터다. 게다가 뚜껑을 열거나 닫을 때 딸깍 딸깍 기척을 낸다. 경쾌한 여닫힘 소리가 듣기 좋아 할머니 손에서 지포라이터를 빼앗아 자주 놀았다.

할머니와 나는 죽이 척척 맞았다.

누군가 할머니 방에 들어오는 기색이면 나는 재빨리 피우던 담배를 할머니한테 넘겼고 할머니는 당신 입으로 가져가 맛나게 빨았다. 할머니 방에서 담배를 피울 땐 언제나 완전범죄였다. 할머니 방은 내가 가장 편안하게 담배를 피울 수 있는 장소였다. 세상 어디에도 그처럼 안전한 흡연 장소는 없었다.

"여자가 담배 피고 살려면 갑갑시러울 텐데 개안켔나?"

"할머니도 평생 피웠잖아요?"

"내야 낭군을 잘 만나 새댁 때부터 맞담배질을 했으니 개안타만 늬 할아버지 같은 호인이 으데 흔하나?"

할머니 염려가 맞았다.

연애할 때는 맞담배를 즐기고 오히려 부추기던 남편이 결혼하자마자 태클을 걸었다. 2세 건강을 위해서도 그렇고 남의 눈도 있고 하니 삼가면 좋겠다고. 말이 삼가라는 거지 사실은 끊으라는 경고였다. 남의 눈이야 무시하면 그만이고, 2세 건강을 들먹이려면 자기도 함께 끊어야 정상이지 나만 끊어서 될 일인가? 결과적으로 우리는 담배 때문에 갈라섰다.

세상에 담배처럼 남녀 차별 심한 게 없다.

우리 할머니 빼고는 세상 사람 모두가 그랬다. 평생 싸구려 담배만 피우던 할머니는 구십 수를 누리고 이생을 하직했다. 돌아가실 때까지 누구보다 정신이 총명했고 잔병치레도 없었다. 끝까지 건강한 흡연 생활을 즐긴 할머니가 내겐 더없이 든든한 백이었다.

담배와도 예의가 필요하다.

백해무익한 데다 냄새나고 더러운 담배. 냄새야 그렇다 치고 정작 더러운 건 침이다. 왜 그런지 몰라도 담배를 피우면서 수시로 침을 뱉는 사람들이 있다. 주로 젊은 여자들이다. 담배로 얻는 위로를 생각한다면 무례하게 침을 뱉을 일이 아닌데 퉤퉤 침을 뱉어내다 제 발등에 떨어지는 참사도 벌어진다. 아무리 쭉쭉빵빵 멋쟁이라도 침을 뱉는 순간 매력 빵점이다. 예전에 업소에서도 흡연이 허용되던 시절, 테이블에 놓인 재떨이에 침을 가득 뱉어놓은 여자를 보았다. 침을 뱉을 바엔 차라리 피우지를 말지 그게 무슨 추탠가. 침 뱉는 흡연자는 같은 흡연자로서도 보기 싫고 불쾌하다. 더러움을 유발하는 사람으로 도매금으로 넘어가는 건 더더욱 싫다. 하지만 피할 방도도 없다, 담배를 끊지 않는 한.

나는 좋은 스승을 두었다.

할머니는 일체 침을 뱉지 않았다. 이따금 기침은 뱉을지언정 침은 뱉지 않았다. 나도 그랬다.

졸보처럼 굴면 안 돼.

그건 오랜 세월 담배와 키스를 즐긴 사람으로서 예의가 아니잖아. 나를 설득하면서 선장이 건네는 담배를 냉큼 입에 물자 어어? 하는 표정으로 선장이 라이터 불을 대줬다. 반갑게도 지포라이터였다. 할머니가 바짝 다가왔다 멀어졌다. 괜찮겠지? 할머니도 응원해주잖아.

선장은 내가 뻐끔담배를 피우려니 했나 보다. 능숙하게 가슴 저 깊이 쟁였다가 서서히 연기를 뱉어내자 선장이 뒤로 물러서면서 말했다.

"에나로 사람 얼굴 봐서 모르겠네요."

에나로? 그건 할머니 전용언데 이 사람 뭐지? 그렇구나 여긴 남해구나. 가슴에 쟁였던 연기를 길게 후욱 뱉으며 내가 말했다.

"제 얼굴이 어때서요?"

"어디로 봐도 이건 아니죠."

"아니고 기고 이젠 저도 키 한 번 잡아볼까요?"

일행 중에 호기심 많고 극성스런 친구가 키를 잡은 게 발단이었다. 그녀는 어디든 바다에만 나가면 선장을 홀려 잠깐이나마 키를 잡는 장면을 사진으로 남겼다. 키 잡은 사진 수집이 그녀의 취미이자 자랑이었다. 뱃사람들은 바다에 목숨을 저당 잡힌 처지라 바다에 나오면 백이면 백 모두가 담배를 빨지. 그러니까 담배 한 갑이면 키는 바로 넘어온다는 말씀이야. 오랜 경험에서 나온 친구의 말이었다. 그건 한국이건 외국이건 다 통했다. 언젠가 베트남 하롱베이에서도 유람선 키를 잡았다. 한국 담배 한 갑 건네는 것으로 간단히 성사됐다. 선장이 조타실 의자에서 일어나 한발 뒤로 물러서면 그 자리에 앉아 키를 잡고 순식간에 셔터를 눌러댄다.

오픈된 조타실 앞에서 피우던 담배를 비벼끄고 안으로 들어서려 하자 선장이 막아섰다.

"왜 난 안 되는 거죠?"

"아까 친구분은 안전한 곳이라 잠깐 키를 넘겨줬던 거고 여기는 암초가 많아 위험합니다."

선장은 반환점을 돌아올 때 안전한 곳에서 시도해 보라며 또다시 담배 한 대를 권했다.

"아까 보니까 세상 맛있게 피우시던데, 그런 분이 어째 동냥 담배를 태우십니까?"

"끊었어요. 근데 오늘 그쪽 때문에 망했네요."

"하이고 사악끼라. 그기 말이가 방구가?"

선장의 말이 짧아진 것도 아랑곳없이 나는 또 할머니가 떠올라 눈시울이 붉어졌다.

"와요? 내가 또 뭐 잘못했는교?"

당황한 선장의 목소리를 뒤로 하고 도망치듯 자리를 떴다. 내 할머니도 남해 사람이었다. '하이고 사악끼라'는 할머니가 자주 쓰던 감탄사였다. 좋은 뜻이 아님은 알았지만 정확한 뜻은 몰랐다. 사악끼라가 사악해라의 사투리려니 짐작했을 뿐. 할머니처럼 내게 담배를 권하는 선장, 할머니처럼 하이고 사악끼라,라고 말하는 선장, 할머니처럼 지포라이터를 지닌 선장, 조짐이 이상했다.

아무튼 한려수도 해상에서 담배를 입에 댄 뒤, 2년간의 금연은 물거품이 되었다. 다시 내통한 니코틴에서 헤어날 수 없었다. 전보다 오히려 더 탐닉했다. 그래서 두 번째 금연에 돌입하고는 굳게 다짐했다. 다시는 장난으로라도 입에 대지 않으리라고. 또다시 냄새를 피울 수는 없는 일이라고.

그랬는데, 그랬었는데, 똑같은 실수를 저지르고 말았다, 작년 여름 몽골 대자연 속에서다. 20년이나 너를 참고 지냈으니 굳은살이 박여 지난번에 무너진 2년차하고는 다르리라 방심했던 것이다. 아무튼 이 악물고 너를 참고 너를 잊으면서도 언젠가는 만나야지 마음속으로 벼르고 있었던 게다. 내가 너로부터 완전히 자유로워졌을 때, 아니면 내가 아주 많이 나이를 먹어 죽을 날이 머지않을 때, 마지막으로 너를 영접할 생각에 도미니카산 바닐라 시가를 보관하고 있었던 걸 보면.

바닐라빈은 은보다 비싼 향신료다.

달콤하고 고소한 바닐라향 시가를, 드넓은 몽골 초원에 누워, 이미 오래전에 사라져버렸을지도 모를 별빛과 마주하며 깊이깊이 들이마시면 삶도 죽음도 우습겠지. 내가 시가를 피우는 건지 시가가 나를 피우는 건지도 초월하겠지. 세상 부러울 것 없는 무공해 대자연에 스며들어 하나의 세포나 원자로 무한대의 충족감에 스며들겠지. 덩달아 나도 비싸지겠지. 은보다 비싸지겠지. 제대로 발효 숙성한 바닐라처럼 까맣게 향기로워지겠지.

그 시가를 산 곳은 두바이공항이었다.

그때는 내가 너를 참을 때라 다만 선물용으로 샀다. 은보다 비싼 바닐라 시가를 입에도 못 대본 나는, 언젠가 내가 다시 너를 만난다면 바닐라 시가가 될 거라고 점찍었다. 갑작스러운 일정으로 얼떨결에 몽골로 떠나던 날, 여권과 혈압약을 챙긴 뒤 뭔가 빠진 듯 허전해 뒤를 돌아보다 아하! 책상서랍을 열었다. 바닐라 시가를 꺼내 캐리어 바깥 주머니에 찔러넣었다. 어쩐지 몽골에 가면 꼭 필요할 것 같아서였다.

너와 허물없이 스킨십을 하며 수많은 시간을 함께 보냈다.

그러면서도 아무런 예고도 완충장치도 없이 단칼에 너를 잘라버렸다. 그러지 않고는 너를 멀리할 방도가 없었다. 그건 내가 성숙하지 못한 증거였다. 그런 내가 두고두고 마음에 걸리고 자존심까지 상했다. 나는 내가 상당히 너그럽고 품격 있는 인간인 줄 알았는데, 너와 헤어질 때마다 바닥난 인격이 드러나 불행했다.

확실히 난 이별에 서툴렀다.

티 안 내고 서로의 거리를 서서히 벌려가면서 자연스럽게 헤어지는 게 이별의 고수다. 그런 의미에서 드라큘라 백작은 고수였다. 피를 빠나 담배를 빠나 입으로 빠는 건 매한가지니 우리 한 번 기깔나게 빨아볼거나. 담배를 태울 때마다 드라큘라 백작이 읊는 소리다. 커피도 빨고 맥주도 빨고 하여튼 뭐든 빠는 걸 좋아해 드라큘라 백작이 된 교회 오빠다. 백작은 자유자재로 너를 빨고 너를 놓았다. 더없이 절도 있게 너를 농락했다. 기분 좋은 술자리에서만 이따금 너를 탐할 뿐 일상에서는 아예 너를 잊었다. 적당한 거리를 유지하면서 칼 같은 관계를 유지하는 백작의 노련함이 나는 늘 부러웠다. 나도 그렇게 자유자재로 너와 기쁜 시간을 보내고 미련 없이 너를 잊어버리는 단계가 오리라 기대했다. 그 단계가 쉽게 오지 않는다는 걸 알기에 넉넉잡아 10년 후로 내다봤는데 어느새 20년이 훌쩍 지났다.

그 교회를 지날 때면 어김없이 드라큘라 백작이 생각났다. 나님의 교회. 처음엔 무슨 교회 이름이 저럴까 싶어 고개를 갸웃거렸다. 언제부턴가 씨 대신 님이라는 호칭어를 쓰더니 이젠 자기자신에게까지 님을 붙이는 세상이 되었나? 아무리 그래도 나님의 교회가 뭔가? 몇 번을 지나치고야 알았다. 맨 앞의 '하'가 간판에서 떨어졌다는 걸. 나님의 교회는 하를 붙일 의사가 없는지 그대로 몇 달을 지나다가 간판이 바뀌었다. 개척교회가 망해서 떠나고 스터디카페가 들어선 것이다. 사람 이름을 잘 까먹는 드라큘라 백작은 가끔 나를 부를 때 너야!라고 부른다. 나님의 교회를 본 후, 나는 백작에게 너가 뭐냐 너가? 너님이라면 모를까, 항의하곤 했다. 교회 오빠로 만났으니 그 세월이 얼만가? 그럼에도 이름을 까먹는 백작이다. 그 오빠가 보고싶어 불교 집안에서 도둑질하듯 몰래 교회에 가곤 했는데 그 오빠는 나를 기억하지 못했다. 아무리 알짱거려도 알아보지 못했다. 나는 교회에서 첫사랑을 도둑맞았다. 대학에서 다시 그 오빠를 만났지만 도둑맞은 사랑은 돌아오지 않았다.

도둑질하듯 너를 만났다.

몰래 만나는 짜릿함, 죄를 짓는 퉁탕거림, 당당하지 못한 불편함 등은 어느 순간 너의 매력으로 둔갑해 있었다. 내게서 발견한 의외의 불량스러움에 당황하는 사람들 모습 또한 나는 즐겼다. 내가 너와 한통속인 걸 알게 되면서 내게 호의적으로 변하는 친구들도 생겼다.

억지로 범생이과에 속한 나는 자주 답답했다.

방향을 가리지 않고 사방팔방 튕겨져 나갈 것 같은 불온한 기운을 제어하느라 힘들었는데 너를 만나면서 간단히 해결됐다. 용암이 제아무리 들끓어도 빠질 구멍 하나만 제대로 뚫리면 혈기를 잃는다. 나의 청소년기는 너라는 위악을 장착하면서 비교적 안전하게 건너왔다.

담배 피우는 여자로 살기는 쉽지 않았다.

이미 인이 밴 담배는 건널 수 없는 강이었고, 딱히 다른 기호품도 취미도 없었다. 아이를 낳고 아이가 자라 어른이 되어도 나는 여전히 도둑 담배를 피웠다. 한려수도 유람선 선장은 내게 동냥 담배를 피운다 했지만, 원래부터 난 도둑 담배 마니아였다. 몰래, 숨어서, 들킬까 봐 조마조마한 심정으로 피우는 담배 말이다. 도둑질하듯 피우지 않고 당당하게 피웠다면 일찌감치 흥미를 잃었을지도 모르겠다. 불편과 불안이 분비하는 신체의 화학작용, 씁쓰름하고 짜릿한 침이 마구마구 분비돼 입안 가득 고이면 어쩔 수 없이 삼켜야하는 일종의 고문 같은, 그 신묘한 기분을 나는 즐겼다. 짜릿한 도둑질 대신 숨어서 도둑 담배를 피웠다.

너와 함께 나이를 먹었다.

나는 너에게 좀 더 집착했고 너로 인해 언제나 시간에 쫓겼다. 담배 냄새난다고 싫어할까 봐, 또는 소문낼까 봐, 남자 근처에는 잘 안 갔다. 내가 남자를 멀리한 건 다 너 때문이다. 담배를 피우면 재빨리 손을 닦고 양치를 하고 콧구멍까지 물로 헹궜다. 하루에 두 갑 이상 피울 때는 하루 24시간 중 4시간이 너에게 투자됐다.

가끔은 네가 지겨웠다.

네가 지겨울 때 나는 외로웠다. 내 자신이 불편해서다. 내가 불편할 때 난 가장 외로웠다. 나를 번거롭게 하고, 나를 초라하게 하고, 사람들을 기피하게 만드는 네가 불편했다. 살기 위해 종아리에 매단 오줌주머니 같았다. 그렇게도 지겨운 목숨 같은 너였는데, 중년에 접어들자 구체적이고도 현실적으로 나를 위협했다.

"어떻게 이런 혈압으로 병원을 직접 걸어들어오셨어요?"

내 혈압은 220~120이었다. 폐암 수술한 친구 병문안 다녀오다가 문득, 동네 병원에 들어섰다. 담배라곤 한 모금도 못하는 친구가 폐암에 걸렸는데 난 멀쩡할까? 대뜸 혈압부터 잰 간호사는 중환자실에 있어야 할 분이라며 호들갑을 떨었다. 의사도 고개를 끄덕이며 술·담배부터 끊고 운동을 하며 약을 먹으라 했다.

"그러면 괜찮을까요?"

고혈압은 합병증이 많다는데 뇌졸중이나 치매가 걸리면 어쩌나 걱정이 앞섰다.

"괜찮고 안 괜찮고는 환자 하기 나름이지요."

아래위로 높아도 너무 높은 혈압이었지만 자각증상이 없어 전혀 몰랐다. 고혈압을 침묵의 살인자라고 하는 이유였다. 약을 먹자 외려 어지러웠다. 치솟았던 혈압이 갑자기 제자리로 돌아오자 신체 시스템이 적응을 못 하는 모양이었다. 병원을 나오면서 바로 담배를 끊었다. 아니 참기 시작했다. 내 의지를 실험하기 위해 머리맡에 피우던 담뱃갑을 둔 채로였다. 가끔씩 담배를 꺼내 코에다 대고 냄새를 맡는 향수는 즐겼다. 의사의 권유로 금연클리닉에 가 봤지만 금연 껌은 니코틴 맛이 역해 구역질이 났다. 기체로 삼키는 니코틴은 좋은데 액체로 삼키는 니코틴은 도무지 적응이 안 돼 포기했다. 팔에 붙이는 금연 패치도 피부 알레르기 때문에 포기했다. 생으로 끊는 수밖에 없었다. 대신 너의 체취를 맡는 것이 내게 최적화된 공식이었다.

나의 피신처는 수마였다.

신생아처럼 먹고 자고 먹고 자기를 반복했다. 한 달 가까이 그러고 지냈다. 금단현상으로 불안, 초조, 우울과 무기력증까지 와 폐인처럼 지냈다. 두통 때문에 아무것도 할 수 없고, 해서도 안 됐다. 뭔가를 하자면 정신 차리고 움직여야 하는데 정신을 차리면 네가 그리워 낭패였다. 금단현상이 나타나면 뇌가 비정상적으로 작동한다. 억지로 잠을 청하며 비몽사몽 누워 있다 깜빡 잠이 들면 꿈이 뒤숭숭하고 깨어나면 머리가 깨질 듯 아팠다. 뭔가를 깊이 생각하는 것도 결정하는 것도 어려웠다. 일상의 사소한 무엇 하나도 마침표가 찍히지 않았다. 지지부진하게 이어지는 지리멸렬한 시간이 끔찍했다. 그런 시간을 견디는 게 고비였다. 악마가 자주 속삭였다. 까짓것 그냥 살던 대로 살아. 인간 수명 짧건 길건 영겁에 대면 거기서 거기야.

내가 그 시간을 견딘 건 할 일이 있어서였다. 아니, 할 일이라기보다 궁금한 게 있어서였다. 가보지 않은 곳이 있어서였다. 꼭 가보고 싶었다. 나이는 먹었어도 아직은 늦지 않았다고 내 스스로 응원하는 중이었다. 뜻대로 될지 알 수 없지만 딱 한 번만 더 기회를 주고 싶었다.

모든 중독은 접촉에서 시작된다.

니코틴과 접촉하는 순간 도파민이 분비되면서 행복감이 팡팡 쏟아진다. 때문에 반복할 수밖에 없고 기어이 중독에 이른다. 니코틴은 단거리선수처럼 빠르다. 신경전달물질이 즉각적으로 뇌에 닿아 입술로 빠는 순간 바로 행복에 다다른다. 그 달콤쌉싸름한 행복을 잊으려 애쓰던 필사의 시간, 신생아 같은 한 달이 지나자 체중이 3Kg이나 늘어 있었다. 운동은 꿈도 꿀 수 없었으니 신생아 시절을 보낸 게 맞다. 금연은 한마디로 다시 태어나는 거였다.

작전을 바꿨다.

온실이 아닌 야생에서 너를 끊기로 했다. 밖으로 나왔다. 소극적인 잠 대신 사람들을 만나고 술을 마시고 떠들면서 대놓고 너를 무시하기로 했다. 나의 금연을 지지하는 사람들이 담배를 삼가는 모습을 보며 나는 말했다.

"제 앞에서 피워도 괜찮고 연기를 이쪽으로 뿜어도 괜찮아요. 정면승부 해야죠. 그걸 견뎌야 진정 이겼다 할 수 있죠."

역시 화끈하다며 사람들은 나의 성공을 확신했다. 까다로운 조건 걸지 않고, 보조제도 없이, 그야말로 마취도 않고 메스를 들이대듯 생으로 끊는 용기와 배짱에 박수를 보냈다. 그건 확실히 내 체질에 맞는 방식이었다. 말랑말랑하게 주물러 살금살금 먹어들어가는 건 내 체질이 아니다. 원시적이고도 본질적인 접근으로 정직하지만 살벌한 방법이 효과적이다. 그렇게 해서 성공해도 확실하게 끊었다고 단정할 순 없다. 언제고 한 방에 와르르 무너지니까.

한밤중이었다.

소변이 마려워 게르 밖으로 나오니 보름달이 훤했다. 화장실은 너무 멀고 가까이에는 십여 동의 게르가 포진해 있어 조금 멀리 나가기로 했다. 양과 말과 야크가 무리지어 잠든 초지 한쪽에 말 한 마리가 고개를 숙이고 풀을 뜯고 있었다. 자다 깨어나니 배가 고팠던 걸까? 그래도 깨어있는 말이 의지가 돼서 그 곁에 엉덩이를 까고 앉아 볼일을 봤다. 풀을 뜯던 말이 고개를 들고 물끄러미 나를 바라봤다. 뭘 봐 인마! 소리 죽여 혼자 낄낄거리는데 인기척이 났다. 낮에 소주를 내려주던 유목민 영감이었다. 영감은 달을 올려다보며 시원하게 오줌을 갈기더니 바지를 추스르고는 아무렇지도 않게 내 쪽으로 걸어왔다. 나는 당황했고 초원은 고요했다. 가축들이 잠자리를 옮겨 앉을 때마다 잠꼬대처럼 흘리는 울음소리와 보름달을 지고 선 말의 풀 뜯는 소리뿐이었다. 저 영감탱이가 허튼짓을 하면 비명을 지르면 된다. 게르에는 유목민 가족보다 우리 여행자가 훨씬 많다.

영감이 양탄자를 끌어오더니 옆에 앉으라고 권했다.

낮에 우리들을 위해 소주를 직접 내려주는 걸 눈으로 봤다. 게르 안 난로에 불을 때고 이중으로 앉힌 항아리에서 중탕으로 술을 내렸다. 정확히 어떤 방식으로 하는지는 몰라도 그들의 전통 방식 같았다. 25도짜리 즉석 소주를 나눠 마시고 야크 등에 올라타 몽골 초원의 낭만을 즐겼다. 거기까진 좋았는데, 오밤중에 단둘이 양탄자에 앉아 뭘 하자는 걸까? 이들은 양질의 풀을 찾아 이동하는 실제 유목민이다. 우리가 여기 묵는 것도 현지 가이드의 인력풀 덕분에 진행된 일이다. 그러니까 우리가 신세지는 입장이라 예의에 어긋나면 안 되는 처지였다.

에그머니나!

영감이 담배에 불을 붙여 내게 건넸다. 나는 손사래를 쳤다. 무춤하던 영감이 이내 자기 게르에 들어가더니 소주를 가져왔다. 저녁때 먹다 남은 허르헉도 내왔다. 난로 위에 올려두었는지 온기가 있었다. 양고기는 패스하고 감자를 맨손으로 집었다. 거기 감자는 진심 맛있었다. 영감이 소처럼 순하게 웃었다. 나도 양처럼 웃었다. 홀로 서서 배를 채우는 말은 아무 관심 없다는 듯 주둥이를 끌며 풀만 뜯어 먹었다. 중천에 올라가 한껏 높아진 달이 보여주는 은빛 세상은 하염없이 열려 있었다.

아, 그렇지!

나는 벌떡 일어나 게르로 들어가 그것을 꺼내왔다. 이 밤에 딱 여기서, 낯선 남자와 소똥 냄새나는 양탄자에 앉아, 갑갑한 인생 켜켜이 오염된 호흡을 길고 길게 뽑아내 은빛 보름달에게 전송하는 거야. 은보다 비싸다는 바닐라향을 날리는 거야. 캐리어 겉주머니에 쑤셔 넣은 시가는 바로 이 시간을 위해 준비된 거였어.

두 번째 금연 20년, 20년이 지났으니 괜찮으려나?

괜찮겠지. 너무 오래라 어쩌면 내가 너를 거부할지도 몰라. 더 있다가는 내가 너를 즐길 기운이 없어 너를 탐하고 싶어도 마음뿐일 수도 있어. 그러면 너무 허무하잖아. 너를 참은 보람이 없잖아. 너는 독해. 그러니까 나도 독할 때, 우리의 수평이 맞을 때 만나야 해.

20년이나 지났으니 이젠 탄성이 떨어져 괜찮으리라 믿었다. 아무리 끊어질 듯 팽팽하게 오래 당기고 있어도 놓는 순간 제자리로 돌아가 원상복귀하는 너의 발칙한 성깔을 깜빡했다. 20년 인내가 도로아미타불로 착 달라붙었다. 전보다 더 끈끈하게 밀착했다.

20년 만에 만난 너는 독해도 너무 독했다.

무자비하게 기침이 쏟아졌다. 유목민 영감이 참을 수 없다는 듯 껄껄 웃었다. 그리고는 내가 피우던 시가를 빼앗아 자기 입으로 가져갔다, 딱 우리 할머니처럼. 크억! 그도 짧은 기침을 뱉어냈다. 독한 시가 때문에 시끄러웠던가? 같은 게르에 묵는 강 선생이 나왔다.

"여기서 뭐해?"

영감을 발견하곤 놀라 다시 들어가는 강 선생을 붙들어 앉혔다.

"좀 놀다 들어가자."

강 선생이 나오자 영감이 일어섰다. 김이 샌 건지 둘이 있으니 안심하고 들어가는 건지 알 수 없었다.

"몰랐는데 자기 취향 특이하네."

강 선생이 놀렸다. 그러거나 말거나 난 다시 시가에 불을 붙였다.

"괜찮아?"

강 선생이 염려스런 눈빛으로 물었다.

"괜찮겠지. 괜찮지 않아도 할 수 없고."

말은 그렇게 했어도 '괜찮지 않아도 할 수 없고'는 내 사전에 없었다. 당연히 괜찮을 거라 여겼다. 명색이 20년인데 20년이 그리 쉽사리 무너지겠어? 20년을 철석같이 믿었다.

향기롭지만 독한 시가를 천천히 즐겼다. 가끔씩 강 선생도 한 모금 빨았다. 담배를 모르는 강 선생은 분위기에 취해 빨고는 한바탕씩 기침을 해댔다. 나의 기침은 두세 모금 만에 멈췄다. 몸이 너와의 스킨십을 기억해낸 것이다.

너를 들이면 곧바로 터지는 도파민 폭죽!

그 기쁨을 다시 기억해내자 돌이킬 수 없었다. 하루 한 대만이 하루 삼시세끼 식사 후 딱 세 대만으로 바뀌고 하루 반 갑으로 바뀌고 다시 한 갑으로 수순을 밟아 올라갔다. 그렇게 일 년이 지나고 난 다시 세 번째 금연에 돌입했다. 이건 정말 예상치 못한 일이다. 달랑 1년 만에 너와 헤어지다니.

엘리베이터가 무서웠다.

엘리베이터는 비좁다. 비좁은 공간에서는 들키기 쉽다. 나는 숨을 참는다. 그게 힘들면 마스크를 쓴다. 가능하면 사람들을 마주 보지 않는다. 말은 절대로 안 한다. 입을 벌리면 안 되니까. 그렇게 조심하는데도 기어이 터졌다. 한 꼬마가 엄마를 올려다보며 말했다.

"엄마 냄새나."

젊은 엄마가 입에 집게손가락을 세우며 쉿! 아이를 말렸다.

"진짜야 엄마. 나쁜 냄새나."

기시감이 느껴지는 말이었다. 당신한테서 역한 냄새가 나. 그 말 한마디에 나는 그를 떠났다. 충격이었다. 냄새라니, 그것도 역한 냄새라니. 그대로 몸만 빠져나왔다. 그리고 몸살을 앓았다. 백 일 동안 앓았다. 두 번째 금연 이유였다. 그런데 다시금 냄새가 터졌다.

나는 몸 둘 바를 몰랐다. 엘리베이터 안에는 모녀와 나만 있었다. 그날은 마스크를 쓰고도 숨을 참았는데 소용없었다. 진짜로 나쁜 냄새가 나는 거다. 늙으면 냄새가 더 난다. 신체 기능이 약해져 통과해도 희석을 못 시킨다. 아이가 거짓말을 하겠는가? 발밑이 무너지고 앞이 캄캄했다.

환경이 많이 바뀌었다.

담배를 삼가라고 하던 지난 세월과는 비교도 안 되게 바뀌었다. 우리 집도 금연아파트가 됐다. 누구의 결정인지 알 수 없지만 이사 후에 그렇게 바뀌었다. 그렇지. 구에서 지정한 금연아파트라고 했던가?

20년의 괴리는 엄청났다.

장소를 찾을 수 없었다. 몽골에서 돌아오니 담배 피울 곳이 없었다. 20년간 피우지 않던 터라 어디서 피워야 할지 알 수 없었다. 담배를 피우기 위해 밖으로 나갔다. 공원을 흡연장소로 택했는데 금연구역이었다. 결국은 길거리에 서서 피웠다. 바람 부는 날 버림받은 여자처럼 흔들리며 피웠다. 내 꼴이 초라하고 우습고 비참해 부아가 치밀었다.

이게 뭔가?

21세기 깔끔 상큼한 세상에 이 꼴이 대체 뭔가 말이다. 비싼 세금 내고 사 피우는 담배가 참, 거지 같았다. 들리는 풍문에 의하면 흡연자들이 내는 일인당 세금이 아파트 한 채 보유한 사람의 재산세와 맞먹는다. 하층민일수록 담배를 많이 피우는 걸 빤히 알면서 참으로 배려 없는 정책이다. 담배 한 모금 빨면서 날리는 시름 비용이 너무 과하다. 그뿐인가? 담뱃갑에 시커먼 암덩어리를 버젓이 넣고, 너 이꼴로 죽어도 좋다는 거지? 공갈 협박까지 한다. 즐길 공간도 깡그리 없애버렸다. 담배에 관한 한 상도덕이라곤 눈 씻고 봐도 없다. 미개인 취급하며 눈 흘기는 사람들을 피해 점점 구석으로 숨어드는데 이젠 어떤 구석도 합법적인 곳이 없다. 내 집도 안 되고 공원도 안 되고 대로도 안 되고 인적 없는 골목이나 가능할까? 공공의 적 흡연자는 발붙일 곳이 없다. 팔기만 하고 피울 곳은 없는 아이러니를 다들 외면하니 차라리 없애버리는 게 정답이겠다.

아예 안 팔면 간단하지 않은가.

담배라는 상품 자체를 없애버리면 해결될 텐데 문제를 안고 문제를 만드는 처사를 이해할 수 없다. 배보다 배꼽이 큰 담뱃값을 아야 소리도 못하고 감수하는 흡연자는 대체로 순한 사람들이다. 길거리 집회의 신화를 이룩한 이 나라에서 흡연권 요구하는 시위는 본 적이 없다. 피 같은 내 돈 내고 사서 박쥐처럼 숨어서 피우는 담배다. 어쩌다 만나는 흡연구역은 오소리굴이다. 흡연자의 건강권은 안드로메다로 날아간 지 오래다. 그걸 걱정하는 사람은 아무도 없다. 흡연자들조차도 으레 그러려니 한다. 마치 주홍 글씨로 낙인을 찍힌 사람처럼.

회의가 왔다.

더럽고 치사해서 관두겠어. 도대체 이 꼴이 뭐야? 담배를 피울 때마다 초라한 내 모습이 우울했는데 엘리베이터 사건까지 터지고 말았다. 울고 싶은데 뺨 맞은 격이다.

때마침 약발도 떨어지고 있었다.

즐거움을 느끼는 역치가 높아지면 즐거움에 무뎌진다. 담배를 피우면서 담배를 피고 싶다는 욕구를 느끼는 순간, 끝이 왔구나 바로 알아챘다. 곧바로 입에 문 담배를 빼 재떨이에 넣었다. 남의 아파트 앞 흡연구역이었다.

  남의 남편과 산 적이 있다.

  할머니 고향 남해 남자였다. 그는 내가 모르는 미지의 세계로 나를 안내했다. 실수가 열어준 신세계였다. 보기보다 허당인 나는 운동화 끈이 풀린 줄도 몰랐다. 유람선에 있던 내내 그 남자의 시선은 나를 향했었나 보다. 그 남자가 다가와 무릎을 꿇을 때 나는 깜짝 놀랐다. 친구들조차 우우 야유를 보냈다. 그렇게 운동화 끈을 묶어준 것을 시작으로 나는 살아서 누리는 최고의 축복에 들었다. 단순한 욕망이 채워지는 게 얼마나 위험한지 나는 몰랐다. 욕망이야말로 단순할수록 위험한데 그걸 전혀 몰랐다. 게다가 그 욕망은 한 번도 차오른 적 없던 거였다.

  무릎 꿇는 남자는 위험하다.

  그가 내게 무릎을 꿇자 나도 그에게 무릎을 꿇었다. 말로만 듣던 쾌락, 끊어질 듯 아슬아슬한 긴장, 파르르 떨리는 수축의 리듬을 세포 하나하나에 음각하듯 새기면서, 나는 그에게 중독되었다. 세상이 온통 그를 향해 돌아갔다. 나는 없어도 무방했다. 내가 가진 모든 것을 아낌없이 바쳤다. 늙으나 젊으나 계집한텐 불이 있어야 하는 기라. 할머니 목소리가 귓가에 쟁쟁거렸다.

  아아 그동안 내겐 불이 없었구나.

매운 연기만 피우고 정작 불은 없었구나. 나는 여한 없이 타올랐다. 온몸이 재가 되어 흩날릴 때까지 타올랐다. 그렇게 백 일쯤 타오르자 그는 또 하나의 내가 필요했다. 중독뿐 아니라 화려한 경험도 도파민 내성이 생긴다더니 유통기한이 다한 내게서 냄새가 났던 것이다. 갑자기 못돼진 그는 역한 냄새라 표현했다. 뒤에 생각하니 다 있을 수 있는 일이다. 다만 나보다 그가 빨랐을 뿐이다. 사랑이라고도 사랑이 아니라고도 단정 지을 수 없는 애매한 시절이 그렇게 갔다. 짧은 만남 긴 이별이지만 후회는 없다. 추억이 있는 사람은 얼어 죽지 않는다고 했다. 그 사람 덕분에 난 얼어 죽지 않을 것이다. 데일 듯 뜨거운 몸 사랑 덕분에 정신승리를 얻었으니 그만하면 됐다.

오늘도 난 그를 참는다.

얼굴도 가물가물한 그를 참는다. 엊그제 돌아선 너도 참고 이십 년이 지난 그도 참는다. 이제 엘리베이터에서 숨 참을 일은 없으니 그것만도 다행이다. 맛은 평가하는 게 아니라 그리워하는 것이라던가? 그의 맛도 너의 맛도 나는 정확히 기억한다. 그릇이 다 차올라 넘치는 어느 날 내가 또 무슨 행패를 부릴지 모르지만 일단은 꾸역꾸역 참기로 한다. 순정하고 어여쁘게 그리워만 하면서…….

호미

흐미

흐미는 느낌이다.

분명 느낌이 왔는데 그걸 장악하지 못하고 그만 놓치고 말았다. 처음부터 가지고 올 느낌이 아니었다. 늘 감만 잡다가 실패하는 나의 오랜 지병을 깜빡했다. 더구나 흐미는 몽골산이다. 몽골은 가지러 가는 곳이 아니라 버리러 가는 곳인데 그것도 모르고 가져왔다.

막바지 더위에 매미가 시끄럽다.

시간이 없다는 소리다. 어서 빨리 짝짓기를 해야 한다는 아우성이다. 우는 매미는 수컷이다. 배 주름을 이용해 꽁지를 뒤로 까딱까딱 젖히며 소리를 낸다. 배에 악기를 지닌 매미는 체온이 높아야 소리가 크기 때문에 한낮에 더 요란하다. 암컷은 대체로 벙어리라고 한다. 다행히 듣는 벙어리라 수컷의 울음소리를 듣고 찾아온다고.

바람도 없는 오후 세 시.

말매미들의 합창이 쏴아아아 밀물처럼 몰려온다. 마치 적군이 쳐들어오듯 가까이 다가올수록 함성소리도 커진다. 그 사이로 참매미가 맴맴맴맴 악센트를 준다. 암 매미의 반응이 신통찮은지 수컷들의 울음소리는 좀처럼 잦아들지 않는다. 지나가는 사람도 없는 거리, 매미들의 합창이 이파리를 건드리는지 나무그림자가 흔들린다. 펄펄 끓는 태양 아래 발악하는 저 소리도 자연의 소리다. 지수는 같은데 지번은 다른 것들의 오묘한 조화가 후끈하다. 곧 여름도 한발 물러설 것이다. 광복절이 지났으니까. 광복절을 기점으로 아침저녁엔 더위가 좀 숙어든다. 시간을 이기는 건 아무것도 없다.

"엄마도 이제 덕질에 입문하는 거 아니야? 어째 분위기가 심상치 않아요."

그게 무슨 소리냐고 딸의 얼굴을 쳐다보자 내 휴대폰을 가리킨다.

"엄마 또 그거 틀어놨잖아?"

아닌 게 아니라 내 휴대폰에서 말매미 소리 같은 음악이 흘렀다. 몽골 가수 '자야'의 목소리 곡예다. 예전에 '스펀지'라는 방송 프로그램에 출연해 낮은음과 휘파람 소리 같은 고음을 한꺼번에 구사하는 몽골 전통음악 '흐미'를 선보인 바 있는데, 바로 그걸 반복해서 듣고 있던 차였다. 아무리 들어도 신기했다, 사람이 짐승 소리를 내는 것도 한 사람이 이인분의 소리를 내는 것도.

흐미는 이번 몽골여행에서 얻은 최고의 수확이다.

저음의 성대 떨림과 고음의 공명음을 한 사람이 발성하는 흐미를, 가이드는 초원을 달리는 내내 반복해서 들려줬다. 처음엔 저게 무슨 음악인가 싶어 우습게 생각했다. 아무리 전통음악이라고 해도 너무 단조롭고 괴상망측한 소리라 어쩐지 듣기가 거북했다.

나중에야 알았다.

창문을 살짝 열어둔 때문에 바람 소리가 요란해 흐미가 훼손됐음을. 창문을 닫자 흐미가 제대로 들렸다. 처음 들어본 소리긴 한데 신성한 압도감이 또 아주 낯설지는 않은 음악이었다. 바람의 방해가 사라지자 낮은 소리는 시조창처럼, 높은 소리는 정가正歌처럼 들렸다. 설마 우리나라 창이 원나라에서 수입된 건 아니겠지? 잠시 의문을 품었던 건 분명 존재하는 공통분모 때문이리라.

동시대, 아주 멀리 떨어져 교류도 없는 지역에서 같은 문화와 정서가 형성되기도 한다는 걸 외국 여행을 하면서 종종 깨닫는다. 굳이 주고받을 필요도 없이 때가 되면 알아서 비슷하게 흐르는 역사를 확인하면서 세상 참 별거 없다는 생각도 했다. 달라봤자 거기서 거기고 잘나봤자 거기서 거기다. 요새만 해도 그렇다. 내 나라나 남의 나라나 선진국이나 후진국이나 하나같이, 화를 다스리지 못해 묻지 마 폭행을 일삼는다. 어른이 어른답지 못한 것도, 지도자가 지도자답지 못한 것도, 부끄러움을 모르는 것도, 대동소이

하다. 한마디로 세계적인 추세가 비관적이라는 말씀이다. 너나없이 미친 듯 날뛰기만 할 뿐 중심을 잡아주는 사상의 구심점이 없다. 계속 이렇게 멈춤 없이 질주하다 곤두박질치고, 기어이 리셋되면서 원시시대에 입장할 것만 같다. 대책 없이 망가지는 세상을 보면 그것도 아주 나쁘지는 않을 듯싶다.

유유자적 풀을 뜯는 가축과 맹징하게 짙푸른 하늘과 멀리 달아난 언덕과 갖가지 모양으로 빚어진 흰 구름을 보며 가이드의 선심 '흐미'를 감상하자니 더 바랄 것 없이 딱 알맞은 음악이라는 생각이 들었다. 제 갈 길을 알맞은 속도로 가는 바람 소리 같기도 하고, 생존을 위한 먹이활동이 전 생애인 게 부끄러워 온종일 고개를 숙이고 주둥이를 끌며 초원을 핥다 문득 서러워 하늘을 쳐다보며 서럽게 우는 짐승 소리 같기도 하고, 아득한 협곡에서 위기에 처한 사람이 간절히 신을 부르는 소리 같기도 하고, 소중한 누군가를 떠나보낸 이의 장송곡 같기도 하고, 이 모든 걸 합친 소리 같기도 한 흐미. 세상의 감정이란 감정은 모두 들어 있고 세상의 소리란 소리는 다 녹아든 흐미. 조용한 기쁨과 깊은 슬픔이 교차하는 흐미. 경건하고 거룩하며 울적한 흐미. 인간의 소리, 자연의 소리, 짐승의 소리, 신의 소리가 총망라된 흐미는 궁륭의 자세를 한 숭고한 음악이었다.

차에서 내리면서 나도 모르게 흥얼거렸다. 우에우에우 유에유에유……. 반복되는 저음의 후렴이 중독성 있는 노래였다.

몽골을 떠나기 전 울란바토르 백화점에 들러 차 안에서 들었던 그 음반을 사고자 했으나 찾을 수 없어 마두금 음반만 사왔다. 아쉬운 나머지 집에 와서 찾아보았다. 가이드에게 받아 적은 대로 그 이름을 찾았다. 흐미를 대중화시킨 그룹은 'The Hu'였고, 내가 홀딱 빠진 노래는 「yuve yuve yu」였다.

The Hu는 결성된 지 십 년도 안 된 몽골의 록밴드로 그들의 생김새는 우리와 비슷했다. 고려 말, 몽골 귀족들 사이에서는 고려 미인을 들여야 행세를 했다고 전한다. 궁중에서 일하는 사람 태반이 고려 여인들이었다니 모계 혼혈이 얼마나 흔했으랴? 몽골인의 얼굴이 낯설지 않은 이유는 슬픈 과거에 들어 있었다.

고려 말 출세 가도를 달린 기황후는 원나라에 공녀로 갔다가 환관의 추천으로 궁녀가 되고, 용모와 학식이 뛰어나 원나라 혜종의 후궁이 되었다가, 제1황후에까지 오르는 영광을 누린다. 하지만, 자신이 공녀 출신이면서도 고려 여인을 선호하는 권력자들에게 뇌물로 바치느라 공녀를 계속 보내라고 압력을 넣었다니 기가 찰 노릇이다. 권력의 맛을 본 자가 미쳐 돌아가기는 예나 지금이나 마찬가지다. 기황후가 배신의 아이콘인 것도 몽골여행 덕분에 알았다. 손바닥학교 스마트폰에 물어보면 웬만한 건 다 나온다. 학교도 필요 없는 세상이다. 그래서 선생 알기를 뭣같이 아는 학생과 학부모가 넘쳐나는 것일 테고.

여행을 다니면 궁금증이 생긴다.

움직이면 움직일수록 보는 것도 많고 궁금한 것도 많아 저절로 공부하게 된다. 이때 공부는 어디까지나 자발적이다. 자발적인 공부야말로 진짜 공부 아니던가. 손바닥학교 스마트폰 덕분에 공부가 수월하다. 가짜와 엉성한 자료를 분간할 수 있는 능력만 있으면 손바닥학교는 최고의 교육기관이다. 실력은 검색을 많이 해봐야 쌓인다. 거저 얻는 공짜는 어디에도 없다. 검색도 안목을 쌓아야 진짜를 가릴 실력이 생기니까.

실망스럽게도, 황후의 신분이면서 포주처럼 성 상납에 앞장섰던 기황후. 그녀의 젊은 날은 양파처럼 동그란 얼굴에 볼이 발그레한 그야말로 복덩이 모습이다. 징기스칸뮤지엄에서 기황후 초상화를 보며 미모의 변천사를 제대로 확인했다. 지금도 몽골 사람들은 건강한 뚱땡이를 자랑스러워한다. 남자는 물론 여자도 뚱뚱한 배를 드러내는 넓은 벨트를 매고 당당하게 활보한다. 가만히 살펴보니 배에 휴대폰이고 지갑이고 귀중품을 넣어 더 두툼했다. 옛날 우리 선조들이 넓은 소매에 온갖 물건을 넣듯 이들은 배에 넣었다. 여행 내내 그들의 배를 보며 무엇이 들었나 확인하는 것도 흥미로웠다.

고려의 조혼 풍습도 공녀 때문이라고 한다. 공녀로 원나라에 보내져 운 좋게 출세 가도를 달렸던 기황후가, 공녀로 뽑히지 않기 위해 아직 발육도 안 된 여자아이들을 열 살도 되기 전에 결혼시키는데 일조했다니 이게 웬일인가? 권력을 쥐면 멀쩡한 사람도 눈멀고 귀먹어 반편이 되는 세상, 세상에 좋기만 한 일은 없으니 이것도 공평하다고 할 수 있으려나? 영광과 불명예가 함께한 그 이름 기황후, 그녀의 몽골 이름은 '솔롱고 올제이 후투그'이며 한국 이름은 남아 있지 않다는데 성 상납의 불명예와 연관이 있는 건 아닌지 모르겠다.

흐미야, 이게 뭐야?

신나는 후렴구 '유브 유브 유'가 무슨 뜻인가 찾아보다가 멈칫한다. yuve yuve yu를 영역하면 What is it?이란다. 정신 차려서 몽골의 옛 기상을 다시 일으켜보자는 의미의 노래인가 보다. 중앙아시아에서 떵떵거리다 유럽까지 진출했던 시절을 생각하면 인구 330만의 지금 처지는 얼마나 초라한가. 과거 세계를 제패했던 시절을 소환해, 그 옛날 잘 나가던 우리가 이게 뭐냐며 다 같이 각성하자는 의미의 응원가 같은 노래지 싶다. 유브 유브 유를 누군가는 '흉노 록'이라고도 하는데 그것까지는 모르겠고, 세계 어디에도 없는 음색과 음폭의 '흐미'라는 전통음악을 록과 결합해, 으쌰으쌰 응원가를 부르며 기를 북돋우는 그들의 마음은 백번 이해하겠다. 생로병사를 거쳐 다시 태어나는 몽골의 새싹이 흐미로 시작되는 것도 의미 있고…….

드넓은 초원을 보며 생각했다.

여기는 언제부터 이런 모습이었을까? 칭기즈 칸이 천하를 호령하던 시절이래야 13세기 초, 800년 전이니까 크게 다르지 않았을

터, 이 황량한 초원에서 살아내자니 바깥세상은 어떤지 남들은 어떻게 사는지 궁금했으려나? 기마민족이니 마음만 먹으면 어디든 갈 수 있었을 테고. 걸음을 떼기도 전에 말 등에 오른다는 몽골 아이들, 그들이 말과 한몸이 되어 소통한다는 것도 여행을 통해 알았다.

울란바토르 근교 테를지에서다.

앞에서 보면 거북이, 뒤에서 보면 이스터섬 모아이를 닮은 거북바위 인근 게르에서 하룻밤 묵었다. 비가 와서 별은 못 보고 밤새 게르 천장을 두드리는 빗소리를 벗 삼아 잠을 청했다. 한여름임에도 새벽이 오자 한기가 들었다. 땔감이 젖어 난로를 포기한 때문에 일찍 일어나 따끈한 차를 마시며 벗겨진 하늘에서 기우는 보름달을 보았다. 여행을 하다보면 평소보다 부지런해질 때가 있다. 그날이 그랬다. 비를 피해 들어온 똥파리가 윙윙대는 잠자리가 불편하기도 했지만 비 멎은 밤하늘이 궁금하기도 했다. 너무나 맑고 밝은 보름달 때문에 별은 행세도 못 했다. 그래도 낮보다 밝게 느껴지는 밤을 홀로 즐기는 낭만은 몹시 이색적이었다. 바위산이 다가와 속삭이는 느낌도 오롯이 나만의 것이었다. 거북바위 앞에 즐비하던 말과 낙타는 어디로 퇴근했는지 보이지 않았다.

아침부터 말을 타러 갔다.

말이 출근하기 전에 미리 가서 기다렸다. 일과 시작 첫 번째 말을 타야 말들이 피곤하지 않아 안전하다고 했다. 이슬도 걷히지 않은 길을 말을 타고 걸었다. 가다 보니 사방에 에델바이스가 지천으로 깔려 있었다. 생전 처음 실물로 만난 에델바이스인데 그걸 밟고 가다니 이런 호사가 또 어디 있단 말인가?

"와 어쩔! 이걸 어쩔!"

감동의 멘트가 절로 쏟아졌다. 꼬마 마부한테 눈치가 보였지만 한번 터진 주책은 멈출 수가 없었다.

내 말을 끌던 마부는 사내아이였다. 꼬마는 아침부터 일을 나온 게 불만인지 입이 댓발 나와 말도 붙일 수 없었다. 아이 눈치를 보며 서툴게 말을 타는 게 불안불안했는데 우리나라 개망초처럼 널린 에델바이스 밭에서 그만 눈치고 코치고 분실하고 말았다. 꼬마가, 이 아줌마 되게 웃긴다는 듯 나를 흘낏 쳐다봤다.

"와! 이게 웬 횡재래? 꽃을 밟고 가다니. 그것도 에델바이스를!"

나의 감탄은 멈출 줄 몰랐고, 꼬마가 모는 두 필의 말은 자꾸 서로 다가와 몸을 붙이며 비벼댔다. 그게 여의치 않으면 내 다리에 대고 얼굴을 비볐다. 그럴 때마다 승마 초보인 나는 중심을 잃을까 두려움에 떨었다. 파리나 모기가 피부에 들러붙어 그걸 떼어내려고 하는 동작이었다. 꼬마가 뭐라뭐라 야단을 치며 어깨를 말에게 바짝 들이대고 밀어내길 반복했다. 왜소한 꼬마임에도 말은 꼬마의 뜻을 받아들여 조금씩 물러서곤 했다. 꼬마는 웃짜 어쩌고 웃짜 저쩌고 하면서 계속 말에게 말을 걸었다. 그게 무슨 소린가 했더니 '웃짜'는 내가 타던 말의 이름이었다.

일곱 살이나 될까 싶던 아이가 열한 살이라 할 때는 나도 모르게 정말? 하면서 목소리 톤이 올라갔다. 몽골 아이한테 일반적인 잣대를 들이대는 건 예의가 아닌데 나도 모르게 또 주책을 떨었다. 그래 놓고는 부족한 조심성을 내 식으로 아이한테 사과했다. 아무튼 그날 에델바이스를 밟으며 탄 말의 이름, 웃짜는 확실히 기억난다. 나중에는 기분이 풀렸는지 웃으며 조잘거리던 꼬마 마부가, 자기 이름이 무슨 바트르라고 했는데 딱 거기까지다. '무슨'은 아무리 기억을 끄들러도 기억나지 않는다. 웃짜만 기억날 뿐.

금방이라도 무너져내릴 듯 수많은 금이 그어진 기암괴석 바위산을 왼쪽에 끼고 한 시간쯤 말을 탔다. 거기 말들은 걷는데 익숙해선지 웬만해선 뛰지 않는다고 했다. 관광객의 안전을 위해 그렇게 길이 든 거란다. 승마를 즐기는 사람이 실력을 뽐내고 싶어 츄츄대며 가열차게 채찍을 휘둘렀는데, 꿈쩍도 않고 제 페이스를 고집하며 그저 걷기만 했다.

"여기 말은 하나같이 터덜이들이구먼."

말한테 츄츄대던 사람이 투덜거렸다. 그리고 이내 포기했다. 사람들이 웃었다. 몽골에 터덜대러 왔지 죽어라 달리러 오는 사람이 어디 있느냐면서.

그리스 메테오라는 여기서 얼마나 멀까?

말에서 내려 산밑에 있는 사찰로 향했다. 사방팔방에 야생화가 피어 향기로운 길을 천천히 걸었다. 사찰 머리 꼭대기 바위산 벼랑에 뚫린 구멍이 그리스 메테오라수도원을 소환했다. 전혀 다른 곳, 다른 문화인데 바위산 구멍에서 기시감이 느껴졌다. 메테오라수도원은 그리스정교일 테고 여기 아리야발사원은 라마교인데 수행 방식은 대동소이한가 보다. 둘 다 고립무원을 추구하고 또 강요하니 말이다.

바위산 구멍에 들어가 깨달을 때까지 홀로 수행하는 건 어떤 정신의 개입일까. 제대로 먹지도 눕지도 못하고 자신을 학대하는 게 과연 건강한 정신에서 나오는 행위일까. 수행이야말로 의도적으로 정신질환을 발병시키는 종교적 장치는 아닐까 문득 의심스러웠다.

코끼리 코를 형상화한 108개의 계단 위에 위치한 아리야발사원은 일명 새벽사원이다. 새벽사원인 줄 모르고 아침에 올라왔다. 마니차를 돌리며 불손한 생각을 하다가 아차! 제정신이 들었다. 잘 나가다가 꼭 동티날 짓거리를 하는 것도 불치병이다. 이러고 살면서 내가 잘 살았다고 우기니 참 너 잘났다 소리가 절로 나왔다. 이러고 저러고 핑계 댈 것 없다. 뿌린 대로 거두는 게 진리다, 뿌리고는 잊어버려서 탈이지…….

사는 내내 내 인생 전체가 수행 아니냐고 투덜거렸다.

저 까마득한 벼랑의 구멍을 보니 엄살이 쏙 들어갔다. 위치로 보면 석모도 낙가산 눈썹바위 마애불과 유사하다. 기도처들은 대개 비슷한 곳에 자리한다. 외딴곳, 함부로 오를 수 없게 비탈지고 위험한 곳, 그리고 기운이 세고 신성해서 시나브로 꼬리를 내리게 하는 곳이다. 그리스 메테오라수도원, 석모도 눈썹바위 마애불 그리고 여기 테를지 아리야발사원의 암벽 기도처가 유사한 기운과 압력으로 나를 무릎 꿇렸다.

내 주제에 감히 수행이라니? 누구나 제 그릇대로 세상을 평가하기 마련이다. 내 그릇은 종재기라 소금이나 간장만 담기겠다. 때로는 타구처럼 가래도 담기겠다. 한심하다.

108개 계단을 내려오다 보니 왼쪽 산비탈에 옴마니반메훔이라는 글자가 화려한 색깔로 문신처럼 새겨져 있었다. 동티벳 무구쵸 가는 길에선 하천 바위에 수없이 새겨진 걸 보았다. 수시로 눈으로 보고 읽으라는 뜻인가 보다.

예전에 한 스님과 가깝게 지냈다.

그 스님이 불교 성지순례 갈 때면 여비도 보태주고 우리가 이사할 땐 스님이 이삿날을 잡아주고 하여튼 허물없이 지내는 사이였다. 어느 날 그 스님이 내게 옴자가 새겨진 패물을 지니라고 했다.

"옴이 뭔데요?"

내가 묻자 스님이 글자를 그려주었다. 글씨를 쓴 게 아니라 글자를 그려주었다는 게 정확한 표현이다.

"옴마니반메훔 아시죠? 바로 거기 나오는 옴입니다."

"옴이 무슨 뜻인데요?"

스님은 한참을 골똘히 생각하다가 간단히 정리해주었다.

"옴은 알파와 오메가, 다시 말해 시작과 끝입니다. 전부라는 뜻이지요."

내게 전부를 지니라니? 그건 좀 오버지 싶었지만 굳이 입밖에 내지는 않았다. 대신에 한 돈짜리 14K 목걸이를 장만하면서 메달에 옴자를 새겨달라고 했다. 그 목걸이는 지금도 화장대 서랍 속에 있다. 자주 하지는 않지만 가끔 상의가 밋밋할 때 목에 건다. 덕분에 옴자가 어떻게 생겼는지 확실히 안다. 어디를 가나 옴자가 보이면 바로 알아볼 정도다. 스님이 내게 그 목걸이를 권한 건 내게 옴이 꼭 필요해서였을까?

스님과의 인연이 다해 서로의 소식도 모르고 지낸 지 어언 이십 년. 스님으로 인해 옴만 알았지 옴마니반메훔을 배우지 못한 나는 다시 손바닥학교를 찾는다.

옴마니반메훔은 관세음보살의 자비를 나타내는 주문으로, 이 주문을 외우면 번뇌와 죄악이 소멸되고 온갖 지혜와 공덕이 온다고도 하고, 사전적 의미로는 해석이 안 되니 굳이 해석하려 들지 말라고도 한다. 본래 옴은 우주의 첫소리로 원초적 언어, 마니는 보석, 반메는 연꽃, 훔은 번뇌와 망상이 없는 청정한 세계로, 옴마니반메훔을 외우고 성찰하면 깨달음에 다다라 자비의 완성에 이른다니 수시로 입에 담기에 이보다 더 좋은 말이 없긴 하겠다.

하지만 감히 자비라니?

내겐 너무나 머나먼 단어다. 남을 깊이 사랑하는 건 부담스럽고,

가엾게 여기는 건 시건방져 싫다. 살다 보니 넘고 처지는 게 너무 많다. 적정선을 찾기가 점점 어려워진다. 그래 그런지 알맞다는 말이 가끔 그립다.

글자도 그렇다.

영어가 알맞게 있으면 좀 좋을까? 영어에 능통하지는 않지만 대충 때려 맞추는덴 이골이 났는데, 몽골은 러시아 키릴문자를 사용, 간판을 읽을 수가 없어 여행 내내 보통 답답한 게 아니었다. 눈뜬 장님으로 다니자니 짜증이 올라와 나중에는 아예 포기하고 오로지 풍경만 감상했다. 사실 믿는 구석이 있었다. 나중에 손바닥학교에 물어보면 만사 오케이 아니던가. 그런데, 생각보다 몽골에 대한 정보는 디테일이 떨어져 아쉬웠다. 다만, 흐미는 덕후들 덕분인지 음악하는 사람들의 호기심 때문인지 그나마 자료가 넉넉한 편이었다.

"근데 넌 어떻게 흐미를 아는 거야?"

나도 음악에만 취했을 뿐 흐미란 이름도 집에 와서야 확실히 알았다. 여름방학이라 알바로 나온 가이드, '더기'는 울란바타르 134번학교 교감선생이다. 그의 이름을 나는 한국에 돌아올 때까지 '덕이'로 알았고, 여행하는 내내 덕이는 도끼로, 버스 기사 '어츠르'는 어쭈구리로 불렀다. '도끼와 어쭈구리'가 그들의 닉네임이었다. 헤어지는 칭기스 칸 공항에서 도끼가 연락처를 나눠줬다. 집에 오고도 한참 지나 가방을 뒤지다가 메모지를 발견했고 덕이가 아니라 더기임을 알았다. 뭐든 제대로 안 뒤 기억하려 하지 않고 설렁설렁 대충 지나가는 성향인 터라 흐미를 아는 딸이 신기할 밖에 없었다.

"『오디션』이란 만화책에 나와서 옛날부터 알았어."

이제 마흔 갓 넘은 딸이 옛날부터 알았다니 도대체 언젯적 만화인 걸까?

"1997년부터 연재된 만화야 엄마."

삼십 년도 안 됐는데 딸에겐 옛날이구나.

"그 만화에서 '이노무시키' 에피소드에 성대결절로 목소리가 갈라진 아이가 티벳에 가서 쉐도우 창법을 배워오는데 그게 바로 흐미거든."

"그걸 기억한다고? 만화를 보고?"

"흐미라는 단어가 인상적이잖아. 그때 친구들이랑 이게 '흐미야 흐미' 하면서 엉터리로 목소리 흉내를 좀 내기도 했고. 흐미 창법 정말 어려워 엄마. 몽골에서도 천 명에 한 명쯤 나오는 소리래요."

흐미에 홀라당 빠진 어미가 반가운지 딸은 제 기억을 끄집어내고 정보를 찾아주며 나를 도우려 했다. 저처럼 나도 쓸데없는 것에 빠져 헛발질하길 바라는 것 같았다.

딸은 BTS 아미다.

새로운 음반이나 굿즈가 나오면 무조건 구매한다. 다른 데는 아끼면서 그때만큼은 큰손이 된다. 때로는 딸과 주안상 차려놓고 컴

퓨터 앞에서 공연 실황을 함께 보기도 한다. 딸 덕분에 BTS 멤버 7명 이름은 물론 얼굴까지 다 외우게 됐으니 그게 바로 아미들의 극성이고 애정 아닐까 싶다.

생전 가야 연예인 누구 하나 마음에 담아본 적 없고 어떤 곡에 폭 빠져 허우적거린 적도 없다. 느닷없이 흐미에 빠진 어미가 재미있는지 자꾸 그쪽으로 몰아가는 심사가 보였다. 미스 트롯 미스터 트롯이 대박을 치면서 노년층 덕질도 본격화됐는데 엄마도 빠져보라며 은근히 등을 떠밀었다.

"엄마라면 흐미가 딱이지. 평범한 거 싫어하잖아 엄마는."

아들까지 합세해서 놀렸다. 덕질까지는 아니라도 관심이 가는 건 맞다. 뭔지 모르지만 어쩐지 끌렸다. 흐미가 쉐도우 창법이라는 소릴 듣고는 더욱 그랬다.

한데, 그림자 창법이라니?

본체는 따로 있고 그에 따른 그림자까지 표현하는 창법이라고? 흐미도 멋지지만 그림자 창법은 더더욱 매력적이다. 만화 속의 주인공은 목소리 신동으로 일찍이 가수 활동을 시작했으나, 성대 혹사로 결절이 오고, 수입까지 끊어져 어려움을 겪는다. 성대결절은 목소리가 갈라져서 소리가 제대로 안 나는 증상이라 이왕 이렇게 된 거 아예 확실하게 둘로 갈라지는 것도 좋다고 생각, 티벳에 가서 쉐도우 창법을 배워 온다고…….

나도 성대결절이다.

나도 흐미에 도전해볼 수 있을까? 은근히 마음이 동했다. 잃어버린 목소리 대신 그림자 창법으로 소리를 내지를 수 있을까? 생각만으로도 가슴이 설렜다.

괜히 마음이 쏠린 게 아니다.

이유 있는 쏠림이다. 나는 몰랐지만 내 몸이 알아서 반응했던 것이리라. 잃어버린 목소리를 찾고 싶은 건 내 의지뿐 아니라 내 목소리도 마찬가지였으리라. 답답했겠지. 어떻게든 길을 찾아내 한번 시원하게 흐르고 싶었던 거겠지.

본래 나는 가수가 되고 싶었다. 목소리에 자신 있었다. 3옥타브 미(E5)는 거뜬히 찍어 목소리로는 어디서도 밀리지 않았다. 뒷받침이 안 돼 가수는 물 건너갔지만 노래방이 생기면서 갈증을 해소했다. 그런데 오십에 접어들 즈음 목소리가 갔다. 목소리가 갔는데 간 줄도 몰랐다. 워낙 정신없이 휘몰아치는 내리막 운명에 시달리느라 내 개인사는 뒷전이었다. 어느 날 마음이 울적해 나도 모르게 노래를 불렀다. 「섬집 아기」였다.

엄마가 섬 그늘에 굴 따러 가면/아기가 혼자 남아 집을 보다가/바다가 불러주는 자장노래에/팔 베고 스르르르 잠이 듭니다

슬픈 정조의 동요지만 어쩐지 마음이 정제되고 위안을 받는 노래라 종종 불렀는데 '자장노래에'에서 소리가 나오지 않고 묵음이 되었다. 안 그래도 호흡이 거칠어 노래가 매끄럽게 불러지지 않았는데 기어코 자장노래에서 끊어지다니! 나는 당황했다. 혹시나 싶

어 다시 불러 보았지만 역시나였다. 아아 내 목소리가 갔구나. 주인을 떠났구나. 어떤 힌트도 경고도 안 주고 말없이 떠났구나. 눈물이 확 쏟아졌다. 설마 영영 이러지는 않겠지? 잠시 잠깐 맛이 간 거겠지. 그땐 상황이 상황인지라 성대 때문에 병원에 들락거릴 처지가 아니었다. 세월이 한참 지난 뒤에도 목소리가 돌아오지 않으면서 진작 끝장이 난 걸 비로소 깨달았다.

성대결절 이유도 모른다.

하루 두 갑으로 과했던 흡연 때문인지, 스트레스 때문에 외딴곳에 가면 목청이 터져라 악을 쓰던 습관 때문인지, 아니면 목감기를 심하게 앓았는지……? 한평생 살다 보면 몹시 힘든 시절이 깜지가 되는 경우가 있다. 내 경우엔 그때가 그랬다. 내가 가장 힘든 시절 나는 성대를 망쳤고, 그 이유도 모르고, 목소리를 찾기 위한 조치도 취하지 않았다. 노래방에 가서 짓이 나면 윤시내의 「열애」를 즐겨 불렀는데 이젠 꿈도 못꾼다. 기껏해야 김추자의 「무인도」나 가까스로 부른다. 성대결절로 고운 목소리는 안 나오지만 내지르는 소리는 그래도 어찌어찌 좀 터지니 그것만도 다행이다. 고운 목소리로 고음의 노래를 조용조용 부르는 건 완전히 불가능하다. 가끔 나는 내 목소리가 듣기 싫다. 말하는 소리도 거슬린다. 내가 아닌 것 같아서다. 아직도 목소리가 소녀 같은 엄마랑 같이 있을 땐 정말이지 입도 열기 싫다.

쉐도우 창법 때문에 훅 넘어간 나는 흐미를 배워보기로 했다.

유튜브에 들어가면 몽골 문화예술대학교 흐미과에서 수학한 한국 남자가 친절하게 흐미를 가르쳐준다. 짧은 강의가 두 편으로 방송된다. 몇 번을 반복해서 보면서 어설프게 따라해보는데 어쩐지 희망이 보이는 듯했다. 흐미는 성대를 쥐어짜고 목을 쪼아 베이스 음을 만든다고 했다. 머리와 다리를 V자로 들고 소리를 내면 자연스럽게 배와 목에 힘이 들어가고 성대가 조인다. 그렇게 동작을 따라하고 성대를 조이면서 하이하이하이하아 소리를 내니 뭔가 느낌이 왔다.

흐미는 느낌이라고 한다.

악기 연주처럼 눈으로 보고 배우는 게 아니라 내 안의 소리로 흉내를 내면서 성대를 조이는 느낌을 받는 게 중요하단다. 일단 느끼고 나면 그 느낌을 기억해서 반복해야 한다. 흐미과에서 수학했다는 남자는 열 명이 함께 공부하다 일 년 후 소리가 나지 않는 여덟 명은 그만두고 두 명만 남았다고 했다. 느낌이 오지 않으면 떨어져 나갈밖에 도리가 없는 것이다. 때문에 흐미를 하는 사람이 적은 것이고.

일단 베이스가 나오면 다음은 기술적인 부분으로 들어간다. 고음에 돌입하는 거다. 고음은 혀를 사용한다. 혀로 윗 치아 뒤의 입천장을 막아주고 하이톤의 휘파람 소리를 낸다. 혀를 위아래로 움직이면서 소리를 낸다. 혀 중앙은 붙이고 양옆으로 바람 빼는 소리, 아르르르 강가르 겅거르 소리를 혀를 떨면서 낸다. 그렇게 혀를 풀어준다. 목과 혀를 풀어준 다음에야 본격적으로 흐미 연습에 들어가는 거다.

흐미는 자연의 소리다.

산, 강, 바람, 동물을 소리로 표현하면서 자연과 소통한다. 흐미는 탁 트인 광야에서 해야 소리가 트인다. 그러니까 바람 소리, 물소리, 짐승 소리와 소통하면서 그것을 뛰어넘어야 하는 것이다. 우리 판소리꾼들이 득음하기 위해 폭포에서 목을 틔우듯 그렇게.

언덕을 넘어서 달려오는 말발굽 소리, 숲속에서 지저귀는 새 소리, 돌틈을 빠져나온 바람 소리, 소나기가 지나간 간헐천의 사나운 물소리, 새끼 양을 잡고 비상하는 독수리의 날갯짓소리, 어미를 찾는 어린 양의 비명 소리, 주인이 집 나간 가축을 부르는 소리, 샤먼이 신을 찾는 소리……, 이 모든 것이 자연과 인간을 연결시켜주는 음악으로 재탄생하는 것이다.

몽골 여행 중, 어워 앞에서 노래하는 아이들을 만났다.

음악 시간에 흐미를 연습하는 아이들이었다. 교실이 아니라 초원에서 진행되는 음악 수업이었다. 두 줄짜리 몽골 전통악기 마두금이 보였다. 우리 해금과 유사한데 머리가 말머리다. 마두금 소리는 해금보다 저음으로 가슴을 쥐어짠다. 몽골에서는 난산한 낙타가 새끼를 뒷발로 차며 젖을 물리지 않으면 마두금 연주자를 초대한단다. 애절한 마두금 소리에 어미 낙타가 눈물을 흘릴 때 젖을 물리면 물리치지 않는다니 이보다 더 심금을 울리는 악기가 어디 있을까.

바람이 지나가는 어워 앞에서 아이들이 부르는 흐미를 감상했다. 지속적인 저음을 아래로 깔고 위로는 휘파람소리를 내는 아이들. 곧잘하는 아이도 있고 버벅대는 아이도 있었다. 그래도 모두가 행복한 표정이었다. 아이들의 행복이 바람에 실려가 자연에 흡수됐다. 아무런 걱정 없이 오늘을 사는 아이들은 또 하나의 풍경이 되어, 어워 앞에서 더없이 자연스러웠다.

선생님이 연주하는 마두금이 앞발을 치켜들고 투레질을 하더니 히히이힝 소리를 멈췄다. 사람도 짐승 소리를 내고 마두금도 짐승 소리를 내는 어워 앞에서 나는 천천히 시계방향으로 세 바퀴 돌았다. 무엇을 버릴지 생각하며 돌았다. 한 바퀴 돌 때마다 돌을 주워 올렸다.

어워는 돌탑이다.

성황당처럼 기도하는 돌탑이다. 몽골에서는 도처에서 눈에 띄는 돌탑이다. 산에 있으면 산 어워, 강에 있으면 강 어워, 길에 있으면 길 어워라고 한다. 그만큼 흔하다는 뜻이다. 처음엔 몰랐는데 자주 마주치다보니 알겠다. 어워에 버려진 목발과 담배와 술병을 보고 알았다. 기도는 기도로되 버리고 싶은 걸 기도하는 곳이란 걸.

난 무엇을 버려야 할까?

어워를 세 바퀴 돌도록 버려야 할 것이 떠오르지 않아 기도를 못 했다. 다음 번 어워에서도 마찬가지로 세 바퀴를 돌기만 했다. 나는 번번이 기도를 놓쳤다. 이 나이 먹도록 버릴 게 뭔지도 모르고 산 게 부끄러웠다. 그럼에도 도통 떠오르지 않아 당황스러웠다.

뭘 버려야 하지?

고민만 하다 돌아왔다. 기도 한 번 시원하게 못 하고 왔다. 버릴 건 진작에 다 버려 버릴 게 진정 없는가? 내게 물어봤다. 내가 모른다고 했다. 정말 모르는 걸까?

돌아오는 비행기 안에서 검지 끝이 이상해 살펴보니 카터칼 끝으로 쪼인 듯 날카롭고 깊게 상처가 났다, 쓰라렸다. 언제 멎었는지 피는 나오지 않았다. 그래도 벌려보면 상처가 깊은 걸 알 수 있었다.

버리지 못해서 얻은 상처다.

마지막 어워에서 따끔했다. 역시나 버릴 걸 찾지 못해 그냥 돌면서 바닥에 있는 돌을 찾을 때 소나기가 쏟아지기 시작했다. 급한 마음에 얼른 바닥에 박힌 돌을 뽑아 어워에 던지고 차로 달려왔는데, 그때 날카로운 돌에 입은 상처지 싶다. 어워에서 입은 상처는 생각보다 오래 갔다. 집에 와서 바로 나을 줄 알고 방심했더니 나을 듯하다가 다시 덧나길 반복했다. 거기서 나아 와야 하는데 여기까지 끌고 와서 감을 잃었나 보다. 느낌을 잊었나 보다.

반짝하던 흐미에 대한 관심도 시들해졌다. 옴마니반메훔만 반복하면서 흐미 연습을 했는데, 시작은 제법 되는 것처럼 변죽을 울리더니만 발전이 없다. The Hu의 성덕이 되는 것도 물 건너갔지 싶다. 여기까지인가 보다. 입문으로 끝나는 창피한 관심이 안 그래도 낯 뜨거운데 애들이 굳이 묻는다.

"엄마. 요새도 흐미하고 놀아?"

멋쩍게 웃으며 대꾸한다.

"니 엄마가 어디 푹 고꾸라지는 사람이더냐?"

"헐!"

난 나한테만 고꾸라질 것이다. 그러기로 했다. 생전 처음 홀딱 빠졌던 흐미가 시들해지면서 나의 느낌을 믿을 수가 없다. 흐미는 느낌이고, 분명 느낌이 왔는데, 안타깝게도 그 느낌을 장악할 수 없었다.

흐미가 떠난다.

마지막 어워에서 버리고 왔어야 할 흐미가 굳이 여기까지 따라와서 떠난다. 참으로 꿈결처럼 짧은 열애다. 흐미가 바람처럼 떠나간다. 인천까지 따라와서 떠나간다. 모처럼의 '느낌'이 떠나간다.

매미 소리는 여전히 시끄럽다. 아침저녁 선선해졌는데 아직도 짝을 못 찾은 모양이다. 내게도 꽤나 시끄러웠던 여름이다. 수컷도 아닌데 배 주름을 까딱이며 요란을 떨었다. 나도 시간이 없었나 보다. 나도 모르게 체온이 높던 한때였나 보다. 다시 입장하는 벙어리의 세계가 싫다. 안 들어갈 수도 없는데 어쩌나, 시간은 인정머리 없이 흐르는데 이를 어쩌나…….

말승냥이 시절

사진 제공 지현만

말승냥이 시절

대청문 밖이 가파른 벼랑이라 하마터면 떨어질 뻔했다.

대문 두드리는 소리가 다급해 방을 나왔다. 마루를 지나 대청문을 여는데 마당이 툭 떨어져 밑이 보이지 않았다. 성급하게 댓돌에 발을 내디뎠으면 그대로 추락했으리라. 뭔가 수상하고도 섬뜩하다. 모르는 곳에 나 홀로 떨어져 나온 것 같다. 잘잘못과 시비를 가릴 시점에 기어이 도착했다는 기묘한 느낌도 드는데 굳이 무서울 건 없다.

이게 무슨 상황인가 모르겠다.

지금 나는 고향 집 대청마루에 서 있다. 멀리 보이는 앞산마루엔 말승냥이가 가로로 휙휙 난다. 순한 명도의 달빛 아래, 뜀박질하며 노니는 말승냥이는 익숙한 풍경이다. 낮에는 종적을 감추었다 밤이면 출몰하던, 그것도 겨울밤에만 나타나던 말승냥이는 늘

이쯤에서 멀리 보았을 뿐 가까이는 접근할 수 없던 짐승이다. 딱 오늘 같은 겨울밤, 밤똥 누러 변소 다녀오는 길에만 구경하던.

보통 소변은 수챗가에 서서 갈겼다.

잠이 덜 깬 채로 비틀비틀 갈기다 보면 바지 앞섶을 적시기 다반사지만 담장 안이라 무섭지는 않았다. 문제는 밤똥이다. 대문을 나가 담벼락을 끼고 오른쪽으로 스무 발자국쯤 가면 변소였다. 깜깜한 변소에 더듬더듬 들어가면 정신 바짝 차리고 잘 요량해야 한다. 똥통에 빠지지 않게 발판을 정확하게 짚어야 한다. 겨우 자리를 잡고 쭈그려 앉으면 사타구니 밑으로 돌출된 밑천이 금세 얼어붙었다. 구구 구구국, 멧비둘기가 울면 기다렸다는 듯 와앙 으와 아앙 올빼미가 화답했다. 밤똥 누러 나갔다 올빼미한테 눈깔을 파먹힐 뻔했다는 친구의 공갈이 생각나 오금이 저렸다. 변소간 벽에 매달린 양회봉지를 대충 찢어 손으로 싹싹 비빈 후 밑을 닦고 숨을 고르며 출발 준비를 한 뒤, 걸음아 날 살려라 뛴다. 대문 빗장을 닫아걸고 신발을 벗어 던지며 대청에 올라서면 비로소 휴우, 돌아볼 여유가 생긴다. 앞산에서 뭔가가 휙휙 날아다닌다. 개의 조상으로 개보다 크고 승냥이보다 큰 말승냥이들의 뜀박질이다.

말승냥이가 늑대라는 건 나중에야 알았다.

늑대 이전에 우리나라에선 이리라 불렸다. 옛날 동화책엔 굶주린 이리가 자주 등장했다. 북한에서 날아온 삐라에도 이빨을 드러낸 이리가 있었다. 미제국주의자였다.

안전한 장소에서 말승냥이를 건너다보는 일은 재미있었다. 그렇게 대청마루에 한참을 서 있었다. 보통은 단독으로 수달이나 토끼를 잡아 먹지만 먹이가 모자라면 단체로 민가에 내려와 가축을 습격하는 말승냥이다. 말승냥이는 한 해 겨울에 두어 번 동네에 나타나 염소나 송아지를 약탈했다. 개와 달리 긴 꼬리를 항상 밑으로 늘어뜨리고 다니며 방심을 유도하지만 짐승의 뼈를 아작아작 씹을 정도로 이가 튼튼하다. 우리 집 송아지가 사라진 날 외양간에는 약간의 핏방울만 흔적으로 남았다. 어른들은 이구동성으로 말했다. 순식간에 멱을 따서 숨통을 끊은 뒤 앉은자리에서 다 먹어 치우고 입 싹 씻으며 사라진 거라고. 말승냥이는 본래 그렇게 완전범죄를 저지르는 깔끔한 짐승이라고.

송아지가 사라진 밤 우리 집은 조용했다.

바람조차 잠든 밤이었다. 아버지는 장래 내 대학 등록금이 사라졌다고 상성했지만 나는 자기보다 큰 짐승을 소리 없이 해치우고 감쪽같이 사라진 말승냥이만 신기했다. 두려우면서도 궁금했다. 바로 이때부터 내 이름 끝자에 '일'이 들어간 때문에 친구들이 '이리'라고 놀려먹어도 좋기만 했다. 이리에겐 조용하고도 압도적인 매력이 있으니까.

드르륵드르륵 휴대폰 진동 소리에 정신이 번쩍 든다. 꿈이었구나, 흥분한 거덩이 목소리가 건너온다.

"야 이리야, 깔깔스님이 절을 팔고 야반도주했거덩. 지금 동네가 아주 난리 났거덩. 돈 떼인 사람들이 솔찮거덩."

고향에 있는 작은 사찰의 주지스님을 우리는 깔깔스님이라 불렀다. 스님답지 않게 까르르 까르르 명랑이 과장된 웃음소리는 지나치게 크고 선명해서 멀리서도 누군지 금세 알 수 있었다. 거덩이 말에 의하면 불공드릴 돈뿐 아니라 작정하고 목돈을 빌리기도 한 것 같다고 했다.

"거덩이 너도?"

"됐거덩. 난 불공드리는 스타일이 아니라서 안전빵이거덩."

과장된 웃음소리를 방어기제로 세상을 속이며 잘도 살더니 무슨 동티가 나서 야반도주를 했을까?

"야야 이리야. 여신도와 바람나서 교회 팔아먹고 도망친 목사는 봤어도 사찰을 팔고 튄 비구니는 금시초문이거덩. 동네 사람들 다 멘붕이거덩."

거덩이가 날 탐색하는 듯했다. 녀석이 어디까지 알고 있나 몰라도 나는 뒷짐 지고 모르쇠로 일관하고 살았다. 고향에 살던 시절 내 인생은 즐거운 범죄로 점철, 위악과 죄악이 얼크러진 시대였고, 그 시작점에 깔깔스님이 있었다.

사람들은 깔깔스님이 허물없어 좋아했다.

초상이 나거나 경사가 생기면 제일 먼저 깔깔스님한테 도움을 청했다. 깔깔스님은 누가 청하든 거절하는 법이 없었다. 그럼요. 불러주시는 것만도 땡큐입니다. 소승은 늘 대기 중이니 언제든 불러만 주십시오. 거기가 어디든 이 묘해가 달려갑니다. 깔깔스님 법명은 묘해였다. 돈이 되건 안 되건 일단 달려오는 묘해스님은 동네 일꾼이면서 범접할 수 없는 스타였다.

묘해스님은 친구도 많았다.

거덩이 누나 옥자도 묘해스님 친구였다. 거덩이 누나가 폭포등에서 미끄러져 소에 빠져 죽었을 때 묘해스님은 거의 혼백이 나간 모습이었다. 불경을 외는 중간중간 울다웃다를 반복하더니 기어이 마당에 나가서 퍼더버렸다. 거덩이 엄마처럼 땅을 치며 옥자를 부르다 쓰러졌다. 사람들은 스님이 엄청 인간적이라며 고개를 돌리고 눈시울을 붉혔다.

내 기억 속 묘해스님은 처음부터 스님이었다.

아버지 손을 잡고 간 절에서 엄마 탈상을 했다. 고인의 옷을 태우고 삼을 가르는 등 여러 행사를 했지만 나는 밥을 맛있게 먹은 기억만 또렷하다. 깻잎부각이 맛있나보구나. 어여 마음껏 먹어라. 채반에서 깻잎부각을 덜어주는 스님은 머리통도 동그랗고 얼굴도 동그랗고 목소리마저 동글동글 굴러다녔다. 고추부각, 다시마부각도 있었는데 내겐 깻잎부각이 유독 당겼다.

밥반찬으로 과자를 먹는 호사라니!

세상에서 처음 먹어보는 향기로운 아삭거림이 입에서 녹아 순식간에 사라지는 신기한 현상에 나는 정신없이 빠져들었다. 대청마루에 있던 죽은 엄마의 집, 하얀 사각 상청을 거두어내고 저승으로 아주 보내드리는 날, 나는 엄마와의 작별보다 입안에 들어가는 순간 거짓말처럼 사라지는 고소하고 야릇한 향기의 깻잎부각이 더 안타까웠다.

내게 그은 시선을 거두지 않고 흐뭇하게 바라보던 동그란 스님, 시집갈 나이의 처녀 같은 스님은 우리가 산을 내려올 때, 깻잎부각을 탈탈 털어 양회봉다리에 싸주었다. 나도 모르게 절로 입이 벙글어졌는데 어쩐지 스님한테 그걸 들키기 싫었다. 아버지 손을 놓고 절 아래를 향해 전속력으로 뛰었다. 그 후, 아버지가 절에 갈 때마다 나는 깻잎부각을 얻어먹기 위해 먼저 신발을 꿰었다. 아버지가 절에 갈 일은 별로 없었다. 나중에는 나 혼자 절 근처에 가서 서성거렸다. 혹시나 동그란 스님을 만날까 싶어서 아니, 깻잎부각을 얻어먹을까 싶어서.

내가 상급학교에 진학할 즈음 묘해스님도 대학교에 들어갔다.

서울 남산에 있는 대학 불교학과였다. 뒤늦게 공부하느라 새벽 기차를 타는 묘해스님한테 찬사가 쏟아지기 시작했다. 정말 큰스님이 되려나보다고 기대에 찬 눈빛으로 응원하는 사람이 점점 늘었고 뻑하면 무꾸리를 하던 사람들 중 일부가 절로 방향을 바꾸기도 했다. 나는 묘해스님과 함께 기차 통학을 하며 새삼 가까워졌다. 주말이면 시간이 날 때마다 스님이 운영하는 도시의 고아원에 가서 아이들 공부를 봐주기도 했다. 아이들은 스님한테 엄마엄마 부르며 잘 따랐다. 스님한테 엄마라는 호칭은 쫌, 내가 불편한 내색을 하자 스님이 까르르 웃으며 왜? 스님은 엄마 하면 안 된다는 법 있어? 했다. 무슨 얘기든 웃음을 곁들이는 스님한테 거칠 것은 없었다. 그래그런지 스님이 운영하는 고아원은 '무애원 無碍院'이었다. 무애는 공간을 차지하지도 장애가 되지도 않는 것, 사통팔달 자유자재로 걸림이 없는 것, 언어와 사상마저도 일체의 걸림이 없는 것을 말한다고 했다. 근심 걱정을 무찌르는 천진난만한 웃음소리로 매사를 평정하는 스님한테 딱 맞는 이름이었다.

"도대체 깔깔스님한테 무슨 일이 있었던 건데?"

"난 암 것도 모르거덩. 이리, 너라면 또 몰라도."

"나? 내가 뭘?"

좀 모자란 듯한 거덩이지만 그게 다가 아니란 걸 안다. 훅 치고 들어오는 걸 보면 대충이 아니라 제법 안다는 소리다.

"너 비밀 많은 거 나도 옛날부터 알고 있었거덩. 깔깔스님도 도낀개낀이거덩. 이렇게 말해도 오리발이면 너 정말 나쁜 놈이거덩. 하여간에 니가 한 번 다녀가야 하거덩."

고향 떠난 지가 언젠데, 이날 입때껏 잠잠하다가 새삼 왜 나를 소환하려는 걸까? 마음이 불편해진 나는 일단 전화부터 끊고 생각해보기로 한다.

"거덩이 너 괜히 생사람 잡지 말고 그만 들어가라."

"잠깐만! 너 무조건 한 번은 와봐야 하거덩. 내가 기다릴 거거덩."

불안했다. 무덤 속에서 발견한 수백 년 된 씨앗을 발아시켜 꽃을 피우는 세상이다. 그에 비해 내가 묻어둔 일은 기껏해야 40여 년 전의 일이다.

스님도 생리를 할 줄 몰랐다.

겨울이었다. 절 해우소에서 말 그대로 근심을 푸느라 다리에 쥐가 나도록 앉아 있는데 저 밑바닥에 동백꽃 몇 점이 진하게 피어 있었다. 누가 치질인가? 치질이라기엔 그 양이 많았다. 스님한테 물으니 까르르 구르듯 웃으며, 나 아직 한창나이의 여자야 이 녀석아! 하면서 퉁박을 주는 바람에 얼마나 당황했던지. 가사장삼을 입어 몸매를 짐작할 수 없는 스님, 머리를 박박 깎은 스님에게서 나는 여자를 느낀 적이 없었다. 그냥 성을 초월한 어른이고, 산 아래 인간들을 제도하는 성직자일 뿐이었다.

이듬해 봄이 겨워갈 즈음이었다.

스님이 밥을 먹으러 오라고 청했다. 누구네 천도재라도 지냈나 보다 예사롭게 생각하고 절에 올라갔다. 절에는 아무런 행사도 없고, 스님의 어머니인 공양주보살과 묘해스님만 있었다. 산채비빔밥 위에 올라간 깻잎부각을 보며 나도 모르게 씨익 웃었다. 아욱 토장국도 곁들인 식사였다. 밥을 비벼먹는데 식초 맛과 구별되는 산뜻한 새콤함이 기분 좋게 씹혔다. 이게 뭐죠? 뭐? 새로운 맛이요. 싱안데 어때 괜찮지?

절 주변은 새콤한 싱아 군락지였다.

싱아는 봄 소풍 갈 즈음부터 눈에 띄는 간식이다. 오다가다 논

둑길이나 봇도랑에서 만나는 공짜 간식이다. 연한 싱아 잎을 뜯어 후후 먼지를 불거나 바지에 쓰윽 문지르면 곧바로 입으로 직행이다. 정수리가 뜨거워지는 초여름, 기다린 대궁을 타고 올라온 씨앗이 다글다글해질 때까지, 아이들은 들에서 싱아를 찾아 씹으며 새콤한 진저리를 쳤다. 싱아 덕분에 변변한 주전부리 하나 없어도 입이 심심하지 않은 봄이었다.

싱아는 폭포다.

때문에 들일하는 어른들 갈증 해소에도 요긴했다. 애고 어른이고 심심풀이로 뜯어먹던 싱아는 입 안의 폭포였다. 시금치처럼 생긴 싱아 잎을 껌을 접듯 착착 접어 입에 넣고 씹으면 아이 셔! 눈이 절로 비대칭이 된다. 온몸의 세포가 꼼지락대며 비틀린다. 입 안에선 새콤한 폭포가 무지막지하게 터진다. 폭포는 좀처럼 잦아들지 않고 계속 침을 뿜어낸다. 아무리 목이 말라도 싱아 잎 몇 장이면 오케이였다.

싱아엔 윙크도 들어 있다.

아이들은 씹으면 절로 눈이 찡그려지는 싱아를 윙크풀이라고 했다. 그래도 싱아의 신맛은 은근히 중독성이 있어 누구라도 한 번 맛보면 자꾸 뜯어먹게 된다. 그걸 이용해 싱아비빔밥 만들 생각을 하다니, 나는 스님의 상상력에 탄복했다. 스님은 신도들한테 식사로 제공해도 되겠냐고 물었다. 오브 콜스. 아주 참신한 비빔밥이네요. 입덧하는 새댁들한테 인기 만점이겠는 걸요. 근데 싱아

비빔밥보다 윙크비빔밥이라고 하면 어떨까요? 뭐라고? 윙크비빔밥이라고? 그거 굿 아이디어다. 역시 도일이를 불러 시식하게 하길 잘했어. 동그란 얼굴의 스님이 만족스러운 듯 깔깔 웃으며 윙크를 날렸다. 칭찬받은 나도 기분이 좋아 응답 윙크를 날렸다.

스님의 어머니인 공양주보살만 못마땅한 표정이었다. 공양주보살은 식사를 급히 끝내고 나가버렸다. 스님은 공양주보살한테 전혀 신경 쓰지 않는 눈치였지만 나는 좌불안석이었다. 내가 어릴 때는 스님만큼이나 나를 반기더니 수염이 나고 몽정을 할 즈음부터 꺼리는 기색이 완연했다. 공양주보살 때문에 절에 드나들기가 조심스러웠다.

깊은 가을날이었다.

엄마 기일을 앞두고 쌀이며 양초를 가져왔는데 스님이 부재중이었다. 공양주보살한테 가져온 물건을 건네고 재빨리 돌아섰다. 단술이라도 한 사발 하고 가랬지만 어쩐지 빈말 같아 고개를 꾸벅 숙이고는 곧바로 돌아섰다. 멀쩡한 길을 두고 낙엽이 쌓인 골짜기로 접어들었다. 왠지 그러고 싶었다. 허전하고 서운해서 어디든 거친 곳을 쏘다니고 싶었다. 비탈에서 미끄러지고 발을 헛디디며 넘어지고 자빠지면서 굴참나무 잎이 수북한 골짜기를 내려왔다. 낙엽 밟히는 소리가 보통 시끄러운 게 아니었다. 그래서 못 들었다.

묘해스님도 골짜기를 택할 줄은 몰랐다.

멀쩡한 길 놔두고 왜 낙엽 두툼한 골짜기를 택했을까. 올라오는 길은 더 험하고 힘든데 참으로 이상한 일이었다. 스님은 계속 나를 불렀다지만 나는 듣지 못했다. 화가 나서 귀가 닫혔던 거다. 이번 주말에 엄마 기일 준비 때문에 갈 거라고 미리 말해두었는데 자리에 없는 스님한테 부아가 났던 거다.

낙엽은 수북하다 못해 허벅지까지 쌓여 있었다.

스님은 낙엽무덤에 갇혀 쩔쩔매고 있었다. 나는 얼른 뛰어 내려가 스님 손목을 잡았다. 스님을 끌어내리려고 용을 쓰다 둘이 얼싸안고 함께 쓰러졌다. 수북한 낙엽 속에서 물컹하고 뜨거운 젖가슴이 팔꿈치에 스쳤다. 찌르르 뜨거운 전기가 오면서 아찔했다. 여차하면 까르르 웃던 스님도 웬일인지 웃지 않았다. 어느 순간 쿵쿵대는 내 가슴과 콩콩대는 스님 가슴이 맞닿았는데 그게 누구의 힘 때문이었는지는 아직도 모르겠다. 중요한 건 서로를 밀어내지 않았다는 것이다. 아주 오래된 기억 속으로 빨려들어 가는 듯 익숙한 촉감에 나는 가슴이 복받쳐서 숨이 잘 쉬어지지 않았다. 뜨거운 가슴 속에 파묻힌 내가 어느 순간 고개를 내밀고 두리번대며 또 다른 가슴을 찾는 바람에 기겁하기도 했다. 아아 엄마. 나한테도 엄마가 있었는데, 이렇게 따뜻한 엄마였는데……. 저녁 어스름은 금세 골짜기를 덮고 한 겹 또 한 겹 겹쳐지면서 우리를 지워갔고, 지워진 그곳에서 빠져나올 때까지 얼마의 시간이 흘렀는지 나는 모른다.

낙엽무덤이 주선한 이상한 첫 경험.

그게 제대로 이루어졌는지 아닌지도 모른 채 나는 한동안 가래톳이 서서 고생을 했고 당연히 절에도 갈 수 없었다. 엄마 기일에도 아버지 혼자 다녀왔다. 그렇게 가래톳도 앓고 그러면서 진짜 싸나이가 되는 거다 이 녀석아. 씨익 웃으며 등짝을 후려친 아버지가 한마디 덧붙였다. 손장난 너무 자주하면 못 쓴다.

그해 겨울엔 유행병이 돌았다.

노름이었다. 꾼들이 우리 마을에 원정을 왔다. 눈앞에서 목돈이 현찰로 왔다갔다하자 남자들 눈이 미쳐 돌아갔다. 농한기 마을회관은 오소리 굴이었다. 담배 연기 자욱한 마을회관에서 둘레둘레 수건돌리기하듯 모여 앉은 남자들은 하얗게 밤을 밝히며 화투짝을 돌렸다. 국수 내기 뻥치기가 아니라 집문서가 오가고 선산이 넘어가는 섰다판이었다. 새벽마다 싸움박질로 동네가 시끄러웠다. 여자들의 악다구니와 남자들의 폭력으로 아침이 열렸다. 넌덜머리나는 겨울이었다. 그래도 유행병은 수그러들 줄 몰랐다. 새해 농사가 시작될 때쯤 보따리를 싸고 마을을 떠나는 집도 생겼다. 아버지도 그때 집에 있었더라면 전 재산을 날렸을지 모른다. 다행히도 아버지는 친구네 공장에 일자리가 났다며 가을걷이가 끝나자마자 바로 도시로 떠났다.

아버지 없는 집은 천국이었다.

남자들이 집을 비운 겨울밤, 우리 집엔 매일같이 여자들이 찾아왔다. 무슨 약속이라도 한 듯 서로 겹치는 일 없이 다녀갔다. 남자들이 큰돈을 날리는 밤, 여자들은 소소하게 돈을 썼다. 내게 잘 보이기 위해 선물을 들고 오거나 용돈을 건네줬다. 한의원집 아줌마는 집요하고 질투가 많아 여간 성가신 게 아니었다. 그래도 그 아줌마 덕분에 해피스모크에 입문했다. 몇 모금 빨면 두둥실 발이 허공에 뜨고 걷잡을 수 없이 웃음이 쏟아지는 마리화나는 걸리면 곧바로 영창인데 그 아줌마는 무슨 백이 있는지 아무렇지도 않게 지니고 다녔다. 나 말고 다른 사람하고는 하지 마. 그게 해피스모크를 말하는지 잠자리를 말하는지 알 수 없었다. 여자들 중에는 거덩이 누나 옥자도 있었다. 많은 여자들이 나를 거쳐갔다. 생각할수록 신기한 일은 여자들이 자발적으로 나를 찾아왔다는 거다. 나는 결코 여자들을 부른 적이 없었다.

제일 처음 찾아온 여자가 바로 거덩이 누나 옥자였다.

그녀는 한밤중에 군고구마를 품에 안고 왔다. 처음엔 거덩이 누나를 알아보지 못했다. 몇 년 전에 시집간 누나가 친정에 내려와 있을 줄 내가 어찌 알겠는가. 이 밤중에 누나가 무슨 일로? 그러게 나 말이다. 거덩이는? 나는 누나의 뒤를 살펴보았다. 아무도 없었다. 쉬잇. 누나가 소리죽여 말했다. 잠도 안 오고 심심해서. 그게 말이 되는가. 어이가 없었다. 나를 밀치고 방으로 들어간 누나는 옷을 훌훌 벗더니 이불 속으로 들어갔다. 그리곤 손짓으로 나를 부르며 말했다. 나 다 알아. 묘해랑 너…….

"나도 이제 알거덩. 우리 누나가 왜 폭포등에서 떨어져 죽었는지 이제 알거덩."

그래서 뭐 어쩌라고? 난 누구도 유혹한 적이 없는데.

"무슨 소리야?"

"이렇게 나오면 너 정말 나쁜 새끼거덩. 이리, 너 대물인 건 알지만 어린 노무 새끼가 그렇게 마구잡이로 휘두를 줄은 정말 몰랐거덩."

내게 온 여자들은 모조리 아줌마였다.

처음엔 아줌마들이 찾아왔고, 나중엔 내가 아줌마들을 찾아가거나 불러냈다. 아줌마들은 내게 꼼짝 못 했다. 꼼짝 못 하는 아줌마들이지만 주문은 거리낌 없이 하고 그 내용도 참 가지각색이었다. 자기 집에 있는 작대기는 저밖에 모른다면서 나를 칭찬하는 것을 시작으로, 말을 잘 들어서 이쁘다고, 아니 말까지 잘 들어서 이쁘다며 엉덩이를 두드려줬다.

그녀들의 요구를 나는 대부분 들어줬다.

아줌마들은 생김새가 다르듯 성감대도 가지각색이었다. 여자들이 그렇게 다양한 성감대를 가진 줄 나는 몰랐고 그토록 탐욕에 매달릴 줄도 몰랐다. 아줌마들의 요구를 착실하게 들어주면서 나는 점점 대담해지고 어디 가서도 꿀리지 않을 대가로 성장했다. 여자라면 무서울 게 없었다.

겁도 점점 사라졌다.

장소가 새로우면 쾌락도 새로웠다. 다리 밑에 서서도 하고, 저수지 물속에 들어가 숨을 참으면서도 하고, 나무에 올라가서도 했다. 부엌에서도 하고, 상여집에서도 하고, 공동묘지에서도 하고 돼지우리에서도 했다. 부처님을 모신 불당에서 한 번 해보자고 했을 때, 스님이 무섭게 화를 냈다. 사실 묘해스님과는 낙엽무덤에서의 그 사건이 시작이자 끝이었다.

  스님은 아줌마들과 달랐다.

  스님 앞에서 나는 꼼짝도 못 했다. 도일아, 그만 가라. 다시는 널 안 보고 싶다. 우리 절에 발 들일 생각도 마라. 묘해스님의 그 말을 나는 거역할 수 없었다. 스님한테 버림받으면서 급하게 기운이 떨어졌다. 무얼 해도 재미가 없었다. 나는 집에서 동그라미만 보았다. 내 방 벽에다 동그라미를 그리고 그것을 뚫어져라 바라보며 스님을 그리워했다. 가끔은 동그라미 가운데에서 희미한 연기가 보이기도 했다. 그럴 땐 눈을 감고 읊조렸다. 나무아미타불 관세음보살.

  열아홉 살 겨울, 대입 예비고사를 망친 그해, 방탕한 생활에 발을 들인 나는 이듬해 간신히 지방대학에 들어가면서 아줌마를 졸업했다. 친구네 공장에 일하러 간 아버지는 작업 도중 피대에 감겨 비참하게 돌아가셨다. 아버지의 사고로 나의 타락은 더욱 공고해졌다. 모든 것이 나의 타락을 향해 기가 막히게 돌아가던 시절이었다.

  혹 여성봉 때문일까?

고향을 떠나면서 다시는 오지 못할 예감에 앞산을 바라보니 여성봉이 먼저 눈에 들어왔다. 언젠가 아버지가 여성봉을 바라보며 한 말이 떠올랐다. 저 봉우리 때문에 이 동네 여자들 팔자가 드센 거다. 도일이 너는 이담에 이 동네 여자 말고 타지 여자와 결혼하거라. 그래야 뒤탈 없이 잘 산다. 알아들었지? 엄마도 팔자가 세서 아버지 속 썩였어요? 떼끼놈! 실없는 소리는. 아버지는 헛기침을 하며 지게를 지고 밖으로 나가버렸다. 엄마나 나나 저 여성봉 영향을 받은 거라면?

딱 여자 생식기처럼 생긴 바위다.

여자 속살처럼 하얗고 매끈한 바위 한가운데 소나무 한 그루가 외로이 자라는 여성봉이다. 발라당 누워 있는 여성 생식기 모양이 너무 적나라해서 사진조차도 자세히 보기가 민망한 바위다. 아버지 말대로라면 수난을 일으킨 아줌마들도 수난을 겪은 나도 죄가 없지 싶다. 이 모든 환란이 여성봉 때문이니까. 아무튼 나를 이뻐하던 아줌마들을 두고, 미친 에너지의 내 열아홉 살을 두고 나는 떠났다. 떠나면서 마음속에 접어 간직한 이는 묘해스님뿐이었다. 그렇게 떠난 뒤 다시는 고향 땅을 밟지 않았다.

집도 농지도 외지 부동산을 통해 팔았다. 우리 집이 남의 손에 넘어간 걸 뒤늦게 안 거덩이가 펄펄 뛰었다. 친구는 떠났어도 집이 남아 있어서 언젠가는 돌아오려니 믿었다고, 그래서 자주 들여다보며 손도 보고 군불도 때주고 그랬는데 어떻게 자기한테 일언

반구도 없어 팔아 없앴냐며 노발대발했다. 미안하다 거덩아. 등록금이 모자라서 그랬어. 내가 어디 손 벌릴 친척이나 있냐? 달랑 혼잔데 답이 없잖아. 학비 핑계를 댔다.

매형이 장돌뱅이라 집을 자주 비우는데 거덩이 누나는 몸이 뜨거운 여자였다. 그래서 친정도 자주 출입했는데 가깝게 지내는 묘해스님이 거덩이 누나의 사정을 모를 리 없었다. 수습 불가한 사고를 치기 전에 수를 낸 사람이 바로 스님이었다. 낙엽무덤에서의 일을 거덩이 누나가 어떻게 아냐고 스님을 찾아가 펄쩍 뛰었을 때, 스님은 아무렇지도 않은 표정으로 당신이 그렇게 말하면서 접근하라고 일러주었다며 까르르 웃었다. 결국 그렇게 굴러가게 돼 있는 걸 어떻게 말리니? 못 말리게 생겼으니 차라리 도와준 거지. 그래도 그렇지, 내가 자기 것도 아닌데 누구한테 인수인계한 거야? 알 것 같기도 하고 모를 것 같기도 한 스님의 논리에 한발 물러서면서 자존심에 상처를 받아 한동안 우울했다. 때문에 스님 보란 듯 기승을 떨며 막무가내 에너지 분출을 했다.

"우리 누나 죽을 때 임신 중이었거덩. 누나 죽고 매형이 와서 자기 새끼 아니라고 했거덩. 그래서 우리 누나가 자살한 거 맞거덩"

원래부터 하초가 부실한 거덩이 매형이었다. 안 그래도 부실하던 하초가 월남전에 참전한 뒤에는 더욱 나빠져 병원에 가보니 자손 볼 생각은 아예 접는 게 좋겠다고 하더란다. 남편이 허구한 날 집을 비우니 아기라도 낳아서 키우면 좀 덜 적적하겠다며, 집에만 오면 매달려 놓아주지 않는 아내 때문에 심란하던 매형은 차라리 남의 씨라도 받길 바랐다. 그런데 정작 아내가 애를 배자 마음이 달라졌다. 화냥년이라며 귀싸대기부터 갈기고 포악을 떨며 내쫓아 버렸던 것이다. 이 모든 사실을 아는 이가 바로 깔깔스님이었다고 거덩이가 말했다. 자기도 스님과 잘 통한다는 뜻이었다.

"거덩이 너도 스님하고 아주 친했나 보네?"

"이리 너만큼은 아니거덩."

거기 떠난 지가 40년인데 비교하는 걸 보니 거덩이가 날 질투하는 거다. 배신 때리고 떠난 스님한테 화가 나서 화풀이 대상으로 나를 택한 거다.

"알았어 인마. 속상하겠지. 근데 나 정말 아무것도 몰라."

고향 떠나고 가끔 전화 통화는 했다. 하지만 스님이 반기는 기색이 아니라 이내 시들해졌고 그러다가 아예 연을 끊었다. 스님이 내게 전화를 거는 일은 없었으니 내가 끊으면 그걸로 끝나는 거였다.

신문 기사로 묘해스님을 접한 적은 있다.

미담이었다. 비구니 스님이 운영하는 고아원 이야기였다. 틈틈이 아이들한테 가서 놀아주고 불경도 쉽고 재미있게 풀어 들려주고 상담도 해주면서 자상하게 아이들을 보살핀다는 엄마 스님. 절 살림하랴 고아원 살림하랴 몸이 열 개라도 모자라는데 늘 명랑하게 까르르 웃는다는 스님을 유쾌하게 그린 기사였다. 그런데 엄마

스님이라고?

　스님은 가끔 몸이 무거워 보였다.

　여러 겹 겹쳐 입는 승복이 불편해 보인다고 하자, 세상에 가사 장삼처럼 편한 옷도 없다며 스님은 까르르 웃어넘겼다. 언젠가 신생아가 무애원에 들어왔을 때 스님은 출타 중이었다. 신생아가 들어오기 전후로 스님은 몸 상태가 좋지 않고 얼굴이 잔뜩 부었다. 게다가 스님은 새로 들어온 신생아를 유난히 예뻐해서 물고 빨았다. 아기가 우유병 꼭지를 혓바닥으로 밀어내며 수유를 거부하자 스님은 따뜻한 체온이 그리워서 그러는 거라며 돌아앉아 아기를 품에 안고 젖을 물렸다. 정말이지 별난 스님이었다. 더 별난 건 스님의 젖에서 젖이 나온 거였다. 상상임신이 입덧을 하듯 상상엄마도 젖이 도네, 난 역시 신통한 스님인가봐, 하며 까르르 웃던 묘해 스님. 아기는 목구멍이 좁은 듯 꿀떡꿀떡 젖을 반나마 흘리며 넘기는데 그 장면을 목격하면서도 믿기지 않아 눈을 의심했다.

　"야 거덩아. 무애원 애들이 스님한테 엄마라고 불렀잖아. 그 애들 중에 혹시 스님 자식이 섞여 있었던 건 아닐까?"

　"당연히 있을 수 있는 일이거덩."

　안 그래도 피해자들이 떼로 몰려 무애원으로 갔다고 한다. 거기 아이들 중 사라진 아이가 있나 확인하려고. 가십거리로 딱인 소재다. 한동안 얼마나 동네가 시끄러울까.

　인간을 움직이는 건 공포와 욕망이야.

묘해스님이 옛날에 들려준 이야기다. 뭐든 곰파는 걸 좋아하는 스님이 두꺼운 책을 덮으며 한 말이다. 지금 스님은 무슨 공포 무슨 욕망 때문에 움직인 걸까. 부처와 승복이란 바리케이트를 치고 평생 갈구하던, 말 그대로 무애, 걸림 없는 인생을 벗어던지고, 불명예를 짊어진 채 어디로 떠난 걸까. 본 지가 하도 오래라 지금은 어떤 모습일지 모르겠다. 어쨌거나 눈도 동굴 얼굴도 동글 목소리도 동글동글하던 스님이 뜻대로 잘 굴러가서 까르르까르르 웃으며 살면 좋겠다.

이왕이면 스님이 움직인 이유가 공포가 아닌 욕망이면 좋겠다.

마음 통하는 멋진 남자와 연애 감정이 폭발해 다 버리고 오욕으로 점철된 길에 들어선 거라면 나는 전 재산을 털어 스님의 빚을 갚아줄 수도 있겠다. 돈은 쓸 줄 모르고 벌기만 해서 제법 모았다. 혼자 외롭게 살아 순진하게 모았다. 뻥튀기는 못 하고 차곡차곡 모았다. 나도 불쌍하고 스님도 불쌍하다.

시작부터가 잘못이다.

욕망덩어리 여자가 비구니가 된 게 잘못이다. 스님의 어머니가 현몽한 곳을 찾아가 한밤중에 손으로 땅을 파서 부처님을 찾아낸 게 잘못이다. 불경 외우는 게 재미있다며 두세 번 읽으면 통째로 외우던 총명한 머리가 잘못이다. 스님이란 신분을 이따금 잊고 몸의 기쁨조차도 곰파야 직성이 풀리는 성격도 잘못이다. 사방팔방 참견하고 해결하려는 오지랖도 잘못이다. 하지만 스님의 옷은 장삼이다. 오지랖에서 둘째가라면 서러운 장삼 아니던가. 어쩌면 잘못이 아니라 딱 알맞은 것이었는지도 모른다. 아아 오랜만에 생각이란 걸 하려니 어지럽다.

"참 이리야. 너네 집 자리가 얼마 전 주차장이 됐거덩. 고향에 와봤자 추억할 집도 없거덩."

"짜아식 변덕은. 알았어 인마. 오지 말란 소리지?"

나랑 떠들면서 들끓던 마음이 죽 떠먹은 자리처럼 잦아들자 본성대로 선해진 거덩이다. 우리는 서로 스님 소식을 접하면 바로 알려주기로 하고 전화를 끊었다.

집이나 주차장이나.

비 맞은 중처럼 중얼거린다.

사람이 쉬는 집이나 차가 쉬는 주차장이나 쉬기는 마찬가지다. 사람에서 차로 바뀌었을 뿐 용도는 똑같다. 웃음이 난다.

집이나 주차장이나, 술이나 물이나, 구름이나 비행기나, 스님이나 신부나, 꿈이나 접시나, 똥이나 밭이나, 바람이나 마음이나, 말승냥이나 이리나.

오랜만에 이리라고 불렸다. 덕분에 내 안의 말승냥이를 소환해 시간여행을 했다. 부끄럽지만 참 좋은 시절이다. 내 인생에 그때만큼 잘 나간 시절은 없지 싶다.

종일 아무것도 먹지 않았다. 속이 쓰리다. 냉장고를 열자 녹색 소주병만 가지런하다. 머그컵에 소주 반 병을 따르고 나머지는 생수로 채운다. 이젠 물 반 소주 반이 좋다. 몸의 말을 들으며 산 지 오래다.

고향을 떠나 혼자 살다가 사람이 그리워 전화를 하면 스님은 냉정했다. 도일아, 여긴 전생이야. 징징대지 말고 이젠 거기서 너하고 살아. 너로 살아.

스님 말대로 나하고만 살았다. 순전히 나로 살았다. 누구하고도 함께 살 수 없었다. 밥 대신 혼술을 한다. 초라한 혼술은 깔끔하다. 더럽힐 일이 없어 좋다. 나는 깨끗하다. 누구보다 깨끗하다. 초라해질수록 나는 점점 더 깨끗해진다.

저 혼자 떠드는 텔레비전에 탱크가 나온다. 탱크 꼴이 우습다. 진흙에 빠져 오도 가도 못한다. 병사들도 장딴지까지 빠진 발을 꺼내느라 정신이 없다. 적군과 싸우는 게 아니라 진흙과 지난한 싸움을 하는 러시아군이다. 자막이 뜬다. 우크라이나는 지금 라스푸티차, 곧 진흙의 계절이란다.

우리에게도 라스푸티차 같은 해빙기가 있다. 대동강 물이 풀린다는 우수경칩으로, 신발이 무거워지는 계절이다. 쫓겨가는 겨울이 발바닥을 붙들고 땡깡을 부리는 계절이다. 진흙땅을 피해 풀밭을 골라 걸어야 하고 비켜 갈 곳이 없다면 천근만근 무거운 발걸음을 각오해야 한다. 더러운 신발을 각오해야 한다. 어깨는 따뜻해서 좋지만 발은 무거운 해빙기, 하나를 받으면 하나를 내놓아야 하는 해빙기는 세상에도 인생에도 숨어 있다.

천방지축 살던 열아홉에 나는 인생을 다 살았다. 철이 들면서 나는 정말 죄가 많다고, 평생 근신하며 살아야 한다고 나를 단속했다. 그런데 어쩌면 아닐 수도 있겠다. 그때 난 겨우 열아홉 살이었다. 비밀은 내가 지킬 게 아니라 그녀들이 지켜야 할 과제인데 나 혼자 덮어쓴 채 불안과 죄책감에 허덕였다. 의뭉스런 거덩이 녀석, 나한테 비밀이 어쩌고저쩌고 수작을 건 녀석이 생각할수록 괘씸하다. 자기 누나가 제일 먼저 찾아왔는데, 내가 청한 것도 아니고 제 발로 찾아왔는데 내가 왜 쫄아야 하는가. 이건 아니다. 억울하다. 나만 돌려놓고 모두가 한 방향으로 서 있는 것 같다. 혼자 살던 나만 당한 것 같다. 어린 수컷만 당한 것 같다. 그들이 모는 대로 몰린 것 같다. 내 인생 끝이 보이는데 이제야 비로소 지나온 삶이 보인다. 손실을 보상받기엔 너무 늦었지만 그래도 어깨가 가벼워 좋다. 이제 곧 발도 가벼워지겠지.

  그나저나 우리 집이 주차장이 됐다고?

  가자. 가보고 싶다. 가서 거기 누워 쉬고 싶다. 자동차처럼 나도 엔진을 끄고 조용히 쉬고 싶다. 몇 달 더 산다고 무슨 의미가 있을까. 멀리 보이는 여성봉을 바라보며 한 사람 한 사람 아줌마들 이름도 뇌까리고, 순한 달빛을 받은 앞산 말승냥이 뜀박질도 그려보고, 그러다 졸리면 스르르 잠들고 싶다. 그렇지. 순진하게 모은 돈은 무애원에 기부하면 되겠구나. 나도 고아다. 자식 같은 혹은 손자 같은 동생들에게 주는 떳떳한 돈이다.

생각만으로도 웃음이 난다. 내가 대견해서다. 나는 소리 없이 웃는다. 어디선가 깻잎부각 씹는 소리가 아사삭바사삭 들린다. 고소한 소리에 눈이 찡그려진다. 아, 윙크비빔밥! 나는 주위를 두리번대며 동그라미를 찾는다. 아무것도 없다. 아무리 찾아도 없다. 눈물이 핑 돈다. 입안에 침은 폭포처럼 쏟아지는데…….

아아 내가 취했나?

몸이 말랑말랑해진다. 정신도 흐물흐물해진다. 누군가 문을 두드린다. 대청문을 연다. 가파른 벼랑이 펼쳐진다. 나는 떨어진다. 깊은 나락으로 한없이 떨어진다. 끝없는 추락이 편안하다. 추락하는 내 앞으로 말승냥이가 지나간다. 가로로 휙휙 날아간다. 말승냥이 자태가 참으로 멋지다. 개는 꼬리를 바짝 세우지만 말승냥이는 내려뜨린다. 말승냥이는 절대 항문을 보이지 않는다고 했다. 나도 모르게 괄약근을 조인다. 주어지지 않는 힘을 주며 느릿느릿 떨어진다. 저 아래 굴참나무 낙엽무덤이 보인다. 열아홉 숫총각의 무덤도 보인다.

150그램

150그램

너를 안고 너를 소멸하러 간다. 두 손으로 너의 작은 육신을 소중히 받친 채 간다. 혹시라도 허리가 휠까 싶어 사이사이 네 몸이 반듯한지 확인한다. 이제 보내면 다시는 못 만질 몸뚱이다. 식어버린 네 얼굴을 쓰다듬는데, 문득 눈을 열고 나를 바라보는 너. 백내장으로 시력을 잃으면서 무한대를 보던 네가 나를 본다. 먹먹하고 막막하다.

그래그래 가을아. 여기가 끝이야. 끝까지 살아내느라 정말 애썼어. 그동안 우리 피차 준비 많이 했잖아. 그러니까 이제 그만 안녕하자.

눈시울이 뜨거워지면서 너의 얼굴로 후두둑 눈물이 떨어진다. 옆자리의 딸이 볼까 싶어 손바닥으로 너를 가리고 눈꺼풀을 쓸어내린다. 뜨거운 액체가 들어가 윤활유가 됐는지 벌어진 너의 눈이 수월하게 닫힌다. 감긴 눈이 다시는 열리지 않게끔 단호하게 압박한다. 한 움큼의 사금파리가 훑고 지나간다. 내장이 온통 쓰라리다. 너를 보내면서 온몸의 표피와 내피가 오그라들고 작아지는 것 같다. 구석구석 촘촘해진다. 이렇게 떨켜가 만들어지면 좋겠다.

숨이 끊어지자마자 나는 너의 눈꺼풀부터 덮어주었다. 너희 종족들은 대부분 눈을 뜨고 죽는데 감기기가 어려우니, 때를 놓치지 말고 재빨리 감겨야한다고 들었다. 너는 좀처럼 눈을 감지 않았다. 아래 위 눈꺼풀을 잡아당겨 길게 늘였다가 천천히 놓아주면서 눈동자에 눌러 붙여줘도 잠시 후면 다시 벌어졌다. 다른 건 생각할 겨를도 없었다. 왜 그런지 나는 너의 눈을 감겨주는 게 지상 최고의 과제인 양 그것에 집착했다.

너를 소멸하러 가는 차 안에서 다시금 반쯤 눈을 뜬 너. 너는 아직 이 세상을 닫고 싶지 않은 걸까. 우리가 너무 서두르는 건 아닐까. 건드리기만 해도 눈을 뜨는 걸 보면 아직 확신이 없어 네가 고정되지 않은 건 아닌지 의심스럽다.

아들이 모는 승용차 안, 누구도 입을 열지 않는다. 훌쩍이는 소리도 들리지 않는다. 너와 가장 각별했던 딸조차 창밖만 내다볼 뿐 묵묵. 모두가 약속이나 한 듯 현묵하게 김포로 가는 길이다. 15년이나 함께 산 너를 소멸하러 가는 저녁나절, 애기봉로에 접어들기 전 서쪽 하늘로 불타는 노을이 내린다. 너도 저물고 오늘도 저문다.

"엄마. 가을이 살아난 거 아냐? 이것 봐. 몸이 따뜻하잖아?"

딸이 너를 만지며 거의 울 듯한 표정으로 나를 바라본다. 내가 계속 네 몸을 주물러주면서 체온이 옮아가서 그럴 것이다. 개의 체온은 사람보다 1도 높다. 겨울이면 너를 난로처럼 끌어안고 살았다. 네가 나눠주던 체온을 마지막 가는 길에 나도 나눠줄 수 있어 다행이다.

막상 도착한 반려동물 장례식장은 이름이 너무 가벼워서 서럽다. '하이루'라니? 지난 세기 채팅용 인사말이라 해도, 일본어 '들어가다'라는 뜻이라 해도 별로긴 마찬가지다. 나는 검불처럼 가벼운 너를 안은 채 하이루에 들어섰다. 뒤에 딸과 아들 부부가 따라왔다. 저녁 7시 반, 사위는 어두워지고, 로비엔 젊은 남자 직원이 자리를 지키고 있었다. 여기는 연중무휴로 24시간 운영한다. 직원의 안내에 따라 독립형 가족 추모실로 이동하는데 직원이 말한다.

"아, 두 분만 따라오십시오. 나머지 두 분은 쉼터에 계시고요. 두 분씩 교대로 참관하실 수 있습니다."

코로나19 방역지침을 깜빡했다. 낮에는 4인까지, 저녁 6시 이후에는 2인까지 모임이 가능하단 걸. 아들 부부는 기다리고 딸과 내가 먼저 들어간다. 어느새 직원은, 딸이 휴대폰으로 전송한 너의 사진을 모니터에 띄우고, 딸은 하얀 밑판에 곱다시 안치된 너를 쓰다듬으며 오열한다. 드디어 터진 것이다. 나는 가만히 서서 네가 부디 편안하게 사후세계로 건너가기를 기도한다. 딸의 등을 토닥이며 너의 얼굴과 몸을 단정하게 매만진다. 딸이 너의 얼굴을 들여다보며 말한다.

"엄마. 가을이 얼굴이 너무 예뻐. 이 얼굴이 어떻게 죽은 얼굴이야."

그러게. 나는 속으로 대답한다. 너의 얼굴 근육이 펴지고 한결 편안해졌다. 아까, 생에서 죽음으로 건너 갈 때는 표정이 엄청 경직돼 있었는데 지금은 잘 도착한 것일까. 편안한 표정이다. 처음엔 너도 놀라서 어쩔 줄 모르다가 이제야 받아들인 거겠지. 다 놔 버린 거겠지. 사실, 먹지도 못하고 고통에 시달리면서도 목숨을 붙들고 있는 네가 안쓰러워 못된 생각도 했었다.

잘 짖지도 않던 네가 새벽이면 앓는 소리를 냈다. 개구리 울음소리 같기도 하고 아기고양이 소리 같기도 한 소리로 울었다. 기운이 없어 크지도 않은 소리로 아악 아악 울더니 나중엔 목이 쉬어 소리가 잘 안 나오자 우는 동작만 취했다. 어차피 떠날 너, 안락사를 고민하지 않을 수 없었다. 하지만 여기까지 와서 그런 방법을 쓰기가 망설여졌다. 힘들게 끝까지 와서 포기하면 너의 의사에 반하는 것 같아서였다.

친구처럼 지내는 도사님께 자문을 구했다. 마침 그 양반도 함께 지내던 강아지를 얼마 전 보냈기에 더욱 의지가 됐다.

"저승길로 나서기가 어찌 그리 힘든지 애쓰는 가을이가 안쓰러워 죽겠어요. 어젯밤에 간신히 고비 넘기고 지금은 휴식 중이에요.

한시도 떨어지지 않고 곁에서 지키고 있어요. 아무 때나 가고 싶을 때 가라고 안도를 주는 것 말고는 할 게 없네요. 식음을 전폐하고 축 늘어져 있는 모습을 보면 참 질긴 목숨이다 싶어요. 마지막 에너지 한 방울까지 다 긁어 쓰고 가려는 모양이니 어쩌면 좋죠?"

너는 그렇게 몇 번의 고비를 넘겼다.

"힘 남겨둬야 아무짝에도 쓸 데가 없습니다. 제 스스로가 모두 소진시키고 가야 인연을 잘 회향하는 겁니다. 가을이가 남은 업장을 말끔히 소멸하려고, 어렵게 생명 줄에 이끌려 각고의 수행을 하는 중입니다. 그동안 서운한 거 있으면 모두 풀고 가라 이르고, 좋은 말 많이 들려주면 가는 발걸음이 가볍겠지요. 대방광불화엄경 대방광불화엄경……"

도사님 조언에 나쁜 생각이 가뭇없이 날아갔다. 관여하지 말자. 가만히 두자. 곁에 있기만 하자. 병원도 약도 끊고 모든 걸 네게 맡겼다. 너 스스로 길을 내 가기를 바랐다. 그래도 가끔은, 힘들면 가, 아무 때나 가도 돼, 욕창이 생길까 봐 네 몸을 뒤집으면서 속삭였다.

어디서 날아왔는지 똥파리 두 마리가 윙윙거린다. 하얀 벽면과 안치대뿐 아무 것도 없는 작은 추모실에 똥파리 날갯짓이 시끄럽다. 안타까운 이별의 장에 느닷없이 출몰한 점잖치 못한 불청객, 이 무슨 해괴한 일인지 모르겠다. 금방이라도 직원이 들이닥치면 무안해서 어쩌나. 노환으로 벼난 널 깨끗이 씻기지도 않고 데려온

파렴치한 견주로 오해받을까 신경이 쓰였다. 딸도 눈치 챘는지 고개를 들고 눈물을 훔치며 이게 무슨 일이냐고 묻는다. 나는 고개를 저으며 딸에게 되물었다.

"너 혹시 향수 뿌렸어?"

"엄마도 차암. 오늘 같은 날 향수라니?"

순간, 우리는 동시에 기시감을 느꼈고 웃음이 터져 어쩔 줄 몰랐다. 상황이 상황인지라 웃음을 참느라 어금니를 깨물고 쩔쩔맸다. 너의 밑에 깔린 패드를 들추자, 역시나 예상은 적중했다. 누가 볼세라 나는 빛의 속도로 뒤처리를 했다. 물티슈로 너의 엉덩이를 깨끗이 씻어주는 것으로 일단락되자 벌새처럼 시끄럽던 똥파리가 어디로 사라졌는지 종적이 없다. 금속처럼 녹색 광택으로 빛나는 똥파리의 룰은 똥이 있는 곳에만 머문다는 것. 귀신같이 날아들었다 귀신처럼 사라진 똥파리, 생각할수록 신기한 일이다.

너의 마지막 저승똥은 손가락 두 마디쯤 되었다. 약간 묽은 변이라 항문 주변을 좀 더럽혔다. 이 똥은 네가 죽은 뒤, 그러니까 아까 여기로 이동 중인 차 안에서 내 품에 안겨 싼 똥일 것이다. 집에서 너를 데리고 나올 때, 깨끗한 배변패드에 받치고 와서 그대로 여기 안치실에 내려놓았으니까. 사망 후에도 똥이 밀려나온다는 소린 들었지만, 진짜 눈으로 보니 이 똥이야말로 네가 생명활동을 한 마지막 증거구나 싶다. 그걸 어찌 알고 차에서 내린 우리를 따라온 똥파리도 다시 생각하니 고맙다. 조문객 같아서다.

오늘 우리는 아픈 너를 두고 점심을 먹으로 나갔다. 아픈 네 곁에서 뭔가를 먹는 게 미안하기도 하고, 밤마다 섧게 울어대는 너 때문에 근 일주일 밤잠을 설쳐 입맛이 없기도 했다. 너희 종족은 아무리 아파도 티를 내지 않는다고 했다. 병든 걸 들키면 주인이 내다버릴까 봐 어떻게든 참고 견딘다고. 그런데 대놓고 아프다고 울어대니 우리도 각오할 수밖에. 얼마 남지 않았구나.

우리와 살면서 네가 얼마나 참고 견뎠는지는 알 수 없다. 몇 년 전 항문낭 수술 후 전신마취에서 깨어나면서 어떻게든 일어서려고 버둥거리는 너를 보며 삶에 대한 의지가 대단하구나, 생각하긴 했다. 그때도 너는 노구라 수술후유증을 이기지 못해 퇴원하고도 며칠 식음을 전폐했다. 사료는 물론 간식도 못 먹던 너를 살린 건 닭백숙이었지. 닭을 사다가 대추를 넣고 푹푹 삶았다. 그 냄새에 회가 동했는지 자리보존하고 있던 네가 슬금슬금 일어나 주방으로 걸어올 때의 감동을 잊을 수 없다. 흐물흐물한 닭의 살을 발라내 먹여주자 맛있게 받아먹던 네가 어찌나 예쁘던지 깨물어주고 싶었지. 그 후로 우린 너의 간식을 대부분 끊고, 닭백숙 살을 발려 냉동실에 얼려두고 전자레인지에 데워 먹였고 말야. 닭고기를 먹으면서 빠르게 회복되는 널 보며 보양식의 챔피언은 역시나 닭임을 확인했다. 가끔은 네가 닭고기에 물릴까 봐 돼지뒷다리를 사다가 삶아 먹이기도 했으니 나는 어쩌면 우리 엄마보다 너한테 더 효도하고 산 것 같다. 말 못하는 짐승이라고 너를 끔찍이 챙기긴 했다. 삼겹살집에서는 삼겹살 몇 점이라도, 갈비탕 먹을 때는 갈비를 건져 네게 갖다주곤 했으니까.

오늘 점심도 뭐 대단한 음식을 먹은 건 아니다. 냉면 맛집을 찾아가 면발을 밀어 넣었을 뿐이다. 고기도 안 먹고 달랑 냉면만 먹고 왔다. 귀가하니 너는 배변패드에 누운 채 나갈 때 모습 그대로였다. 오줌을 싼 것 같아 패드를 갈아주며 보니 똥도 보였다. 손가락 한 마디쯤 되는 분량이었다. 음식을 끊은 지 열흘, 네가 똥을 안 싼 지도 일주일이 넘었다. 물만 먹다가 물마저 끊은 지 이틀째라, 때가 가까웠음을 짐작하고 우리도 우리 나름대로 각오를 하고 있었다. 손가락 한 마디쯤 되는 똥은 오랜 시간 장에 머문 때문인지 때굴때굴 야무졌다. 혹시? 나는 너의 마지막을 상상해보았다. 하지만 저승똥이라기엔 그 분량이 너무 적었다. 설마, 아니겠지.

딸은 방에 들어가 피아노를 쳤다. 네가 좋아하던 베토벤의 「월광소나타」다. 시력은 잃었어도 청력은 아직 멀쩡한 너 들으라고 치는 것 같았다. 한창때 너는 딸내미가 저 곡을 연주하면 피아노 옆에 딱 달라붙어서 고개를 뒤로 젖히고 하울링을 하곤 했지. 그 장면이 재미있어 나는 툭하면 딸에게 월광소나타를 치라고 주문했고, 딸은 싫다면서 비쌨다. 평소엔 잘 짖지도 않는 네가 월광소나타만 들리면 반응하는 게 신기했다. 너는 달 보고 짖는 개가 아니었다. 월광소나타에 맞춰 하울링을 하는 멋진 놈이었다. 너를 자랑하고 싶어 안달이 난 나는 그 모습을 동영상으로 찍어댔다.

딸내미의 초상권을 생각해 등 뒤에서 찍거나 손가락만 나오게 찍었다. 주인공은 너니까 너를 위주로 찍었다. 막상 찍고는 웃음거리가 될까 봐 어디 올리지도 못하고 저장해두었다. 한창때의 너는 그렇게 저장되었다.

 기운이 하나도 없는 너, 축 늘어진 너를 안고 소파에 앉아 피아노 연주를 감상했다. 네가 가끔씩 힘을 주는 게 느껴졌다. 혹시 하울링을 하고 싶은 몸부림인가 싶어 네 얼굴을 유심히 살폈다. 머룻빛 눈망울이 반짝거리던 네 눈이 녹슨 양철판처럼 서걱거렸다. 눈을 뜨지도 감지도 못하는 네게 얼른 인공눈물을 떨어뜨렸다. 인공눈물은 네 눈을 적시지도 못한 채 또르르 굴러 떨어졌다. 너는 아무런 반응 없이 내게 몸을 맡기고 있었다. 해가 쨍쨍한 팔월 오후, 너는 월광소나타를 들으며, 가끔씩 몸에 힘을 주며, 한생을 접고 있었다.

 혹시 가려나. 지금 가려나. 어떡하지. 너를 거실 바닥에 눕히고 곁에 누워 네 몸을 어루만지며 귀에 대고 악마처럼 속삭였다.

 "가을아. 가. 힘들면 그만 가. 거적때기 같은 몸 버리고 어서 가서 새 몸 입어. 더 이상 애쓰지 말고 훌훌 떠나."

 그것 말고는 할 말이 없었다. 고마웠다든가 사랑한다든가 따위의 흔해빠진 말은 우리의 관계를 훼손할 것 같아 내 스스로 입을 단속했다. 걷잡을 수 없이 눈물이 떨어졌다. 계속 손을 대고 있던 너의 가슴 박동이 서서히 잦아들고서야 나는 딸을 불렀다. 딸은 쉽사리 나오지 못했다. 치던 곡을 다 끝내고서야 나왔다. 두려워서 시간을 끌었는가 보다.

"어떡해!"

딸이 쓰러져 엉엉 울었다. 너를 만지다 뽀뽀하고 뽀뽀하다 만지고 어쩔 줄 몰라하는 모습을 보며 나도 돌아서서 눈물을 훔쳤다.

어제는 아픈 너를 꼭 씻기고 싶어 목욕을 시켜줬다. 누운 채 꼼짝도 못하는 너를 짧은 시간에 씻겨줬다. 그러자 너도 기분이 좋아보였다. 네가 젊을 땐 이삼 주에 한 번 씻겼는데, 네가 아프고 나선 일주일에 한 번 씻겼다. 그러다가 몸져누운 뒤엔 더 자주 씻겼다. 언제 일을 당할지 모르니 늘 깨끗해야 했다.

딸이 거즈수건을 적셔와 네 얼굴과 손발을 닦고, 다시 빨아와 네 항문을 정성들여 닦아주었다. 나는 눈을 뜬 채로 떠난 너의 눈을 감겨주느라 자리를 뜰 수가 없었다. 아마도 십 분 이상 네 눈을 감기고 있었을 것이다.

아들에게 문자를 넣었다. 너한테 뭔 일 생기면 언제든 바로 연락을 달라고 신신당부했던 아들이다. 아들이 올 때까지 뭘하고 있어야 할지 몰라 서성대다가 유튜브에서 불경을 찾아 틀었다. 12시간 동안 반복되는 반야심경이다. 목탁소리와 함께 익숙한 독송이 들리자 정신없이 부유하던 마음이 기댈 그루터기를 만난 듯 중심이 잡히고 분위기도 숙연해졌다. 나는 조심스럽게 딸에게 물었다.

"오늘 가야지?"

딸이 고개를 끄덕였다. 의외였다. 누구처럼 우리 딸도 죽은 너를 곁에 두고 며칠씩 동침할까 걱정했는데 아니어서 천만다행이었다. 딸도 나도 각자 미리부터 여기저기 알아보았다. 이왕이면 가까운 곳으로 가자고 하자 딸이 안 된다고 잘라 말했다. 국가로부터 허가를 받지 않은 곳은 믿을 수 없다는 이유였다. 들리는 말에는 강아지들을 한꺼번에 화장한 뒤 유골을 모아 분골해서는 대충 나눠 담아주기도 한다는데 딸은 바로 그걸 염려하는 눈치였다.

잘 모를 땐 동물병원에 의뢰하는 방법도 괜찮을 거라 생각했다. 알고 보니 그런 방식은 사체들을 냉동실에 모아뒀다가 한꺼번에 가져가 화장하기 때문에 오랜 시간이 경과한다. 또한 그런 방식이야말로 한꺼번에 화장하고 분골해 나눠 담을 가능성이 농후했다. 그건 오랜 세월을 함께 한 반려동물에 대한 예가 아니다. 이보다 더한 경우는 의료폐기물 봉투에 버려져 소각되는 아이들일 테지만. 그냥 묻어도 위법이고 화장한 분골을 아무데나 뿌려도 위법인데, 의료폐기물 봉투에 담아 버리면 합법이라니, 이야말로 합법의 편협성의 전형 아닐까 싶다.

나는 딸의 의견에 무조건 따르기로 했다. 너를 곁에 두겠다는 말만 안 하면 그걸로 족했다. 잠시 후 며느리가 왔다.

"오빠는 좀 있다 올 거예요."

아들은 특강이 있어 휴일인 오늘도 나갔다고 했다. 1시간쯤 있으면 올 거란다. 같은 아파트 이웃에 살지만 우리는 잘 안 만난다. 대체로 특별한 날이나 명절에만 본다. 피차 그게 좋다. 나는 며느리에게 진즉에 말했다. 너는 시댁이 춘천이나 홍천쯤이라 생각하고 살아라. 이웃이다 싶으면 좀 신경 쓰이겠니? 그건 나도 마찬가지야. 그러니까 우리 말야. 두어 시간 되는 거리에 산다 생각하고 살자, 알았지? 말은 그렇게 했지만 딸과 함께 해외여행이라도 가게 되면 너를 아들며느리에게 부탁했다. 낮에 한 번 들여다봐주고 밤에는 아들이 와서 함께 자주면 고맙겠다고. 아들며느리는 군소리 없이 너를 돌봐줬다. 그래 그런지 며느리는 너를 좋아한다. 정이 들었던 거다. 며느리가 아무렇지도 않게 죽은 너를 쓰다듬는다. 감동의 쓰나미가 몰려온다. 톡톡 털고 사는 요즘아이인 줄 알았는데 아닌가 보다. 아무리 방금 죽었다 해도 사체를 만지는 게 쉽지 않은데 너를 쓰다듬는 손길에서 절절한 애정이 묻어난다. 너에게 흐른 애정이 소리 없이 내게 전해지고 다시 며느리에게 흐른다.

"어머 어머니! 가을이 똥 쌌나 봐요."

아닌 게 아니라 네가 똥을 쌌다. 딸내미가 적신 거즈수건으로 네 항문을 깨끗이 닦아준 후에 싼 거니 사후 배변이다. 아무튼 오늘 너는 곡기를 끊고 일주일 만에 똥을 세 번이나 싸고 속을 깨끗이 비운 뒤 갔다. 생사가 갈리고 이별의식을 치루는 이 엄숙한 날, 왜 자꾸 똥 얘기가 이어지나 모르겠다.

"불경소리가 듣기 좋고 편안해요 어머니."

"그렇지? 나도 당황해서 어쩔 줄 모르다가 저거라도 틀어놓으니 안정이 되더라."

"저번에 가을이가 일어나지 못하고 눕게 되면서 어머니가 와보라고 해서 오빠가 다녀갔잖아요? 그때 오빠, 여기선 못 울고 엘리베이터 타고 내려가면서 엄청 울었대요."

그때도 혹시 몰라서 아들을 불렀다. 갑자기 네가 가면 어쩌나 불안해서. 아들이 네 곁에 누워서 가을아 가을아 하면서 하염없이 등을 쓰다듬어주는데, 마음에 아리더라. 장가가기 전 우리 아들과 네가 쌓은 추억이 좀 많니? 학원 강사라 밤늦게 퇴근한 아들이 야식으로 사들고 온 치킨을 너와 함께 나눠먹곤 했잖아.

누가 뭐래도 넌 우리 아들 술친구였어.

다들 자는데 너만 깨어서 아들을 기다리다 인기척이 들리면 깡충거리며 달려가 반겼지. 쿨한 아들은 냉동실에 쇠고기등심이나 삼겹살이 있으면 그것도 알아서 잘 구워먹었지. 집 근처 푸드트럭에서 장작구이 치킨도 자주 사왔고 말야. 밤늦은 주안상에 곁다리로 앉은 너는 고기 받아먹는 재미가 쏠쏠했지. 빨리 주지 않으면 앙앙거리면서 보채기도 하고 말야. 그 재미에 우리 아들이 덜 외로웠을 거야. 어느 핸가 내가 말했지. 야, 아들. 너는 허구한 날 술친구해준 가을이한테 술 한 번도 안 사주고 입 싹 씻을 거야? 요샌 애견용 수제맥주도 있다던데 넌 모르는겨? 강아지 전용 흑맥주가 나왔다는 기사를 어디선가 보았다. 오리육수에 비타민B가

풍부한 유기농보리로 만들고 당연히 알코올은 없는 영양음료라고 했다. 그때가 설날 즈음이었는지 강아지용 떡국과 함께 아들이 사온 애견맥주에 너는 입도 대지 않고 도망쳤다. 네 입에 맞지 않았던 거다. 그래도 네게 트랜디한 음식을 내놓는다는 사실만으로도 나는 흡족했다. 유치하게도 너한테 할 만큼 했다는 명분이 필요했나보다 나는.

너를 처음 데려왔을 때, 엄마 저는 강아지 안 좋아하니까 기대하지 마세요, 아들은 딱 잘라 말했다. 딸은 너를 환호했다. 대체로 모든 가정이 그렇듯 딸들은 이뻐만 하고 관리는 엄마 몫이다. 우리 딸도 너를 이뻐만 했다. 배변판 관리와 목욕 그리고 미용은 전적으로 내 몫이었다. 그래도 퇴근하면 너와 놀아주는 딸이 있어 하루 종일 너를 내버려두어도 가책을 안 느꼈다. 컴퓨터 책상에 앉아 작업을 하면 너는 슬그머니 다가와 무릎에 앉혀달라고 앙앙대며 졸랐다. 의자가 커서 양반다리를 하고 작업하는 나는 너를 번쩍 들어서 앉히고 하던 일을 계속했다. 편치 않은 자세로 앉아 타닥타닥 자판 두드리는 소리를 들으며 졸던 너는 어느 순간 깡총 뛰어 내려가 쏜살같이 배변판으로 달려가곤 했지. 거짓말을 하기 위해서, 까까를 얻어먹기 위해서.

중국 황실에서 키우던 종자라 엄청 똑똑할 줄 알았는데 아니었다. 생후 4개월쯤 머룻빛 눈망울로 내게 온 너의 배변훈련은 쉽지 않았다. 배변판에 오줌을 싸면 칭찬하는 게 배변훈련의 시작인데 아무리 반복해도 익숙해지지 않았다. 마치 약 올리듯 갈아놓은 침대시트에 올라가 나를 바라보며 오줌을 철철 싸던 너, 내게 인내력이 무언지 가르쳐주려는 듯 말썽을 일삼던 너. 딴 건 바랄 게 없었다. 오로지 오줌이다. 오줌만 가리면 되는데 그게 안 됐다. 술 취해 귀가한 어느 날은 침대를 펑하니 적신 너를 구석으로 몰아 한참 괴롭혔다. 네 성깔도 만만치 않아 항복할 줄 모르고 이빨을 드러내며 반항했다. 아무리 술김이라도 4킬로그램짜리 너를 힘으로 제압하려 했던 건 정말이지 부끄럽고 미안한 일이라 두고두고 마음에 걸린다.

너는 시추 치고도 외모가 빼어났다. 어디 내놔도 꿀리지 않을 외모를 장착한 너는 우리를 으쓱하게 했다. 산책을 나가면 다들 너를 탐내며 말을 붙였다. 눈이 참 예쁘네요. 속눈썹이 어쩜 이렇게 길어요? 아이를 작게 키운 비결이 뭐예요? 시추는 식탐이 있어 자율배식을 하면 대책 없이 살이 찌고 몸이 커지는데 너는 어려서부터 딱 먹을 만큼만 먹었다. 절제를 하는 건지 사료가 맛이 없어 생존에 필요한 만큼만 먹는 건지 알 수 없지만 하여튼 너는 그랬다. 식성이 까다로워 육고기는 먹는데 물고기나 어패류는 일절 입에 대지 않는 것도 신기했다. 너는 호불호가 분명한 아이였다. 과일도 사과와 참외만 좋아했다. 잔병치레도 없이 잘 크는 네가 오줌만 가린다면 정말이지 더 바랄 게 없었다.

네가 배변판 쪽에서 달려올 때 나는 당연히 오줌을 싸고 오는 줄 알았다. 바로 칭찬모드에 돌입했다. 잘했어 우리 가을이. 오줌 똑바로 잘 싸고 온 거지? 목덜미를 쓸어주고 네가 좋아하는 까까를 내밀었다. 멋모르고 상을 받은 너는 기쁨에 넘쳐 꼬리를 흔들며 한동안 애교를 떨었다. 나도 모르는 새 그런 일이 몇 번 반복되었나 보다. 그러면서 너는 간이 배 밖에 나왔다. 배변판에 가서 발을 살짝 올려놓는 척하더니 몸을 휙 돌려 쏜살같이 내게 달려오는 너를 발견하고 얼마나 기가 막히던지. 너는 무슨 장한 일이라도 한 양 왕왕 짖으며 어서 까까를 내놓으라고 을러댔다. 그 의기양양한 표정에 헛웃음만 나왔다. 네 거짓말에 한동안 속은 건 두말할 것도 없이 내가 게으른 탓이다. 미심쩍을 때 바로 배변판만 확인했어도 네게 거짓말을 학습시키진 않았을 터, 따지고 보면 네가 나를 속인 게 아니라 나태한 나의 오해가 만들어낸 거짓말이었다.

너의 사소한 거짓말이 종지부를 찍자 한동안 네가 우울해 했다. 너를 위로할 방법을 찾아 검색 사이트를 훑었다. 화해의 가장 좋은 수단은 스킨십이다. 아, 수제비를 떠주면 되겠구나. 수제비는 몹시 훌륭한 교감이었고, 너는 금세 길이 들었다.

"가을아, 수제비 떠줄게 이리와."

부르기가 무섭게 내 무릎에 올라앉아 오감을 즐길 태세에 돌입한 너를 보며, 피부접촉이야말로 만병통치약이구나 생각했다. 수제비는 등짝부터 떴다. 등살을 들어 올려 마치 수제비를 뜨듯 훑어주면 피부 건강과 혈행에 좋고 기분도 좋아진다고 했다. 등짝에서부터 가슴으로 머리통으로 넓적다리로 옮겨가며 수제비를 떠주면 너는 내게 목숨을 맡기고 존다. 태생적으로 코가 짧아 코골이가 있는 너는 그렁그렁 코를 골며 잔다. 그때 나는 알았다. 머리는 나빠도 네가 황실출신인 건 맞다고. 주인한테 받는 서비스를 당연하게 즐기는 걸 보면 지체 높은 강아지인 게 틀림없다고.

네가 아파서 걷지도 못하고 눈도 멀어 집에만 갇혀 지내던 지난 초여름 어느 날, 너를 유모차에 태우고 바람을 쐬어주러 나갔다. 그때도 해가 기운 저녁나절이었다. 아파트단지를 한 바퀴 돌았다. 너와 산책할 때 늘 다니는 코스였다. 지날 때마다 눈에 거슬리던 조형물 근처에서 발길을 멈췄다. 빨강 파랑 하양의 줄무늬가 엿가락처럼 구부러져, 뒤집힌 하트모양을 한 조형물이 무슨 이유로 저기 서 있을까 문득 궁금했던 것이다. 이사 온 지 3년이 넘었는데 비로소 관심이 생긴 거였다. 유심히 보자 그것은 안과 밖의 구별이 없는 2차원 도형 뫼비우스의 띠였다. 뫼비우스의 띠를 배경으로 고인돌처럼 생긴 바위에 너를 잠시 내려놓기로 했다.

끝이 보이는 너, 우리와 다른 방향으로 몸을 트는 너, 네가 우리 곁을 떠난다 해도 뫼비우스의 띠처럼 연결돼 있겠지. 안과 밖, 삶과 죽음은 이어져 있으니까. 목숨의 위기를 느껴보지 않은 나는 그렇게 또 허세를 부렸다.

유모차에 얌전히 있는 너를 꺼내는데 네 가슴이 빠르게 뛰었다. 네가 흥분했다는 얘기다. 앞이 보이지 않는 네가 혹시라도 발을 잘못 디뎌 떨어질까 봐 내 손이 네 근처를 맴돌았다. 너는 보이지도 않는 눈, 눈동자가 하얗게 변해버린 수정체로 사방을 두리번대며 코를 벌렁거렸다. 기분 좋은 바람이 털을 간질이자 네가 웃었다. 입을 크게 벌리고 분홍빛 혓바닥을 길게 내민 채 환하게 웃었다. 나는 재빨리 휴대폰을 열고 뒷걸음쳐 몇 컷 눌렀다. 오랜만에 보는 너의 밝은 표정이었다. 나도 덩달이 기분이 좋아졌다.

내친김에 길 건너 화동공원으로 향했다. 너를 위해 좀 더 봉사하자 마음먹었다. 계란모양으로 갸름하게 생긴 트랙을 사람들이 걷고 있었다. 운동하는 이들에게 방해가 안 되게 유모차를 몰았다. 기분이 업된 네가 벌떡 일어섰다. 삼 년 전만 해도 너는 유모차를 태워주면 이내 기분이 좋아서 마치 카퍼레이드라도 하는 양, 두 발을 올려 뻗치고 서서 머리털을 휘날리며 세상을 구경했다. 그 추억이 생각났는지 네가 자꾸 유모차 앞쪽 쫄대에 올라서려 했다. 워워. 나는 그런 너를 주저앉혔다. 목디스크로 고생하던 너였다. 그런 자세는 무엇보다 목에 좋지 않았다. 유모차 바닥에서 불만스런 소리를 내던 네가 엉덩이를 들썩이며 자꾸 자리를 옮겨 앉았다. 얘가 왜 이러지? 카퍼레이드를 거절당해 불만인가? 아무리 그래도 난 너의 요구를 들어줄 수 없었다. 고슴도치처럼 수많은 침을 꽂고 두려움에 떠는 널 다시는 보고 싶지 않았기에…….

잠시 유모차를 세워놓고, 공원에 즐비한 운동기구 중 롤링웨이스트에 올라서서 허리운동을 하는데, 메타쉐콰이어 굵은 등치가 눈에 들어왔다. 양손에 생수병을 들고 파워워킹하는 여자들이 연이어 지나갔다. 대한민국 사람들은 모두 운동중독에 걸린 것 같다. 여자들은 걷고 남자들은 뛴다. 비가 와도 우산을 받고, 걷기 운동을 하는 게 보통이다. 모처럼 강아지 산책 시켜주러 나왔다가 시시한 운동기구나 잠깐 타보는 나는 이 나라 사람이 아닌 것 같다. 다들 운동에 열심이고 진심이다. 뭘 해도 열심이고 진심인 민족이라 시나브로 선진국 반열에 올라섰을 것이다. 일이건, 노래건, 춤이건, 게임이건 미친 듯 열심히 해서 최고가 된 사람이 좀 많은가? 모 아니면 도, 그게 우리의 민족성이지 싶다. 매사에 열심인 내 나라 사람들이 믿음직스러우면서도 가끔은 징그럽다는 생각도 든다. 그렇게 열심히 한 끝이 뭘까? 뭘 위해서 그러는지는 알고 하는 걸까? 늘 그런 의문이 맴돌았다. 난 질량보존의 법칙을 철석같이 믿는다. 행복총량의 법칙, 지랄총량의 법칙도 믿는다. 열심히 살면 살수록 그 끝엔 좌절과 허무 따위의 구멍이 기다리고 있을 텐데도 살살하기가 어려운 민족이다. 죽어라 일하고. 죽어라 놀고, 죽어라 먹고 마시고, 죽어라 뛰고…….

곁에 무뚝뚝하게 서 있는 메타세쿼이어에게 속삭였다. 네가 이겼다. 메타세쿼이어는 가만히 서서 소리 없이 세포 분열하는데 사람들은 땀을 뻘뻘 흘리며 뛰거나 걷는다. 나는 롤링웨이스트에 올라 좌우로 몸을 흔들어댄다. 사람들은 모두 공기를 흩뜨리며 시끄럽게 소멸하는 중인데, 멀대같은 메타세쿼이어는 가만히 서서 의젓하게 성장하고 있으니, 아무리 수선을 떨어봤자 게임이 안 되는 것이다. 너도 마찬가지다. 식물만은 못하지만 사람보다는 의젓하다. 그러니까 나는 너한테도 졌다. 그동안 살면서 널 부러워한 적이 얼마나 많은지 모를 거다. 특히, 경제적으로 고통 받던 시절엔 빚 없이 사는 네가 어찌나 부럽던지……. 세상의 모든 생명은 아무런 빚 없이 주어진 삶을 살다 가는데, 잘났다고 우쭐대는 인간들만 열외를 자청해서 부자고 가난뱅이고 빚을 이고 산다. 빚을 저울질하며 행복과 불행의 무게를 잰다. 때때로 사람 아닌 생명을 부러워하면서.

유모차를 끌고 계란 모양의 트랙을 두어 바퀴 도는데 이상하게 파리가 꾀었다. 그것도 유모차 근처에 집중적으로. 나는 손을 휘저으며 파리를 쫓았다. 지난 1월 목디스크에 걸리면서 너의 건강은 하향곡선을 그었다. 침대에 연결된 계단을 못 오르더니 배변판까지 가는 것도 힘겨워했다. 개한테도 목디스크가 있는 줄 몰랐다. 수소문 끝에 침 치료를 전문으로 하는 동물병원을 찾아가니 전국 각지에서 몰려든 강아지가 수두룩했다. 예약도 안 되는 그 병원은 3시간 기다리는 게 보통이었다. 주로 슬개골 탈구와 디스크로 온 개들이었다. 온몸에 50대 이상의 침을 찌른 너는 고슴도치 같았다. 병원 분위기에 압도된 너는 겁에 질려 벌벌 떨면서도 잘 견뎠다. 그러다가 아홉 번째 침을 맞으러 가던 날, 차 안에서 오줌과 똥을 지리며 사시나무처럼 떠는 널 보고는 더는 아니구나 결정했다. 그동안 침의 효과를 봐 걷는 게 많이 좋아지기도 했기에 여기까지다 하고 손을 들었다. 일주일에 두 번씩 가던 병원 길을 눈에 익힌 네가 그 길에 접어들자마자 공포를 느낀 거였다. 그렇게 너는 목디스크를 시작으로 백내장이 오고, 오래 사용한 내장기관들이 도미노처럼 차례차례 무너졌다.

여름이긴 해도 저녁나절이라 혹시 바람이 찰까봐 유모차 바닥을 폭신하게 깔고 얇은 담요를 덮어주었다. 담요를 걷어차고 뛰어오르는 네 엉덩이가 수상했다. 다가가 확인하니 아뿔사! 똥이 벌창이었다. 엘리베이터를 타면 냄새가 진동할 텐데 어쩌나? 집까지 가는 길이 까마득했다.

너는 공원에 들어서고 얼마 되지 않아 똥을 쌌나보다. 똥파리가 그때부터 따라다녔으니까. 내막을 모르는 나는 왜 파리가 우리 유모차만 따라다니나 의아했다. 휴지로 분변을 수습해 화장실에 버리고 오자 감쪽같이 사라진 똥파리. 똥파리 사건을 그날 저녁 딸에게 들려주면서 공유하게 되었고 그 때문에 웃음폭탄이 터진 거였다. 먹이사슬을 따라온 추모객, 똥파리가 너의 마지막 길을 배웅할 줄은 차마 몰랐다.

한 시간 정도 머물자 너는 따뜻한 유골함으로 돌아왔다. 아직 화기가 식지 않아 따뜻한 너를 안고 집으로 데려와 무게를 재보니 150그램. 식음을 전폐하면서 3킬로그램으로 줄었던 네가 1/20로 축소돼 돌아왔다.

"엄마, 사람이 죽으면 먼저 하늘나라에 가 있던 반려동물이 마중 나와서 기다린다는 얘기가 있던데 우리 가을이도 그럴라나?"

아들의 실없는 말에 면박을 준다.

"염치도 없다 넌. 술도 못 먹는 가을이가 살아생전에 그만큼 술친구해줬으면 됐지 뭘 더 바라냐?"

"맞아. 우리 가을이는 우리가 죽기 전에 사람으로 태어날 거야. 개 다음엔 사람으로 윤회한다고 하던데 뭐."

나는 딸이, 너를 요즘 유행하는 메모리얼스톤으로 만들자고 할까 봐 걱정했다. 인연이 끝나면 깨끗하게 놓아줘야 하는데 붙들고 늘어지면 어쩌나 싶었다. 우리는 깔끔하게 그냥 화장해서 너와 함께 오르내리던 호봉산 양지쪽에 묻어주는 것으로 합의를 보았다.

150그램으로 축소된 너를 머리맡에 두고 거실에서 딸과 함께 잤다. 15년을 함께 산 넌데, 소속이 달라지고는 딱 하룻밤만 자고 산으로 간다. 아이비 화분, 꽃삽, 막걸리 따위를 들고 간다. 딸과 아들도 휴가를 내 함께 간다. 다들 네가 고마운 거다. 이런 식으로라도 마음을 전하고 싶은 거다. 네가 알건 모르건 우린 우리 식으로 마음의 정성을 낸다. 네가 떠난 뒤, 헛헛하게 빈자리를 마주할 때 덜 미안하고 싶어 애쓰는 거다.

4킬로그램의 너와 종종 오르내리던 산을 150g의 너를 안고 오른다. 한창때 너는 여기만 오면 신바람이 나서 뛰어올라갔다. 혈압이 높은 나는 헉헉대며 쉬엄쉬엄 올라가다 네가 눈에 안 보이면,

가을아 가을아, 불렀다. 너는 쏜살같이 나를 향해 뛰어내려왔다가는 곧바로 방향을 틀어 다시 뛰어올라갔다. 기운이 남아돌던 좋은 시절이었지. 네가 좋아하던 호봉산에 너를 묻으러 간다. 낯설지 않아서 괜찮지? 너도 좋지?

산에 오르다 잠시 벤치에 엉덩이를 붙이던 쉼터, 양지쪽 비탈을 택한다. 네가 신바람이 나서 혼자 뛰쳐 올라갔다가 내가 부르면 내려오던 자리, 너도 기억할 자리다. 너를 심는 일은 아들에게 맡기고 네가 좋아하는 사과를 깐다. 네가 먹기 좋게끔 얇고 작게 썰어 접시에 담는다. 어디선가 까치가 날아와 머리 위 나무 꼭대기에서 구경난 듯 내려다본다.

쉼터엔 누군가 땅을 일궈 화초를 심어놓았다. 노란 금잔화, 분홍 봉숭아, 하얀 채송화 등등 종류도 다양하다. 네가 꽃밭을 내려다보면서 올라오는 향기를 즐길 수 있으니 여기가 바로 명당자리겠지. 부디 네가 뒤돌아보는 일 없이, 서운할 정도로 쌩하니 떠나길 바란다.

죽고 사는 거 따위는 초월했다고 자부했는데, 뫼비우스의 띠처럼 그게 그거라며 큰소리치고 살았는데 다 허세였나 보다. 일찍 돌아가신 아버지 때보다 더 마음이 쓰라리다. 누구한테 말도 못하고 이 노릇을 어쩌면 좋을지 모르겠다. 준비한다한다 하면서 게을렀던 거야. 떨켜를 만들지 못했던 거야.

깊이 판 땅속에 150그램의 너를 심고, 그 위에 싱싱한 아이비를 심은 아들이 손을 턴다. 내내 그 모습을 지켜보던 딸은 소리 없이 눈물바람이다. 나는 하늘을 올려다본다. 아청색 옷을 입은 마지막 네 모습이 푸른 하늘에 뜬다. 목에는 하얀 바이어스가 달려있어 마치 동정을 단 것 같다. 네가 죽기 일주일 전 딸이 사온 단아한 옷이다. 딸은 네게 새 옷을 입히고 싶었나 보다. 아청색은 품위 있고 고급스러워 곤룡포에 쓰이던 색이다. 푸른 하늘에 검푸른 아청색으로 떠오른 네가 더 먼 하늘을 올려다본다. 네가 아득히 먼 곳을 본다. 나는 볼 수 없는 곳이다. 이렇게 멀어지는 거구나. 영영 떠나는 거구나.

네가 술친구해줬던 아들이 네게 막걸리를 한 잔 따른다. 나머지는 곁에 있는 나무들한테 목 좀 축이라고 밑동에 붓는다. 사과 몇 점도 고수레로 나무 밑에 던진다. 잠시 후, 머리 위에 있던 까치가 사뿐히 내려오더니 사과 조각을 물고 올라가 나뭇가지에 앉아 시식한다. 사과조각을 좀 더 던져주자 까치가 수시로 오르내린다. 사람을 별로 경계하지 않는 눈치다. 오르내리는 까치 때문일까? 아직 때도 아닌데 낙엽 몇 장이 떨어진다. 오비이락이다. 까치가 아니라 떨켜로 인해 떨어진 것일 게다.

건강이 나빠지면서 너는 뽀뽀를 사양했다. 짓이 나면 뽀뽀뿐 아니라 순식간에 혓바닥까지 쑥 들어왔다 나가는 적극적인 애정공세의 너였는데 병이 깊어지면서 뽀뽀를 기피했다. 뽀뽀를 하자고 하면 기겁을 해서 얼굴을 돌렸다. 너를 위해서도 우리를 위해서도 그게 옳았을 것이다. 딸내미가 귀가하면 깡충깡충 뛰고 따라다니며 반기던 네가 무심해진 것도 떨켜를 만드는 과정이었겠지. 끙끙 앓으면서 한 방울의 에너지까지 몽땅 뽑아 쓰고 간 넌데, 네가 그렇게 떨켜를 만들 동안 우리는 손 놓고 시간만 죽였나보다. 설마 무슨 일이 있을라고? 요행수에 기대 아까운 시간을 낭비했나보다.

가을이 되면 나무는 잎과 열매로 가는 맥을 막아, 매듭을 짓는다. 수분과 양분이 잎으로 빠져나가는 것을 막고 미생물의 침입도 막느라 철벽을 친다. 그렇게 한몸에서 손절당한 자리에 생기는 게 떨켜다. 때 이르게 떨어진 낙엽을 줍는다. 서로의 인연을 끊은 떨켜의 흔적이 도톰하다. 단호한 이별의 흔적이다.

말로만, 생각으로만, 이별을 준비한 우리는 150그램의 너를 호봉산에 심어놓고, 셋이 돌아가며 발로 꼭꼭 밟는다. 발등에 눈물을 똑똑 떨어뜨리며 단단해져라 단단해져라 체중을 싣는다. 150그램 너의 생애에 붙들린 우리는, 아무래도 한동안 떨켜가 없는 참나무 가랑잎처럼 너한테 매달려 바스락대며 시끄러울 것 같다.

바이없는 슬픔은 힘든 게 당연하고, 힘이 들어야 힘도 생길 테니, 당분간은 너를 보내지 못할 것이다. 우리한테 별리의 힘이 생길 때까지 기다려줄 거지? 평생 우리를 기다려준 너한테 끝내 기다려달라고 부탁하고는 스스로도 멋쩍어 하늘을 올려다본다. 아청색으로 떠오른 네가 그럴 줄 알았다는 표정으로 웃고 있다. 느긋하게 행복한 분홍색 헛바닥을 길게 내밀고…….

하리라 스프

하리라 스프

"냉동실에 닭 가슴살이 지천으로 굴러다니네. 꿩 대신 닭이라고 양고기 대신 이거 쓰면 되겠다. 근데 이 병아리콩은 웬 거야? 엄마가 주셨다고? 좋겠다, 너는 엄마도 있고. 그나저나 엄마는 건강하게 잘 계시지?"

말끝에 인사로 물은 것 같아 나는 짧게 대답했다.

"아파서 탈이지 잘 계셔."

백세시대라며 늘어난 수명은 공짜가 아니다. 엄마는 날마다 통증과의 전쟁을 치른다. 팔십이 넘으면서 고관절과 척추에 문제가 생긴 엄마는 통증클리닉을 유람하는 게 일과다. 용하다는 어딜 가도 엄마의 통증은 잡히지 않는다. 목숨만 붙들었지 삶의 질은 엉망이다. 아파서 쩔쩔매는 엄마를 보면 차라리……, 못된 생각이 들기도 한다.

"가만 보자……, 양파, 마늘, 토마토도 있고, 렌틸콩인가 뭔가 대신 깡통옥수수 넣으면 될 테고 대충 흉내는 내겠다. 아, 저것도 쓰면 좋겠네."

꺽다리 분이가 가리킨 것은 테이블 위에 먹다 남긴 치킨과 족발이었다.

"요즘 사람들 너무 버리는 거 좋아해서 탈이야. 뼈까지 몽땅 때려 넣고 끓이면 훌륭한 육수가 되는데 그것도 모르고. 아니아니 넌 가만히 있어. 내가 다 할게."

그녀가 어깨를 으쓱하며 자신감을 드러냈다. 어쩐지 행복해보이기까지 하는 모습에 나는 사실 어리둥절했다.

"카사블랑카라고 했지?"

그녀가 정확한 발음으로 물었다.

"카사블랑카는 왜?"

"네가 아까 그랬잖아. 카사블랑카에서는 이런 죽을 길거리에서 판다고."

내가 고개를 끄덕이자 그녀는 잠시 부산스럽던 손을 멈추었다. 머나먼 과거를 소환하는 듯 아련한 눈빛으로 창밖을 내다보던 분이가 말을 이었다. 처녀 적에 남편이 잔을 부딪치며 '당신의 눈동자에 건배!'를 속삭이는 바람에 그만 그에게 폭 고꾸라졌다고. 훗날에야 그게 영화 대사인 걸 알았다고. 허망하게 웃는 그녀에게 다가가 어깨를 껴안으며 나는 말했다.

"다 그런 거지 인생 뭐 별 거 있냐?"

꺽다리 분이는 50년 후 재개봉한 「카사블랑카」를 일부러 가서 보았다고 했다. 남자 주인공이 여자 주인공을 한쪽 팔로 껴안고 있는 포스터가 얼마나 멋지던지 그게 부러워 아직도 눈에 선하다며 그녀가 중얼거렸다.

"메이비 낫 투데이. 메이비 낫 투머로우. 밧 순, 앤드 포 더 레스트 오브 유얼 라이프."

"뭐야 너. 영어 배웠어?"

"그게 아니라 내가 아는 유일한 영어야. 그 영화 보고 건진 대사. 동생한테 한글로 써달라고 해서 간신히 외운 거야."

"뜻이 뭔데?"

"오늘은 괜찮겠지. 내일도 괜찮겠지. 그러나 곧, 평생 후회하겠지."

그게 왜 좋으냐고 묻자 그녀가 힘없이 말했다.

"딱 내 얘기니까."

내가 만들려던 '하리라 스프'를 그녀가 완성했다. 나는 레시피를 읽어주었을 뿐 거의 구경만 했다. 막상 완성된 그것은 모양도 맛도 제법 그럴듯했다. 어려서부터 부엌일을 도맡아하다 부잣집으로 식모살이를 갔던 꺽다리 분이. 혹독한 인생을 표류한 그녀는 겪은 만큼 보고배운 게 많은가 보았다. 대충 눈치로 때려잡아도 비슷하게 흉내를 내는 게 거의 선수 급이었다.

시식한 손님들 대부분이 고개를 끄덕였다. 이게 그거야? 나도 그 프로 TV에서 봤는데 그 귀한 걸 여기서 맛보네, 하며 관심을 표하기도 했다. 집에서 좀 더 연습한 다음 정식 메뉴에 넣었다. 카페인생 30년 만에 간단하게나마 요기할 음식이 메뉴에 오른 셈이었다. 처음부터 성공적으로 만든 그녀에게 물어볼 게 많았지만 그녀에게서 연락이 오지 않는 바람에 혼자 우물쭈물 해결했다. 사람들이 모르는 음식은 만들기가 편하다. 이게 바로 그 맛이라고 우기면 되니까. 게다가 머나먼 남의 나라 음식 아닌가. 그녀의 손맛은 못 따라가도 닭이란 재료가 가진 육수의 익숙함 때문에 사람들은 거부감 없이 먹어줬다. 시큼한 맛이 낯설다는 이가 종종 있긴 했지만.

그러니까 먹은 게 아니라 먹어줬다는 게 정확한 표현이다.

우리 카페에서 허기를 채울 음식이라곤 새로 생긴 메뉴 하리라 스프밖에 없으니 선택의 여지도 없다. 그걸 타박했다 심정 상한 내가 메뉴에서 없애버리면 자기들만 손해니 어르고 달래줄 밖에 도리가 없었을 터이다. 우리 카페는 종종 주객이 뒤바뀐다. 피곤한 눈 붙이고 한잠 자고 가는 손님, 내가 없으면 자기 가게 비워두고 우리 가게 손님을 받는 손님, 배가 고프면 제 손으로 라면 사와서 끓여먹고 가는 손님, 시장 사람들은 누구든 그냥 와서 쉬었다 가도 되는 공간이다. 차는 마셔도 되고 안 마셔도 된다. 다만 시장 문 닫은 저녁에 들어오면 무조건 매상을 올려줘야 한다. 안 그러면 내가 가만두질 않는다.

어제도 밤늦도록 하리라 스프를 만들었다.

내일은 고향친구들이랑 여행을 간다. 우리들의 인생에서 일찌 감치 빠졌다가 다시 등장한 꺽다리 분이, 그것도 나한테만 잠시 꿈결처럼 나타났던 꺽다리 분이는 빼고 간다. 내가 그녀 소식을 넌지시 비쳤지만 아무도 그녀를 끼워주자고 하지 않았다. 사실 그러자고 해도 나는 그녀에게 연락할 방법이 없었다. 그녀는 일방통행을 원했다. 무슨 까닭인가 몰라도 쌍방통행을 불편해하는 그녀를 설득하지 못했고, 그런 상태로 그녀와의 연락이 두절되었다.

내가 부재한 동안 시장 사람들이 먹을 하리라 스프를 커다란 들통에 가득 만들어 가게에 들여놓고 왔다. 모로코 길거리에선 커다란 솥에 끓여 한 그릇씩 퍼서 판다고 들었다. 나도 그러고 싶었다. 몸 망치는 술만 팔 게 아니라 뜨끈하게 속 달랠 음식도 내놓고 싶었다. 어느 순간 얼굴이 안 보인다 싶으면 못된 병에 걸려 입원했다든가 이미 저세상 사람이 되었다는 소식을 들으면 어쩔 수 없이 죄책감에 시달렸다.

"장 사장 변했어. 이러다 여기 뜨는 거 아니지?"

그릇백화점 김 사장이 한마디 하자 갈치골목에서 식당을 하는 고 사장이 끼어들었다.

"글게유. 설마 하리라 스프 멕이구 이별하리라는 아니겠쥬?"

"기껏 없는 솜씨 있는 솜씨 다 발휘했더니 섭하게 왜 이래요들.

영영 하리란데."

 말해놓고 고개를 돌렸다. 눈물이 확 쏟아져서다. 그녀에게선 여적지 소식이 없다. 별 일 없이 잘 있나 모르겠다. 그렇다고 눈물바람까지 할 일은 아닌데 내가 왜 이러지? 이해할 수 없는 돌발 상황을 수습하려 나는 서둘러 화장실로 내빼고 말았다.

 관광버스 안에서 박분이 얘기가 나올 줄 상상도 못했다. 갑자기 과거사를 들추는 미령 때문에 수세에 몰린 나는 얼떨결에 발설하고 말았다.
 "박분이 걘 앞잡이였어."
 미령이 미심쩍은 표정으로 재우쳐 물었다.
 "그럼 넌?"
 박분이가 앞잡이라면 난 뭐였을까? 어렸을 적에, 우리가 미령일 좀 괴롭히긴 했다. 하지만 그게 언젯적 일인데…….
 버스에 올라탄 미령이 망설임 없이 좁은 통로를 쭉 걸어 들어와 맨 뒷좌석에 있는 내 곁으로 올 때 나는 물색없이 반가웠다. 오래 묵은 체증이 이제야 뚫리는가 싶어서였다.
 초등학교 동창을 만나면 임의로워서 그래 이년아, 알았어 이년아 따위의 욕 같지도 않은 욕을 하며 친근감을 표하곤 했는데 어느 날 미령으로부터 된통 지적을 받았다. 이제 나이도 있는데 품위 없게 왜 이러니? 누가 들을까 창피해 죽겠다. 미령의 시답잖은

지적을 나는 귀담아 듣지 않았다.

 모임에서 연락할 일이 있어 전화를 건 어느 날, 무심결에 예의 그 임의로운 표현이 나왔고 용건을 말하기도 전에 전화가 뚝 끊어지고 말았다. 욕으로 시작해 욕으로 끝나는 전화 불쾌하다면서 앞으로는 자기한테 절대 전화하지 말라고 따발총처럼 쏘아붙이고는 전화를 끊어버린 미령. 나 역시 마음이 상해 절로 소원해지고 말았다. 그래도 피차 모임에는 티 안 내고 나타났다. 서로 멀리 떨어져 앉아 말을 섞지 않았을 뿐이다. 그런 상태로 십여 년이 흘렀는데 이번 여행에서 미령이 내 옆자리를 자청하자, 미령이 내게 다가오는 방식으로 화해를 청한 줄 알았지 옛날고렷적 얘기를 끄집어낼 줄은 몰랐다.

 초등학교 때 우리들은 한동네 아이들끼리 몰려 다녔다. 우리 동네와 미령이네 동네는 정 반대 방향이었다. 우리는 십여 명쯤 됐고 미령이 쪽은 달랑 혼자였다. 하학길마다 우리는 미령을 따라가며 자갈을 던져 싸움을 걸었다. 미령은 쫓겨 달아나면서도 가끔씩 돌아서서 자갈을 집어던지며 반항했다. 우리들은 깔깔대며 떼거지로 미령을 따라갔다. 그때 앞장서서 돌팔매질을 한 아이가 바로 꺽다리 박분이였다. 미령이 궁금한 건 박분이가 왜 그렇게 자기를 따라오며 돌을 던졌는가였고…….

 남의 사주를 받고 못된 짓을 하는 이가 앞잡이라면 뒤에서 사주한 이는 뒷잡이가 맞을 것이다. 달리기가 빠른 꺽다리 박분이에게 앞장서라고 눈짓하면 그 애는 두말없이 나서곤 했다.

"사실 난 뒷잡이였지."

"니가? 왜에? 아니 그보다 박분이가 니 말을 들었다고? 니가 시키는 대로 했다고? 그러니까 꺽다리 분이가 니 꼬붕이었다고?"

엄청 놀랐나 보다.

내가 박분이 부하라면 몰라도 박분이가 내 부하라니 믿을 수 없다는 표정이었다. 은근히 마음 상했지만 이 마당에 그걸 가지고 따따부따할 계제가 아니라 꾹 눌러 참았다. 사실 박분이는 우리 반에서 키가 제일 크고 나는 제일 작았다. 그건 아직도 유효하다. 나는 여전히 150도 안 되는 꼬맹이니까.

"나는 박분이가 대장인 줄 알았는데 뜻밖이네."

다시금 실망의 빛을 드러내는 미령에 쓴웃음이 났다. 나는 또래에 비해 키가 유난히 작아 어려서부터 땅꼬마로 불렸다. 그때는 같은 이름이 왜 그리 흔하던지 앞에 수식어를 붙여 구분했다. 나는 땅꼬마 분이, 옆집 사는 분이는 꺽다리 분이, 울띠고개 분이, 무두리 분이, 우리 반에만 네 명의 분이가 있었다.

"왜? 나는 대장하면 안 되냐 이년아? 내가 땅꼬마라서?"

내 입으로 땅꼬마를 소환하자 미령이 빵 터졌다. 미령이 질색하는 '이년'도 일부러 곁들였다. 웃음기를 거둔 미령이 물러서지 않고 다시 물었다.

"그럼 너는 왜 그렇게 나를 괴롭혔는데? 니들이 악머구리처럼 따라올 때 내가 얼마나 무서웠는지 알기나 해?"

사실 별 거 없었다.

하학길이 심심한 나머지 우르르 몰려 미령이를 따라갔더니 지레 놀란 미령이가 슬금슬금 걸음을 빨리하며 달아나기 시작했다. 꽁무니가 빠져라 달아나는 미령이가 재미있어 우리는 자갈을 집어 던지며 밤나무밭까지 따라갔다. 딱 거기까지였다. 더 이상은 쫓아가지 않고 돌아섰다. 우리가 던진 자갈에 미령이가 부상을 입은 일도 없다. 미령이가 저항하지 않았다면 한두 번 그러다 말았을 것이다. 미령이 때문에, 혼자서 악착같이 대드는 모습이 웃기고 재미있어서 그거 구경하느라 날마다 일삼아 따라갔던 것이다. 그 기간이 그렇게 길지도 않은데 잊지 못하는 걸 보니 그때 미령이는 한낱 개구리였나 보다, 지금은 잘 나가는 한의원 원장이지만.

"내 참, 어이가 없어서. 재미있어서 그랬다고? 너도 참 못됐다. 쬐끄만 게 어쩜 그렇게 가학적이었대냐?"

"그래서 벌 받느라 여적지 이렇게 땅꼬마잖아. 됐냐?"

의문이 대충 풀렸는지 미령은 다른 자리로 옮기고 나는 몰려오는 피로감에 눈을 감는다. 몰매를 맞은 듯 온몸이 욱신욱신 아프다. 그나저나 꺽다리 분이는 왜 전화를 안 할까. 다녀간 지 한 달이 넘었는데 감감무소식이다.

계속 기다려야 하나?

그녀는 그 흔한 휴대폰도 없다고 했다. 뿐만 아니라 집 전화조차 가르쳐주지 않았다. 전화는 내가 할 테니까 넌 몰라도 돼. 무슨 사정이 있나 몰라도 자신을 감추려는 그녀. 나는 자연스럽게 목 빼놓고 기다리는 신세가 됐다. 그럴 거면서 나는 왜 찾아왔나 모르겠다.

박분이는 우리랑 돌담 하나를 사이에 두고 살던 이웃이다.

몇 마지기 논이 있어 밥은 안 굶던 우리와 달리 옆집은 농토가 없었다. 박분이 아버지는 꽃을 팔러 다녔다. 매일 꼴지게 가득 야생화를 꺾어 담고 새벽 첫차로 나갔다. 종로에 있는 꽃꽂이교실에 꽃을 대준다고 들었다.

다저녁때 꽃이 한가득 담긴 꽃지게를 우물가에 받쳐놓고 흡족한 표정으로 집에 들어가는 분이 아버지를 나는 자주 보았다. 꽃을 잘 팔고 온 날 분이네 집에서는 자반고등어 굽는 냄새가 진동해 동네사람들 부러움을 샀다.

나는 가끔 꽃장수를 하는 분이 아버지가 부러웠다.

우리 아버지도 그랬으면 싶었다. 흙투성이 베잠방이를 둘둘 걷어 입고 종일 논밭에 엎드려 있는 아버지, 새카맣게 탄 아버지 얼굴은 주름살도 깊어 보였다. 촌티가 뚝뚝 묻어나는 우리 아버지도 꽃지게 지고 나서면 볼품 있어질라나? 옆집 분이 아버지는 키도 크고 인물도 좋고 하여튼 뭔가 있어 보였다. 땅 한 평 없어도 꿀리지 않는 기개가 느껴지고 왠지 멋져 보였다. 하지만 옆집 아저씨가 늘상 멋진 건 아니었다.

날이 궂으면 사정이 달라졌다.

꽃 시세에 따라 널을 뛰는 옆집 아저씨. 잘 팔리면 잘 팔려서 한잔, 안 팔리면 안 팔려서 한잔, 핑계 없는 날이 없지만 궂은 날은 옆집 아저씨가 좀 더 취해서 귀가했다. 엄마가 없어 어려서부터 고사리 같은 손으로 부엌살림을 하던 분이는 날만 궂으면 안절부절못했다. 살구나무에 묶일까 불안해서였다. 아무리 친해도 분이는 일언반구 없었고 내가 우연히 알게 된 사실이다.

오밤중에 오줌이 마려워 일어났다가 변소까지 가기 귀찮아 뒤란으로 돌아간 날이었다. 나는 뒤란 굴뚝 근처에서 종종 오줌을 쌌다. 시원하게 배설하고 일어나는데 어디선가 앓는 소리가 들렸다. 그냥 앓는 소리가 아니었다. 이를 악물고 참는데 손가락 사이로 물 흘러내리듯 새어나오는 비밀스런 신음이었다. 머리칼이 쭈뼛 일어섰다. 얼른 방에 들어가고 싶었지만 호기심 또한 그에 못지않아 어둠에 익은 눈을 두리번댔다.

옆집 뒤란 살구나무가 수상했다.

옆집은 우리보다 지대가 낮아 야트막한 돌담 안이 훤히 들여다보였다. 달그림자가 진 살구나무 둥치에 뭔가 묶여 있었다. 작대기를 들고 울을 돌아서는 분이 아버지가 얼핏 보였던 것도 같다. 맞았구나. 오밤중에 아버지한테 두들겨 맞았구나. 누가 알까봐 이를 악물고 견디는 분이를 보며 나도 덩달아 어금니를 깨물었다. 찌르르 눈물이 흘렀다. 그날 밤 나는 화가 나고 분해서 잠을 이룰 수 없었다. 내일 박분이 얼굴을 어떻게 보나, 걱정도 이만저만 아니었다.

어느 순간 나는 살구나무를 엿보기 시작했다.

궂은 날이면 일삼아 뒤꼍으로 살금살금 나가 동태를 살피곤 했다. 그러던 어느 날 살구나무에 묶인 분이와 눈이 딱 마주쳤다. 그렇다 해도 그건 불문율이라 피차가 입에 올리지 않았다. 대신 분이는 내가 시키면 그게 무엇이든 토 다는 일 없이 들어주는 부하가 되었다.

살구나무에 묶인 다음 날이면 온몸에 멍이 시퍼렇던 분이. 그런 날 분이는 한복을 입고 학교에 갔다. 광목에 깜장 물을 들인 깡통 치마와 하얀 적삼을 입고 등교했다. 그때는 한복 입고 학교 가는 애들이 종종 있어 놀림감은 아니었다.

분이가 내 말을 잘 듣기도 했지만 나 역시 분이 말을 많이 들어주었다. 살구나무에 매달려 매 맞는 것 빼고 나머지 대화는 자유롭게 주고받았다.

"아버지는 엄마가 죽었다고 하는데 난 우리 엄마가 살아 있을 것 같아. 니네 엄마한테 살짝 알아봐. 어쩌면 아실지도 모르잖아."

우리 엄마도 몰랐다. 어느 날 허우대 멀쩡한 홀아비가 코흘리개 애들을 데리고 들어와 살기 시작했는데 애들 엄마는 물론 친척이 왕래하는 것도 본 적이 없다고 했다. 엄마는, 단신으로 월남한 피난민이 상처해 여기로 들어왔거니 여겼다고 했다. 분이 아버지는 여기 이사 와서도 이웃들과 사귀지 않고 독불장군으로 살았다. 입만 달고 와 뭘 먹고사나 했더니 뜻밖에도 꽃장수라 다들 놀랐다. 촌사람들 누구도 생각해 본 적 없는 기발한 밥벌이였다. 산과 들의 꽃을 꺾어다 팔아 호구를 삼다니 그게 가능키나 한 일이냐고 코웃음 치는 이도 있었다. 가진 거라곤 불알 두 쪽과 연년생 딸 둘밖에 없는 홀아비가 한량처럼 꽃지게를 지고 나갔다 저녁이면 쌀봉지와 찬거리를 들고 나타나니 입이 떡 벌어질 일이었다. 그게 부러워 따라나선 사람도 있었으나 꽃을 팔 곳이 없어 차비만 버리고 포기했다고 한다. 옆집 아저씨 전직이 무언지는 아무도 몰랐다. 서울에 판로가 있는 걸로 보아 날탱이는 아니라고 짐작할 뿐이었다. 신분을 알 수 없는 그는 서울에 나가 꽃을 팔다 끝내는 어린 딸까지 서울에 내다 파는 파렴치한이 되고 말았다.

"애비는 머리에 든 것도 있고 왕년에 방귀깨나 뀌며 살았나 본데 어린 것들은 무슨 죄로다가 쯧쯧."

엄마는 말을 잇지 못하고 행주치마에 팽, 코를 풀었다. 겨울철 점심 때 옆집 애들이 굶는 눈치면 엄마는 슬그머니 불러들여 밥에 물을 넣고 끓여먹는 식으로 양식을 늘여 나눠먹었다. 겨울철에도 분이 아버지의 꽃지게는 멈추지 않았다. 하얀 억새풀이나 연둣빛 겨우살이 또는 새빨간 망개 열매를 꺾어 내다 팔았다. 때로는 소나무 가지도 꺾어다 팔았다. 겨울 수입은 형편없었다. 분이 말로는 단골 떨어지지 않게 하려면 남는 게 없어도 출입을 해야하기에 차비만 떨어져도 나선다고 했다.

초등학교 졸업을 앞두고 분이는 서울로 식모살이를 떠났다.

"엄마 찾아 삼만 리구나. 그치?"

나는 분이가 엄마를 찾아 떠난다고 생각했다. 분이는 픽 웃을 뿐 대꾸하지 않았다.

"집 떠나는 게 겁 안 나?"

그제야 분이가 눈물을 글썽이며 내 손을 잡았다. 나는 속으로 중얼거렸다. 엄마 찾으러 가면 살구나무에 묶일 일도 없고 잘됐네 뭐.

사람들은 분이 아버지가 분이를 팔아먹었다고 하지만 난 그렇게 생각하지 않았다. 설사 팔아먹었다 해도 폭력으로부터는 벗어나는 일이니 일단은 좋은 일이라 생각했다.

"돈 벌어서 우리 명이는 꼭 중학교 보낼 거야. 갠 공부머리가 있잖아."

"넌 일머리가 있고?"

분이가 쿡쿡 웃으며 명이를 부탁했다.

분이가 떠나자 명이가 부엌살림을 물려받았다. 그땐 아이들 손도 꽤나 야무졌다. 없는 집 아이들일수록 더더욱 그랬다. 언니를 보고 자란 명이는 분이 못지않게 부엌일을 잘했다. 명이도 제 언니처럼 살구나무에 묶일까 겁이 난 나는 그 원흉을 없애기로 했다.

아버지는, 개고기를 먹고 체한 데는 살구가 직방이라며 옆집 가서 풋살구를 따오라고 시켰다. 죽일 살殺 개 구狗, 개가 살구를 먹으면 죽으니 개고기가 문제를 일으키면 살구가 약이라는 거였다. 개를 죽이는 살구인데 그 나무에 분이가 묶여 죽도록 맞았다. 아야 소리도 못하고 삼켜버린 신음이 얼마이던가. 나는 분이가 부탁한 명이를 보호하기 위해 가마솥 가득 물을 끓였다. 설설 끓는 물을 아무도 모르게 명이네 뒤꼍으로 가져가 살구나무 뿌리에 부었다. 봄이 돼도 싹이 안 트는 살구나무. 나는 쾌재를 부르며 진작 이 방법을 쓰지 않은 걸 후회했다.

분이가 떠난 뒤 이내 중학교에 들어간 나는 서울로 기차통학을 하느라 피곤해 명이를 살필 겨를이 없었다. 일요일이나 돼야 옆집 부엌에 들어가 명이와 함께 아궁이에 군불을 밀어 넣으며 밀린 얘기를 나누었다. 몰래 흘낏대며 살펴본 명이에게 멍 자국은 보이지 않았다.

한 번 떠난 분이는 돌아올 줄 몰랐다.

명절에는 다니러 올 법도 한데 그조차 없었다. 완전히 발길을 끊었나 보았다. 분이 동생 명이도 어찌된 영문인지 아무것도 몰랐다. 대신 분이 아버지만 주태백이 되어갔다. 들리는 말로는 얼마 되지 않는 분이 월급을 가불해 술을 마신다고 했다. 그래서였는지 분이가 철석같이 약속했던 명이의 중학교 진학은 물 건너가고 말았다.

그렇게 소식이 끊어졌던 옆집 분이, 꺽다리 분이, 박분이가 무슨 영문인지 지난달 나를 찾아왔다. 반세기 만의 만남이었다. 남대문 시장 안에 있는 내 가게로 찾아온 분이. 나는 분이가 어떤 경로로 나를 찾아왔는지도 몰랐다.

작정하고 하리라 스프를 만들던 날이었다.

기다랗고 깡마른 여자가 노란 반회장저고리에 꽃분홍 치마를 입고 카페에 들어섰다. 맛이 간 여자 같아 쳐다보지도 않았다. 그런 여자일수록 관심을 안 주는 게 이로웠다. 수십 년 장롱 속에 잠들어 있던 한복을 꺼내 입은 듯 좀약 냄새가 심하게 끼쳤지만 그거까지 뭐라 할 수는 없었다. 주문을 받으러 가자 여자가 나를 위아래로 훑어보며 자신 있게 말했다.

"진토닉 되지요?"

진토닉을 갖다주고 돌아서는데 여자가 내 옆구리를 슬그머니 잡아당기며 말했다.

"오후 4시……."

시간을 물어보는 줄 알고 나는 벽시계를 손으로 가리켰다. 오후 두시 반이었다.

"이거……, 오후 4시의 색깔인데."

여자가 자기 한복을 가리켰다. 순간 뒤통수를 맞은 듯 머리가 띵하면서 오래된 기억이 부상했다. 그건 우리 분이끼리만 통하는 언어였다. 땅꼬마 장분이와 꺽다리 박분이는 노란색과 꽃분홍색을 한꺼번에 말할 때 '오후 4시의 색깔'이라고 했다. 지금이야 샛

노랑과 꽃분홍을 촌스럽다하지만 우리 어릴 때만 해도 최고로 고운 색깔이면서 화려한 색깔이었다.

우리 집 앞마당엔 해마다 여름이면 분꽃이 지천이었다.

남다른 생명력으로 무섭게 자라는 분꽃은 스스로 몸집을 키우고 씨앗을 퍼뜨려 영역을 넓혀나갔다. 돌담 아래 쪼그리고 앉아 땅따먹기를 하던 박분이가 기운 해와 분꽃을 번갈아 보며 말했다. 노란색과 꽃분홍색이 어우러진 분꽃이 이제 마악 한두 송이씩 피어나던 중이었다.

"이제 4시쯤 됐겠다."

"어떻게 알아?"

"저거 봐. 분꽃이 피잖아."

꽃장수를 하는 아버지가 가르쳐주었다는 거다. 분꽃은 오후 4시쯤 피어 다음 날 아침이면 오그라든다고.

우리는 새카만 분꽃열매 껍질을 벗겨 돌로 곱게 빻은 뒤 분가루를 만들어 얼굴에 발랐다. 인주를 손가락에 묻혀 입술도 칠했다. 저녁 기차가 들어올 때쯤 분이는 덴겁을 해서 우물가로 가 낯을 씻었다. 아버지가 알면 어린 것이 되지못하게 살 냄새 피운다고 야단치니까 표시나면 안 된다며 몇 번이나 빡빡 씻었다.

나는 분이의 말이 맞나 확인하기 위해 분꽃을 뽑아 냄새를 맡아보았다. 좋은 향기가 났다. 짙은 냄새는 아니지만 흠흠 들이쉴 때마다 엄마가 바르는 박가분 냄새가 났다. 박가분이 살 냄새구나,

분꽃향도 살 냄새구나, 그때 알았다.

"옛날보다 덜 꺽다리네."

내 말에 박분이가 웃으며 말했다.

"우리 땅꼬마 장분이는 많이 컸네."

나는 통바지를 들추고 15센티미터 킬힐을 보여줬다.

"이 연세에 이러고 산다. 눈물겹지?"

명이를 통해 내 연락처를 알아냈다는 분이가 허허실실 웃으며 말했다.

"아무래도 내가 죽을 때가 됐나 봐. 갑자기 오후 4시가 떠오른 걸 보면. 근데 너 뭐하던 중 아니었어? 좋은 냄새가 나네."

밑도 끝도 없이 시작한 스프였다. 그 이름이 '하리라'가 아니었으면 시작도 않았을 것이다. 하리라 스프라는 말에 꽂혀 냉장고를 뒤져 만들어보는 중이었다. 우연히 일본 먹방 '고독한 미식가'를 보는데 하리라 스프가 나왔다. 히쭈그레한 중늙은이가 혼자 돌아다니며 음식을 먹는 프로였다. 모로코식당에 혼자 간 남자가 과장되게 '오이시이 오이시이!'를 연발하여 감탄하던 스프. 무슨 소울푸드라도 되는 양 호들갑을 떨며 다른 사람들에게 추천하던 스프의 맛이 궁금해 내가 직접 만들어보기로 한 것이다.

성공하면 우리 가게 메뉴에 넣을 생각이었다.

나도 한 번 해보리라. 하리라. 하고야 말리라. 안주라곤 마른안주와 과일뿐인데 간단히 요기할 게 들어가면 좀 좋은가. 게다가 하리라 스프는 술 마신 다음 날 숙취해소로도 훌륭하다니 안성맞춤이다.

무슬림들이 라마단 기간 중 해가 지면 제일 많이 먹는다는 스프. 온종일 빈속을 부담 없이 달래주는 노란 스프. 서양에 영혼을 울리는 닭고기 스프가 있다면 북아프리카엔 어머니의 맛 하리라 스프가 있다던가? 고소하면서도 시큼털털한.

어느새 다가온 분이가 소매를 걷으며 앞치마를 찾아 걸쳤다.

"뭔지 몰라도 내가 할게. 너는 말로만 해."

그녀의 일머리는 여전히 유효했다. 하리라 스프 재료를 얘기하자 알아서 척척 조리를 시작했다.

"너 혹시 식당해?"

"내 꼴을 봐라 식당 하나. 고물상한다."

그래놓고는 고물상에서 보물 고르는 재미를 들려주던 분이. 철 지난 책갈피에서 쏟아져 나오는 빠닥빠닥한 현찰, 옛날 양복주머니에서 나오는 명품시계, 장난감박스에서 발견한 돌반지, 신문지 뭉치에 끼어 있는 증권, 차떼기로 실어온 창고 물건 속에 숨어 있는 희귀한 골동품을 얘기하다 분이는 제가 입은 옷을 가리키며 킥킥댔다.

"실은 이것도 헌옷으로 우리 고물상에 들어온 건데 입어보니 맞아서 챙겨뒀던 거야. 나 웃기지?"

옷을 그렇게 입어서 그렇지 박분이 몸매는 전혀 훼손되지 않았다. 콤파스가 유난히 길고 비율이 좋은 분이는 얼굴도 작아 9등신에 가까웠다. 분이는 발에서 무릎까지의 길이 그러니까 종아리가 길었다. 같은 키라도 허리가 긴 사람, 허벅지가 긴 사람은 볼품이 없다. 종아리가 길어야 쭉 뻗어 보이고 보폭이 시원시원하다. 박분이가 바로 그랬다. 한복보다 양장이 훨씬 어울릴 박분이가 오후 4시의 색깔을 입고 오락가락하니 우리 카페가 시간여행을 하는 듯 낯설었다.

"저 여인은 연변산이야 북한산이야?"

호기심 가득한 얼굴로 묻는 단골에게 나는 보물섬에서 왔어, 라고 속삭였다.

"한 꺼풀 벗기면 물건이겠는데?"

보는 눈은 다 같았다.

짜리몽땅 나하고는 비교도 안 되게 훤칠한 몸매에 얼굴마저 작은 박분이는 그야말로 때만 벗으면 한 인물이 날 것 같은데 정작 그녀 자신은 아무 생각 없어 보였다. 하리라 스프 만드는 데 열중할 뿐이었다.

"이게 모히또 음식이라고?"

모로코라고 했는데 잘못 들은 모양이었다. 아무리 그렇더라도 모나코라면 모를까, 한 발 더 나아가 몰디브라도 봐주겠는데 모히또는 정말 깼다. 농담인가 싶어 얼굴을 보니 아무런 동요가 없었다. 이름 구분이 안 되는구나. 그러고 보니 그녀는 휴대폰에 검색한 레시피를 보지 않고 내게 읽어 달라 했다. 돋보기가 없어 보이지 않는다고 해서 그러려니 했는데 아닐 수도 있었다. 학교 다닐 때 받아쓰기는 만날 빵점을 받던 분이였다. 어쩌면 분이가 끝내 한글을 못 깨쳤을 수도 있었다.

그날 밤 꺽다리 분이는 늦도록 갈 생각을 안 했다. 아는 칵테일이 진토닉밖에 없었는데 그럼 모히또 좀 먹어보자더니 야금야금 열 잔도 넘게 마셨다. 나중엔 준비한 재료가 떨어져 으깨서 얼린 애플민트를 넣고, 라임 대신 레몬을 넣어 만들어줬다. 그녀는 구석자리에서 졸다 깨다 하며 신세타령을 했다.

"까막눈이 얼마나 서러운지 넌 모를 거야. 우리 남편도 날 얼마나 무시하는데. 나 여태 고물상 머슴으로 살았어. 애? 애도 낳았지. 근데 남편이 본마누라한테 데리고 갔어. 씨받이처럼 애 낳아주고 머슴처럼 일해 돈 벌어줬는데 이젠 아퍼. 온몸이 다 아퍼. 그래서 슬퍼. 슬퍼서 죽을 것 같애."

꺽다리 분이가 꺼억꺼억 울었.

눈물콧물 벌창을 하고 울었다. 생모를 아버지 시앗으로 아는 아들이 볼 때마다 눈을 흘겨도 묵묵히 견딘다는 분이, 간간이 그렇게라도 아들 보는 맛에 머슴살이를 청산하지 못하고 첫 남자 곁에 머문다는 박분이가 그랬다.

"그래도 그 사람, 날 때리지는 않아. 그것만도 천만다행이지."

절로 한숨이 나왔다. 진토닉이고 모히또고 술 같지도 않다며 마셔대던 분이는 새벽 2시가 넘어서야 나갔다.

"나중에 내가 전화할게."

"네 전화번호 정말 안 가르쳐줄 거야?"

"미안. 우리 남편이 싫어해."

다녀간 지가 언젠데 분이로부터는 연락이 없다. 명이한테라도 연락처를 알아보고 싶은데 참는 중이다. 반세기나 소식도 모르고 살았는데 새삼 뭐 애틋한 사이라고 유난을 떠나 비웃을까 싶어서다.

관광버스가 부산에 도착해 해동 용궁사로 내려가는데 빗방울이 듣는다. 걸음을 빨리하며 대웅전으로 향한다. 아버지가 화내기 전에 실내에 들어가야 한다. 소나기가 오면 꺽다리 분이는 늘 그랬다. 비가 화내면 아버지처럼 무서워. 비조차 아버지와 동일시되던 아이. 그 아이 꺽다리 분이가 궁금하다. 시계를 보니 오후 4시 정각, 이제부터는 우리들의 시간이다. 분이들의 시간이다. 분이가 분이를 생각하며 기도한다. 환갑이 지나면 남의 나이라지만 한 번도 제 나이대로 살아보지 못한 꺽다리 분이에겐 부디 시간을 주십시오. 오롯이 그녀만의 시간을 주십시오. 보물섬인지 고물섬인지를 벗어나 온전한 세상을 구경하게 해주십시오.

동해바다가 내려다보이는 용궁사에서 비를 그은 뒤 나서는데 미령이 보조를 맞추고 따라오며 물었다.

"여기는 불공 들인 당일로 원을 들어준대. 너 아까 무슨 기도했어?"

스피트 시대가 사찰까지 점령했나 보다.

"비밀. 이뤄지기도 전에 발설해 도로 아미타불 될 일 있냐?"

망치를 든 사람 눈에는 못만 보인다던가. 미령은 내심 저를 위한 기도이길 바랐나 보다. 옛날 일은 미안하지만 너보다 더 기도가 필요한 친구가 있어. 꺽다리 분이가 이제라도 분꽃처럼 촌스럽고 분꽃처럼 향기로워지길 바라. 당일로 이루어진다고? 그럼 오늘부터 박분이가 벌레살이 졸업하겠네. 부디 그렇게 됐으면 좋겠다.

계단만 보면 한숨을 쉬는 친구, 허리가 아파 엉덩이를 뒤로 쭉 빼고 O다리로 걷는 친구, 소화제를 달고 사는 친구, 복대에 무통주사에 준비를 철저히 하고 나선 친구, 이번 여행으로 많은 걸 깨달았다. 다들 술도 줄고, 욕설도 줄고, 기운이 없어 싸움도 안 한다. 누군가 잘난 척하면 그래 니 똥 굵다고 일갈하면 끝이다. 기운이 떨어지니 욕망도 떨어져 뭐든 길게 이어지지가 않는다. 날 저무는 바다에 멍 때리고 앉아 시간 가는 줄 모르고 한마디씩 주절거린다.

"다 시시껄렁해서 못 살겠어. 이러고 언제까지 살아야 하냐?"

"자폐의 여름을 지나 하루하루가 아까운 가을이 왔는데 넌 으째서 김 빼는 소리만 하고 있다냐?"

"어떤 스님이 그러더라. 인간세상 부귀공명이 다 달팽이 뿔과 같이 쑤욱 나왔다 쑥 들어갔다 한다고. 쑥 들어가도 영영 안 나오는 게 아니고 쑤욱 나와도 영영 안 들어가는 게 아니니 모든 건 인연 따라 돌고 도는 것이라고. 청천 하늘에 뜬구름 한 덩이 생기듯 태어났다 뜬구름 흩어지듯 인생이 가니 집착할 그 무엇이 있느냐고."

"다 시끄럽고, 이년은 내 몸뚱이 하나나 아프지 않았으면 좋겠다."

저녁 먹은 바다에서 하릴없이 시간을 죽이는데 문자가 들어온다. 분이 동생 명이다.

−옆집 분이 언니야. 우리 언니 갔어. 벌써 보름도 지났는데 나도 이제야 알았네. 고물상에서 일하다가 느닷없이 집에 다녀온다며 가서는 오후 4시쯤에 뛰어내렸대. 원래 우울증이 있어서 몇 번 자살을 시도했다는데 이번엔 그만. 우리 언니가 마지막으로 만난 친구라 알려줘야 할 것 같아서. 괜찮지 언니?

괜찮고말고. 나는 바다를 향해 중얼거린다. 신이여, 자비를 베푸소서. 내 친구 꺽다리 분이의 낯선 여행길을 친절하게 인도하시고, 다시는 그녀의 젖이 울지 않게 하소서.

"애를 떼어가니 젖이 울더라. 아기 젖 먹일 시간이면 귀신같이 젖이 탱탱하게 불면서 찌르르 기별이 오고 어서 빨라고 젖꼭지가 뚝뚝 눈물을 흘리잖아. 젖이 불면 당연히 아프지. 그런데 말이다. 젖이 아파서가 아니라 가득 고인 이것을 못 먹는 아이 때문에, 배곯을 아이 때문에 마음이 아파서 나는 울었어. 젖이 울면 내 아기 우는소리가 들리거든. 아, 너는 아기를 낳지 않아서 모르겠구나?

미안. 내가 엄청시리 취하긴 취했나 보다."

　그렇게 마음 아파한 분이 아들이 생모 장례식에서 상주 역할은 제대로 했을라나 모르겠다. 믿지 못할 사람을 믿은 자기한테 더 허물이 많은 거라던 분이. 읽지는 못하고 듣기만 하던 분이, 분이가 죽었다. 뒷잡이가 시키지도 않았는데 제멋대로 앞서 갔다. 전화 한 번 안 하고 그냥 갔다.

　모히또가 아니라 모로코라고? 덕분에 내가 출세했네. 모로코 음식을 다 만들어보고 말이야. 하리라 스프……, 이름이 참 좋다. 그러고 보니 난 뭘 하리라 마음조차 먹어본 적이 없네. 내가 내 뜻대로 할 수 있는 게 뭘까? 내 뜻대로 할 수 있는 게 있기는 할까? 근데 이 좋은 이름의 스프를 만들면서 난 왜 이렇게 앞이 캄캄한지 모르겠다. 스프는 따뜻한 음식이야. 따뜻한 건 착한 거고, 음 착하면, 착하면 말이야, 자기한테 나빠. 귓가에 대고 속삭이는 분이 목소리를 들으며 나는 여행팀에서 조용히 빠져나와 KTX 차표를 산다. 일단 명이라도 만나 보기 위해.

허벅지를 퇴고하다

허벅지를 퇴고하다

피부와 피부가 접촉하면 설레거나 불쾌하거나 둘 중 하나다.
 상 밑으로 깡수의 허벅지가 닿았다. 일부러 접촉한 건 아니다. 다리를 고쳐 앉다 우연히 그리 됐을 뿐이다. 전에는 그를 시험하려 일부러 이런 상황을 연출하기도 했다. 그때마다 깡수는 기절을 해서 제 다리를 치우거나 사박스럽게 내 다리를 밀쳐냈다. 단둘일 땐 안 그런데 여럿이면 꼭 그렇게 티를 냈다. 서러운 첫사랑 시장스런 짝사랑이었지만 나는, 자존심이 뭐에 쓰는 물건이래? 오기를 부렸다. 볼품없이 매달려 안간힘을 쓰면서도 포기는 상상도 안 했다. 깡수에게 서운하면 할수록 깡수의 부피는 커지고 사랑의 완성은 멀어졌다. 내 인생에 득이 될지 독이 될지 모르는 채 나는 다만 죽을힘을 다해 깡수를 원했다.
 그런데 오늘은 웬일이지?

깡수의 반응이 다르다. 접촉을 피하지 않는다. 다른 곳도 아니고 깡수어머니 장례식장이다. 어쩔 수 없이 함께하는 자리일 때 가능하면 나와 먼 자리를 택해 앉던 깡수가 아무렇지도 않게 내 옆자리에 앉았다. 당연히 당황했다. 그가 옆자리에 앉자 과거가 당겨지면서 주책없이 가슴이 콩당콩당 뛰는데, 진정해야지 진정해야지 아무리 마음을 다잡아도 소용없었다. 게다가 접촉한 허벅지를 잊었는지 아니면 뗄 의사가 없는지 속을 알 수 없는 깡수는 자기 어머니 종신 이야기를 들려주는데만 열중했다.

그의 허벅지는 뜨겁고 내 허벅지는 차가웠다.

열기는 내게로 흐르고 있었다. 참으로 오랜만에 더해졌다 나눠지는 체온이 너그러움으로 피어나 깜빡깜빡 신호를 보냈다. 모처럼 좋은 기분이다. 감미롭게 스며드는 행복의 속도를 즐기면서도 곧바로 전원이 나갈까 불안했다. 아무도 모르게 가만히 허벅지로 흐르는 체온을 맞이하며 짜릿한 전율에 몸을 떨었다.

오기도 그렇고 안 오기도 그런 자리였다. 오자니 지난날 사연을 아는 친구들의 짓궂은 눈짓이 부담스럽고, 말자니 그래도 한때 좋은 사이였던 동창의 모친상인데 불구대천지 원수가 될 정도로 심각한 사이였나, 새삼 입방아에 오를까 두려웠다. 하여, 마지못해 온 문상이다.

이래저래 불편한 자리라 나는 황태국에 만 밥을 국물만 짜 먹으며 차가운 내 허벅지를 치우려 꼼지락거렸다. 그럴 때마다 깡수의 허벅지가 끈질기게 다가왔다. 어머니 장례식장에서 상제가 벌일 해프닝은 아니었다. 얘가 왜 이러지? 그러면서도 싫진 않았다. 싫기는커녕 빙하가 녹는 듯 차가운 내 허벅지에 쩡, 균열이 가면서 피가 도는 느낌이었다. 순간 머리가 찔하기도 했다.

끝인가? 드디어 종점에 도달하려는가?

입천장이 위로 번쩍 들려 경직되고 눈가가 뻐근했다. 왈칵 눈물이 쏟아질 것 같아 재빨리 소주잔을 털어 넣었다. 기도와 식도가 매끄럽게 교대하지 못했는지 사레가 들려 기침이 쏟아졌다. 콧물과 눈물이 함께 쏟아졌다. 깡수가 휴지를 한 움큼 쥐어줬다. 돌아앉아 얼굴을 수습하며 나는 속으로 말했다. 이제 그만 깡수 너의 죄를 사하노라. 나는 그렇게 깡수와 허벅지로 화해했다.

그날 상 밑으로 건너온 체온은 두고두고 잊혀지지 않았고 종종 꿈에도 등장한다. 그게 벌써 십여 년 전인데 아직도 그날의 허벅지를 떠올리면 마음이 너그러워지고 가슴이 따뜻해진다. 그래 그런지 허벅지 꿈은 언제 꾸어도 기분이 좋다.

현자가 모는 자동차 뒷자리에 앉아 깜빡 졸았나 보다. 꿈에서 깨어난 아래가 민망하다. 규칙적으로 질수축이 일어나면서 가벼운 오르가즘이 하향곡선을 긋는다. 눈을 감은 채 가만히 그 느낌을 즐긴다. 아직도 간간이 나타나 나를 지배하는 이 느낌이 반갑고 고맙고 기쁘다.

남편과는 동거인으로 산다.

내게서 냄새가 난다고 시비를 걸던 남편과는 자연스럽게 각방살이가 됐다. 지독한 액취증도 찰떡궁합 사랑에 빠지면 거짓말처럼 냄새를 못 맡아 기적처럼 해로한다는데, 내게서 싱그러운 풀잎 냄새가 난다던 남편의 변심에 당황할 밖에. 하지만 컨디션이 안 좋을 때마다 오줌소태로 고생하다 근래에는 절박뇨까지 심해진 터라 전혀 터무니없는 시비도 아니었다. 친구들과 여행 일정을 잡으면서, 혹시라도 실수할까 싶어 비뇨기과부터 찾아가 주사를 맞았다. 나이를 먹으면서 쉬운 게 하나도 없다. 여행조차 가뿐하게 나설 수 없으니 이래저래 서럽다.

딸이 없어서다.

딸만 둘인 차영은 거저 산다. 여행 간다는 말 떨어지기가 무섭게 두 딸이 나서서 화장품이며 옷이며 용돈이며 빠짐없이 챙겨줘 자기는 몸만 나섰다고 은근 자랑이다. 여행지에 도착한 밤, 나란히 누워 얼굴에 붙이는 마스크팩도 딸들이 챙겨주고, 맛집도 찾아서 카톡에 올려준단다. 아들만 둘인 나는 키우느라 고생은 곱절로 했으면서 차례 오는 건 아무것도 없다. 이따금 손자들 보는 재미 빼면 아무짝에도 쓸모없는 아들이다. 손자 보는 것도 공짜가 아니다. 용돈이나 선물을 안겨줘야 한다. 안 그러면 데리고 올 생각도 않는다.

다음 주엔 둘째아들네 아이 첫돌이다. 손주들 돌마다 훗날을 생각해 열 돈짜리 골드바를 사주는데 내 생일엔 달랑 케이크에 외식이 전부다. 완전 밑지는 장사라며 남편은 한 푼도 거들지 않는다. 애초부터 버릇을 잘못 들였다며 외려 내게 야단이다. 친정에서 상속 받은 변두리 3층 건물을 공동명의로 하지 않아 아직도 꽁한 남편이다. 남편이 이룬 것 중 뭐 하나 나와 공동명의로 하지 않았으면서 그게 무슨 도둑놈 심보인지 모르겠다. 살살 구슬려도 해줄까 말깐데 당연한 것 아니냐는 표정에 내 마음이 홱 돌아섰다. 나이가 들수록 아내 눈치를 보고 살아야 신간이 편한데 무슨 배짱인지 내 남편은 전혀 아니다.

  이래서 시작이 중요하다.

  한번 밑지는 인생으로 시작하면 평생 밑지는 인생이다. 좀처럼 뒤집어지지가 않는다. 깡수와의 연애도 그렇고, 남편과의 결혼도 그렇고, 자식과의 관계도 마찬가지다. 성경에서는 먼저 된 자가 나중 되고 나중 된 자가 먼저 된다고 하지만 현실에서 을이 갑이 되려면 다시 태어나는 수밖에 없다. 그만큼 판세 뒤집기가 어렵다는 얘기다.

  "얘 명아, 넌 그래도 아들 둘이 다 장가를 가서 얼마나 좋으니? 난 시집갈 생각도 않는 두 딸년들 때문에 골치 아파 죽겠어."

  조수석에 앉은 차영의 말에 운전대를 잡은 현자가 끼어든다.

  "골치 아플 것 없어 차영아. 명이 아들들은 능력이 있어서 장가 간 가고, 네 딸들도 능력이 있어서 시집 안 가는 거야. 어때? 내 말이 딱이지?"

"능력이고 뭐고 때 되면 갔다 올지라고 한 번은 가야지, 철딱서니 없는 나이배기 딸년들 때문에 내가 생으로 늙는다 늙어."

"맞어. 갔다 올지라고 가야지. 근데 현자 넌 왜 아직이냐? 너 분명 돌아오기로 하고 간 거잖아. 아니야?"

셋이 한바탕 웃는다. 띠동갑 연하와 밑져야 본전이라며 결혼한 현자는 확신이 없는지 금방 갔다 올 거라고 공언하고 갔다. 실은 모태솔로 현자가 결혼한다는 것 자체가 이변이라 갔다 오든 말든 마음 변하기 전에 어서 가라며 우리는 합심해 등을 떠밀었다. 노처녀 현자가 마흔에 결혼했으니 벌써 27년 전이다. 아이는 없다. 그래도 현자네 부부는 잘 산다. 동갑내기와 결혼한 나보다 훨씬 더 잘 산다.

"야 현자야. 너 톡 까놓고 말해 봐. 날이 갈수록 젊은 서방이 새록새록 좋은 거지? 요거 요거 순 요조숙녀처럼 생겨가지고는 알로 까져설라무네……."

가납사니 같은 차영을 향해 현자가 손사래를 친다. 자기네도 각방 쓴 지 오래고, 둘 다 그거 별로 좋아하지 않는다면서.

"그걸 누가 알아? 현자, 니 남편이 알아서 기는 건지도 모르지. 중전마마 모시고 살면서 좀 눈치를 보겠냐구? 암튼 현자 넌 봉 잡았어. 띠동갑 연하에 치매 걸린 장모님까지 모시고 사는 남자가 세상에 몇이나 있겠냐? 잘난 척 고만하고 니 남편한테 잘해 이것아."

"너네가 잘 몰라서 그러는데, 우리 남편이 장모를 모시는 건 아이 대신이야."

현자의 생게망게한 논리에 차영과 나는 할말을 잃었다. 띠동갑 연하면서도 무슨 까닭인지 처음부터 숙이고 들어와 사랑을 구걸한 현자남편이다. 시작을 그리 했으니 영영 을인 게다. 사실 아이가 있었으면 현자도 친정엄마를 모시기 어려웠을 거다. 형제간도 많은데 굳이 현자가 모실 이유도 없고. 아무래도 현자의 오지랖 때문에 현자남편이 피박을 쓴 게 아닐까 싶다.

"원래 을은 착해. 얘네 신랑이 착한 것도 을이라서 그런 거고. 퇴근하면 장모님 목욕부터 시켜드리는 사위가 세상천지에 어디 있냐? 아무리 장모 체격이 커서 아내가 감당하기 힘들다 해도 말이야. 그니까 현자 넌 니 남편 하늘처럼 떠받들고 살아야 해."

돈이 돈을 따라 쏠리듯 복도 복을 따라 쏠리는지 현자는 그런 남편을 잘도 부려먹는다. 별로 대접해주는 것 같지도 않다. 때로는 그런 현자가 얄밉다. 현자남편과 내가 동일시되어서다. 그것도 모르고 현자가 한술 더 뜬다. 역시나 갑은 눈치를 안 본다. 아니, 아예 볼 줄 모른다. 자기 기분대로 말하고 행동할 뿐이다. 악의 없이 염장 지르는 순진무구함에 정색하고 돌을 던질 수도 없고 애꿎은 배알만 꼴린다.

"말 나온 김에 얘기하는 건데 이 차 말이야. 얼마 전 남편이 뽑아줬다."

코로나 때문에 한동안 못 만난 현자의 차가 바뀌어 있었다. 사는 게 그리 넉넉한 건 아닌데 할부가 끝날 때마다 차를 바꾸는 현자다. 그동안은 소형차를 몰더니 중형 세단으로 바뀌어 있었다. 남편이 지난 십 년간 용돈을 모아 할부 없이 차를 뽑아주었단다. 아픈 장모님 모시고 병원 다니려면 차가 좋아야 한다는 이유로.

연하 남편과 살면 여자가 힘들 줄 알았는데 현자네는 정반대다. 어린 남편이 가장노릇은 물론 머슴까지 자청한다. 그야말로 넝쿨째 굴러온 보물이다. 십 년 연상과 결혼한 차영은 남편한테 보호는커녕 뒤통수만 맞았다. 차영보다 못 생기고 뚱뚱한 데다 나이까지 많은 여자와 바람이 나 도망친 남편. 전 재산을 다 두고 몸만 빼서 달아난 남편과 뒤늦게 서류를 정리한 차영이다. 딸들이 결혼 생각을 않는 것도 다 이유가 있다. 아빠 같은 사람 만날까 봐 두려운 거다. 그러고 보면 나도 이상적인 결혼생활을 한 건 아닌데 일찍 짝을 찾아 떠난 아들들이 신기하다.

"아이고 꼴통. 너 정말 몰라? 니네 아들들은 숨 막히는 집을 벗어나고 싶었던 거야. 결혼보다 해방을 원했던 거라구. 그냥 독립하겠다면 트레바리 대장인 니 남편이 호락호락 내보내줬겠니?"

자식도 없는 현자가 옳은 말을 한다.

남의 일엔 야물딱진 잣대를 들이대면서 자기 일일 땐 멍청한 게 사람이다. 나 역시 실연의 상처도 있지만 집이 싫어서 결혼을 택했다. 한시도 조용할 날 없이 번차례로 사고치고 투닥거리는 식구들이 싫었다. 집에 오염되기 싫었다. 상대는 누구라도 상관없었다. 지는 게임에 패 던지듯 결혼했다. 남편한테 화가 많은 건 이 때문이다. 다 알면서도 나를 택한 남편이다. 결혼과 함께 남편의 복수가 시작됐다. 나 대타 아니야. 이제부터 나한테 충성해! 충성하지 않을 수 없었다. 허니문베이비 때문이다. 결혼 전 아주 잠깐, 나는 갑이 뭔지도 모른 채 갑을 탕진했고, 이내 몸에 맞는 을로 돌아왔다.

"나 졸린데 누가 노래나 불러주라."

운전대를 잡은 현자의 말을 받아 차영이 고개를 돌리고 말한다. "「잊으리」 부르면 되겠다 그치? 명이 너 18번이잖아."

아주 오랫동안 「잊으리」가 애창곡이었다. 노래방에 가면 으레 친구들이 찍어주던 「잊으리」. 하지만 십 년 전 깡수어머니 문상 다녀오면서 그 노래를 졸업했다. 내가 몇 번이나 말했는데 남의 일이라 귀담아 듣지 않는지 소위 절친이라는 인간들조차 번번이 이런다. 다음에 만나면 또 반복될 레퍼토리다. 한번 을은 영원한 을인 것처럼 한번 18번도 영원한 18번이다.

환갑 지나면 내 나이가 아니라 남의 나이라는데 일흔이 가까우니 잊어버릴 법도 하다. 모처럼 만난 친구 이름을 깜빡하는 건 그야말로 애교고, 안경 낀 채 세수하다 얼굴 다치고, 핸드폰으로 통화하면서 핸드폰 찾으러 다니고, 집 앞에서 깜깜한 번호키 번호에 발을 동동 구르기도 예사다. 곰탕은 멀쩡한 가스렌지 두고 휴대용

가스버너에 앉힌다. 가스가 떨어지면 자동으로 꺼지니 화재 염려에서 자동으로 해방되기 때문이다. 건망증健忘症은 건강할 건에 잊을 망이다. 적당히 잊어버리면서 살아야 오히려 건강하다. 나이 들어서도 분수 모르고 너무 빽빽하면 운신이 힘드니 적당히 솎아 내 빈자리를 만들려는 뇌의 자구책일 수도 있겠다.

치명적이지만 않다면 건망증으로 웃을 일도 많다. 예쁜 블라우스 입고 화장까지 마친 뒤 하의는 추리닝에 슬리퍼 차림으로 외출하고, 눈썹 그리다 전화가 오는 바람에 한쪽 눈썹만 그린 채 급히 나오고, 택시 타고 목적지에 도착해서야 아차 지갑!……. 그래도 자기가 죽은 걸 잊어버려 다시 살아났다는 얘긴 못 들었다.

"건망증은 괜찮아. 치매가 문제지."

현자는 치매에 걸린 친정엄마를 십 년 가까이 모시고 산다. 자손들이 와서 저마다 용돈을 드리고 가면 현자엄마는 시시때때로 그걸 요 밑에서 꺼내 세는 게 낙이란다. 문제는 셀 때마다 액수가 다르다며 끌탕하는 거다. 돈은 쓸 일도 없는 양반이 돈에 대한 애착이 그리 대단한 줄 치매에 걸린 다음에야 알았단다. 자신을 이성으로 통제하던 시절엔 양반도 양반도 그런 양반이 없더니 치매에 걸려 통제력을 잃으면서 원형의 엄마가 고스란히 드러난 게다. 당신은 지독하게 근검절약하는데, 하고 싶은 거 다하고 사는 자식들이 툭하면 손 내밀 때, 싫은 소리 한 번 않던 엄마였단다. 어쩌면 그렇게 슈퍼우먼, 멋진 엄마로 포장하고 살았는지 믿을 수가 없다고, 엄마한테 평생 속고 산 것 같다고, 고마운 게 아니라 배신당한 거 같다고, 치매로 mother에서 m이 빠진 other가 돼서 완전 다른 사람이 됐다는 현자의 열변에 차영과 나는 동시에 양손을 아래로 누르며 워워, 흥분 좀 가라앉히라고 복창을 했다.

그럼에도 현자는 갈데없는 효녀다. 지금도 현자는 엄마가 좋아하는 생선요리를 끼니마다 올린다고 했다. 엄마가 맛있게 드시는 거 보면 집 안에 밴 꼬리꼬리한 냄새는 아무것도 아니라는 현자. 천진한 얼굴로 입맛 다시는 엄마를 보면 그렇게 이쁠 수가 없다며 얼굴이 환해지는 현자. 확실히 애와 증은 동전의 양면처럼 한몸이다. 내겐 깡수가 그렇고.

나는 여자로서 늦됐다.

한 달에 한 번 마법에 걸린 친구들이 불결하고 번거롭고 조심스럽다며 툴툴댈 때, 나는 그것이 무언지 궁금해 죽을 것 같았다. 누구한테 물어보기도 자존심 상했다. 이러다 영영 여자도 남자도 아닌 인생을 사는 건 아닌가, 장애를 의심했다. 이 역시 동전의 양면으로 생리가 없는 나는 자유롭게 깡수와 놀았다. 후리후리한 키에 구제시장에서 산 리바이스 청바지를 입고, 반항과 위악이 요란한 벨트를 장착한 깡수는 소위 노는 아이였다. 무서운 게 없어 보이는 노는 아이, 깡수는 매력 있었다. 깡수를 붙잡으려면 원하는 걸 들어줘야 했다. 혈기왕성한 깡수는 나를 자주 사용했다. 신기하게도 깡수와 함께 하면 나도 깡이 생겼다. 우쭐우쭐 외줄을 타는 듯

스릴이 넘쳤다. 생리주기법 알지? 위험한 날은 말해. 깡수의 말이 피임인 줄 나는 몰랐다. 알아야 할 필요도 없었다. 먹은 걸 토하고 기어이 아무것도 못 먹게 됐을 때도 위염을 의심했을 뿐이다.

몸엣것 없이 밴 감정아이.

생애 첫 배란에 아이가 생길 확률은 얼마나 될까? 누구에게도 발설할 수 없었다. 나이 스물에 감정아이라니. 아픔도 슬픔도 구겨버려야 했다. 뭐든 잘 아는 것 같은 깡수도 실은 허당이었다. 아이를 지운 날 여관에 함께 간 깡수가 갱신도 못하는 내 몸을 더듬었으니 그 역시 청맹과니였던 것이다.

깡수는 내게 '처음'과 연결되는 남자다.

처음은 화려하든 초라하든 단지 처음이라는 이유로 특별하다. 처음은 자동저장시스템이 작동해 언제든 꺼내볼 수 있는 위치를 선점한다. 가장 가깝고 손이 많이 가는 곳에 저장된 처음은 수시로 끌려나와 점검받고 평가받으면서 대접받은 대가를 치른다. 공짜는 없는 게 세상 이치다. 모르긴 해도 현자가 엄마한테 각별한 데도 다 이유가 있을 것이다.

"현자, 넌 정말 효녀야. 너 아니면 니네 엄마 벌써 가셨을 거야."

내 말에 차영이 득달같이 토를 단다.

"현자가 효녀면 얘네 남편은? 바른 말로 남편 덕분에 효녀 된 거지 남편 아니면 현자한테 효녀가 가당키나 하냐?"

"차영아. 현자남편이 니 동생이라도 되냐? 남의 남편 역성들어주는 것도 너무 과하면 의심받으니 적당히 해라."

"나두 알아. 우리 남편 최고인 거. 근데 말이야. 자기 엄마가 일찍 돌아가셔서 우리 엄마한테 효도하는 거래. 뭔 소린지 알지?"

단지 엄마가 그리운 게 아니라 속깨나 썩인 모양이다. 그 덕분에 현자 모녀가 호강이다. 아내한테 아무런 마음의 부담도 안 주면서 장모를 모시는 남자. 자기 아내를 성모마리아처럼 떠받들면서 행복한 남자. 실베스터 스텔론을 닮은 그는 일욕심도 많아 투잡을 뛰고 있다. 나는 현자를 복 많은 여자, 부러운 여자로 만들어 준 그가 고맙다. 차영도 내 맘과 같을 것이다.

"근데 명이 너, 정말 깨끗이 잊은 거야? 어떻게 그럴 수 있어? 너만은 죽을 때까지 일편단심일 줄 알았는데 니 마음이 정리됐다니 내가 다 서운하다 얘."

나도 몰랐다.

친구들 말마따나 죽을 때까지 아니 죽어서도 깡수 그늘에서 못 벗어날 줄 알았다. 나한테 심하게 굴어 노여워도 그를 놓을 수는 없었다. 그는 세상에 단 하나뿐인 남자였다. 그가 아니면 남자는 없었다. 결혼해 자식을 낳고 살면서도 그는 내 남자였다. 고와도 미워도 내 남자였다. 만나도 못 만나도 내 남자였다. 서랍 첫 번째 칸에 두고 시도 때도 없이 꺼내보는 내 남자였다.

그가 나를 애틋하게 대한 기억은 눈곱만큼도 없다. 필요에 따라 사용만 하는 깡수였다. 그래도 무작정 깡수가 좋았다. 깡수는 서

틈 나를 깨워 감각 일체를 살려냈다. 깡수와 함께 일 때 나는 세상 전부를 얻은 듯 우쭐했고, 더할 수 없는 만족감에 부러울 게 없었다. 솜털 하나하나까지 환희에 떨다 이대로 죽어도 좋을 것 같은 쾌감의 꼭대기에서 한 계단 한 계단 내려오며 이 남자를 놓치면 어찌 살까 불안했다. 감각의 극치를 가르쳐준 깡수와 멀어지고 다시는 거기에 도달할 수 없었다. 첫정, 몸정의 후유증이 평생을 갈 줄은 미처 몰랐다.

그가 군대에 갔을 땐 열심히 면회를 가서 그리움을 해소했다. 그가 아쉬울 때만 나는 소용에 닿았다. 그것만도 좋았다. 그와의 시간이 축복 같았다. 마음껏 아낌없이 그를 사랑했다. 내겐 깡수만 보였다. 깡수 야비한 놈이래. 깡수 문어다리래. 깡수가 얼마나 셈이 빠삭한 줄 아니? 그에 대한 부정적인 얘기는 귀가 거부했다. 들려도 접수하지 않았다. 깡수한테 내가 아무것도 아닌 걸 알고도 나는 깡수만 바라봤다. 깡수와 헤어지고도 내내 깡수와 함께 살았다.

깡수가 나를 사용해 총천연색 추억이 생긴 것만도 땡큐다.

그마저 없었으면 난 이만큼 오래 살지 못했을 것이다. 벌써 오래전에 스스로 막을 내렸으리라. 어려서부터 툭하면 자살기도를 하던 나는 왼쪽 손목이 지저분하다. 깡수를 만나고 깡수에게 미치면서 손목 긋기를 졸업했다. 나의 세계가 어둡다면 깡수의 세계는 환했다. 나는 정지 상태였고 깡수는 변화무쌍했다. 깡수를 빼면 내 인생에 남는 게 없다. 깡수가 못된 것과 별개로 그는 내 생명의 은인이다.

"그래. 사랑에 미칠려면 너처럼 미쳐야지. 암, 그렇고 말고. 솔직히 니가 부럽다."

차영의 말에 현자도 합세한다.

"명이는 바닥까지 가봤으니 원도 한도 없을 거야. 그 대단한 사랑 때문에 수도 없이 고랑땡을 먹고 몸이 망가져 평생 고생하면서 깡수를 용서했다고? 허벅지로 죄가 흘러나갔다고? 아주 시인 나셨어요."

아무리 설명해도 모를 거다. 나만 아는 체험이고 감정이다. 깡수에 대한 원한이 녹아 흐르고 뜨겁던 사랑도 흘러나간 뒤 내 허벅지는 가뜬해졌다. 통증도 열기도 없이 미지근한 본래의 내 것으로 돌아왔다. 내 허벅지가 남의 허벅지처럼 차갑고 감각이 없었는데 짧은 허벅지의 접촉으로 나는 내가 되었다.

깡수 얼굴이 다시 보였다.

거짓말처럼 달라진 깡수. 깡수가 예전처럼 잘나 보이지 않았다. 오랫동안 뭐에 씌었었구나. 허무했지만 부인하고 싶지는 않았다. 내가 뭐에 씌었다면 그건 깡수 잘못이 아니다. 내 잘못도 아니다. 우리가 만난 게 잘못이다. 그 부분은 우리 소관이 아니다.

"근데 명이 너, 무슨 바람이 불어서 여행을 잡았어. 하고 싶은 얘기 있지? 어서 말해 봐. 두어 시간 있으면 집에 도착할 텐데."

이 친구들이 좋다.

시원찮은 내 역사를 뚜르르 꿰고 있어 대화가 편하다. 아무 설명 없이도 얘기가 통한다. 깡수 얘기를 하고 싶을 때도 만나고, 남편을 성토하고 싶을 때도 만난다. 친구들은 내 얘기를 군소리 없이 들어주기도 하고 때로는 훈수를 두기도 한다. 무엇보다 우리의 대화가 새나가지 않아서 좋다. 우리끼리 공유하고 끝이다. 다음에 만날 때까지 봉인이다. 이 친구들이야말로 내 인생에서 가장 소중한 재산이다.

"갑자기 치매가 고민돼서."

"야. 우리도 똑같애. 치매에서 자유로운 사람이 어딨니? 하나마나한 걱정 말고 뇌영양제나 드셔."

"아참. 나 말이다. 다음 달이면 돈이 들어올 것 같애. 나오기만 하면 니들 10억씩 나눠줄게. 그걸로 몸에 좋은 약들 실컷 사먹어라."

차영의 흰소리에 폭소가 터진다. 한두 번 들은 소리가 아니다. 무슨 일을 하는지 몰라도 툭하면 곧 목돈이 떨어진다며 10억씩 준다고 떠벌인 지 오래다. 10억씩이나 준다니 기분이 나쁠 리는 없다. 좋다. 돈 안 들이고 입으로만 쓰는 인심도 가치가 있다. 허황된 위로도 위로는 위로니까.

"너한텐 얼마나 떨어지는데?"

"그건 말 못해. 발설하면 부정타서리."

어련하실까. 그래 극비리에 어서 성공해라. 우리들 나눠주지 않아도 되니까 차영이 너라도 돈 걱정 말고 편히 살아라. 애들 키우느라 집도 날리고 전세를 사는 차영이가 집이라도 얼른 장만했으면 좋겠다. 차영의 자랑인 딸들도 엄마를 잘 챙기긴 하나 그만그만한 직장이라 큰돈을 버는 것 같지는 않다.

"야. 그런데 날은 기가 막히게 잘 잡았다. 벚꽃이 다 진 줄 알았는데 저기 봐. 여긴 이제 막 지는 중이잖아."

"그러게. 올해는 코로나 땜에 꽃구경도 못 가고 건너뛰나 했는데 여기서 보네."

길게 이어진 이차선 도로로 차가 지나칠 적마다 벚꽃이 흩날린다. 계절은 코로나를 뚫고 찾아오고 꽃들도 코로나 니 까짓것이 뭐냐고 무시하며 피고 지는데 유독 사람만 코로나에 발이 묶여 일상을 잃었다. 가야할 곳을 못 가고, 만나야 할 사람을 만나지 못한다. 코로나 1년차인 작년엔 겁에 질려 정말 국가에서 내린 지침을 모범생처럼 잘 지켰다. 한 해가 지나도 꺼질 줄 모르는 코로나에 지친 사람들은 이러다 아무도 못 만나고 개죽음을 하는 건 아닌가 싶어 용기를 낸다. 만나야 할 사람은 만나기로 한다. 이번 만남도 죽기 전에 만나듯 소중한 만남이다. 이럴 땐 먼저 만나자고 한 사람이 책임을 져야 한다. 용감한 사람만이 만남을 주선한다. 노모를 모시는 현자는 매사가 조심스럽다. 그래서 더더욱 나서지 못한다. 직장에 다니면서 사람들과 접촉이 많은 차영도 이래저래 조심스러워 주선하지 못한다. 그래서 내가 나섰다. 언제 죽을지 모른다 싶자 마음이 급했다. 게다가 나이대로 가는 세상도 아니다.

두물머리를 걸으며 예외 없이 찾아온 봄에 감탄하다 아이처럼 나란히 서서 소시지를 먹었다. 강물에 빠져 흔들리는 봄을, 눈부신 햇것 연두를 홀린 듯 바라보고 서서, 마스크를 올렸다 내렸다 하며 몰래 훔쳐 먹듯 먹었다. 차영이 딸내미들이 두물머리 가면 꼭 사먹어야 한다고 강추한 간식이다. 차영이 줄을 서서 사온 소시지는 끼니로 때워도 될 만큼 크고 맛도 탁월했다. 강변에 흩어진 인파가 하나같이 마스크를 썼다는 것만 제외하면 평화롭고 아름다운 풍경이다. 키 큰 메타쉐콰이어가 코앞에 닿는 카페 3층에 들어가 새소리를 들으며 차를 마셨다. 나는 얘기를 꺼낼까 말까 망설이다 그냥 통과했다. 모처럼의 외출에 흥분한 친구들, 생전처음 맞이한 봄처럼 과장된 감정을 노출하는 친구들한테 찬물을 끼얹기 싫어서다. 사실 내가 부탁할 말은 짧다. 긴 설명이 필요한 것도 아니다. 이 친구들이라면 바로 알아들을 것이다.

침을 삼키는데 기침이 쏟아진다. 또 사레가 들린 거다. 밥을 먹다가도 툭하면 이런다. 어려운 자리에서는 먹는 것도 겁난다. 아무리 좋은 음식도 즐기지를 못하겠다. 나란히 이웃한 기도와 식도의 손발이 안 맞으면 엇박자가 난다. 사레는 여닫힘의 부조화다.

만의 하나 내가 치매에 걸린다면 이성으로 통제하던 감정의 여닫힘에 엇박자가 날 것이다. 그러면 낭패다. 그때그때 미봉책으로 꿰매 눈가림하며 살아온 내 인생이 만천하에 적나라하게 드러나면 어쩌나. 죽을 때까지 들키지 말아야 하고, 그럴 수 있을 줄 알았는데 이젠 알 수 없다. 내 인생이 전복될까 두렵다.

"그나저나 명이 너 아랫녘은 괜찮아? 이젠 도착할 때까지 휴게소 없는데."

차영이 고개를 돌리고 걱정한다. 보톡스 주사를 맞아 절박뇨를 해결했더니 이젠 아예 요의가 없다.

"괜찮아. 근데 아랫배가 뻐근하긴 하네."

"언젠 참지 못해서 걱정이더니 이젠 안 나와서 걱정이네. 그건 그렇고 난 얼굴에도 못 맞은 보톡스를 너는 거시기에 맞다니 세상 참 불공평하다."

과민성 방광에서 오는 절박뇨는 생명에 지장 없는 대신 삶의 질을 형편없이 떨어뜨린다. 뿐인가? 수치심 때문에 우울증이 동반된다. 심하면 물소리만 들어도 오줌을 싼다는데 다행히 거기까지는 안 갔다. 치매나 파킨슨, 척수손상이 있을 때도 나타난다고 했다. 치매 소리를 듣는 순간 오싹 소름이 돋았다. 절박뇨가 혹시 치매의 전조증상이라면?

여행 준비의 첫째가 비뇨기과를 찾는 일이었다.

아침방송에서 보았다. 아침프로는 대부분 건강이나 다이어트가 주제인데 건강정보 제공인 양 광고를 일삼는다. 아차 싶어서 채널을 돌리려는데 마치 나를 겨냥한 듯 방광 보톡스가 얘기가 나왔다.

혹시나 해서 병원에 가서 상담했더니 일사천리로 국소 마취를 하고 방광 보톡스 주입을 시술했다. 나만 몰랐지 보편적인 시술인가 보았다. 시술 효과는 8개월쯤 간다고 했다. 얼굴이 아니라 저 아래로 내려간 보톡스. 생각할수록 웃기는 일이라 시술대에 누워 혼자 픽픽 웃는데 엉뚱한 얼굴이 떠올랐다.

얼굴에 구두약을 바르는 연탄 얼굴의 노숙자다.

지능이 좀 떨어지는 그는 선배 노숙자가 못 생긴 얼굴 보기 싫으니까 구두약을 바르라고 시키는 바람에 연탄처럼 새카만 얼굴이 되었다. 세수 대신 틈만 나면 얼굴에 구두약을 찍어 발라 두텁게 딱지가 앉은 얼굴. 얼굴이 가려워 더더욱 구두약을 찍어 바르던 그는 선한 약자였다. 연탄 얼굴의 노숙자와 반대로 얼굴에 맞아야 할 보톡스를 아래에 맞는 나도 선한 사람일까? 선한 것까진 모르겠지만 한 사람에 빠져 헤어나지 못한 건 기정사실이다. 연탄 얼굴의 노숙자가 구두약을 바르듯 나는 깡수를 바르며 인생 대부분을 소비했다.

깡수와 내가 예사 사이가 아닌 걸 그 어머니는 진작부터 알았을 것이다. 그의 입대를 앞두고 그의 집에서 송별회를 하던 날 그의 어머니가 유심히 나를 관찰했던 걸 기억한다. 깡수의 결혼식 날 내가 보이지 않자 차영에게 내 안부를 물었다는 깡수어머니. 아들 대신 내게 미안해하는 것 같다고 전해주던 차영은 차라리 잘됐다며, 너 이제 깡수한테서 해방된 거니까 축배라도 들자며 설레발을 쳤다. 그리고 세월이 한참 흐른 뒤, 깡수어머니 문상을 갔다가 허벅지에서 허벅지로 흐른 깡수의 말없는 사과, 그게 혹시 깡수어머니가 주선한 선물은 아닐까? 그날 이후 깡수는 내게 호의적으로 변했고, 나는 미련 없이 과거를 묻어버렸다.

"사실 최강 동안 명이가 보톡스 맞을 일이 뭐 있냐? 그러니까 아래라도 맞아야지."

사람 참 오래 살고 볼 일이다.

어려선 겉늙어 보였는데, 사십 넘어 반환점을 돌자 순위가 바뀌기 시작했다. 까풀이 얇은 사람의 경우, 어려선 고와 보이지만 나이가 들면 주름이 자글자글해져 정직하게 세월을 노출하는 얼굴이 된다. 백계 러시아 여인들이 쉬 늙는 것도 그 때문일 것이다. 반대로 까풀이 두터운 사람이 체격까지 있을 경우, 초등학생 때부터 아줌마나 아저씨로 오해받지만 사십이 넘어도 어릴 때 그 얼굴 그대로 세월이 멈춰 동안으로 승격한다. 얼굴도 총량의 법칙이 있으니 지나치게 일찍 죽지만 않는다면 억울할 일이 없는 것이다.

"깡수 걔 이제 철들었나벼. 우리들 중에 명이 네가 제일 젊어 보인다며 흐뭇해하더라. 짜아식, 지가 뭐 기여한 게 있다고 염치도 없이 그러나 몰러. 하여튼 사내라는 종자들은 지가 거두나 안 거두나 다 지 꺼라고 여기는 철면피들이여 안 그러냐?"

오죽하면 열 여자 마다하는 남자 없다고 했을까? 깡수도 자기 좋다고 매달리는 나를 굳이 물리칠 이유가 없었을 것이다. 자기 영역을 들여다보고 참견만 않는다면 영영 문밖의 여자로 세워두고 싶었을지도. 솔직히 그 생각을 전혀 안 한 건 아니다. 그렇게라도 그를 영접하며 함께 하고 싶었다. 깡수 결혼식에 가려는 나를 말린 건 현자다. 너 그거 옳지 않아. 깽판 칠 의사가 없다 해도 깡수가 얼마나 긴장하겠니? 제발 말어.

"그러게. 난 애들 아빠가 가끔 밤에 전화해서 어디냐고 물을 때마다 빡쳐서 돌아가시겠다니까. 도대체 갈라선 지가 언젠데 아직도 감시질이냐고요?"

차영은 남편에게 배신 당한 뒤 화풀이 연애에 빠졌다. 자유를 찾았으니 남자 탐험을 하겠다며 짧은 연애를 일삼았다. 그것도 습이 되는지 아직도 그 짓거리를 멈추지 못하는 것 같다. 처음엔 상대가 바뀔 때마다 승전보처럼 보고를 하더니 언제부턴가 입을 닫았고 우리도 궁금해 하지 않는다.

그것도 취향이고 능력이다.

기운 없으면 그 짓도 못한다. 술 끊어라 담배 끊어라 아무리 상성을 해도 눈 하나 깜짝 않다가 건강에 적신호가 켜지면 알아서 다 끊는다. 무슨 짓이든 그 짓을 할 때는 할 만한 힘이 있어서다. 능력이 있어서다. 세상에 말려서 되는 일은 없다. 때가 되면 스스로 알아서 끝장낼 뿐.

"그리고 보면 현자가 제일 복이 많다. 행복은 전염된다더니 현자를 만나면 내가 그래. 기분이 좋아져. 니 남편한테 이 얘기 꼭

전해라."

신호에 걸린 현자가 뒤를 돌아보며 말한다.

"난 명이 니가 부럽다. 늙지도 않는 방부제 첫사랑을 붙들고 애면글면하는 널 보면서 안타깝고 한심하기도 했지만 한편으론 엄청 부러웠어. 그런 추억이 없는 난 가끔 인생이 추워. 과분한 남편을 두고도 어쩔 수 없이 초라해진다니까. 너처럼 미쳐본 적 없는 게 내 인생 가장 큰 실수야."

"맞아. 나도 찐사랑에 미쳐본 적은 없는 것 같애. 매양 흉내만 냈지 뭐. 이번은 진짜겠지, 기대에 차서 갈아타지만 계속 꽝이더라구. 내가 내 분수를 몰라서 그런 것도 알아. 아무리 그래도 눈부시게 쨍하거나 머리가 띵하거나 무슨 기별이 있어야 하는 거 아니냐? 근데 난 번번이 맨숭맨숭이더라구. 이젠 사랑이고 나발이고 다 손절할 거야. 지쳐뿌렀어."

"아니 벌써?"

셋의 웃음소리가 가뿐하고 시원했다. 한바탕 웃음의 소요가 지나간 뒤 나는 목소리를 가다듬고 고백했다.

"누구나 마찬가지지만 난 특히 치매 걸리면 안 되는 사람이야. 치매가 무서워서 요샌 잠도 잘 못 자."

"왜 갑자기 치매가 두려운데?"

절박뇨가 치매와 무관치 않다는 정보 때문이다. 느닷없이 치매가 찾아오면 갑자기 부인될 내 인생을 어쩔 것인가. 분명 평생 비밀을 내 입으로 발설할 것이다. 그것도 아주 큰 소리로 깡수를 찾아댈 게 빤하다.

"미안하지만 니들한테 날 부탁할게. 만일 내가 치매에 걸리면 니들이 날 책임져 주라. 나를 반짝 들고 가족들이 찾아오지 못할 외딴 곳으로 데리고 가든가 하여튼 가족들한테 비밀을 들키지 않게 어떻게든 해줘. 아니, 차영이 네가 나 10억 주지 말고 나 좀 데불고 살아주라."

몇 년 전 대수술을 받을 때도 이런 걱정은 없었다. 정신이 말짱하니 발설할 걱정 없고, 만일 죽는다 해도 그걸로 끝이라 생각했다. 하지만 치매는 다르다. 진작 다 끝났고 화해까지 했지만 서랍 속의 내 첫사랑은 아직 퇴고가 안 됐다. 생각날 때마다 수시로 꺼내 토렴한 일방통행 내 사랑은 뼈에 새겨져 있다. 아내건 엄마건 개인적인 비밀은 영원히 비밀에 부쳐져야 옳지 않은가. 무슨 수를 쓰든 지켜내야 한다.

"아니 왜 나는 이 시점에 가보지도 않은 프로방스가 생각 나냐? 프로방스 올리브는 벌나비가 수정시키는 게 아니라 바람이 수정시킨다고 하더라. 제목도 생각나지 않는 프랑스 영화의 한 대목이야."

현자의 말에 차영이 반응한다.

"바람이? 혹시 깡수의 바람기 때문에 명이의 첫사랑이 방부제 사랑이 된 거라고?"

"바로 그거야. 그리고 난 깡수가 명이한테 가스라이팅을 한 게 아닐까 의심스러워. 깡수한테 간단히 배신당했으면서도, 집착하는 자기한테 문제가 더 많다고 오히려 역성들어주면서 도덕적으로 문제가 많은 일편단심을 좀 오래 간직했냐고? 명이 이 순정파가 말이야."

그러면 뭐하나. 이제 난 깡수한테 작동하지 않는데. 세상 초라한 첫사랑을 마디게 느루먹은 만큼 지우는 데도 시간이 걸릴 것이다. 그래서 걱정인 거고. 신호등에 걸린 현자가 룸미러로 나를 바라보며 미묘한 표정으로 말한다.

"명아. 넌 목숨 걸고 지킬 비밀이라도 있지 난 뭐냐?"

"중전마마잖아."

차영과 내가 복창을 한다. 행복과 비밀을 바꾸고 싶은 걸까. 아니면 나를 위로하는 멘트일까. 행복한 현자는 우리들만 만나면 불만을 토로한다. 어디서도 통하지 않을 배부른 흥정을 우리 앞에서는 시치미 뚝 떼고 천연덕스럽게 한다.

"와! 여기 벚꽃 길 정말 죽인다. 누가 이 길로 가자고 한 거지?"

누구긴. 내비게이션이 알려주는 대로 가는 거다. 인공위성에서 전송되는 정보가 그때그때 빠른 길을 안내한다. 길눈 밝은 사람도 의미 없는 시대다.

"덜 떨어진 꽃이 여기 있을 줄 누가 알았겠냐? 오늘 내비 년은 특별히 기특하구먼."

현자의 말이 귀에 꽂힌다. 덜 떨어진 꽃이라니? 반갑고 고마운 표현으로는 적절치 않지만 '덜 떨어진 꽃'이 분명 맞다. 다 떨어졌으면 보지 못했을 풍경을 우리가 뒤늦게 즐기며 지나간다.

 나야말로 덜 떨어진 사랑을 했다. 치매가 불안한 내 사랑은 아직도 아름다울까? 허벅지를 만져본다. 깜빡깜빡 깡수가 흐른다. 내 죄악의 시원, 감정아이도 자욱하게 흐른다. 벅차고도 쓰라린 죄악의 발원지는 허벅지 근처였다. 불공평한 乙의 사랑이 허벅지 화해를 거치면서 더욱 난해해졌다. 뿐인가? 오지도 않은 치매 때문에 시시때때로 삶이 공포스럽다. 과거를 소환해 이만큼 고민했으면 깨단할 때도 됐는데 기별이 없다. 답답하다. 내 마음을 읽었는지 앞자리의 두 친구가 교대로 말한다.

 "명아, 걱정 마. 우리가 있잖아. 니가 맛이 가서 무슨 짓을 하든 우리가 다 알아서 교통정리해 줄게."

 "고럼고럼. 치매 헛소리 정도야 껌이지 뭐. 걱정 붙들어 매고 창밖의 봄이나 즐기자 우리. 코로나 땜시 내년을 기약할 수도 없는데 말야."

 두 친구의 큰소리에 꼬깃꼬깃 구겨졌던 마음이 서서히 펴진다. 역시나 든든하고 미더운 친구들이다. 벚꽃 길은 차가 지나칠 적마다 흩어졌다 뒤집어지고, 이 산만한 아름다움의 꽃길이 과연 어디서 끝날까 조마조마한 마음으로 시선을 창밖에 그은 나는 가끔씩 앞자리의 두 친구 뒤통수를 보며 미소를 깨문다. 생각보다 긴 꽃

길은 꼬리에 꼬리를 문 채, 계속 열리고 있었다.

코를 걸다

코를 걸다

걸음을 옮길 적마다 바스락거리는 비닐봉지가 늘 불만투성이인 고객의 소리 같아 신경이 거슬린다. 이따금 들리는 소주병 부딪치는 소리는 차라리 선명해서 참을 만하다. 저녁나절 산책 나온 사람들의 건강한 걸음이 계속 나를 추월한다. 비닐봉지를 가슴에 끌어안는다. 냉장된 소주병의 서늘한 감촉에 놀란 가슴이 뒤로 물러난다. 오늘 이후에도 소주를 마실 날이 또 있을까? 눈물이 핑 돈다. 눈가는 흥건해지는데 입안은 바짝 마른다. 이따금 겪는 모세관현상이다. 말을 거는 사람도, 악머구리처럼 따지는 사람도 없는데 이러긴 처음이다. 빨리 소주병을 비틀어 한 모금 마시면 좋겠다. 쓰디쓴 소주에라도 내 코를 걸었으면 좋겠다.

목소리 하나는 좋다는 소릴 듣고 살았다. 그 때문에 성우를 꿈꿨다. 남편을 만나지 않았다면 꿈을 이뤘을지도 모르겠다.

"성미 씨 목소리엔 표면장력이 있나 봐. 연잎 위를 구르는 아침 이슬처럼 동글동글하고 명랑해서 나도 모르게 모서리가 사라지는 걸 느껴. 나도 무난한 사람이고 싶어. 성미 씨가 도와주면 좋겠는데 어떻게 안 될까?"

남편이 별난 사람으로 보이진 않았다. 나름 멋을 부리느라 그런 식으로 구애한 줄 알았다. 과장되게 엄살 부리는 그가 사랑스럽기조차 했다. 속도위반도 겁나지 않을 만큼 그를 믿었다. 뱃속 혼수에 시어머니가 눈을 흘겼지만 노엽진 않았다. 남편이 전폭적으로 감싸준 때문이다. 시댁에서 남편은 왕이었다. 시부모님도 시동생들도 꼼짝 못했다. 시간이 흐르고야 깨달았다. 남편 말이 전적으로 옳았다. 그는 절대로 무난한 사람이 아니었다. 내 목소리의 표면장력 효과가 오래 가지 못한 걸 보면 장력이 약했을 수도 있지만.

외동딸인 내가 결혼할 때 친정에서 아파트를 마련해줬다. 금방 출산할 텐데 아이를 마음 놓고 키우자면 내 집이 있어야 한다며 기꺼이 무리했던 것이다. 남편은 몸 둘 바를 모르며 기필코 잘살겠다고 다짐했다.

"잘사는 것도 좋지만 금쪽같은 우리 딸 귀히 여기고 끝까지 아껴주며 살아야 하네."

아버지의 당부에 호언장담한 남편은 결혼 1년도 지나지 않아 아파트를 담보로 대출을 받아 사업을 시작했다. 친정에서는 멀쩡한 직장 걷어찼다고 걱정이 태산인데 시댁식구들은 기대에 부풀어 거의 잔칫집 분위기였다. 다행히 사업은 하루가 다르게 매출이 늘면서 2년 만에 궤도에 올라섰다. 고기가 물을 만났다며 남편의 능력을 칭찬하는 소리가 자주 들렸다. 문제는 첫 딸을 낳은 뒤 태기가 없는 거였다. 남편은 상관없다며 별무관심이었지만 시어머니는 아니었다. 대가 끊기게 생겼다며 눈만 마주치면 끌탕을 했다.

"어머니. 손뼉도 마주쳐야 소리가 난다잖아요. 그이 얼굴 보기도 힘든데 전들 어쩌겠어요?"

첫 아이 낳고 잠자리에 흥미를 잃은 나는 워커홀릭인 남편 평계를 댔다. 그럴수록 여우 짓을 하라는 시어머니의 조언은 대수롭지 않게 흘려들었다.

일에 미친 남편은 새벽 귀가가 보통이었다. 이삼 일에 한 번씩 외박도 했다. 육아에 지친 나는 남편의 부재가 오히려 편했다. 바깥의 여자를 먼저 안 것도 시어머니였다. 길길이 뛰는 시어머니 앞에서 직무유기를 통감한 나는 남편한테 따질 기력조차 없었다.

"나가줘요. 아이는 내가 키울게요."

"내가? 내가 왜? 나가려면 당신이 나가야지. 아니면 그냥 눌러 살던가."

친정에서는 이왕 해주는 거 모양 좋게 하자며 아파트 명의를 사위 앞으로 했다. 공동명의로라도 했으면 좀 좋았을까? 알 수 없는 앞날은 이래서 늘 모험일 수밖에 없다. 매사 거리낌 없는 사위의 말주변에 미혹된 아버지가 크게 될 인물이라 믿고 포석을 둔 걸지도 모르겠다. 아버지 주변의 쩨쩨한 교육자들과는 확실히 다른 인종이었으니까.

두말없이 아이를 안고 나왔다.

무턱대고 맨몸으로 나왔다. 곧바로 사글세방을 얻고 텔레마케터로 취직했다. 삽시간에 곤두박질친 내 인생, 출산 후 사표를 던진 공무원자리가 어찌나 후회스럽던지 벽에 머리를 짓찧었다. 입술을 깨물고 아이 양육비를 청구했다. 그건 나와 상관없는 아이의 권리였다. 인생은 산 넘어 산이고, 엎친 데 덮치는 게 수순임을 모르던 나는 그게 끝인 줄 알았다. 한데 배가 불러오고 있었다.

아들 출산 소식에 시어머니가 달려왔다. 우리는 별거하고 있었을 뿐 아직 부부였다. 남편이 새 여자와 발 뻗고 살게 할 만큼 너그러운 나는 아니었다. 끝끝내 불륜으로 살아라. 음지에서 꼬부리고 살아라. 그게 나의 소심한 복수였다.

시어머니 말마따나 대를 이을 아들은 역시 대접이 달랐다. 출산과 함께 곧바로 연립주택을 얻어줬다. 나는 그게 남편의 돈인지 시어머니 돈인지 묻지도 않았다. 우리는 그 집에서 내내 살고 있다. 별거 십 년이 지날 즈음 선심 쓰듯 이혼은 해주었다. 남편은 먼저 여자와 헤어지고 다른 여자와 산다고 들었다. 그가 누구와 살 건 나는 아이들과 살면 그뿐이었다.

아들이 중학교 들어가면서 사업이 어려워졌다며 양육비가 끊겼다. 이럴 줄 알고 뜨개질에 손을 댔던가? 주변의 눈총을 받으면서도 손을 놓지 않았다. 내게 있어 뜨개질은 본능이 직감한 위기 극복 프로젝트였는지도 모르겠다. 아직도 나는 본업인 텔레마케터보다 뜨개질이 더 만만하다. 게다가 때로는 뜨개질이 더 많은 수입을 내기도 한다. 뜨개질을 할 땐 입이 마르는 일도 없다. 소가 되새김질하듯 무념무상으로 그저 손을 놀릴 뿐이다. 명상하듯 수련하듯 뜨개질 멍을 때리는 시간이 나는 좋다.

보험회사, 카드회사, 대출회사, 통신회사, 은행, 항공사, 홈쇼핑, 조사업체 등을 골고루 거치며, 문의전화를 받는 인바운드와 전화를 걸어 상담하는 아웃바운드를 오가다 지금은 공공기관 콜센터에 근무한다. 아무리 이직률 최고의 극한 직업으로 최악의 감정노동자라지만 나조차 떠돌이가 될 줄은 차마 몰랐다. 이 분야에서는 짧으면 6개월 길어야 2년 버티는 게 고작이다. 이러고 기어이 살아야 하나? 무참히 짓밟힌 인격이 아사 상태에 이르면 사표를 던졌다. 저기는 여기보다 눈곱만치라도 낫겠지. 혹시나 하는 기대는 예외 없이 역시나로 끝났다. 다행히 마지막으로 정착한 이곳, 공공기관 콜센터는 벌써 5년째 근무하고 있다. 여기서 옷을 벗었으면 좋겠다. 끝을 보았으면 좋겠다.

우리가 가장 많이 하는 말은 '사랑합니다 고객님'이다. 영혼 없는 사랑 앞에 고객들은 다짜고짜 막말이나 욕설을 퍼붓는다. 그들은 하고픈 말을 뱉어내는 게 중요하지 설득이나 핑계엔 관심 없다.

우리는 그저 화풀이 대상일 뿐이다. 빈 깡통을 걷어차듯 연탄재를 짓이기듯 뽁뽁이를 손톱으로 터뜨리듯 폭력성을 드러낸다. 내가 그렇게 사물화 되면 입안의 침이 감쪽같이 사라진다. 사막의 껍데기처럼 혀가 서걱거린다.

머리끝에서 발끝까지 화가 가득 찬 사람들. 화병은 이제 HwaByung으로 표기되는 국제어다. 남의 이목을 의식하는 풍토로 인해 분노나 답답함을 드러내지 않고 억지로 꾹꾹 눌러 담아 심적 질환으로 발전한 것이 화병이고. 울화통이 터지면 충동조절장애까지 온다고 한다. 그들은 겨울날 밤송이다. 바짝 마른 가시 밤송이를 껴입고 아무나 달려들길 기다리거나 달려들어 해치는 골치 아픈 대중이다.

그들에게 말려들면 낭패다. 밤송이에 찔려봤자 아무도 눈여겨보지 않는다. 그러게 조심하랬잖아? 위로는커녕 염장을 지른다. 한술 더 떠 노련하지 못함을 나무라기도 한다. 일방통행에 제물로 바쳐진 인격, 그 대가로 우리는 간신히 일용할 양식을 번다. 지하상가 싸구려 5천 원짜리 옷을 번다. 비극이란 무대에 오른 게 죄다. 물러설 곳이 없으니 그냥 비극적으로 살밖에 도리가 없다.

입이 말라 혀가 구르지 않는다. 재빨리 물을 머금어 입을 적시며 어떻게 하면 빨리 전화를 끊을 수 있을까 궁리한다. 인바운드의 경우 잘못은 회사가 하고 뒤처리는 우리들 몫이다. 우리는 쓰레받기가 되어 그게 무어든 받아낸다, 그것도 최대한 친절한 목소리로. 장난전화를 걸어 성희롱을 해도 친절이란 가면은 상비해야 한다. 잠시 헤드셋을 벗는 게 가능할 뿐 친절은 절대 못 벗는다. 웃는 얼굴에 침 못 뱉는다지만, 얼굴 없는 우리의 친절엔 가래도 거침없이 뱉는다. 끈끈이처럼 달라붙은 가래에 구역질이 올라온다. 올라오는 욕지기를 참아내며 목소리를 동글동글 굴려야 한다. 무지막지하게 더럽혀진 기분도 동글동글 굴려야 한다. 기분뿐 아니라 나라는 존재 자체까지 굴리고 굴려 소멸시켜야 한다.

존재를 소멸시키는 훈련 때문일까.

하다못해 공원을 산책한 기억도 없다. 나를 거세시키고 실종시켜 나 없는 세상을 살았다. 구경삼아 어딜 나선 적도 없다. 놀아도 손은 늘 분주했다. 텔레비전을 보면서도, 버스나 지하철로 이동하면서도, 친구를 만난 찻집에서도 손을 가만히 두지 못했다. 베개에 머리를 대기 전까지는 잠시도 코바늘을 놓지 않았다. 코바늘 지렛대 역할을 하느라 두툼하게 못이 박인 중지 첫 마디와 코바늘 운전으로 반들반들 길이 든 검지손가락을 엄지로 더듬어본다. 이렇게 손가락을 혹사했는데 내 손엔 아무것도 없다. 다 부질없는 안달이고 허무한 노동이었나?

술김에 혹시라도 전화를 걸까 봐 휴대폰은 병실 침대에 두고 나왔다. 그래 그런지 손이 심심하다. 지금 나는 여행 중이다. 여행자는 심심한 게 맞다.

"헐! 엄마가 여행을? 정말? 그럼 나랑 같이 가. 나도 휴가 낼게."

딸이 믿을 수 없다는 표정으로 달려들었다. 딸을 밀어내며 나 없는 동안 동생이나 잘 보살피라고 당부했다. 날라리 아들은 고3이다. 한 달 용돈을 이삼 일 만에 날리고 매일 손을 내미는 천둥벌거숭이지만 근본이 착하고 애교가 많아 귀엽다. 운 좋게 대학 졸업 전에 대기업에 들어가 가장 흉내를 내는 딸보다 철딱서니 없는 아들에게 더 마음이 흐른다.

"어디로 가는데? 해외여행? 엄만 같이 갈 친구도 없잖아?"

어미를 과소평가하는 딸. 비록 그게 사실이라 해도 서운하긴 마찬가지다.

"친구가 왜 없어? 남자친구 있잖아."

"대박! 그 아저씨랑 같이 가는구나?"

딸이 안도의 표정을 지으며 낄낄댔다. 딸이 보기에 나는 혼자 여행도 못할 만큼 한심한 엄마인가 보다. 딸이 말하는 '그 아저씨'도 딸이 만나보고 오케이를 해서 본격적으로 교제하게 되었다. 스물일곱 먹은 딸이 쉰셋 먹은 엄마의 남자를 검증하는 게 말이 되냐며 '그 아저씨'가 방방 뛰었지만 나는 그조차 뒷배 같아 든든하기만 했다. 딸의 취직과 함께 가장의 자리는 자연스레 딸한테로 넘어갔다. 누가 엄마고 누가 딸인지 자주 헷갈린다.

"아니. 혼자 갈 거야."

"그 아저씨 시간 못 뺀대?"

"아니. 안 물어봤어. 아무튼 혼자 갈 거야. 이것저것 생각할 것도 많고."

"그건 안 되지. 엄마 혼잔 못 보내. 그니까 마음 접어. 아니면 나랑 같이 가던가."

그동안 딸의 월권을 참은 게 아니었다. 그냥 흐르는 대로 흘러왔을 뿐이다. 역시 내가 아프긴 아픈가 보다, 새삼스럽게 딸의 말에 발끈한 걸 보면.

"너 시건방지기가 우주 최강이다. 내가 딸 허락 받고 여행 갈 군번이냐?"

"헐!"

당황한 딸이 입을 딱 벌리고 할 말을 찾는 사이 재빨리 안방으로 달아났다. 길게 얘기하다 나도 모르게 발설할까 두려웠다. 딸은 말꼬리 잡는 데 선수다. 내 아이들이 놀라는 것도 두려움에 떠는 것도 싫었다. 나쁜 건 혼자 감당하는 게 옳았다. 좋은 환경에서 키우지도 못했으면서 그런 부담까진 주기 싫었다. 얄량한 엄마의 자존심이었다.

목이 쉬어 대수롭지 않은 마음으로 병원에 갔는데 후두암 초기였다. 처녀 때 복막이 터져 배를 갈랐고, 아이 낳으면서도 또 두 번이나 배를 갈랐다. 세 번이나 배를 가르더니 이젠 목까지 따는구나, 솔직히 좀 서글펐다. 한데 내시경으로 레이저수술을 한다는 거였다. 그 말에 금세 우울이 걷혔다.

하지만 모르는 일이다. 성공확률이 99%라 해도 운이 없어 1%

에 들면 100% 실패고, 성공확률 1%라 해도 운이 좋아 1%에 들면 100% 성공이다. 확률이란 숫자놀이를 믿을 수 없는 이유다. 불쑥불쑥 불안이란 안개에 휩싸여 막막했다.

간단한 짐을 들고 부리나케 나서자 딸이 걱정스런 얼굴로 물었다.

"엄마. 짐 잘 쌌어? 일주일 여행이라며 왜 그리 작어? 뭐 빠뜨린 거 없어? 다시 살펴봐. 여행 가서 있을 게 없으면 얼마나 당황스럽고 불편한데."

"됐어. 빠진 건 현지에서 구입하면 돼."

"엄마가?"

뭐 하나 살 때도 가격을 따지며 궁상을 떠는 엄마가 여행지에서 뭘 사겠냐는 표정이었다.

"근데 엄마 어디 가?"

역시 나는 치밀하지 못하다. 매사에 서툴다. 어색한 미소를 지으며 머리를 쥐어짰다.

"비밀이야."

딸이 고개를 갸웃거리며 손을 흔들었다. 뭔가 수상하지만 더 이상 건드릴 수 없는 어떤 벽을 느꼈나 보다. 내가 원하던 바였다. 참견하고 걱정하고 수선 떠는 거 싫다. 조용히, 소리 없이 지나가고 싶었다. 만의 하나 100% 운수 사나운 일을 겪는다 해도 어쩔 수 없다. 딸이 일찌감치 가장 노릇을 자청한 건 정말 대견한 일이다. 나 없어도 동생을 잘 보살필 테니 차선책은 준비된 셈 아닌가.

 딸이 말하는 '그 아저씨'에게도 미리 문자를 해두었다. 나 여행 떠나요. 당분간 전화 안 될 거예요. 다녀와서 연락할게요. 그리고 휴대폰 전원을 껐다. 누굴 애타게 하려는 의도가 아니라 내가 평화롭고 싶어서였다. 그런데 나도 모르는 새 휴대폰을 켜고 자꾸 들여다보게 된다. 단절을 원하면서도 단절이 두렵다.

 나무가 우거진 으슥한 벤치에서 소주를 마신다. 호젓한 곳이 필요했지만 사실은 벤치 대부분을 누군가 차지하고 있었다. 연인들, 가족들, 친구들이 뭔가를 먹거나 소곤대고 있었다. 홀로 있는 사람은 고개를 숙이고 휴대폰에 심취해 있었다. 나는 밀리고 밀려 외딴곳까지 왔다. 산책로에서 벗어나 인적도 없다. 낡고 더러운 벤치에서 쓰디쓴 고독을 마신다.

 이럴 때 되는 대로 지껄이며 통곡해도 좋을 내 편 하나 만들지 못한 인생이 한심하다. 치밀어 오르는 목울대를 꿀꺽 삼키자 야구방망이를 삼킨 듯 가슴이 뻐근해지면서 숨까지 컥 막힌다. 상관없다. 이래 죽으나 저래 죽으나 마찬가지다. 수술은 모레로 잡혀 있다. 휴대폰을 들고 나오지 않은 건 정말 잘한 일이다. 술기운이 오르자 자꾸 누군가와 통화를 하고 싶다. 연결되고 싶다. 아무라도 붙들고 푸념하고 싶다. 코를 풀며 꺼이꺼이 울고도 싶다.

 그 아저씨는 지금 뭘 하고 있을까.

 서점에서 시간 가는 줄 모르고 인문학에 빠져 있을까, 일찍 귀가해 슈베르트를 들으며 혼자 커피를 내려 마실까. 노는 물이 다른 사람이라 아주 편하지는 않지만 그에게 맞춰주려 나름 애쓰며 지냈다. 그와의 시간이 불편하고 어색하면서도 스멀스멀 피어오르는 달콤함이 즐거웠다. 암울했던 시간을 보상받나 싶은 기대가 자벌레처럼 고개를 들었다. 더듬더듬 허공을 휘저으며 부끄럼 없이 뻗어갔다.

한 달에 한 번 하우스콘서트를 여는 친구네 집에서 그를 만났다. 차를 마시며 영화나 음악을 감상하는데 다양한 직업군의 사람들이 모였다. 궁상맞게 뜨개질만 하지 말고 나오라는 친구의 압력에 못 이겨 또 끌려 나간 날이었다. 그날은 슈베르트 덕후가 음악 해설을 맡았다. 슈베르트에 관한 한 청산유수인 남자가 교향곡 8번에 대해 집중적으로 들려줬다. 총 4개의 악장을 갖추어야 하는 교향곡인데 2악장까지만 완성돼 미완성교향곡이란 이름으로 알려진 사연을 시시콜콜 재미있게 들려줬다.

"슈베르트는 급한 성질 때문에 곡을 빨리 쓰기도 했지만 쓰다 말고 다른 걸 쓰기도 잘했습니다. 때문에 미완성 곡이 많습니다. 특히 미완성교향곡은 건망증 때문에 그리 되었다는 설, 2악장만으로도 충분하다 느낀 슈베르트가 이보다 더 완벽한 곡은 쓸 수 없으니 여기서 그만두자 하고 다음 악장을 쓰지 않았다는 설, 그 시기에 걸린 매독설 등등으로 뒷담화가 분분합니다."

어쨌든 미완성교향곡이라 부르기 민망할 만큼 뛰어난 완성도와 아름다운 선율을 가진 곡이라 낭만파교향곡 중에서도 걸작으로 회자된다는 얘기였다. 하여 슈베르트의 교향곡 중에서 가장 많이 연주된다는 말을 끝으로 그가 곁에 준비된 음반을 꺼냈다. 음반을 가볍게 돌리며 하얀 융으로 가볍게 닦더니 플레이어 위에 얹었다. 그때까지는 그러려니 무심히 바라봤다. 바늘을 올리는가 싶은 순간 그가 붓으로 바늘 끝을 두세 번 애무했다. LP판을 닦는 모습은 종종 봤어도 붓으로 바늘을 터는 건 처음 보았다. 괜스레 몸이 움찔거려졌다. 내 몸을 붓으로 쓰다듬는 느낌이었다. 모공마다 일제히 소름이 돋았다. 들킬까 싶어 팔짱을 풀었다가 다시 단단히 끼었다. 참 섬세한 사람이구나. 저 사람 손은 어떻게 생겼을까. 미완성교향곡이 흐르는 동안 나는 내내 에로틱한 공간을 유영했다. 참으로 오랜만에 경험하는 남새스런 시간이었다.

"슈베르트는 31세로 단명했습니다. 하지만 무려 600곡이 넘는 가곡과 8개의 교향곡 그리고 소나타, 오페라 등을 작곡했습니다. 그럼에도 평생 궁핍에 허덕였고 그 때문에 사랑하는 여인 테레즈를 빵집 사장에게 빼앗겼습니다. 그래서였는지 그는 이런 말을 남겼습니다. 내가 사랑을 노래하려 할 때 그것은 곧 슬픔으로 변했고, 슬픔을 노래하면 사랑으로 변했다고요."

음악회가 끝나고 근처 주점에서 뒤풀이를 할 때 친구가 둘을 나란히 앉혀주며 눈을 찡긋했다.

"솔로들끼리 잘해보세요."

그가 벌떡 일어나 의자를 꺼내주었다. 매너가 몸에 밴 사람이었다. 럭비선수형의 큰 체격이었지만 감성적인 남자였다. 레코드바늘을 붓으로 애무하던 모습이 크로즈업 돼 남자를 외면하고 고개를 흔들었다.

"제가 불편하십니까?"

그가 긴장한 표정으로 물었다. 나는 다시 고개를 흔들었다, 여전히 남자를 외면한 채로. 이 사람은 나와 다른 세상 사람이다. 언감생심. 나는 물꼬를 트려 꼼지락대는 마음을 틀어쥐느라 진땀이 났다. 그런데 그는 이미 나를 알고 있었다. 두세 번 들른 하우스콘서트에서 먼발치로 보았다는 거다. 친구를 통해 나의 내력도 대충 알고 있었다. 그가 나의 옆얼굴을 그윽한 눈으로 바라보며 말했다.

"친구가 애꾸눈이라면 나는 그의 옆얼굴을 바라봅니다."

"네? 무슨……."

"저도 애꾸니까요. 사실은 슈베르트의 말입니다."

그는 아내를 암으로 잃고 홀로 아이를 키우며 산다고 했다. 애꾸란 게 그 의미였구나.

"아까부터 궁금했는데 붓 말이에요. 그거 가지고 다니시는 거예요?"

화제를 바꾼다는 게 엉뚱한 쪽으로 튀었다.

"예. 오늘의 임무가 있는지라 가져왔습니다."

"레코드바늘용 붓이 따로 있다는 거 오늘 처음 알았어요."

남자가 웃음을 터뜨렸다. 그 붓은 아주 평범한 거였다. 남자의 아들이 초등학교 때 쓰던 싸구려 그림붓. 아까 남자가 붓질을 할 땐 무슨 의식을 치르듯 경건하고 조심스러워 특별해 보였나 보다.

그는 전문직 종사자라 그런지 입성도 깨끗하고 매너도 좋았다. 가끔 만나 공연을 보고 식사도 했다. 그는, 여자 혼자 두 아이를 키우는 게 보통 일이 아닌데 정말 대단하다는 말을 만날 때마다 반복했다. 나라는 여자의 화제가 워낙 궁핍해 마땅히 할 말을 찾지 못해 그러는 거라 여겼다. 그 앞에서 나는 자주 부끄러웠다.

"누구도 타인의 고통을 느끼지 못하고 누구도 타인의 기쁨을 이해하지 못한다고 했습니다."

아, 이 사람. 남자 혼자서 아들 키우기가 몹시 힘들었나 보구나. 나는 고개를 흔들었다. 애꾸눈 운운한 이후 나는 남자와 나란히 앉지 않고 마주 앉았다. 굳이 눈을 마주치지는 않았지만 외면하지도 않았다.

나는 우정과 애정 사이에서 아직 갈피를 못 잡고 있다. 그는 시간 낭비하지 말자며 적극적이다. 아이들도 다 알고 피차 왕래까지 하고 지내는데 더 재볼 게 뭐가 있느냐며 재촉했다. 맞는 말이다. 그런데 마음과 달리 선뜻 응해지지 않았다.

그는 결혼 2년차에 아내를 잃고 오랫동안 혼자 살았다. 나 역시 같잖은 직장 다니며 아이들 건사하느라 한눈 팔 새가 없었다. 우리는 둘 다 억울한 세월을 지나왔고 좋은 날의 잔고가 별로 없다.

우리가 만나기 전에도 우리는 각자 부족한 대로 잘살았다. 그런데 만의 하나라도 우리가 만나기 전보다 더 나빠진다면? 알 수 없는 미래가 불안했다. 그래서 차일피일 결정을 미루고 있었는데 복병이 쳐들어왔다. 아아 바로 이것 때문에 불안했던 거구나. 앞날을 몰라도 본능적으로 알아서 기는 뭔가가 사람에게는 있구나. 직감을 따른 건 참 잘한 일이었어. 나의 불운 앞에서 결정을 미룬 나를 칭찬했다.

그런데 지금은 그가 보고 싶다. 목소리라도 듣고 싶다.

급할 때마다 그에게 SOS를 치면 득달같이 달려와 해결해주곤 했다. 윗집의 누수로 천장에서 물이 떨어져 전기를 사용 못할 때, 아들이 사고를 쳐 경찰서에 잡혀 들어갔을 때, 친정엄마가 욕실에서 넘어져 꼼짝 못할 때, 교통사고를 낸 친구가 합의를 못해 쩔쩔맬 때조차 그에게 도움을 청했다. 그는 히어로처럼 달려와 간단히 해결해주곤 했다. 그 옆에 나란히 눕지는 못해도 방석 하나만큼의 영역은 차지하고 싶은 게 솔직한 심정이었다.

그런데 이젠 그조차 허용 안 된다. 아내를 암으로 잃은 그, 그는 암에 트라우마가 있는 사람이다. 내가 빠져야할 분명하고도 확실한 이유다. 차라리 다리가 부러지든 머리가 터졌다면 그를 불렀을 게다. 나도 나지만 그도 참 운수 사나운 사내다. 아쉽지만 우린 여기까지다. 단호하게 끊어내야 한다.

오징어 다리를 질겅질겅 씹는다. 굽지 않은 오징어에서 아랫녘 냄새가 난다. 부끄러운 냄새가 올라온다. 이래서 외국인들이 오징어를 질색하나 보다. 남은 소주를 마저 털어넣는다. 두 병을 깔끔하게 비운다. 흡연은 물론이고 음주도 후두암 발생에 영향을 미친다고 했다. 나는 마지막 혼술을 마신 셈이다. 모레 수술을 마치면 혼술은커녕 누구와 함께 마시는 일도 없을 것이다.

혼자 마시기엔 과한 두 병이다.

하지만 이런 식으로라도 꿈틀대고 싶었다. 반항하고 싶었다. 벤치에서 일어서자 이명이 들린다. 위이잉, 빈 소주병에 입바람 부는 소리가 들린다. 흔들리는 정신을 꼭 붙들고 천천히 걷는다. 스쳐간 산책객이 이마를 찌푸리며 고개를 흔든다. 손바닥을 오무려 후우, 입바람을 불어본다. 썩은 냄새가 난다. 히히히. 웃음이 난다. 입을 옆으로 길게 찢고 계속 웃는다. 히히히 히히히. 검정 비닐봉지 속에서 빈 소주병이 시끄럽게 다투거나 말거나 손을 크게 흔들며 걷는다. 나 마지막 혼술 마셨어. 다시는 못 마시는데 이게 보통 일이야? 나한테 찡그리지 마. 시비 걸지 마. 비웃지도 마. 건드리면 가만 안 둘 거야. 알았어? 히히히 히히히.

2인실에 입원했는데 눈을 뜨니 아직도 한 자리는 비어 있다. 머리가 깨질 듯 아프다. 속도 철쑤세미가 문대는 듯 쓰려 아침은 입도 못 대고 물렸다. 수술을 앞두고 이런저런 검사를 하고 돌아온 나는 자연스럽게 가방에서 실을 꺼낸다. 코바늘을 들고 뜨개질을 시작한다. 고요한 공간에서 나 홀로 움직인다. 손이 움직이는 만큼 아이보리색 실도 움직이다. 스페인산 굵은 면실에 코바늘은 일제 7호 바늘이다. 생산자만 국산이다. 국산 생산자가 엉덩이깔개를 짠다. 예전엔 방석커버를 짰는데 이젠 속 없는 방석을 짠다. 아니 속 없는 방석이 아니라 아예 속이 필요 없는 방석이니 그냥 손뜨개방석이라는 게 옳겠다. 이 자체로 아무 부속도 필요치 않은 완성품 방석이다.

한코뜨기를 하면서 멍석모양으로 엮어 뒤뜨기로 가장자리를 마무리하면 심플하면서도 톡톡한 방석이 탄생한다. 자연섬유인 순면이라 사람들이 좋아한다. 손에 익어 세 시간이면 하나가 떨어진다. 소매상에선 없어서 못 판다고 난리다. 얼마든지 받아줄 테니 부지런히 짜서 가져오라고 성화다.

"지금 뭐하시는 거예요?"

회진 온 여의사가 놀란 듯 묻는다. 뒤뜨기만 하면 완성될 방석을 장난스럽게 흔들며 나는 웃었다.

"세상에! 수술 전 날 뜨개질이라니?"

"수술 전 날 뜨개질하면 법에 걸리나요?"

나는 수술 들어가기 전까지 계속 방석을 짰다. 실을 충분히 가져온 것도 다행이다.

지난여름엔 땀띠가 무성했다. 비좁은 공간에서 종일 의자에 앉아 전화상담만 하다보니 폭신한 방석에 파묻힌 엉덩이가 예서제서 화를 냈다. 처음엔 나를 위한 맞춤 방석을 짰다. 땀 흡수와 통풍이 잘되는 면방석을 짰다. 심플한 문양을 택해 굵은 면실로 짰다. 오염되면 바로 확인할 수 있게 아이보리색을 택했다. 함께 일하는 동료들이 눈독을 들였다. 그들은 내 손이 얼마나 빠른지 알기에 실비로 해줬다. 알음알음으로 주문이 들어오기 시작했다. 예전부터 남대문시장에서 받아다 짜던 뜨개질에 비해 인건비가 좋았다. 앞서 하던 뜨개질은 접고 오로지 방석만 짰다. 이젠 눈 감고도 짠다. 코를 걸고 코를 걸고 코를 걸고…….

도날드덕처럼 딱딱대는 고객들의 소음이 싫어 손으로 말을 짰다. 입을 닫고 손으로 하고픈 말을 실컷 했다. 코바늘로 비비고 찌르고 잡아채고 얽으며 마음껏 지껄였다. 고분고분 들을 뿐 한마디도 뱉어내지 못한 거친 감정들을 한 코 한 코 쌓았다. 그러면서도 짬짬이 잊지 않고 상냥하게 말했다. 앵무새처럼 말했다. 사랑합니다, 고객님.

이젠 아무도 사랑을 믿지 않는다. 믿지 않으니까 아무한테나 군소리처럼 지껄인다. 무의미하게 지껄인다. 고귀한 사랑이 아무데나 굴러다닌다. 사람들이 사랑을 피해 다닌다. 우리는 사랑을 잃고 사랑을 판다. 불쾌함을 사고 불쾌함을 판다. 밥을 벌려면 쓰레기부터 받아내야 한다. 사랑합니다, 고객님.

"퇴원 선물입니다."

아이보리색 방석을 내밀자 내 수술을 집도했던 여의사가 방끗 웃는다. 빨리 퇴원하고 싶냐는 의사의 말에 고개를 끄덕였다. 의사의 호언장담처럼 수술 경과도 좋은데 주말을 굳이 병원에서 보낼 까닭이 없었다.

"방석이 참 깨끗하고 예쁘네요. 병원 분위기하고도 잘 맞고. 그럼 외래예약 잡아드릴 테니까 퇴원하시고, 월요일에 오세요."

방석을 쓰다듬는 의사의 표정이 만족스러워 보인다. 희한하게도 이쪽 동네는 고객이 약자다. 배가 아프도록 부럽다.

아무런 연락도 없이 집에 가기로 했다. 막상 귀가하려니 아이들에게 미안하다. 몰래 수술했다는 걸 알면 딸아이가 길길이 뛸 것이다. 아들은 엄마의 부재가 불편할 뿐 별 생각 없었을 것이다. 딸이 퇴근하려면 아직 멀었다. 집안 꼴이 어떨까? 제대로 먹고살기는 했을까. 딸아이는 말만 최상이지 부엌일과 청소는 바닥이다. 간단하게 장을 본다. 수술 끝이라 짐을 들고 걷는 게 힘에 부친다. 괜히 장을 봤다고 후회하며 쉬엄쉬엄 걷는다.

횡단보도 앞이다. 느닷없이 소나기가 쏟아진다. 믿기지 않게도 길 건너는 말짱하다. 이쪽만 자로 대고 금을 그은 듯 장대비를 퍼붓는다. 방석은 젖으면 안 된다. 병원에서 짠 상품 두 개가 들어 있는 가방을 소중하게 가슴에 껴안고 나는 고스란히 젖는다. 검게 물드는 아스팔트를 물끄러미 바라보며 신호가 떨어지길 기다린다. 새삼스러울 것도 없다. 줄서서 기다려도 꼭 내 앞에서 잘린 적이

한두 번이던가.

　번호키를 여는데 집안에서 무슨 소리가 들리는 듯하다. 애들이 또 텔레비전을 켜놓고 나갔으려니 생각한다. 그런데 낯선 사람이 주방에서 뭔가를 하고 있다. 누구지?

　"어? 엄마 벌써 왔어?"

　딸이 달려나와 내 앞을 가로막는다. 거실 소파에 어떤 남자가 비스듬히 누워 있다. 주방에서 고개를 돌린 여자는 애들 고모다.

　"미안해 엄마. 그러게 왜 휴대폰을 꺼놔? 문자 못 본 거야? 아빠가 욕실에서 넘어져 고관절이 나갔는데 갈 곳이 없다니 어떡해? 나을 때까지 여기 계시라고 했어. 엄마가 이해해."

　깜빡했다. 이 집이 내 명의가 아니란 걸. 애들 고모 표정이 왜 당당했는지도 이제야 알겠다.

　"아빠 부도났대. 벌써 오래전에."

　애들 고모네 얹혀 잠만 잤는데 저렇게 드러누워 있게 되니 함께 사는 사돈 눈치가 보여 딸에게 사정을 했다는 것이다.

　"그러니 어떡해. 남도 아니고 아빤데. 일어나 걷게 되면 나가신다니 그동안만 제발! 응 엄마."

　딸의 팔을 뿌리치고 나올 수밖에.

　다시 여행이다. 이번엔 진짜 갈 곳 없는 여행이다. 온몸의 기운이 쭉 빠져나가 걸을 힘도 없다. 길바닥에 털썩 주저앉는데 주머니에서 뭔가 떨어진다. 휴대폰이다. 집어던지려다 주춤한다. 한

번 켜보고 싶어서다. 무슨 문자들이 들어 있는지 궁금해서다. 전원을 켜자 전화가 먼저 들어온다. 사랑합니다 고객님……, 나와 동종업계 10만 명 중 하나의 전화다.

눈물이 핑 돈다.

내 집에서 내가 거절당한 오늘은 아무것도 거절하지 않기로 한다. 나를 제외한 99,999명 중 하나인 또 다른 나의 말에 네, 네, 네, 성실히 대답하며 끝까지 들어준다. 웬일이지? 또 다른 내가 고개를 갸웃하는 게 훤히 보인다. 이 여자 약 먹었나? 하는 표정이다. 또 다른 나를 상대하면서 가방을 연다. 편안히 앉고 싶어서다.

딱딱하고 축축한 바닥에 아이보리색 방석을 깐다. 새물내 나는 방석이 어여쁘다. 엉덩이를 들썩여 방석으로 체중을 옮긴다. 방석 한 장에도 충분히 실리는 몸뚱이. 수없이 코를 건 끝에 남은 방석 하나. 이 방석 하나에 난짝 들려 내동댕이쳐진 내 인생 따위는 굳이 복기하지 않으련다. 다만 실은 있으면 좋겠다. 여기 앉아 코를 걸고 코를 걸고 코를 걸며 방석이 아닌 다른 무언가를 짜고 싶다. 진짜여행을 시작하고 싶다.

원피스가 운다

원피스가 운다

아침을 먹어야 해. 뇌에 영양공급이 안 돼 그런 거야.

두 여자에게 들킨 걸 감지한 순간 그렇게 스스로를 설득했다. 어디선가 들었다. 블랙퍼스트의 fast가 단식을 의미하므로 breakfast는 단식을 중지하는 의미라고. 밤새 빈속에 양분이 공급되지 않으면 우리 몸은 복잡한 공정의 대체에너지를 찾느라 피로물질이 쌓이고 그 때문에 심신의 활력이 저하된다고 말이다.

다른 건 몰라도 오늘의 실수만큼은 아침 탓이야. 다른 이유는 없어.

억지인 줄 알지만 그렇게라도 우기며 두 여자 뒤를 천천히 따라갔다. 내 꼴이 처량해 딱 저승 가는 길 같았다.

안 그래도 잦은 실수에 신경이 쓰이던 차였다. 사소한 것에서 시작해 점점 범위가 확장되면서 불안과 자괴감에 시달리기도 했다. 다행히 혼자 있는 시간이 많은 나는 누구에게도 들키지 않을 수 있었다.

들켰구나.

나를 배제하고 두 여자가 속닥이는 장면을 목격한 순간, 자이로 드롭에서 툭 떨어지는 듯 앞이 캄캄했다. 이대로 수백 미터 싱크홀에 떨어져 매장되면 좋겠다는 생각마저 들었다. 그렇게만 된다면 다시는 허기질 일도 없고, 조침병 환자처럼 수시로 휴대폰을 열어보지 않아도 되고, 잘났건 못났건 본래의 내 모습을 지킬 수 있지 않겠는가? 이야말로 날이 갈수록 새끼를 치는 창피함에서 해방되는 길이었다.

내 인생은 창피와의 투쟁이었다.

어려서는 말귀 못 알아듣는다고 허구한 날 지청구를 먹었다. 엄마는 물론 동생까지 나를 무시할 때는 서러운 독기가 이슬처럼 돋아났다. 내가 뭐? 이게 내 탓이야? 다들 한편 먹고 도대체 나한테만 왜 그러는데? 나한테 좀 친절하면 어디가 덧나? 법에 걸려? 나야말로 답답해 미칠 지경이었다.

"묘자야, 딴소리하지 말고 모르면 잠자코 있어. 그게 좋겠다."

엄마는 무턱대고 내 입을 틀어막았다.

"두 번 세 번 설명해도 못 알아듣고 딴소리만 하면서 누난 궁금한 게 또 왜 그렇게 많아?"

동생은 짜증을 냈다. 남의 말은 안 듣고 자기 하고 싶은 말만 한다면서 나를 슬슬 피하기도 했다. 학교에서도 친구들이 얘기할 때 나만 못 알아들어 답답한데, 집에서마저 돌려놓으니 미칠 일이었다. 나도 그들의 대화에 끼고 싶었다. 그래서 열심히 들으면서 무슨 말을 할까 고민하는데 내 속은 모르고 남의 말에 집중하지 않는다고 오나가나 타박이었다. 아무 문제 없이 주거니 받거니 대화를 나누는 사람들은 도대체 무슨 재주를 가진 걸까. 나는 뭐가 모자라 그게 안 될까. 사람들은 이구동성으로 내가 엉뚱하게 해석하고 뚱딴지같은 말을 한다고 했다. 하지만 나는, 나를 어떻게 고쳐야 할지 알 수 없었다. 아무리 고민하고 연습해도 넘을 수 없는 벽이었다. 교과서에도 안 나오고 가르쳐주는 이는 더욱이나 없었.

한 번은 만만한 친구를 붙들고 진지하게 물었다. 공부는 바닥에 툭하면 지각을 일삼는 아이였다.

"묘자, 너는 듣고 싶은 것만 듣는 게 문제야."

정작 학습 지진아는 자기면서 내게 문제가 있다고 지적하는 그 아이를 물끄러미 바라보면서 나는 좌절했다. 그 애는 다만 공부를 못하는 잠꾸러기일 뿐 소통에는 아무 문제가 없었다. 실은 누구보다 수다쟁이에 화제도 풍부해 친구들이 늘 그 애 곁에 꼬였다.

"네가 할 말 생각하느라 딴생각하지 말고 남의 말에 집중해. 이게 답이야."

하나같이 똑같은 지적이었다. 다들 어려움 없는 일상이 내겐 왜 미로 같을까. 날이면 날마다 이 사람 저 사람한테 타박 듣고 망신만 당하던 나는 그만 지치고 말았다. 영혼이 고갈되는 느낌이었다. 이대로 가면 뇌수가 말라붙어 딱 죽을 것 같았다. 그래서 입을 닫았다. 그러자 더 이상 우습게 보이지도, 창피를 당하지도 않았다. 입만 다물면 나는 아무 문제 없었다.

　말이 하고 싶을 땐 책을 소리 내어 읽었다.

　독서가 그나마 위로가 됐다. 세상에 책이 없었어도 내가 남아났을까? 책이 있어 외로움을 이겨냈고 책이 있어 결혼도 하고 아이도 낳았다. 나의 외로운 투쟁을 사람들은 몰랐다. 때가 돼서 달라졌거니 여겼다. 날 무시하던 사람들을 무시하기 위해 나는 독서에 탐닉했다. 내 나름의 세상을 향한 복수였다. 그런데 시야만 트였지 소통 장애는 여전했다. 가능하면 짧게 말했다. 그러다 보니 말도 안 되는 말이 나오기도 했다. 독서광이라 역시 표현법이 남다르다며 그걸 또 칭찬하는 사람들을 이해할 수 없었다.

　아이는 내게 숨통이었다.

　아이에게마저 말을 삼갈 필요는 없었다. 내 머릿속에 저장된 수많은 정보를 바탕으로 아이를 교육했다. 누구나 부러워할 최고의 아이로 만들고 싶었다. 나는 아이에게 올인했고 아이는 비교적 잘 따랐다. 나는 창피했던 과거를 돌돌 말아 치마폭에 숨기고, 단아하고 세련된 모습만 세상에 내밀었다. 다행히 아무도 내 치마폭을 들여다보는 이는 없었다. 그런데 다늦게 이게 뭔가?

　역시 아침을 굶은 탓이다.

오늘만 해도 내가 나서서 간만에 아점이나 먹자고 조르지 않았던가? 두 여자는 더운데 뭘 만나냐며 내키지 않아 했다. 나는 말복을 핑계 삼아 집요하게 매달렸다.

"더위에 지친 육신 달래주는 날이잖아? 나와라."

그게 자충수일 줄 몰랐다. 두 여자에게 들킨 걸 감지한 순간 차라리 잘된 일일지도 몰라, 이들에게라도 자수해야 숨통이 틔지 않을까? 나는 잠시 흔들렸다. 하지만 다시 생각하니 역시 아니었다. 거만한 수빈엄마에겐 특히나 스타일 구기기가 싫었다.

그나저나 식구들은 정말 모르는 걸까?

혹시 알면서도 모르는 척하는 거라면? 내가 속이는 게 아니라 속고 있는 거라면? 아, 거기까진 생각하기 싫다. 남편은 남편대로 아들은 아들대로 제각각 바빠 얼굴 볼 새가 없다. 본다 한들 영혼 없는 건성 대화 몇 마디가 전부다. 나는 늘 대화가 고프고 배가 고프다. 그래서 이십 년 만에 우연히 만난 은지엄마를 못 알아보았는지도 모르겠다. 그날 역시 배가 고파 기억력이 시원찮았을 테니까.

늘 그렇듯 아침을 건너뛰고 세무서에 일이 있어 갔는데 하필이면 점심시간에 걸려버렸다. 생각 없이 나선 스스로를 나무라며 낯선 공간에서 보낼 지루한 시간을 어쩌나 끌탕하다 찻집으로 향했다. 고구마라떼로 빈속을 달래는데 건너편 분식집이 눈에 들어왔다. 쿠데타가 일어난 배를 깍지 낀 손으로 지그시 누르고 계속 지켜봤다. 혼자 들어가는 사람도 제법 보였다. 나도 건너가 매운 쫄면 한 그릇 시켜 먹고 싶은 마음 간절했다. 몇 번이나 엉덩이를 들었다 놨다 했다. 하지만 내가 누군가? 나는 절대로 우아함을 포기할 수 없었다.

그나저나 왜 이렇게 허기가 지지?

그렇구나. 엊저녁부터 빈속이었구나. 남편이 모처럼 일찍 들어온다기에 저녁을 준비했는데 연락도 없이 늦어졌다. 무슨 일 있냐는 표정으로 술 냄새를 풍기며 들어선 남편과 말도 섞기 싫어 그대로 들어가 누워버렸다. 부아가 나서 배고픈 줄도 몰랐다. 아침에 눈을 뜨니 남편은 없고, 세무서에 가서 처리할 서류만 화장대에 떼똑하니 놓여 있었다. 좀 더 누워 아침 방송을 보다 천천히 씻고 꼼꼼하게 화장한 뒤 옷을 골라 입었다. 시간이 제법 걸렸지만 급할 건 없었다.

요지를 물고 들어서는 세무서 직원들이 곱게 보이지 않았다. 나른한 표정은 더욱 밉살스러웠다. 내 번호가 뜨자 자리에서 일어선 나는 도도한 걸음걸이로 담당에게 다가갔다. 입가엔 보일 듯 말 듯한 미소를 깨물고. 처리시간은 짧았다. 어서 집에 가서 물 만 밥에 오이소박이나 먹고 싶은 마음 간절했다. 집으로 가는 버스는 느려 터졌다. 배차 간격을 맞추려 정류장마다 서서 시간을 끌었다. 한 여자가 마악 닫치려는 버스 옆구리를 텅텅 치고 올라왔다. 불콰한 얼굴이 더위 때문인지 술 때문인지 알 수 없었다. 하필이면 내 앞에 선 여자가 마땅치 않아 외면하는데 불쑥 손이 튀어나왔다.

"어머어머 이게 누구야? 이래서 죄짓고는 못 산다니까."

여자가 느닷없이 손을 잡고 요란하게 흔들어댔다. 아는 얼굴이긴 한데 누군지는 선뜻 떠오르지 않았다. 실은 누군지 알았다 해도 아는 척하기 싫은 게 솔직한 심정이었다. 승객들이 호들갑스러운 그녀를 나와 동급으로 여기는 게 싫어서였다.

"왜 그래 자기? 나야 나, 은지엄마."

20년 세월의 간극은 무서웠다. 우리 아파트 멋쟁이로 통하던 은지엄마 모습은 어디서도 찾을 수 없었다. 아무렇게나 걸친 옷차림에 얼굴도 많이 상해 있었다. 어쩌면 이렇게 망가질 수가 있지? 그 흔한 비비크림 하나 바르지 않고 나돌아다니는 그녀를 정말이지 이해할 수 없었다.

아파트 아이들을 모아놓고 심심풀이로 글짓기를 가르치던 그녀였다. 한때 나는 그녀를 경쟁자로 여겼다. 늘씬하고 상냥한 멋쟁이에 자상하기까지 한 그녀에게 아들을 보낸 것도 가까이서 그녀를 관찰하며 노하우를 훔치고 싶어서였다. 백 개도 넘는 시를 암송하는 그녀를 능가하기 위해 나는 삼백 편의 시를 외웠다. 다시 이백 편을 보태 오백 편을 채웠다. 수강료를 갖다 줄 때도 나는 가능하면 말을 삼갔다. 내가 말을 아끼자 그녀는 내성적인 나를 배려해 더욱 친절하게 대했다. 생각보다 많은 정보를 얻을 수 있었다. 이따금 같은 학년이던 수빈엄마와 함께 가서 차를 마시기도 했다. 씩씩한 수빈엄마는 수업하는 은지엄마를 도와 아이들 간식도 내오고 교재 복사도 하는 둥 매사에 거침없었다. 나는 멀뚱히 서서 이쪽저쪽을 바라보며 언제쯤 이 자리를 벗어날까 가늠하곤 했다. 우리 셋은 동갑이라 금세 말을 텄다. 하지만 나는 그녀들과 어울리기 어려웠다. 가만히, 조용히, 그림자처럼 있다 슬그머니 사라질 뿐이었다.

"자기, 수빈엄마 알지?"

둘은 연락이 닿는 사이였나 보다. 내겐 말 한마디 없이 떠났으면서 수빈엄마와는 소통했나 보다. 배신감에 표정 관리가 안 됐다. 당황스럽고 불편한 나와 달리 은지엄마는 혼자 흥분해 있었다. 자기 꼴이 어떤지는 전혀 개의치 않는 눈치였다. 나는 그게 또 그렇게 이상했다. 완전 맛이 갔네. 남의 이목 따윈 신경도 안 쓰는 철면피잖아. 피할 수만 있다면 피하고 싶은 상황이었다. 버스 뒤쪽 이인석 자리가 나자 은지엄마가 턱짓을 하며 내 손을 잡아끌었다. 승강이를 하면서 시간을 끄는 게 더 창피한 난 별수 없이 그녀의 뜻에 따랐다.

수빈이네가 먼저 이사 가고 은지네는 좀 더 살았다. 그것도 한 통로에서 마주 보고 살았다. 은지네는 살림도 그대로 두고 어느 날 갑자기 사라졌다. 수강료를 떼어먹힌 여자들이 우리 집 현관문을 두드려 한동안 시달렸다. 아무것도 모르는 나한테 사람들은 수상한 눈빛을 댔다. 나는 잘못도 없이 피해를 보았는데 은지엄마는 앞뒤 뚝 잘라먹고 제 할말만 했다.

"수빈엄마랑 셋이 만나 밥이나 한 번 먹자. 괜찮지?"

마지못해 전화번호를 교환하는 것으로 그날의 만남은 끝이 났다. 은지엄마가 이내 버스에서 내렸기 때문이다. 그녀가 내리자마자 자리를 고쳐 앉는데 갑자기 가슴이 벌렁거렸다.

밥? 밥을 먹자고?

나는 그녀들과 밥을 먹은 적이 없다. 청할 때마다 번번이 거절했기 때문이다. 불편한 게 싫어서였다. 몇 번 거절당하자 그녀들도 더 이상 청하지 않았다. 그녀들이 끈질기지 않아 천만다행이었다. 밥만큼은 편하게 먹는 게 옳았다. 그때나 지금이나 나는 식구가 아닌 누군가와 밥을 먹는 게 힘들고 거북하다.

한 아파트에 몇 년을 살면서도 밥 한 번 먹지 않던 셋이 만났다. 은지엄마는 먼저와 다름없이 민낯에 대충 걸쳤고, 수빈엄마는 아웃도어 룩에 운동화 차림이었다. 이런 분위기일 줄은 상상도 못했다. 놀림당하는 것 같기도 하고 무시당하는 것 같기도 했다. 성당 사람들은 언제나 성장을 하고 외출한다. 미사 끝나고 함께 몰려가 값싼 분식을 먹지만 차림새만큼은 우아했다. 할머니들조차 고운 옷을 골라 입고, 분도 바르고, 머리에 세트를 말아 힘을 주고 나왔다. 실망스런 두 여자의 모습에 후회했다. 내가 괜히 이 장소를 추천했구나.

어쩌다 한 번 집에 들르는 아들과 몇 번 왔던 식당은, 산 중턱

폐교를 개조한, 제법 분위기와 격조가 있는 레스토랑이었다. 분명 상호와 위치를 알려줬는데 어쩜 저리도 무심할 수 있을까? 참으로 대책 없는 아줌마들이었다. 여기 다시는 오지 못하겠구나. 아들에게 무슨 핑계를 대나 마련이 많은데 수빈엄마가 나를 향해 엉뚱한 소릴 했다.

"참 대단해. 어쩜 그렇게 한결같이 우아할까? 자기는 인생이 정말 힘들겠다."

일단 미소를 깨물고 칭찬인지 비난인지 알 수 없는 말을 분석하는데 은지엄마가 수빈엄마 옆구리를 쿡 찌르는 동시에 내게 눈을 맞추면서 말했다.

"보기 좋아서 하는 소리야. 나는 포기해서 못 꾸미고 이 여자는 공 치느라 바빠서 이 모양이야. 그나저나 여기 전망 짱이다. 환이 모친 덕분에 모처럼 눈과 입이 호강하네."

포크를 떨어뜨리고, 커피를 쏟는 등, 두 여자는 내 염려를 저버리지 않았다. 다시는 만나지 말자. 오늘이 끝이라고 생각하는데 수빈엄마가 또 깐죽거렸다.

"자기, 보기보다 참 진득해. 아직도 거기 산다며?"

안 그래도 낡아빠진 아파트에서 사는 게 걸리던 차였다. 50평 아파트를 팔아 30평에도 갈 수 없는 가격이라 도리 없이 눌러사는 터였다. 벌써 몇 번이나 신축 아파트로 갈아타고 기어이 신도시에 입성해 재테크로 재미를 본 수빈엄마가 우쭐대는 게 눈에 보였다. 그렇다고 격 떨어지게 티를 낼 수도 없는 일, 억지 미소를 지으며 핑계를 댔다.

"난 익숙한 게 좋아. 그래서……."

"맞아맞아. 자긴 우아도 익숙해 보여."

수빈엄마가 손뼉을 치며 깔깔댔다. 예전엔 안 그랬는데 사람 놀리는 게 취미인 모양이었다. 그렇게 만나고 한 달이 지날 즈음 다 저녁에 은지엄마한테서 문자가 왔다.

- 술 한 잔 하게 나와. 자기 동네야.

나는 술보다 밥이 먹고 싶었다. 술은 제사상 물린 자리에서 퇴주잔이나 입에 대봤지 따로 마신 적은 없었다.

- 나, 배고파. 밥이나 먹자.

남편은 늦는다고 연락이 왔고 혼자 또 어떻게 저녁을 해결하나 고민하던 중이라 은지엄마의 문자가 내심 반갑기도 했다.

- 밥이고 술이고 일단 나오라니깐요 요조숙녀님.

은지엄마는 술을 마시고 나는 요기를 했다. 뭔가 밥벌이를 하는 것 같은 그녀. 말은 씩씩해도 지쳐 보이는 그녀가 안쓰러워 한참을 물끄러미 바라보았다. 이러니저러니 해도 변화 없는 내 팔자가 중간은 가는구나 싶어 일견 위로가 되기도 했다.

"왜? 내가 안돼 보이냐? 나는 당신이 안됐다. 집 앞에 나오면서 그 꼴이 뭐냐?"

아닌 게 아니라 그녀의 문자를 받고 여간 분주한 게 아니었다.

머리 감고 화장하고 옷 골라 입느라 정신이 쏙 빠졌다. 꾸물대지 말고 후딱 나오라는 그녀의 강다짐에 선선히 대답은 했지만 그럴 수는 없는 일이었다. 은지엄마의 시선이 머리부터 훑어 내려와 하이힐에 머물렀다. 대놓고 한심하다는 표정을 짓는 은지엄마의 시선을 어떻게 받아야할지 난감했다. 아들이 전문의자격증을 따면서 선물한 명품 구두였다. 핸드백 사준다는 걸 구두로 해달라고 내가 주문했다. 의상과 맞아 신고 나왔을 뿐 자랑하고 싶어서는 아니었다. 이게 다 엄마 때문이다.

"밖에 나갈 땐 입고 나가라."

엄마는 늘 같은 말을 반복했다.

"내가 언젠 벗고 다녀?"

"머리부터 발끝까지 단장해야 한다는 뜻이다, 특히 여자는."

완벽한 엄마는 사시사철 버선발로 살았다. 잠자리에 들어서야 버선에서 해방됐다. 버선이 만들어주었는지 본래 그랬는지 모르지만 엄마는 날렵한 칼발이었다. 버선을 벗고 발가락을 주무르며 엄마는 중얼거렸다. 온몸을 신고 종종대느라 종일 고생 많았다.

그때는 온몸을 신고 다니는 것이 선물로 으뜸이었다.

생일선물도 양말이나 고무신이 보통이었다. 하다못해 결혼할 때 먼 시가붙이들에게도 양말이나 버선을 돌리면 말이 없었다. 그래 그런지 엄마는 내게 양말이나 신발만큼은 좋은 걸 사 신겼다, 가장 대접받아야 하는 게 발이라면서. 덕분에 어여쁜 칠피구두나 신형 운동화를 도둑맞아 맨발로 울며 집에 들어오기 일쑤였다. 그래도 엄마의 '신발만큼은'의 집착은 변함없었다. 사실 먼저 만났을 때도 이 구두를 신고 나갔는데 수빈엄마만 눈여겨보는 듯했고 은지엄마는 무심히 지나가 모르는 거였다.

"당신 발은 아직도 청춘인가벼?"

내가 못 알아들은 척 고개를 갸웃거리자 그녀가 말했다.

"하이힐이 뭐냐고요!"

그녀는 자신의 발을 들고 플랫슈즈를 흔들었다. 내 구두의 가치를 모르는 게 확실했다. 아들이 사준 명품이라는 말이 나오는 걸 꼴깍 삼켰다. 그녀가 웬만했으면 말했을 것이다. 성당 할머니들도 몇 명은 단박에 알아보는데 이 여자는 뭔가? 진정 우리 통로 멋쟁이였던 그녀가 맞나?

"그리구 말이야. 나잇값을 해야지 안줏발만 죽이는 게 말이 되냐?"

그녀가 잔을 털어 마시고 내게 건넸다. 싫었다. 마시고자 하면 굳이 못 마실 것도 없지만 남의 잔을 입에 대는 건 꺼려졌다. 종업원을 불러 잔을 하나 가져다 달라고 했다.

"그래. 그렇게 톡톡 털어야 당신이지. 변함없어. 그래서 나는 당신이 좋다!"

그녀가 좋다의 '다'에 강세를 두고 끌어올리며 장난스럽게 말했다. 거기에 나는 무너졌다. 온몸에 전율이 일면서 짜릿한 쾌감이 훑고 지나갔다. 벅찬 쾌감이 잦아들면서 배가 간질간질했다. 나도 모르게 웃음이 나와 참을 수 없었다. 참기 싫었다. 좋다는 말, 그것도 내가 좋다는 말을 언제 들어보았던가. 기억이 없다. 어쩌면 나는 단 한 번도 그런 소리를 들어보지 못했는지도 모르겠다. 해서 내가 먼저 우리 자주 만나자고 제안했다. 그녀가 미간을 모으고 눈을 찡그렸다.

"진심이야? 자기 나 싫어하잖아? 옛날부터 그랬잖아. 아니야?"

그녀의 말이 귀에 들어오지 않았다. 내 맘이 급했다. 잊어버리기 전에, 화제가 바뀌기 전에 얼른 말해야 했다.

"나, 배고파서 그래. 시간 날 때마다 같이 밥 좀 먹어주면 안 될까?"

"어이 환이 모친! 자기 되게 웃긴다."

내가 웃겨? 배고픈 게 웃겨? 괜한 말을 했나 또 후회가 몰려왔다.

"우아한 아줌마는 원래 태생적으로 배가 고픈 거잖아. 아무리 고파도 부른 척해야 하는 거고. 새삼스럽게 왜 이러나? 사람 헛갈리게시리."

은지엄마가 나를 위아래로 훑어보며 입을 삐죽거렸다. 아닌 게 아니라 예전엔 다이어트를 좀 심하게 했다. 옷태가 나려면 몸이 받쳐줘야 하니 어쩔 수 없었다. 워킹맘도 아닌 나의 유난이 꼴불견이긴 했을 터이다. 머리는 늘 단정하게 하나로 묶어 스튜어디스처럼 그물망에 씌우고, 허리가 잘룩한 투피스만 착용했다. 집을 나설 땐 늘 그랬다, 하다못해 앞집을 가도. 그건 지금도 마찬가지다.

수속 절차가 복잡해 때론 집을 나서는 게 귀찮기도 하다.

그래도 젊을 땐 견딜 만했는데 이젠 무섭다. 웬만하면 집에서 꼼짝 않는다. 낡은 아파트에서 무기력한 시간을 때운다. 베란다로 기어든 햇살에 들통나서 떠다니는 먼지, 그것들의 안무를 눈으로 따라가며 손에 든 휴대폰에 신경을 집중한다. 외출은 귀찮지만 누구라도 날 불러주면 당장이라도 뛰어나가고 싶어서다. 배가 고파서다. 서글프게도 나를 찾는 이는 성당 노친네들이 대부분이었다.

같은 대학병원 의사와 결혼한 아들이 분가하면서 일이 손에 잡히지 않았다. 해도 그만 안 해도 그만인 집안일에 왜 그토록 매달렸는지 생각할수록 한심했다. 아침도 안 먹고 나가는 남편은 저녁조차 밖에서 해결하고 들어오기 부지기수다. 누구는 그것도 복이라며 부러워하지만 나는 아니다. 삼시 세끼 나 홀로 식사가 어디 밥인가 여물이지. 나날이 식욕을 잃어갔다. 덕분에 성당 미사에 열심이다. 벌 받을 일이지만 미사 끝나고 교우들과 함께 점심 먹는 게 좋아서다. 식사를 위한 외출은 복잡한 수속 절차도 기꺼이 감내하게한다.

혼자 있을 땐 쫄쫄 굶다가 밖에 나가면 식탐왕으로 변신한다. 다들 눈이 휘둥그레 쳐다보지만 멈출 수 없다. 먹을 수 있을 때,

입맛이 돌 때, 먹어야 한다. 상을 싹쓸이한 뒤에야 정신이 들면 무안한 나머지 계산대로 앞장선다. 추접스럽게 내가 왜 이러지? 때늦은 후회를 반복하면서.

"하여튼 우리 율리아나는 식성도 화끈하고 계산도 화끈한 게 말이야, 바지만 안 입었지 대인배 중 대인배야."

"그러게요. 생김새는 야리야리하고 새촘한데 완전 기분파지요. 사람 겉 봐선 모른다니까요."

성당은 또 다른 노인정, 하릴없는 노파들이 남아도는 시간 때우러 나와 머지않은 종말을 준비하는 곳이다. 더치페이로 하는 식사비를 자주 내면서 나는 노인들의 귀염둥이가 됐다.

세상에 아프지 않은 노인은 없다.

오래 사용한 기계가 덜거덕거리다 고장 나는 건 당연지사다. 골골대는 그녀들과 어울리는 것에도 한계가 왔다. 우울해서 아픈 거나 아파서 우울한 거나 마찬가지다. 칙칙한 무채색이 전이되자 위험을 감지한 나는 말 많은 노인들 입을 막느라 매달 회식비를 내놓고는 앗 뜨거워라, 발을 뺐다. 다시 굶주림의 세계로 돌아온 것이다.

"자기야. 나 갑자기 배가 아프다. 자기나 나나 못 먹기는 매한가진데 이건 너무 불공평하잖아?"

전과 달리 은지엄마는 살이 제법 붙어 있었다. 큰 키에 살이 붙자 우람해졌다. 헌데 그녀는 살찔까 봐 음식을 멀리하는 게 아니라 입맛이 없어 못 먹는다며 진심으로 나를 부러워했다. 그럼에도 갱년기 때 터 잡은 중부지방 살이 요지부동이라 아예 포기했다며 자조적으로 웃기도 했다.

"축복받은 사람이 웬 엄살? 이거 보고도 그런 말이 나오냐?"

은지엄마가 뱃살을 몰아 쥐고 흔들었다. 누가 볼까 창피한 동작에 당황한 나머지 가방을 들고 벌떡 일어섰다. 얼른 도망치고 싶은 마음밖에 없었다. 은지엄마가 나를 붙잡았다. 손아귀 힘이 장난 아니었다.

"알았어 알았다구. 먹자. 먹으면 되잖아?"

나만 말귀가 어두운 게 아니었다. 내가 일어선 건 천박한 그녀의 행동 때문인데 은지엄마는 달리 해석하고 있었다. 그러고 보면 사람은 다 거기서 거기다. 나만 별스럽게 당한 것이다. 마음이 누그러진 나는 은지엄마에게 그동안 어떻게 살았는지 물었다.

"우울한 얘긴 건너뛰고 술이나 마시자 우리."

은지엄마는 끝내 속을 보여주지 않았다. 나더러도 그러라는 메시지 같았다. 차라리 그게 속 편했다. 만나 밥이나 먹으면 그뿐이다. 내게 절실한 건 밥 아닌가.

때로는 은지엄마와 둘이 때로는 수빈엄마까지 셋이 밥을 먹었다. 새로 생긴 고깃집에서 원 플러스 원으로 4인분을 시키면 8인분을 준다기에 셋이 함께 갔을 때였다. 두 여자는 맛이 어쩌고저쩌고 하며 깨작거렸다. 입이 단 나는 그것도 모르고 정신없이 쓸어 먹었다. 두 여자가 진작 불판에서 손을 뗀 걸 나만 모르고 있었다. 은지엄마는 소주를 홀짝이고 수빈엄마는 오이고추를 쌈장에 찍어먹으며 나를 구경하고 있었다. 은지엄마가 소주잔을 내려놓으며 투덜댔다.

"부럽다. 나도 자기처럼 그렇게 맛나게 좀 먹어봤으면 좋겠다. 먹지도 못하고 억울하게 살만 쪘으니 이거야 원."

수빈엄마가 반나마 남은 술병을 테이블 옆으로 밀어놓으며 말했다.

"그러니까 당신은 다 술살이야. 술 좀 작작 마셔 인간아."

"이 나이에 어디 가서 옷 벗을 일도 없고 대충 가리고 살면 되지 뭐. 술이나 한 잔 더 쳐봐."

말 떨어지기 무섭게 수빈엄마가 보란 듯이 술병을 거꾸로 세워 물김치 대접에 부어버리자 은지엄마가 주먹감자를 먹이고는 종업원에게 소주 한 병을 또 청했다. 상스러운 여자들. 이 여자들과 계속 만나야 하나? 나는 또 갈등에 빠졌다. 어디 가서 옷 벗을 일도 없고는 또 무슨 소리야. 그럼 내가 옛날에 다이어트했던 것도 그런 의미로 받아들였단 말야? 어이없어. 정말 상종 못할 사람들이네.

"폭식해도 빼빼 마른 환이엄마나 안 먹어도 오동통한 은지엄마다 비정상이야. 이젠 거저 빼먹을 근육도 거덜났는데 슬슬 운동 좀 하라고 인간들아."

원피스가 운다 231

학생 때부터 테니스를 쳐 간간이 국제대회 심판도 하는 수빈엄마의 일갈이었다. 깡마른 근육질에 손댈 데 없는 몸매였지만 말투는 어쩔 수 없었다. 게다가 수빈엄마는 끼리끼리 어울려 점도 빼고 주름도 끌어올리며 계속 얼굴을 수선해 우리 중 가장 어려 보였다. 경제력, 외모, 자신감, 무엇 하나 빠지지 않는 그녀가 거북했다. 자연히 은지엄마와 만나는 횟수가 잦아졌다. 먹는 거에 관심 없는 은지엄마한테 사정사정해 맛집을 순례했다. 그녀에겐 맛집이 아무런 의미도 없었다. 그저 소주 한 병이면 족했다. 식사는커녕 안주도 잘 안 먹는 그녀였다. 그래서 더 좋았다. 2인분을 내가 다 먹을 수 있어서 좋았다.

　그러다 말복을 핑계 삼아 모처럼 셋이 만난 자리였다. 나만 아는 비밀을 하필이면 수빈엄마한테 들키고 말았다. 매미들이 떼창하는 나무 그늘 평상에서 누룽지백숙을 먹고 커피를 빼먹으려 움직이는데 수빈엄마가 가로막았다.

　"에어컨 빵빵한 커피숍에 가자. 오늘은 내가 스트레이트로 쏠게."

　바람 솔솔 부는 그늘이라 해도 뜨거운 백숙을 먹었더니 덥긴 했다. 게다가 얼마 전 경매로 크게 한 건했다는 수빈엄마는 아직도 흥분이 가시지 않아 살짝 들뜬 상태였다. 산밑 외진 곳에서 식사를 했기에 택시를 잡아야 하나 걸어가야 하나 궁리하며 수빈엄마에게 물었다.

　"자기 차 어디 뒀지?"

우리 동네에서 만날 땐 늘 우리 아파트 주차장에 파킹하고 걸어서 움직이곤 했다. 이럴 줄 알았으면 차를 끌고 왔더라면 좋았을걸. 커피숍은 우리 아파트에서 좀 멀었다.

"저기 대놨잖아."

참 이상했다. 우리 아파트가 왜 저기인가? 몇 걸음 걷다가 다시 확인했다.

"자기 차 말이야. 어디 대놨냐고?"

화장실에 들렀다 쫓아오는 은지엄마 발소리가 급했다. 뒤를 흘끔 돌아본 수빈엄마가 속삭이듯 말했다.

"자기 무섭게 왜 그래? 저기, 저거 안 보여?"

식당 주차장 그늘막에 그녀의 검은 세단이 보였다. 수없이 왔던 식당이다. 볕 좋은 봄날 일삼아 산길을 걸어온 적은 있지만 누구와 함께 걸은 적은 없다. 그럴 만큼 가까운 거리도 아니고 한여름에는 더욱이나 그럴 수 없었다. 내가 왜 이러지? 뭐가 문제지?

"아니. 잠깐 헷갈려서……."

수빈엄마가 빙긋이 웃으며 고개를 끄덕였다.

그녀의 차를 타고 커피숍으로 향했다. 수빈엄마처럼 좋은 차는 아니지만 내 차를 몰고 올걸, 후회막급이었다. 그때 느닷없이 쏴아아! 소나기 소리가 들렸다. 창밖엔 여름내 농익은 볕이 지글거리고 내 귀엔 소나기가 들이닥쳤다.

벌써 반년도 더 된 일이다. 통닭집에서 소나기 소리를 들은 날부터 심각한 분실이 시작됐다. 시장 한복판에 옛날통닭집이 새로 들어섰다. 한 마리 6,000원 두 마리 9,900원이라고 대문짝만하게 써 붙인 가격에 불량 닭이거니 생각해 거들떠보지도 않았다. 그런데 어느 날 시장에 갔다가 늘어선 줄에 끼어든 나를 발견했다. 사람들 속에 편입되고 싶은 무의식이 나를 줄 세웠는지도 모르겠다. 내가 앞으로 가도 꼬리는 줄어들지 않았다. 드디어 맨 앞으로 가자 느닷없이 쏴아아 소나기 소리가 요란했다.

 우산을 안 챙겨왔는데 어쩌나.

 민망하게 몸을 활짝 펼친 쩍벌통닭을 받아들고 좀 더 장을 보면서 소나기를 그어 가리라 생각하는데 통닭집을 벗어나자마자 거짓말처럼 소나기가 그쳤다. 소나기 소리는 닭튀김 솥에서 나는 소리였다. 펄펄 끓는 기름에 들어간 닭이 소나기처럼 아우성을 하며 튀겨지는 거였다. 시장을 벗어나면서 헐값에 파는 양파 한 자루를 집어 들었다.

 한 손엔 뜨거운 통닭, 한 손엔 무거운 양파를 들고 쩔쩔매며 걸었다. 이럴 때 쓰려고 남편한테 물려받은 찬데 이게 뭐냐? 이러다 그 차 지하주차장에서 아주 뿌리를 내리겠다. 몇 번이나 걸음을 멈춰 손을 바꾸며 구시렁댔지만 정작 문제는 따로 있었다.

 그로부터 한 주일 뒤 성당 교우들과 시장에서 칼국수를 먹고 돌아가는데 눈에 익은 차가 보였다. 설마했다. 지나치면서 흘낏 차 안을 들여다보자 방향제마저 내 차와 똑같았다. 차 번호판을 확인하고야 일행에서 뒤로 빠져 차를 몰고 갔다. 그와 유사한 실수는 종종 일어났다.

말귀를 못 알아들어 말수를 줄였고, 그 때문에 수다와 멀어진 나는 대체로 안전했다. 사람들은 자신의 실수나 비밀을 극비에 부치다가 결국은 스스로 폭로하는 경우가 다반사다. 내 경우는 그럴 위험이 적었는데 하필이면 수빈엄마한데 들키고 말았다. 차라리 은지엄마였다면 좀 나았을 것을. 아무튼 억수로 운수 사나운 날이었다.

커피숍에 들어서자 속이 불편했다. 참을 만큼 참다 도저히 제어가 안 돼 손을 씻는다는 핑계로 자리를 떴다. 표정은 급하지 않게 발걸음은 재게 놀렸다. 변기에 구토를 하고 돌아오는데 두 여자가 속닥이고 있었다. 나를 발견한 은지엄마가 맞은편에 앉은 수빈엄마에게 눈짓을 보내자 둘의 대화가 뚝 그치고 동시에 커피잔을 들었다. 그들에게 다가가면서 점점 멀어지는 나를 느꼈다. 그들에서 내가 멀어지고 내게서도 내가 멀어지는 불쾌하고도 묘한 느낌이었다. 아무리 아침을 안 먹어 그런 거라고 스스로를 설득해도 해결이 되지 않았다. 몇 발짝 안 되는 거리를 저승처럼 가면서 차라리 자수할까 갈등도 했지만 나는 끝까지 우아한 여자로 남기로 했다.

"헤이 환이 모친, 적당히 하셔. 그러다 손 닿을까 무섭네."

은지엄마가 엉너리를 친다. 내가 대꾸 없이 선웃음을 짓자 이번엔 수빈엄마가 따지듯 묻는다.

"그나저나 자긴 그 미니스커트 언제 입을 거야?"

허리는 맞는데 골반이 낀다며 수빈엄마가 준 새 옷이었다. 이들이 왜 이러는지 나도 안다. 지금 물타기 하고 있는 거다. 이럴수록 평정심을 유지해야 한다.

"아직 자신이 없어서."

"힐! 그럼 환갑 지나서 입을 거야? 안 입을 거면 도로 내놔. 다른 사람한테라도 주게."

분위기가 이상해지자 은지엄마가 나선다.

"환이 모친. 그러지 말고 담에 입고 나와라. 나도 보고 싶다. 그 옷 좋은 거라며?"

그게 얼마짜리고 간에 나는 싫다. 이럴 줄 알았으면 처음부터 거절할 걸 잘못했다. 나더러 또 벗으라고? 어림도 없는 일이다.

지금도 나는 바지가 없다.

자고로 여자는 치마를 입어야 한다는 교육을 받고 자라 한겨울엔 종아리가 혹사당했다. 그거 하나만큼은 엄마한테 감사한다. 나를 나답게 한 엄마의 세뇌, 바로 그게 나를 우아하게 만들었다. 지금 엄마는 세상에 없지만, 엄마가 있을 때도 나는 엄마와 친하지 않았지만, 그래도 지금의 나를 만들어줘서 좋다. 고맙다.

내가 치마를 고수하듯 엄마는 평생 버선만 신다 갔다.

칼발인 엄마는 누구보다 버선이 잘 어울렸다. 가끔은 빨랫줄에 널린 버선이 돛단배로 보였다. 나는 엄마가 죽으면 버선처럼 하얗고 앙증맞은 돛단배를 타고 요단강을 건너지 않을까 상상했다. 하지만 죽음을 앞둔 엄마는 버선을 벗겨달라고 했다. 남들은 죽어서야 신는 버선을 엄마는 죽어서 벗었다. 어쩜 나도 그럴지 모르지만 아직은 바꾸기 싫다.

나 같은 사람은 의외로 많다.

어떤 남자 아나운서가 그랬다. 자기는 체크무늬가 아닌 무지 와이셔츠를 입으면 벗은 것 같아 못 입는다고. 그러자 곁에 있던 다른 남자가 자기도 그렇다며 체크무늬 남방만 백 벌도 넘는다고 고백했다. 나도 그렇다. 무릎 위로 올라가는 치마는 입어본 적이 없다. 벗은 것처럼 허전하고 민망해서 입을 수 없다. 그런데 나더러 무릎에서 한 뼘이나 올라가는 미니스커트를 입으라고? 그게 제아무리 비싼 치마라 해도 노땡규다. 지가 뭔데 나를 개조해? 지가 뭔데 나를 벌거벗겨?

그날 이후 바깥출입을 일체 안 한다.

또 누구한테 들킬까 무서워 성당조차 안 간다. 밥? 언제 먹었는지 기억에 없다. 어쩌면 하루 세 끼가 아니라 네 끼 혹은 다섯 끼를 먹었을지도 모른다. 내가 어떻게 지내는지 아무도 모른다. 남편도 모른다. 고립무원에서 나 홀로 완전한 실종을 기다린다.

쏴아아! 소나기가 먹고 싶다.

옛날통닭집에서 듣기 전엔 닭이 소나기 소리로 튀겨지는 줄도 몰랐다. 눈앞에 있기만 하다면 소나기 두 마리쯤 거뜬히 먹겠다. 헌데 소나기는커녕 달걀도 없다. 냉장고가 텅 비어 있다. 남편이 좋아하는 맥주가 나래비로 줄 서 있을 뿐이다.

　언제 꺼내놓았을까?

　카키색 미니스커트가 보인다. 가위를 찾아든다. 가윗밥을 내 못 쓰게 만들어야겠다. 가윗밥을 내는데 손이 삐치면서 부욱 가위가 들어간다. 차라리 잘됐다. 두 동강 난 치마가 후련하다. 마구마구 엔돌핀이 돈다. 오랜만에 느껴보는 카타르시스다. '카키'는 흙먼지를 일컫는 힌두어라 했지. 까짓 먼지 가지고 제세는. 네가 넘겨준 먼지 내 손에서 날아갔다. 됐냐?

　혼자 낄낄대고 있는데 초인종이 울린다. 며느리가 보낸 택배다. 택배기사가 나를 보고 기분 나쁘게 웃는다. 왜 그래요? 묻자, 많이 기다리셨나봐요 하며 내 손의 가위를 쳐다본다. 쾅! 문을 닫는 걸로 민망함을 아웃시킨다.

　택배를 뜯어보니 가을 원피스다.

　원피스는 정장으로 쳐주지 않는 의상이다. 투피스만이 정장이다. 아무리 많이 배워도 요즘 애들은 의상 예의를 모른다. 뒤집어쓰면 되는 내리닫이 원피스는 태생적으로 점잖은 의상일 수 없다. 그래도 한 번 입어보기로 한다. 한데 왜 단추가 채워지지 않는 거지? 단추 구멍이 작은가? 그보다 단추는 또 왜 이렇게 많은 거야? 단추 채우기를 포기하고 꺼놓았던 휴대폰을 켠다. 잊어버리기 전에 며느리에게 선물 잘 받았다는 문자를 보내기 위해서다. 휴대폰을 켜자마자 기다렸다는 듯 문자가 들어온다.

- 똑똑! 묘자 씨, 밥은 먹었어? 나, 술 고픈데…….

은지엄마다. 그런데 묘자는 누구지? 꼭 잘못 들어온 문자 같다.

며느리에게 문자를 보내려는데 길지도 않은 글에 자꾸 오타가 난다. 그대로 전송하기 창피해 포기한다.

- 똑똑! 뭐하는 거야, 환이 모친.
- 똑똑! 영양실조 걸린 거 아니지?

전엔 내가 집요했는데 이젠 은지엄마가 집요하게 내게 매달린다. 기분이 좋다. 며느리가 보낸 원피스를 입은 채 나른한 몸을 소파에 부린다. 허리가 조이지 않아 편안하다. 해방된 내 허리가 꼬물꼬물 웃는다. 가만 생각해보니 어렸을 때 난 원피스를 좋아했다. 캉캉원피스를 입고는 몇 날 며칠이고 벗지 않아 혼났던 기억이 난다. 공주 같은 원피스가 좋아 벗기 싫었던 거다. 그런데 나도 잊어버린 내 취향을 며느리가 어떻게 알아냈을까? 말귀가 어둡더니 기어이 몸귀까지 어두워져 단추도 제대로 못 채우는 나의 현재를 설마 며느리가 다 아는 건 아니겠지? 채칵채칵채칵 벽시계가 카운트를 한다. 나는 고개를 흔들며 우긴다. 그래도 괜찮아. 난 아직 우아하니까. 며느리가 보낸 원피스는 집에서만 입으면 되지 뭐.

- 똑똑! 환이가 의사니까 걱정 안 해도 되겠지? 그니까 나랑 밥이나 먹자.

환이 낳고 호떡 먹다가 견과류가 씹히는 줄 알고 그냥 삼켰는데 부스러진 어금니였지. 밥 먹다가 돌이 씹혀도 그대로 삼키던 버릇 때문에 어금니를 삼킨 사람이 바로 나야. 그런 게 바로 우아고.

- 똑똑! 눈물은 내려오고 술잔은 올라가니까 밥 말고 술 마시자. 오늘만!

뭐라고? 왜 술잔만 올라가? 밥숟갈도 올라가는 거잖아. 은지엄마 당신은 하나만 알고 둘은 모르는 바보야. 근데 내 앞가슴이 왜 이리 쭈글거리지. 이런, 단추가 제대로 안 채워졌네. 원피스 단추를 모두 끄르고 처음부터 다시 잠근다. 다시 잠궈도 원피스가 운다. 또다시 풀었다 잠근다. 원피스도 고집이 있나? 원피스가 계속 운다. 나도 서서 운다. 은지엄마한테서 전화가 들어온다. 문자가 안 되자 전화를 거는가 보다.

우리 지금 만나. 아, 당장 만나······.

오래된 컬러링이다. 장기하의 저 노래를 처음 들으면서 단박에 빠져들어 통화연결음으로 선택했다. 우리 지금 만나. 아, 당장 만나. 좋지. 나도 그러고 싶어. 그런데 어쩌니 은지엄마야. 원피스가 울어서 나는 못 나가겠다. 오늘은 원피스가 우는 사연을 좀 들어야겠어. 다들 나한테 듣기 공부하는 시간이 필요하다고 했잖아? 지금이 바로 그때인 것 같아. 그러니까 술은 당신 혼자 마시고 있어. 난 원피스랑 같이 울어야겠어. 애가 울음을 그치면 나도 그치고 나갈 게. 사실 내 몸엔 단백질이 필요하고 나는 지금 몹시 소나기튀김이 먹고 싶거든.

이를 박멸하는 최고의 방법

사진 위키백과에서 퍼옴

이를 박멸하는 최고의 방법

빗이 필요하다.

얼레빗이 아니라 일관성 있게 촘촘한 참빗이어야 한다. 서랍마다 열며 뒤진다. 놈이 이 시점에 다시 출현할 줄 몰랐다. 멸종됐나 싶게 깨끗이 사라졌다가 잊어버릴 만하면 한 번씩 부활해서 근질근질 존재를 과시하는, 그야말로 틈새의 제왕이다. 앞서는 눈에 뵈지도 않는 작은 놈들이 그렇게 유세를 떨며 잘난 21세기를 쥐락펴락하더니 이번엔 버젓이 눈에 띄는 놈이 등장했다. 또 뭘 금지해야 몰아내려나? 머리가 지끈거린다.

참 금지도 많았던 지난 2년이다.

예전엔 미군 부대 담벼락마다 접근 금지, 으슥한 골목길엔 조악한 가위를 대동한 소변 금지, 붕어가 잘 잡히는 저수지마다 낚시 금지가 진을 치고 있었다. 그런데 코로나 팬데믹이 오고는 좀 더

개인적이고도 사소한 생리현상까지 개입해 사람들은 재채기조차 마음 놓고 시원하게 할 수 없었다. 무슨 놈의 문명이 개인의 사생활을 데이터화하는 걸로도 모자라 투명하게 보고하지 않으면 범죄자 취급을 했다. 얼떨결에 숨기다가 마녀사냥으로 만신창이가 되는 사람도 종종 생겼다. 지갑만 유리가 아니라 일상도 탈탈 털리는 유리 세상이었다.

바이러스는 애매한 종자다.

증식하고, 돌연변이가 생기고, 진화한다는 점에선 생명체지만, 단독으로는 아무 짓도 못 하는 멍텅구리다. 숙주를 감염시킨 이후에만 세를 불리는 반편이다. 감염 이전에는 단백질과 핵산의 결정체일 뿐, 물질대사를 할 수도 에너지를 만들 수도 없는 무생물이다. '언제나 생명'이 아니라 '조건부 생명'으로, 살 수 있을 때만 사는 것이 바이러스다. 보이지 않는 최고의 포식자로 등극한 코로나바이러스에 잘났다고 으스대던 21세기 문명이 무릎을 꿇었다. 사람들은 대문을, 나라들은 국경을 닫아걸었다. 아날로그와 작별하고 디지털 세상으로 향하면서 어디로 튈지 모르는, 예측 불가한 발전을 염려하던 문명이 순식간에 초기화돼서 집에 틀어박히는 방식의 차단을 선택했다. 그렇게 세상이 퇴행했다.

사람은 같이 뭘 먹고, 되는 이야기든 안 되는 이야기든 대화를 해야 친해진다.

마스크를 쓴 사람들은 서로의 얼굴을 잊어버리고 이름조차 서서히 잊어갔다. 관심을 닫고 사니 편하다는 생각도 은근히 들었다. 복잡한 세상에 물릴 즈음 단순한 세상이 찾아오니 일견 반갑기도 했다. 내내 이렇게 살다 죽어도 괜찮을 것 같다는 사람이 늘어갔다.

멀쩡하던 계기판이 삐끗 어긋나 세상이 엉뚱한 방향으로 질주했다. 다른 건 몰라도 생리현상에는 너그럽던 사람들이 코로나와 함께 안면을 싹 바꾸었다. 당연히 여유도 너그러움도 실종됐다. 기침만 해도 민폐 캐릭터가 돼서 아는 사람이건 모르는 사람이건 약속이나 한 듯 째려보고 꼬려보고 난리도 아니었다. 문제가 커지기 전에 걸음아 날 살려라 현장을 벗어나야 안전했다.

숨어서 처리해야 할 생리현상이 많아졌다.

예전처럼 어영부영 넘어가려다간 공공의 적이 되어 인격이고 체면이고 너덜너덜해지기 십상이었다. 바이러스에 걸린 사람은 무조건 퇴출당하는 시대, 그건 가족 간에도 예외없었다. 참 징글징글하지만 딱히 답이 없어 따르지 않을 수 없던 시절이었다.

역시나 달도 차면 기운다.

몰라서 무섭고 몰라서 정부의 지시대로 따르던 시절이 지났다. 무슨 잣대를 적용하나 몰라도 딱히 달라진 건 없는데 그놈의 왕관 바이러스가 1급전염병에서 2급으로 등급이 낮아졌다. 목줄을 죄던 금지를 풀면서 각자 알아서 해결하라고 했다. 사람들은 일견 당황스러우면서도 반가웠다. 수많은 금지에 안 그래도 답답해 미쳐버릴 것 같고 지레 죽을 것 같았는데 일단은 잘됐다며 다들 안도했다. 죽든 살든 본인의 선택이라니 이게 21세기형 민주주의냐며 농담하는 여유도 부렸다. 죽을 때까지 금지 왕국에서 살까 두려움에 떨다 놓여나니 일단은 무작정 좋았다. 금지의 시절을 지나자 선택의 시절이 도래했다. 보이지 않는 미세한 놈일 땐 금지, 눈에 보이는 큰 놈일 땐 선택이다.

"엄마. 참빗 좀 찾아서 보내줘."

사위를 따라 얼마 전 영국으로 간 딸이 밑도 끝도 없이 한 말이다. 카톡전화가 가능해지면서 외국이라도 통화료 부담이 없어 좋다. 가끔은 딸이 이 땅에 있는 듯한 착각마저 든다. 시시콜콜한 것까지 보고하고 의논하는 딸은 어쩌면 결정장애가 있는지도 모르겠다. 어려서 안 되는 게 많았던 나는 딸한테 무작정 너그러웠다. 한풀이하듯 딸이 원하는 건 뭐든 들어줬다. 가끔은 금지 없이 키운 내가 뭔가 잘못한 건 아닌지 걱정스럽다.

"참빗은 왜?"

"우리 한나한테 머릿니가 생겨서 유치원도 못 가고 있어 엄마."

참빗은 왜 꼭 친정엄마한테 찾을까? 내 딸이 초등학교 저학년 때 나도 친정엄마한테 참빗을 부탁했다. 시어머니에게는 차마 못 그랬다. 혹시라도 딸아이 머리도 제대로 못 감겨줘 불결해서 이가 생겼나 오해받을까 봐 겁이 났던 것이다. 친정엄마가 찾아준 참빗은 군데군데 이가 나가 있었다. 그래도 아쉬운 대로 아이 머리를 빗겨줘 머릿니를 소탕했다.

달력을 뜯어내 바닥에 뒤집어놓고 일단 얼레빗으로 엉킨 머리카락을 푼 뒤, 참빗으로 꼼꼼히 빗어 내렸다. 하얀 달력에 낙상해 놀라 달아나는 놈을 엄지손톱으로 톡톡 야무지게 눌러 죽이면 손톱이 온통 피범벅이었다. 그렇게 하루에도 몇 번씩 참빗질을 해 이를 잡고, 머리를 감겨 드라이어로 보송하게 말려주고, 짬짬이 틈틈이 머리카락에 슬어놓은 서캐도 뽑아냈다. 엄지와 검지 손톱으로 머리카락에 단단히 붙어있는 하얀 서캐를 야무지게 잡고 다만 손톱 끝으로 잡아당겼다. 머리카락을 잡아당기니 아이가 아프다고 앙탈을 부렸다. 이를 퇴치하자면 달리 방법이 없었다. 알을 까고 나오기 전에 뽑아내야 했다. 매일매일 뜨거운 물에 머리를 감기고 참빗질을 하고 서캐를 뽑았다. 아이가 머릿니와 전쟁을 치르는 동안 온 식구가 머리를 긁적였다. 옮았는지 아닌지 모르는 채 머릿속이 스멀거리는 느낌이 들면 자기도 모르게 손이 가 긁어댔던 것이다.

내 어릴 적에는 머릿니뿐 아니라 몸니도 있었다. 목욕을 자주 못 하는 겨울이면 내복 솔기마다 몸니들이 진을 쳤다. 밤이면 이불속에서 내복을 벗어 엄마한테 던졌다. 엄마는 흔들리는 호야 불 밑에서 내복 솔기를 헤치며 이를 잡은 다음 호야 속에 던져넣었다. 치리릭 소리와 함께 단백질 익는 냄새가 짧게 지나갔다. 잘 씻지 못하는 겨울철에만 승한 몸니와 달리 머릿니는 사시사철 들끓었다. 머리가 가려워 손톱을 세워 긁으면 손톱 사이에 통통한 이가 끼어 나오기도 했으니 그야말로 머릿니 전성시대였다. 엄마는 주말이면 달력을 깔아놓고는 차례대로 아이들 머리를 빗겼다. 참빗에 걸려 우수수 떨어지는 이를 죽이느라 우리 형제는 빙 둘러앉아 낄낄대며 이를 사냥했다. 그렇게 이를 잡아대도 그놈의 종자는 사라지지 않았다. 생각해보니 그때 우리는 머릿니 박멸보다 죽이는 놀이에 더 심취해 있었던 것 같다.

참빗이 어딘가 있긴 있을 텐데, 어느 서랍에 있나 모르겠다. 친정엄마한테 빌려온 참빗은 이가 빠져 아쉬운 대로 사용하다가 버렸다. 대신 새로운 참빗을 두 개 사서 친정엄마도 드리고 우리도 간직했다. 대나무의 고장 담양에서 올라온 참빗으로 가격도 좀 됐던 걸로 기억한다.

아무리 찾아도 없다. 그야말로 이 잡듯이 뒤졌는데도 없다. 혹시 이사하면서 버려졌나? 오래된 전주장을 버릴 때 서랍 살피는 걸 소홀히 했나? 딸에게 카톡전화를 건다.

"그 참빗 말이다. 참빗 장인이 만든 귀한 거고 사용도 별로 안 한 새것이라 버릴 리가 없는데 눈 씻고 찾아도 없네. 천상 다시 구입해야겠다."

"아, 미안 엄마. 이제 생각나네. 그거 내가 친구한테 빌려주고는 돌려받지 않은 것 같애. 됐으니까 신경 쓰지 마 엄마. 내가 알아서 할게."

"선진국 중에서도 선진국인 영국에서 웬 머릿니 소동으로 귀한 내 손녀딸을 곤경에 빠뜨리는지 모르겠다."

"그러게 엄마. 우리도 억울해 죽겠어. 분명히 우리 한나도 유치원에서 옮았는데 우리 한나가 퍼뜨린 걸로 오해하는 눈치야. 동양인이라고 우습게 보는 거지 뭐. 누구로부터 시작됐는지 찾아내는 게 그렇게 쉽지도 않고 아무튼 난처한 상황인데, 뭣보다 빨리 퇴치하는 게 중요해. 한나가 힘들어하니까."

오비이락烏飛梨落이라고 한나가 유치원 들어가고 바로 머릿니가 번성하니 오해를 받을 만도 하겠다. 딸은 참빗을 포기하면서 다른 방법도 많다고 했다. 왜 아니 그럴까? 영국에 사는 애가 참빗을 찾길래 지금이 어떤 세상인데 이러나 의아하긴 했다. 딸은 그냥 답답해서 엄마랑 통화도 할 겸 참빗 얘길 꺼낸 거라고 했다.

"그래 방법이 뭔데?"

"머릿니 제거 샴푸. 약품의 독성이 두피에 영향을 끼친다는 소문이 돌아서 안 쓸까 했는데 그냥 쓰지 뭐."

"얘. 독성이 걱정되면 소금물을 써봐라. 농도가 10%쯤 되게 풀어서 머리를 감긴 뒤 랩으로 밀봉하고 30분쯤 뒀다가 헹구면 된다는구나. 그러고 나서 잘 말려 참빗으로 빗는 걸 몇 번 반복하면 효과 만점이라던데……."

"엄마!"

아차! 참빗이 없으면 소용없는 방법인데 그새 또 깜빡했다. 깜빡 잊는 건 깜빡이도 없이 들어와 번번이 사람을 당황하게 만든다.

"그 방법 말고 파마를 해도 한방에 보낼 수 있고, 그보다 더 깔끔하게 보내는 방법도 있어 엄마."

방법이 많은데 얘가 왜 나를 붙들고 이러나? 혹시 다른 할 말이 있는데 선뜻 못하고 옆구리를 찌르는 건 아닌가 모르겠다.

"화끈하게 삭발하면 되지. 서식처가 없으면 끝장이잖아."

딸은 끝장에 악센트를 주고 말했다. 뭐가 있긴 있는 것 같다. 하지만 나도 만만하게 넘어가긴 싫다. 제 입으로 발설할 때까지 기다릴 셈이다. 부모야 어떻게 되든 말든 예정대로 제 갈 길을 가버리는 딸이 솔직히 야속했다. 다문 한 달이라도 연기해 혼자 남은 엄마 곁을 지키며 위로해 줄 거라 여겼는데 그야말로 언감생심이었다. 아무래도 딸보다 사위의 입김이 컸을 것이다. 잘해야 본전인 처갓집 일에 말려들기 싫어 꽁지가 빠져라 달아났으리라.

손녀딸 머리에 이가 생겼는데 왜 내 머리가 가려운가 모르겠다.

머리를 긁다가 손거울을 찾아 들여다본다. 정수리 밑이 온통 허옇다. 요새 들어 부쩍 흰머리가 많아졌다. 머리가 세느라 가려운가 보다. 참빗이 있으면 싹싹 빗어 내리고 싶다. 빗질만으로도 세상 시원할 것 같다.

머릿니와 몸니는 같은 사람한테 기생해도 사는 곳이 엄연히 다르다. 머릿니는 머릿카락을 붙들고 살고, 몸니는 으슥한 피부나 속내의 솔기에 붙어산다. 어렸을 때 장난으로 몸니를 머리카락에 붙어두었더니 금세 아래쪽 피부로 내려갔다. 하찮은 기생충이지만 취향과 영역은 분명해 남의 동네에서는 못 산다는 얘기다. 달리 말하면 적응력이 시원찮다는 거고. 사람에서 사람으로 쉽게 옮는 이는 주로 숙주가 휴식을 취하는 야간에 흡혈한다. 때문에 잠결에 벅벅 긁느라 밤잠을 설치곤 했다. 예민한 어른들은 이 때문에 불면증을 겪었고.

우리 어릴 적엔 학교에서 아이들을 운동장에 세워놓고 DDT를 살포했다. 강력한 살충제이자 농약인 DDT를 성장기 아이들에게 마구 살포하던 야만과 무지의 시절을 건너온 뒤 세대가 바뀌어, 내 딸이 초등학생 때 다시 한번 출현하더니 이번엔 손녀딸한테 넘어갔다. 청결 문제가 심각하던 예전에야 그렇다 치지만 요즘 번성하는 이는 도무지 이해가 안 간다. 아침저녁으로 샤워를 하는 세상인데 웬일인가 모르겠다. 옷도 매일 갈아입고 침구도 자주 빠는데 도대체 뭐가 문제일까?

불교에서는 생물이 태어나는 네 가지 형태로 태생, 난생, 습생, 화생을 든다. 습한 곳에서 저절로 생겨나는 곰팡이나 날파리가 나는 늘 신기하다. 뿐만 아니라 포도나 바나나를 먹고 빨리 치우지 않으면 여지없이 생기는 초파리는 거짓말처럼 숫자가 늘어나 두렵기조차 하다. 오죽 초파리가 싫으면 포도를 사 먹지 않을까. 이도 사람이 잘 씻지 않으면 저절로 몸에 생긴다니 습생 아닐까? 사람에서 사람으로 손쉽게 옮지만 애초에는 누군가한테 터를 잡고 생겼을 것이다. 밑도 끝도 없이 태어나 꼬물거렸을 것이다. 그렇게 무에서 유가 창조됐을 것이다.

사실 습생보다 더 신기한 건 화생이다.

화생 역시 홀연히 생겨나는데 생물의 몸이나 그 조직의 일부가 형태와 기능에서 전혀 다르게 변하는 거다. 화생은 다른 몸에 의탁하지 않고 생명 에너지가 바로 생명체로 변화하는 것으로 지구상에 최초로 출현한 모든 생명에 해당한다. 생명에서 생명이 태어나는 거야 익히 아는 번식의 형태지만 생명이 아닌 것에서 생명이 생기는 건 정말이지 미스터리한 일이다. 어디서 어디까지가 생명인지도 구분이 안 되는 세상에서 나의 생명이 과연 얼마나 존엄하고 가치 있는지 의심스럽다.

아무튼 인류를 좌지우지하며 가지고 놀던 바이러스는 화생이 틀림없고, 우리 손녀딸 한나를 괴롭히는 이는 습생이 맞겠다. 사람한테 붙어서 기생하는 이는 제가 살 자리가 사라지면 죽을 수밖에 없는 운명이다. 아무리 그렇더라도 귀여운 손녀딸 한나 머리를 밀다니. 딸이 너무 막말을 하는 것 같았다. 내게 무슨 대답을 원하는 걸까?

"뗙! 엄마 붙들고 장난하냐 지금? 그러느니 나라면 파마를 시켜주겠다."

"엄마. 여기 미용실 겁나 비싸서 나도 안 다니는데?"

오호, 그거였구나. 나는 바로 딸 계좌로 손녀딸 파마 비를 쏴주

마고 했다.

"난 이래서 부자엄마가 좋아."

"그래. 나도 내가 부자라서 좋다."

딸 앞에서 난 언제나 부자다. 언젠가는 우리 딸이 나를 앞지르겠지만 당분간은 그럴 일이 없다.

젊은이들이 노인을 이기기 어려운 세상이다.

공부를 더 많이 하고 당연히 아는 것도 더 많고 아는 만큼 욕망도 많은 젊은이들이, 뭔가 크게 한 일도 없으면서 간신히 마련한 집만 꿰차고 앉아있는 노인한테 밀린다. 세월 따라 어쩌다 부자가 된 우리는 깔고 앉은 부자라 현금동원력은 별로 없다. 그저 기분만 좋은 부자다. 그래도 그런 윗세대의 행운을 부러워하면서 어쩔 수 없이 좌절하는 젊은이들을 보면 마음이 언짢다. 어디서부터 잘못된 건지 모르지만 사실 우리도 가만히 있다가 죄인이 되었다. 우리가 원한 세상은 이게 아닌데…….

투두둑.

조용한 집에서 느닷없이 들리는 소음에 깜짝 놀라 두리번댄다. 예상할 수 없는 소리는 사람을 긴장시킨다. 다용도실에 아무렇게나 끼워둔 종이봉투가 떨어졌나? 다용도실 문을 열어보지만 아무 이상 없다. 무슨 소리지? 문득 두렵다. 누군가 우리 집에 침입한 듯한 느낌에 소름이 오소소 돋는다. 주방을 살펴보고 이 방 저 방 들여다본다. 아무 이상 없다. 이웃집에서 난 소리라기엔 너무 가

깔고 분명한 소리였다. 무겁지 않은 그러나 비닐처럼 가볍지도 않은 것이 떨어진 소리에 바짝 긴장했던 나는 아무 성과도 없이 거실 소파에 덜퍽 엉덩이를 내려놓는다. 귀는 예민하게 열어놓은 채로.

투두둑. 다시 반복되는 소리.

거실 창가에 세워둔 내 키보다 큰 해피트리에서 난 소리였다. 해피트리 이파리 몇 개가 떨어져 있다. 아무런 이유도 없이 떨어졌다.

원래는 손바닥만 한 화분에서 자라던 해피트리였다. 십여 년 전 딸내미가 학교 앞 원룸에서 자취하던 시절 창가에서 키우던 나무였다. 취업과 함께 타 도시로 가면서 딸은 이 작은 화분을 집에 들여놓고 갔다. 제대로 물도 안 주었는지 시들배들해서 과연 잘 살 수 있을까 의문이었는데 특별히 신경 쓰지 않아도 잘 자랐다. 때맞춰 분갈이 해주고 흙이 마르면 물을 흠뻑 주니 알아서 잘 자랐다. 애초 우리 집에 올 땐 30센티도 안 되던 것이 이젠 내 키를 훌쩍 넘은 지 오래라 봄이면 가지를 쳐준다. 더 이상 자라지 말라고 키를 내려준다.

잘 자라던 나무가 왜 이러지?

가까이 다가가 살펴본다. 그런데 자세히 살펴보기 전에 이미 기별이 왔다. 나무 근처에 가자 발바닥이 끈적거렸던 것이다. 탁자로 가서 돋보기를 찾아 끼고 다시 나무를 살펴봤다. 이파리가 수

상했다. 이파리뿐 아니라 나무줄기에도 뭔가가 달라붙어 있었다. 벌레였다. 이놈들이 이파리 뒤에서 진액을 빨아먹고 배설하느라 바닥이 오염됐던 것이다.

온몸이 삽시간에 근질거렸다. 종아리를 벅벅 긁고 어깨와 팔뚝을 쓸어내리며 면장갑을 찾아 끼웠다. 나무에 다가가 벌레들을 문질렀다. 문질러서 안 될 때는 손끝에 힘을 줘 터뜨려 죽였다. 마치 이를 잡듯.

나무가 얼마나 가려웠을까?

말도 못하고 긁지도 못하는 나무한테 어쩐지 미안했다. 노안이 오면서 뵈는 게 없었다. 방바닥에 떨어진 머리카락도 눈에 뵈지 않으니 사는 게 편했다. 하물며 나뭇잎에 붙어사는 작은 응애가 눈에 들어올 리 없었다. 아무리 그렇다 해도 너무했다. 발바닥이 찌그덕거릴 정도로 응애가 극성떠는 걸 눈치도 못 채고 있었다니. 저 나무가 피를 뚝뚝 떨어뜨리는 것도 모르고 비호감이던 여자 개그맨이 호감으로 바뀌는 순간만 즐겼다.

무슨 프로에선가 개그맨 안영미가 말했다. 주꾸미를 먹는데 을왕리를 먹는 줄 알았다고. 주꾸미에서 을왕리로 튀는 거야 충분히 가능하다고 생각했다. 그쯤의 센스는 요즘 젊은이들한테 왕왕 있는 일이니까. 그런데 '을왕리를 먹는 줄 알았다'의 진짜 의미는 그게 아니었다. 을왕리해변에서는 웃고 떠드느라 입을 벌리고 다니기 때문에 모래깨나 씹게 된다. 그러니까 '을왕리를 먹다'는 '모래를 씹다'와 같은 의미다. 결론은 주꾸미에 이물질이 많다는 뜻이다.

예전에 이상한 분장으로 개그를 할 때는 외면하던 안영미가 갑자기 시인처럼 보였다. 비호감에서 호감이 되는 건 순식간이다. 반전과 감동, 그거면 끝이다.

걱정 마. 내가 다 잡아 죽일게.

나는 나무한테 다짐하듯 말했다. 나무를 감동시킬 생각에 전등을 밝히고 해가 들어오는 방향을 맞추며 잘 보이게 각도를 조절해서 응애 사냥에 열중했다. 이를 죽이듯 응애도 터뜨리는 맛이 있었다. 그동안 시달렸을 나무를 생각에 나는 점점 사나워졌다. 팔이 아프고 목이 아프도록 응애 사냥을 하다 잠시 쉬면서 인터넷 검색을 시작했다.

지식과 정보의 보편화가 이루어진 인터넷 세상은 과잉친절의 바다다.

돈 주고 사는 살충제는 건너뛰고, 만들기 복잡한 건 패스하다가 딱 내 취향에 맞는 정보와 마주쳤다. 쉬워도 너무 쉬운 방법이었다. 수많은 정보가 난무하지만 기실은 쓰레기가 대부분이다. 내게 딱 맞는 정보를 본능적으로 알아채고 찾아내려면 시간 투자는 물론 그만한 안목이 필요하다. 공짜이되 결코 공짜가 아닌 정보의 바다다. 공짜라고 하냥 헤매다간 소중한 인생을 허무하게 도둑질 당하고 마니까.

그렇지. 마요네즈부터 찾아야지.

냉장고 문짝에서 먹다 남은 마요네즈 병을 꺼낸다. 욕실에서 빈 분무기를 찾아 깨끗이 헹군다. 마요네즈 한 티스푼을 넣고 물을 채운 뒤 뚜껑을 닫고 흔들어 잘 섞는다. 마요네즈의 기름 성분이 병원균의 세포막과 원형질을 파괴하고 지방 대사를 방해해 방제 효과가 좋다고 한다. 무공해 친환경 농약이 간단히 완성된다. 떠도는 정보가 재산인 세상이다. 응애뿐 아니라 흰가루병, 총채벌레, 진딧물까지 방제하는 약이라고 한다.

해피트리 이파리를 뒤집으며 앞뒤로 분무하고 나뭇가지는 물론 화분 위 흙에도 살포한다. 일주일에 한 번씩 이렇게 뿌려주면 된다니 기다려봐야겠다. 짬짬이 이파리를 살펴보다 눈에 띄면 바로 처리해야지. 누군가는 이렇게 마요네즈를 희석해 분무하면 벌레들의 숨구멍이 막혀 죽는다고도 했다. 그렇다면 혹시 머릿니도?

다시 마요네즈를 검색해보니 역시나였다. 바로 딸한테 전화를 걸어 희소식을 전했다.

"한나 말이다. 독한 약 쓰는 파마 안 시켜도 되겠다."

새로운 정보를 얘기하자 김빠지는 소리가 나왔다.

"마요네즈 희석액, 나도 알아 엄마."

싱겁게도 딸은 이미 아는 정보였다. 알면서 징징댄 거였구나. 괘씸한 것.

"돈은 안 보내도 돼 엄마."

벌써 입금된 걸 알면서 짐짓 하는 소린 줄 내가 모를까. 하여튼 요즘 애들은 하나같이 어른을 뜯어먹는 걸로 모자라 골려먹기까지 한다. 내가 대꾸를 안 하자 딸의 말이 길어진다. 방향을 바꾼다.

"엄마. 머릿니 퇴치하려다 얼굴을 잃은 여자아이 얘기 혹시 알아?"

학교 기숙사 생활을 하던 12세 영국 소녀한테 머릿니가 옮았단다. 마침 집에 온 소녀는 머릿니 제거용 샴푸를 머리에 발랐다. 샴푸액 도포 후 5분 정도 지난 다음 머리를 헹궈야 했던 소녀는 오랜만에 집안일을 돕고 싶어 엄마가 요리하는 사이 쓰레기통을 비우려고 주방으로 갔다. 소녀가 가스레인지 옆을 지나는 순간 머리가 화염에 휩싸였다. 샴푸에 가연성 물질이 들어 있었던 때문이다. 불길이 얼굴과 몸 전체로 번진 소녀는 3도 화상을 입으면서 얼굴과 손가락 등을 잃었다. 몇 년의 세월이 흐르고 그 소녀가 망가진 얼굴에 메이크업 하는 영상을 유튜브에 올리면서 다시금 화제가 된 모양이다. 그 이야기가 희망적인 메시지를 전해 조회수가 엄청나다고 했다. 그것의 진실은 뭘까. 화상으로 얼굴을 잃은 아이가 메이크업을 한들 얼마나 효과가 있다고? 간단한 논리다. 먹고살기 위한 몸부림일 뿐이다. 차마 보여주기 어려운 얼굴을 보여주면서 못생긴 사람들을 위로하고 밥을 버는 것이다. 인생은 냉혹하다. 아무리 고통스럽다한들 때 되면 배는 고프다. 누구도 굶고 살 수는 없다.

"한낱 기생충인 머릿니가 그 소녀 인생을 망쳤구나."

"그래서 내가 뭘 하기가 무서운 거야 엄마. 그런 의미에서 참빗이 제일 만만했고."

"그래서 기어이 참빗을 사 보내라고?"

"아니아니. 일단 마요네즈로 해볼게. 마요네즈도 머릿니 질식시키는 킬러라던데 뭐."

마요네즈를 바른 뒤 꽁꽁 싸매고 몇 시간이나 보내려면 시큼한 냄새가 고통스러울 것이다. 하지만 마요네즈는 헤어컨디셔너 효과도 있으니 일거양득이다.

"마른하늘에 날벼락이라고, 한나가 머릿니 때문에 생고생하는데 필요한 것도 사주고 맛있는 것도 먹고 그래라. 넉넉히 보냈으니까."

"땡큐, 부자엄마."

전화를 끊고 나자 할 말이 떠오른다. 머릿니 박멸도 중요하지만 침구며 옷가지 등도 소독하듯 잘 빨아야 한다. 어쩌면 이런 것도 검색하면 다 나오는 흔해 빠진 정보일 것이다. 부모고 선생이고 딱히 해줄 말이 없는 세상이다. 옛날에는, 젊은이들은 모르는 것을 물어보고 늙은이는 아는 것을 물어본다고 했는데 이제는 젊은이들도 아는 것을 물어보는 세상이다.

어떤 학자는 기생충이 꼭 나쁘기만 한 건 아니라고 했다. 기생충과 싸우느라 면역세포가 강해진다는 역설이었다. 덧붙여 기생충의 애로사항도 들려줬다. 장내 기생충의 경우, 거저 얻어먹고 살자니 자신의 식성과 상관없이 숙주가 술을 마시면 함께 취하고 맵게 먹으면 같이 매워 씩씩대야 한다나 어쩐다나.

 응애 때문에 해피하지 않은 해피트리를 쳐다보며 픽 웃는다.

 저기 붙어사는 응애 때문에 해피트리가 죽지는 않을 것이다. 본래 기생충은 숙주를 죽이지 않고 공생하니까. 응애를 박멸한다 생각하지 말고 눈에 띄는 것만 손으로 잡을까? 아니다. 저 나무가 가렵거나 영양실조로 괴로울 걸 생각하면 내가 괴롭다. 난 저 나무를 키우는 사람이지 응애를 키우는 사람이 아니다. 저 나무는 자연 속에 있는 게 아니라 사람의 편의를 위해 집 안에 들어와 있다. 그러니 잘 관리하고 보살펴야 한다. 나무한테 책임이 있는 나는 나무 편이다. 애초부터 응애 편에 설 수 없는 입장이다. 마요네즈 희석액을 뿌리는데 우리 집 현관 번호키 누르는 소리가 들린다.

 번호가 맞지 않아 삐리리리리리리리 길게 거부반응을 보인다. 포기하지 않고 계속 시도하는 바깥의 불청객. 나는 그가 누구인지 안다. 부재중인 척 일체 기척을 내지 않는다.

 평생 내게 기생하고 산 남자다.

 돈벌이라곤 모르고 산 남자다. 그래도 난 그 남자를 무시하지 않았다. 잘생겨서다. 비록 타고난 거지만 난 잘생긴 외모도 능력이고 재산이라 생각했다. 그 남자와 같이 있을 때 난 당당했다. 누구한테도 꿀리지 않았다. 난 아무런 불만 없이 그 남자를 먹여 살렸다. 내가 아무런 불만 없듯 그 남자도 불만 없이 사는 줄 알았다. 다 늙어서, 그러니까 내가 정년퇴임해서야 갈라서자고 선언한 그 남자한테 엄청난 배신감을 느꼈다. 내가 졸혼을 당할 줄이야!

"후회 안 할 자신 있죠? 나중에 무르는 거 절대 사절입니다."

그 남자가 웃었다. 그 모습에 난 깜짝 놀랐다. 사는 동안 못 보던 모습이었다. 하지만 곰곰 생각해보니 오래전 우리가 처음 만나고 내가 적극적으로 그 남자에게 어필하고 미래를 약속할 즈음엔 딱 저랬었다. 나도 잊고 그 남자도 잊고 있었던 표정을 갈라서면서 보았다. 그동안 난 누구하고 살았던 거지?

"이제 나 없어도 되지?"

그 남자의 말에 어이가 없었다. 그 남자야말로 나 없어도 살 만큼 능력이 생겼다는 건가? 인생살이에 근육이 붙었단 말인가? 순위를 빼앗긴 듯 억울하고 혼란스러웠다.

"좀 나눠줄까요?"

그 남자는 단호하게 고개를 저었다. 그래도 나는 딸을 통해 그 남자가 전셋집 정도 얻을 돈은 보냈다. 나와 살던 남자가 초라해지는 게 싫어서였다. 그리고 얼마 후 딸은 영국으로 떠났다.

참 이해할 수 없는 남자다.

갈라서고 난 뒤에도 내가 번호키를 바꾸지 않았을 거라 여기는 심리는 뭘까. 불쾌하다. 갈라서자는 폭탄선언을 했을 때보다 더 불쾌하다. 사는 동안 내가 그 남자를 책임졌다 생각했는데 막상 그 남자는 자기가 나를 돌봐줬다고 생각하나? 아무튼 배신의 아이콘, 얼굴을 본다는 자체가 스트레스다.

남자의 발자국 소리가 멀어진 뒤 찬거리를 사러 밖으로 나간다.

오랜만의 외출이다. 코로나바이러스가 세운 어마어마한 장벽 앞에서 엔데믹을 맞이한 사람들은 한동안 어찌할 바를 몰랐다. 환영해야 하는데 막상 그게 그렇게 단순하지 않았다. 뭐가 좋고 뭐가 나쁜 건지 분간할 수 없었다. 아이들은 마스크 벗은 친구들 얼굴에 적응이 안 되고, 화장하는 법을 잊어버린 여자들은 외출이 부담스럽다. 술자리가 낯설어진 남자들은 저녁이 있는 집이 그립다. 코로나 팬데믹에 멘붕이 왔던 사람들은 엔데믹에도 거의 같은 수준의 멘붕을 겪고 있는 중이다.

그러나 모두가 망한 건 아니다.

풍선효과로 득을 본 사람도 있다. 모두가 갇혀 지내던 집밥의 시절, 밀키트 시장이 몸을 불리고 진화하면서, 이것저것 골라 먹는 재미를 실컷 맛본 여자들은, 집밥에 대한 트라우마에서 벗어났다. 음식 만드는데 젬병인 나 역시 밀키트 신세를 제대로 지면서 집에서 밥먹는 게 어렵지 않게 됐다. 남자들조차 밀키트만 있으면 먹고살 걱정이 없는 세상이 왔다. 포장만 벗겨 조리하면 평균적인 맛을 보장하는 밀키트. 외식이나 회식을 대신한 그것은 경제적이면서 만족도도 높아 식생활의 하향 평준화 시대를 열었다.

뭘 먹을까?

내가 자주 이용하는 곳은 24시 무인 밀키트 판매점이다. 우선 사람이 없으니 좋다. 낯살이나 먹은 여자가 손수 해 먹지 못하는 것도 장애다. 본래부터 음식솜씨가 없어서 그런지 도통 주방에 관심이 생기지 않았다. 그래서 일찍부터 도우미 신세를 지고 살았다. 음식솜씨는 없어도 공부 머리는 있었다. 남들보다 일찍 발을 들여놓은 전문직이라 경제적으로 안정됐다. 나는 선택할 수 있는 입장에 선 걸 즐기기로 했다. 어려서부터 외모가 좀 딸려 콤플렉스를 느꼈다. 내 외모는 고쳐서 될 일이 아니었다. 얼굴보다 체형이 문제였다. 목이 짧고 어깨가 넓었다. 허리가 긴 대신 다리가 짧았다. 한마디로 균형이 안 맞았다. 그 남자는 모델처럼 쭉 빠진 몸매의 미남이었다. 나는 그 남자를 놓칠까봐 안달이 났다. 아직 직장도 못 잡은 그 남자를 내가 잡아왔다. 속도위반으로 아이를 먼저 가지자 교육공무원이던 그의 부모는 결혼을 서둘렀다. 기가 막히게 삼박자가 맞아떨어졌다. 나는 운이 들어오고 그 남자는 운이 나가는 때였나보다. 더없이 자연스럽게 우리는 부부가 됐고 별 문제없는 부부로 잘살았다.

로제떡볶이를 만지작댄다.

딸이 생각나서다. 딸은 유난히 떡볶이를 좋아했다. 내 손으로 만들어 준 적은 없다. 그 남자가 자주 만들어줬다. 부녀가 낄낄대며 떡볶이를 만들어 먹는 장면을 종종 목격했다. 하지만 그들이 앉은 식탁에 같이 앉은 적은 없다. 떡을 좋아하지 않는 나는 떡볶이조차 흥미가 없었다.

"엄마. 나 여기서 오빠가 잘 안 되면 떡볶이 가게나 할까봐."
남편을 꼭 오빠라고 부르는 딸이 마땅치 않았다. 게다가 떡볶이 가게라니?
"너도 생각하는 게 참 대책 없다."
"엄마도 참. 내가 왜 대책 없어? 누구보다 대책 있는 여자지."
딸은 별다른 능력이 없다. 직장생활을 오래 한 것도 아니고 남달리 자격증이 많은 것도 아니다. 그런데도 겁이 없다. 어떻게든 살면 살아진다는 주의다. 어쩌면 그게 맞을지도 모르겠다. 딸의 말에 의하면 우리말, 오빠·재벌·눈치·화병·대박·먹방·불고기·치맥은 물론이고, 파이팅·스킨십·피시방까지 세계어 대열에 올랐다고 한다. K팝에 이어 K푸드도 죄책감 없이 먹을 수 있는 양질의 음식으로 새롭게 조명받고 있다고. 떡볶이도 물망에 오른 음식이라서 자기는 신랑이 망해도 살 수 있다면서, 뼈있는 말 한마디를 덧붙였다.
"나도 엄마 딸이잖아? 걱정 붙들어 매셔."
어미한테 한 방 먹이는 것 같았다. 왜 굳이 떡볶이냐고 묻고 싶었지만 워워 나를 주질러앉혔다. 딸하고 승강이해봤자 내가 지게 돼 있다. 결과적으로 가정을 지키지 못했으니까.
그나저나 난 정말 떡볶이가 입에 안 맞는 걸까? 생각해보니 먹으려는 시도도 한 번 안 해봤다. 먹어보지도 않고 싫다고 단정지었다. 이유는 있다. 어려서 잔칫집에서 떡을 급히 먹다 체한 뒤 멀리하게 됐다. 그게 벌써 언젯적 얘긴데 평생 트라우마에 붙들려 있다. 이참에 나도 한 번 시도해볼까. 용기를 내볼까.

용기!

오랜만에 입에 담아보는 말이다. 겨우 떡볶이 시식에 용기를 갖다 붙이자니 용기한테 미안한 일이지만 용기를 입에 담고 보니 용기가 난다. 말의 힘이다. 그래. 나도 한 번 먹어보는 거야. 이 퓨전 떡볶이를 시험대에 올리는 거야. 떡볶이 밀키트를 계산하고 등을 돌리는데 그 남자와 딱 마주친다. 마치 내 뒤를 밟은 것 같다. 이 남자 왜 이러지? 나는 쎄한 표정으로 그 남자를 지나친다. 몇 발짝 가다가 결국 돌아본다. 그 남자가 따라와서다.

"왜요?"

그 남자가 말없이 다가와 봉투 하나를 쥐어준다. 그리곤 돌아서서 달아난다. 뭐지? 봉투를 열어본다. 아빠한테 주라고 딸한테 건네줬던 액수 그대로다. 우리 집에 찾아왔던 이유가 이거였구나. 그런데 돌려주려면 바로 돌려줘야지 이제 와서 왜? 때맞춰 카톡 문자가 들어온다. 딸이다.

-엄마, 아빠도 런던으로 온대. 나랑 같이 식당 하기로 했어. 아빠가 주방 맡을 거야. 괜찮지?

딸한테 결정장애가 있는 줄 알았는데 아닌가 보다. 그건 다행이다. 나한테 언질을 줄 때 이미 진행중이었나 싶자, 마음이 뾰족해진다.

-그걸 왜 나한테 물어본다니?

-엄만 부자잖아. 부자 투자자도 있어야 길게 버티지.

-난 노땡큐.

-엄마도 같이하면 딱 좋은데. 엄만 영어도 잘하잖아?

끝내 둘은 한편이구나. 나만 빼놓고 떡볶이를 먹고 떡볶이 가게를 하고 참 결이 잘 맞는 부녀다. 갑자기 현기증이 일어 길가의 이팝나무 둥치를 부여잡는다. 겨울이면 마당에 서서 이불을 털던 시절이 있었다. 따뜻한 아랫목에서 느닷없이 차가운 마당에 내동댕이쳐지던 몸니는 무슨 생각을 하며 죽어갔을까? 이팝나무꽃이 하얗게 떨어진다. 쌀벌레처럼 떨어진다. 그 남자가 나를 가차없이 털어냈구나. 일체의 빌미도 주지 않으려 전셋집마저 빼서 나를 탈탈 털어내고 갔구나…….

소야도 야화

소야도 야화

새벽 두 시, 안개 낀 떼뿌리해변의 바탕색은 서리태콩물빛이었다.

자현이 기어이 밖으로 뛰쳐나가자, 내가 나간다고 자발적으로 일어섰다. 술기운에 온몸이 까부라지면서 일체의 소란을 모르쇠로 일관하다, 이번 여행의 책임자가 나라는 사실을 깨달으면서 반짝 정신이 들었다. 한바탕 소란을 피운 자현이 밖으로 나가자 잠시 적막 후, 친구들의 뒷담화가 이어졌다.

"참 대단한 주사야."
"힘 좋은 거 봐. 정말 놀랄 노짜라니까."
"이 밤에 밖에 나가서 뭘 어쩌겠다는 거야?"
"그러게. 취하면 거리를 헤매는 버릇이 있다더니 섬에 와서도 유효하네."

자현은 자꾸 밖으로 나가려 하고 친구들은 죽어라 막으면서 꽤 오래 시끄러웠다. 지치면 잠시 쉬었다 다시 시도하길 여러 차례, 그 와중에도 나는 깜빡깜빡 잠에 빠졌다. 은발 노인의 상심주 때문이다. 세상엔 두 부류의 사람이 있다. 술 마시는 사람과 안(못) 마시는 사람, 취하는 사람과 말짱한 사람. 주사가 있는 사람과 병든 닭처럼 조는 사람.

우리 멤버 중 주당은 자현과 나뿐이다. 나머지는 분위기와 이바구를 즐기는 형이다. 세상 무엇이든 일단 걸려들면 씹어대는 낙으로 사는 친구들 속에서 자현과 나만 수시로 술잔을 부딪친다. 이차로 노래방이 정해지면 자현과 나는 슬그머니 뒤로 빠져 호프집으로 향한다. 나는 술 마시는 속도가 빠르고 자현은 천천히 마시는 형이다. 대부분 내가 먼저 취할 수밖에. 얼른 귀가해 짐짝처럼 쓰러져 자고 싶은 나와 달리 그녀는 자리를 옮겨 한잔 더하자고 보챈다.

참 이상한 일이다.

매일 술을 마시는 나는 적당한 선에서 멈추어지는데 어쩌다 한번 마시는 자현은 조절을 못 한다. 하지만 나는 그녀의 인격을 믿는다. 이날 입때껏 그녀가 누굴 험담하는 걸 보지 못했다. 어떤 미끼를 던져도 요지부동, 술이 암만 취해도 흔들림 없는 모습이다. 사악한 나의 시도가 번번이 실패하면서 그녀는 내게 더없이 미더운 사람이 됐다. 술자리가 질긴 것 빼고는 나무랄 데 없는 그녀였다.

 술이 어느 정도 오르면 그녀도 속엣말을 꺼낸다. 남 얘기는 일체 없다. 대부분 남편이나 아이들 혹은 시댁에 대한 서운함이 주제다. 그것도 나중에 뒷패를 맞춰보면 사소한 서운함 뒤에 엄청난 자랑이 숨어 있었다. 여럿이 있는 자리에서 대놓고 자랑할 만한 사안을 빙빙 돌려서 잔뜩 축소해 말하는 거다. 그녀의 입이 돼달라는 뜻을 내가 왜 모를까? 결국 나는 친구들이 모인 자리에서 큰 소리로 재방송해 자현이 축하를 받게 하고, 그녀는 밥값을 계산한다.

 가식적이거나 부끄러움이 많거나 둘 중 하나겠지만 어떻게든 남을 밟아야 직성이 풀리는 세상에서 매사 수줍은 그녀가 굳이 싫을 이유는 없었다. 이따금 손해 보는 느낌은 들었다. 결핍이 많은 나는 술김에 있는 대로 혹은 턱없이 부풀려서 타인을 비방한다. 그녀는 반질반질하고 보드라운 칭찬만 한다. 이러니 내가 밑지는 기분이 드는 거다. 다만 나의 그런 추태가 새나가지 않는다는 믿음은 있었다. 우리의 관계가 유지되는 비결이다. 자연스럽지 않고 사람스럽지 않은 자현이 왠지 아슬아슬해 보일 때도 있다. 그럴 때 나는 설렌다. 언제까지 감정을 다물고 살 수 있겠어? 언젠간 너도 터질 거야.

 취하면 쓰러져 자는 나와 달리 자현은 싸돌아다니는 형이다. 먼저 취한 나는 슬슬 머리가 아파 오는데 뒤늦게 발동이 걸린 그녀는 꿋꿋이 달리는 중이다. 결국 자리를 박차고 나와 그녀를 억지로 택시에 태워 보내고 집으로 돌아온다. 그녀가 워낙 취해 혹시라도 사고가 날까 봐 노파심에 택시 번호판을 휴대폰에 찍어두는 것도 잊지 않는다. 쏟아지는 잠을 물리치며 그녀가 집에 도착할 시간을 기다려 전화를 하면 걸어가는 중이라는 대답이다. 중간에 택시에서 내려 걸어가다 포장마차에서 잔치국수도 사 먹고, 또 걸어가다 순대도 사 먹고, 또 걸어가다 편의점에서 맥주 사 먹고, 재미있다며 깔깔거린다.

"함께 술 마시고 뒷일 걱정하게 하면 술친구 자격 없는 거 알지? 얼른 들어가."

"걱정도 팔자다. 내 걱정 접어두고 얼른 주무시기나 하셔."

그녀가 몇 번 핸드백이나 지갑을 잃어버린 걸 안다. 그럼에도 꼭지가 돌도록 술을 마시고 거리를 헤매는 그녀의 습관은 멈출 줄 몰랐다. 긴장의 끈을 놓기 위해 취하는데 그걸 방해하는 그녀가 어느 순간 불편해지기 시작했다. 다른 술친구를 찾은 나는 자연 그녀와 띄엄띄엄해졌다.

"나, 너한테 버림받은 거야?"

그녀가 따지듯 내게 물었다.

"아니. 네가 날 버린 거야. 술 마시고 불안에 떨게 했잖아?"

둘이 따로 만나지는 않았지만 모임에서는 보았고 그때만큼은 함께 술을 마셨다. 내가 다른 술친구를 찾았듯 자현 역시 다른 술

친구와 어울리는 듯했다. 그녀가 나의 술친구를 모르듯 나 역시 그녀의 술친구를 몰랐다.

역시 친구의 종류는 많아야 한다.

친구마다 이해하거나 동조할 수 있는 색깔과 농도가 제각각이라 대화 내용이 다르다. 그런 면에서 어떤 보자기를 펼쳐도 뒤가 켕기지 않을 친구는 자현밖에 없었다. 비밀의 농도가 짙을수록 내용이 부끄러울수록 자물통 그녀가 절실했다. 장마 끝 무렵 그녀를 불러내자 두말도 않고 나왔다.

"나 안 만나니까 심심하고 갑갑했지?"

"자현이 넌 아직도 밤거리를 쓸고 다니냐?"

자현이 픽픽 웃더니 힘없이 말했다.

"가끔."

"앞으론 아예 집까지 배달해주고 가야겠구나?"

"미친."

우리는 집의 방향이 전혀 달랐다. 차라리 자현의 집 근처에서 만나는 게 편할 것 같다고 하자 그녀가 펄펄 뛰며 완강히 거절했다.

"가끔 집이 끔찍해."

뜻밖이었다. 그녀처럼 가족을 소중히 여기는 사람을 본 적이 없다. 어쩌다 한번 폭음할 때 빼고 그녀는 집에 콕 박혀 가족만을 위해 봉사하는 여자였다.

"무슨 소리야? 내가 잘못 들은 거 맞지?"

그녀가 무뚝뚝하게 고개를 저었다. 워낙 속을 보여주지 않는 형이라 나 역시 더이상 꼬리를 잡지 않았다.

대신 술자리가 끝나면 거기가 어디건 나는 자현을 버리고 갔다. 그녀를 버리고 가야 우리와의 관계가 유지됐다. 때로는 술집에 버리고 때로는 거리에 버렸다. 뒷날 확인하는 것도 생략했다. 나는 내가 마시고 싶은 만큼 마시다 가고 자현 역시 자기 양껏 마시고 갔다. 만나는 시간은 정해도 헤어지는 시간은 따로 없었다. 그렇게 되면서 우리는 더 자주 만났다. 각자 생긴 대로 살며 서로를 사용하면 그뿐이었다. 피차 사용가치가 있다는 것만도 어딘가? 자현 앞에서 나는 아무런 기대도 의심도 없이 나를 까발리는 데 열중했다. 나를 까발릴 재료가 거덜 나면 타인을 씹었다. 공격적으로 씹었다. 인격도 인생도 내려놓고 침 튀기며 까발리고 씹으면 숙변이 내려간 듯 시원하고 가뿐했다.

내가 섬에 감염된 건 작년부터다.

한두 번 섬을 찾다보니 섬이 내게 침투해 물이 들었다. 병원체는 나날이 증식해 나를 먹어갔다. 섬을 찾는 횟수가 잦아졌다. 나는 살기 위해 섬에 물들어 갔고 점점 진한 섬이 내게 입혀졌다.

허술한 민박집 노부부가 먹는 밥상에 끼어들어 한 끼 때운 뒤, 소주와 새우깡을 들고 해변으로 나간다. 바다에 희석된 소주는 순하기 그지없어 아무리 마셔도 취하지 않는다. 꼿꼿한 걸음걸이로 숙소에 돌아오는 길은 머나먼 달빛이 앞장서 안내한다. 비릿하고 습한 공기가 바스러지던 마음을 촉촉이 적시고 귀를 씻는 파도 소리가 잠을 부른다. 나는 팔을 베고 모로 누워 태아의 자세로 넋을 부린다. 퍼진 해가 작은 창을 넘어와 얼굴을 간질일 때까지 한 번도 깨지 않고 죽음 같은 잠을 잔다.

섬은 가끔 감옥이 되기도 한다.

들어가는 것도 나오는 것도 하늘이 열어줘야 가능하다. 안개나 풍랑의 방해로 차질이 생겨도 안달할 건 없다. 빨리 나가고 싶은데 배가 안 떠서요, 하면 그뿐이다. 헬기를 띄우지 못할 바엔 거기에 토 달 사람도 없다. 싸구려 라면으로 허기를 달래고 해변을 거닐거나 아무렇게나 난 길을 따라 걷는다. 그럴 땐 가능하면 모르는 길을 선택한다. 내가 가는 섬은 대부분 작아 길을 잃는 일도 없다.

하나의 노선으로 둘레둘레 있는 자월도, 승봉도, 대이작도를 헬 수도 없이 순례했다. 계절에 따라 일기에 따라 숙소에 따라 혹은 기분에 따라 다른 표정으로 유혹하는 섬이라 굳이 탐색하거나 연구할 필요도 없다. 그저 발 닿는 대로 가서 보이는 대로 보고 건드리는 대로 흔들리고 오면 그뿐이다. 인천 연안부두에서 한 시간 정도면 닿는 섬이라 경제적이다. 무엇보다 도로 정체로 낭비하는 시간이 없어서 좋다. 섬을 통해 작은 우주, 외로운 우주를 경험하고 거기에 물들어 익숙해지니 좋다. 뻔질나게 섬에 드나들면서 남들처럼 살지 못한다는 강박관념과 두려움이 축소돼 좋다. 섬도 땅이다. 큰 땅에서 떨어져나온 땅이다. 힘없는 소수라는 측면에서 나도 섬이다.

해안 도시 인천에 바다는 없다.

바다란 바다는 모조리 문명의 제물이 된 도시에서 사람들은 바닷바람에만 시달린다. 자동차와 건물이 힘없이 부식되면 사람들 가슴도 부서져 내린다. 기껏해야 월미도에 가서 호수 같은 바다를 내려다보며 영양가보다 스트레스 지수가 더 높은 생선회 몇 점 먹는 게 호사라면 호사다. 작정하고 연륙교 건너 을왕리나 왕산으로 가 먼바다를 보거나, 한발 더 나아가 잠진도 선착장에서 코앞의 무의도로 건너가 실미도 산책을 해도 뭔가 미진하긴 마찬가지다. 육지와 가까운 탓에 분리감이 없어서다. 답답한 현실과 뚝 떨어져 분리되고 싶은데 그게 충족되지 않으니 불만스럽다. 그래서 찾은 게 쾌속정으로 한 시간 거리의 섬들이다. 몇 개의 섬에 익숙해지자 발을 좀더 넓히고 싶은 욕구가 생겼다. 환기가 필요한 시점이었다.

-소씨 노인이 머물던 섬 어때?

친구들 단톡방에 제안을 하자 바로 입질이 왔다.

-멀어?

-아니. 덕적도 바로 앞이니 한 시간 남짓.

-좋아, 가자. 근데 진짜 이름은 뭐야?

-소야도.

-이름도 조신하니 이쁘다.

나 혼자만 섬을 즐기는 것 같아 대이작도에 한 번 데려갔더니 툭하면 언제 섬에 가느냐고 채근하기에 인심을 쓴 것이다. 떡밥을 던지자마자 바로 문 걸 보니 친구들도 분리의 쾌감을 제대로 맛보았나 보다.

새가 날아가는 모양 같다 하여 새곶섬, 사야도 등으로 불리다가 당나라 장수 소정방이 13만 함대를 이끌고 정박한 후, 소씨 노인이 머물던 곳이라는 뜻에서 소야도蘇爺島가 되었다는 일화를 듣는 순간 확 쏠렸다. 뭔가 유서 깊은 사연이 있을 듯했다. 하지만 소정방 군대는 나당연합군을 만들어 백제를 쳤고, 당시 소야도는 백제 땅이었다. 결국 오랑캐의 침입일 뿐인데 섬 이름으로 남다니 이게 뭔 일인가 모르겠다.

어쩌면 외지인을 배척하는 이상한 섬일지도 모른다 싶어 먹을 걸 바리바리 챙겼다. 덕적도까지 쾌속정을 타고 와 곧바로 종선을 갈아타고 소야도로 건너왔다. 종선은 덕적도에 배 들어오는 시간에 맞춰 대기하고 있었다. 두 섬 사이가 오백 미터나 될까? 당나라 13만 함대가 정박하기엔 좁아 보였다.

떼뿌리해변 앞에 달랑 하나 있는 민박집은 텅텅 비어 있었다.

손님이 우리밖에 없어 공동주방도 온전히 우리들 차지였다. 밥을 안치고 야채와 과일을 씻고 마당에서는 고기를 구웠다. 시끌벅적한 아점을 마친 뒤, 바다로 나갔다. 남쪽에 태풍이 온 여파인지 날이 흐리고 바람이 불었다. 바다가 물러간 자리에 갯벌이 꿈틀대고 있었다. 친구들이 앞서거니 뒤서거니 바다를 향해 달려갔다. 나이를 잊기에 바다보다 좋은 곳이 있을까? 아이처럼 첨벙대는 친구들의 웃음소리에 호젓한 해변이 들썩였다. 조개를 캐느라 엎드려 있던 사람이 허리를 펴고 물장구치는 곳을 바라보았다.

나는 친구들이 던져놓은 옷가지와 신발, 휴대폰 등을 한쪽에 모았다. 흐렸다고는 해도 여름 한낮이라 눈이 부셨다. 실눈으로 바다를 조망했다. 잿빛 하늘 아래 생명의 바다가 뒷걸음질치고 있었다. 지금쯤 지구 반대편에 달이 떠 있겠구나.

바다가 그리운 달.

아무리 끌어당겨도 닿지 않는 바다가 안타까워 밤낮으로 절망하면서도 포기하지 못하는 달. 지금은 지구 반대편에서 이쪽 바다까지 잡아당기는 달의 허망한 집착. 그 때문에 살아 숨쉬는 바다. 집착과 절망은 동전의 양면이다. 거부할 수 없는 운명이다.

나는 바지를 털고 일어나 돗자리를 펴고 바구니에 담아온 과일을 깎았다. 동심에 빠져 비명을 지르며 놀던 친구들이 새파란 입술로 돌아올 시간이 가까웠다. 물이 들어오는지 조개 캐던 사람들이 거의 사라지고 없었다.

"저기요 선생님. 이제 그만 아이들 불러들이시지요."

언제 다가왔는지 까만 캡을 쓴 길쭉한 남자가 등 뒤에서 말했다. 해변 안전관리인인가 싶어 나는 돗자리를 가리키며 앉으라는 시늉을 했다.

"아이들? 어떤 아이들이요?"

인생을 내려놓고 깔깔대며 노는 내 친구들을 아이로 착각하고, 짐을 지키는 나는 인솔자 선생으로 알았다는 말에 실소가 터졌다. 단체복 덕이다. 빨간 반바지에 네이비색 야구모자 일색이니 멀리서는 연령 구분이 불가능할 터이다. 참 재밌게도 논다며 부러운 눈빛을 보이는 그에게 문득 미안한 마음이 들었다. 그래서 동네 이장이라는 그에게 빈말을 던졌다.

"이따 저녁때 저희 숙소로 놀러오세요. 고기랑 과일 많이 가지고 왔으니 함께 드세요. 저기 보이는 민박집 일층에 묵어요."

이장은 생각해 보겠다며 일어섰고, 나는 과일을 덜어 들려 보냈다.

섬을 자주 다니다 보니 섬사람들이 뭐에 주리는 줄 알게 되었다. 물고기는 흔해도 육고기와 과일, 우유는 귀하다. 해서 혼자 다닐 때도 배낭에 과일과 우유는 넉넉하게 챙겨가서 나눠먹곤 했다. 돈 내고 묵어가는 길손일망정 바비큐 판에 고기 굽는 냄새 풍기면서 우리만 먹을 수는 없으니 주인집 식구도 불러 같이 먹을 셈이었다. 심심해 보이는 이장이 끼어도 무방하지 싶어 청했던 거다.

물놀이에 지친 친구들이 한잠 자겠다며 방에 들어가 늘어졌을 때 이장이 트럭을 몰고 찾아왔다. 섬 투어를 시켜주겠다는 거다. 저녁을 대접하기도 전에 답례부터 하는 걸 보니 아무래도 흥분한 듯했다. 아직 피서 시즌 전이라 사람이 몹시 그리운가 보았다. 철없는 연상의 여자들조차 아쉬운가 보았다. 우리에게 환기가 필요하듯 저 사람도 환기가 필요하리라. 편하고 재미있게 놀아줘야지. 극성스런 친구들은 저 사람을 들었다 놓았다 하며 깔깔댈 테고 저이는 가끔씩 정신을 놓치며 숙성된 여자의 향기에 취하겠지.

섬 투어란 말에 횡재한 듯 벌떡 일어난 친구들이 옷을 갈아입고, 화장을 고치는 둥 소란을 피웠다. 봐줄 사람도 없는 섬에서 수선을 피우는 모습이 그대로 소녀였다. 섬은 거의 비어 있었다. 해수욕장은 물론 길거리 어디에도 사람 모습이 보이지 않았다.

친구들이 밀어 넣는 바람에 나는 트럭 앞자리에 탔다. 이장은 수시로 룸미러를 보며 미소 지었다. 트럭 짐칸에서 이리 몰리고 저리 몰리며 비명을 지르는 친구들을 훔쳐보던 그가 내게 물었다.

"저 누님들은 뭐가 저렇게 좋을까요?"

"집이 아니니까요."

"그렇군요. 알 것 같아요. 저도 섬을 벗어났을 때 딱 저런 기분이었거든요. 그런데 사흘이면 약발이 끊기던데요?"

그도 젊어서 섬을 벗어난 적이 있다고 했다.

"그때 육지 직장 월급이 육만 원이었는데 도대체 셈이 안 서더라구요. 딱 사흘 일하고 그만두었지요. 바다에서 물일 두 시간 하면 십만 원은 거뜬했거든요. 그래서 뒤도 안 돌아보고 돌아왔습니다."

그는 소야도 원주민이 아니었다. 본래 백령도 출신으로 해녀가 아닌 해남이었다. 자맥질로 다시마를 건졌는데 이따금 다시마 줄기에 보너스처럼 매달려오는 전복을 떼어먹으며 잔뼈가 굵었다. 그런데 나이가 차도 짝을 찾을 수 없었다. 처녀들이 도시로 빠져나간 섬에는 노인과 총각들만 남았다. 짝을 찾아 육지 원정에 나선 그가 사흘 만에 직장을 그만두었다고 하자, 혼자는 돌아올 생각도 말라며 어머니가 역정을 냈다. 돈 걱정 말고 여관방에라도 묵으며 누구라도 달고 오라고 성화를 해댔다. 두어 달가량 일없이 도시를 배회하던 그는 어머니의 기대를 저버리고 섬으로 돌아왔다. 섬의 일상이 못 견디게 그리워 불효를 자청할 수밖에 없었던 게다.

"누님. 청새치라고 혹시 아세요?"

"아, 노인과 바다에 나오는 그 물고기요?"

"예, 제가 딱 청새치가 되겠더라구요. 청새치는 본래 파란 게 아니라 기절하면 파랗게 변해요. 새파랗게 질리는 거지요. 도시에 질려 꽁지가 빠져라 도망치고 말았습니다."

그래서 장가는 들었냐고 묻자 그가 자조적으로 웃었다. 까맣게 그은 얼굴에 굵은 주름 몇 개가 꿈틀거렸다.

"여자들이 섬 생활을 못 견뎌요. 집 새로 짓고 가구 들이고 몸만 들어와 살림만 해달라고 해도 석 달 넘기기가 어렵더라구요. 이러니 돈만 잘 벌면 뭐하냐구요?"

섬 총각의 딜레마에 가슴이 짠했다.

"그런데 어쩌다가 백령도에서 여기로 이주했대요?"

그가 이번엔 큰소리로 껄껄 웃었다.

"제가 먼저 웃었으니까 누님은 웃지 마세요. 사실은 장가가려고 왔어요."

"아직 총각이라메요?"

"그러게요."

백령도 뱃길이 너무 멀어 육지와 가까운 소야도로 왔는데 여기 역시 섬이라 여자들이 못 견딘다는 대답이 돌아왔다.

"누님 앞에 죄송하지만 여자가 요물은 요물인가 봐요. 큰 섬 버리고 작은 섬에 갇히게 만들었으니 말이에요."

승봉도 파출소장이 생각났다. 그도 노총각이었다. 오래 사귄 애인이 있지만 섬 생활만큼은 워낙 단호히 거절해 결혼에 골인할 수 없었다. 밥벌이를 하려면 장가를 포기해야 하고 결혼을 하자면 밥줄을 포기해야 하는 처지였다. 그 섬에 근무하는 한 장가가기는 틀렸다며 투덜대더니 영흥도로 발령이 나 떠났다고 한다. 연륙교가 있어 육지나 다름없는 섬이니 이제쯤은 장가를 들었을까?

바람의 애무를 받으며 바다에 안겨, 태양의 보약과 독약을 번차례로 마시며 시들어가는 섬 총각들이 딱하다. 섬 사내들을 고독으로부터 해방시키려면 자발적 유배를 즐기는 외톨이 여성들에게 홍보하는 게 딱인데 글쎄……. 홀로 저물어 수태 능력을 잃은 나를 대입해보다가 바로 물러선다. 내가 한창때라도 자청할 수 있을까 자문해보니 아니올씨다다. 나도 없고 누구도 없다. 하다못해 섬 처녀마저 없다. 세상 그 누구든 일회성 인생이다. 그거 하나만큼은 공평하다. 때문에 함부로 권유할 수 없는 거다. 오지도 않을 짝 때문에 섬 총각만 섬을 떠나 섬을 헤매는 이 현실을 어쩌면 좋을까.

"그럼 다시 백령도로 들어가면 되지 뭐가 문제예요?"
"육지에 적응은 안 되지만 가까우니까 풀방구리 쥐 드나들 듯하거든요. 생각나면 오염 되러 가기 딱 좋은 거리거든요."
"오염이요?"

이장이 뒤통수를 긁으며 딴청을 부렸다. 내가 섬에 감염돼 뻔질나게 드나들 듯 이장은 도시에 오염 되러 간단다. 창밖을 내다보며 감염과 오염의 차이를 골똘히 생각하는데 이장이 먼저 입을 연다.

"누님은 이해하실 것 같아서 얘긴데……, 이를테면 살풀이지요."
얼굴이 화끈 달아올랐다. 마침 차가 멈춘 게 천행이었다. 우르르 차에서 내려 「연애소설」 촬영지라는 죽노골 해변으로 갔다. 흐린 바닷가 풀섶에서 노란 나비가 도열해 환영했다. 노란색은 환해서 좋다. 덕분에 내 마음도 환하게 개었다. 친구들은 청일점인 이장을 에워싸고 뭔 질문들을 하는지 시끄럽다. 해변을 거닐고 돌아오는데 얼음땡에 걸린 듯 꼼짝 않는 노란 나비, 아 그것은 달맞이꽃이었다. 꽃과 나비도 구별 못 하는 눈. 어쩌지? 비단 눈만 그럴까? 처음 발을 들인 섬, 소야도가 가혹하다.

우리를 숙소에 데려다준 그는 다시 트럭을 몰고 사라졌다. 잠시 쉬다가 저녁준비를 하러 공동식당으로 향하는데 이장이 또 불쑥 나타나 트럭을 타라고 했다. 자기 집에 저녁준비를 해놨으니 무조건 가자는 거다. 이건 아닌데. 우리의 저녁 초대가 부담스러웠나? 남자 혼자서 한 시간 만에 저녁을 준비하려면 좀 분주했을까. 애먼 사람 흔들어 군일시킨 것 같아 마음이 불편했다. 그렇다고 애써 차린 상 보람 없게 할 수도 없고 어쩌나. 때마침 친구들이 이장에게 바짝 다가서며 반색했다.

"오잉? 나 남자가 차린 밥상 받아본 적 없는데 어떻게 알았지? 이장님 완전 멋쟁이!"

"얘들아, 우리 안면몰수하고 일단 가자. 우렁총각 밥상 사라지기 전에!"

이장의 집은 바다 쪽 산비탈 통나무집이었다. 실내로 들어서자 나무 향기가 은근했다. 새로 지은 집을 자랑하고 싶었나?

그런데 이장 혼자가 아니었다. 기다란 통나무식탁에 음식이 차려져 있고, 주방에서 두 남자가 국과 밥을 푸고 있었다. 은발 노인과 잘생긴 청년이었다. 종일 먹어대 더부룩한데도 구수한 아욱국 냄새가 식욕을 자극했다. 젓갈류, 장아찌, 나물류, 겉절이 등이 정갈하게 놓인 상 앞에 우리는 조신하게 앉았다. 은발 노인 때문이었다. 밥과 국을 나르려고 주방으로 들어서자 불호령이 떨어졌다.

"숙녀분들은 손님이니 좌정하시지요!"

은발 노인의 일갈에 더듬이가 쏙 들어갔다. 곁에서 친구가 옆구리를 찌르며 속삭였다. 완전 똥 밟았다, 그치? 나는 코를 찡그리며 고개를 끄덕였다. 이장이 지뢰일 줄 몰랐다. 훌훌 벗어 던지고 쉬러 온 우리에게 긴장을 요구하다니 이건 소심한 복수다. 우리들 하는 양이 눈꼴시었나?

"이장. 손님들 잔에 술 채우지 않고 뭐하나?"

은발 노인의 말에 이장이 앞앞에 놓인 유리잔에 붉은빛 술을 따랐다. 이 술이 무슨 술인지 알 수 없었다. 마셔도 되나? 나는 잠시 망설였다. 낯선 섬, 낯선 남자들, 족보를 알 수 없는 술, 내가 주선한 여행에서 까딱 사고라도 나면 어쩌나, 생각이 많은데 은발 노인의 기에 눌려 주눅 들어 있는 가운데 진작부터 알딸딸 취해 있던 자현이 퐁당 뛰어들었다.

"어르신. 이게 무슨 술이옵니까?"

자현이 튼 물꼬로 까르륵 웃음이 쏟아졌다. 언젠가 우리가 장난 삼아 했던 건배사가 생각난 때문이다. 이것이 술이더뇨? 아니옵니다. 그럼 무엇이더뇨? 사랑이옵니다. 지화자 좋다!

우리가 무엇 때문에 웃는지 모르는 은발 노인이 당황한 기색이더니 이내 침착한 표정으로 돌아가 말했다.

"상심주桑椹酒라고 뽕나무 열매 오디로 담근 술이오. 눈과 귀를 밝게 하고 새치를 막아주는 효능이 있다고 합디다."

"큰형님이 정성스레 담근 술이니 마음 놓고 드세요."

잘생긴 청년이 거들었다.

"그럼 따랑이옵니까, 큰형님?"

자현의 말에 모두가 파안대소했다. 자현은 컨디션이 최상 같았다. 첫 잔은 원샷으로 그다음은 주량껏 마시며 달콤하고 향기롭게 상심을 덜어냈다. 자현의 순발력으로 인해 은발 노인은 우리 모두에게 큰형님이 되었다. 세 남자 속에서 큰형님과 잘생긴 청년이 두드러지자 이장은 가뭇없이 묻혀버렸다. 누가 시작했건 주인공은 따로 있는 법이다.

"숙녀 여러분, 사랑도 좋고 따랑도 좋으니 무조건 즐거운 시간 보내세요. 덕적도 옆에 빌붙어 존재감 없는 소야도를 찾아주신 여러분이 고마워서 드리는 말씀입니다. 자 그럼 지화자!"

"조오타!"

은발 노인의 건배 제의에 목청을 높였다. 분위기는 한결 편안해졌다. 저녁상을 치웠는데도 해가 남았다. 뒤늦게 날이 들었고 떨어지는 해가 만든 노을이 창가를 물들였다. 비탈에 세워진 집이라 조금만 내려가면 바다였다.

"큰형님. 바다에 내려가도 될까요?"

"오브 콜스. 숙녀분들 뜻이라면 그래야지요."

나란히 걸어가면서 이장님 어머니는 자리를 피해주었느냐고 묻자 은발 노인이 심드렁하게 말했다.

"백령도에 버리고 왔다네요."

무슨 뜻인지 몰라 걸음을 멈추고 빤히 쳐다보자 고쳐 말했다.

"어머니 돌아가시고 소야도로 왔답니다."

해변에 먼저 내려간 잘생긴 청년이 검불을 끌어다 모닥불을 피우고 부지런히 썩은 나뭇가지를 주워 올렸다. 지는 해는 잠깐이라 이내 어둠이 들이닥쳤다. 타닥대는 나뭇가지 불땀은 점점 일어서고 파도는 숨을 죽였다. 도시 여자 다섯과 섬 남자 셋이 둘러앉아 손뼉 치며 추억의 노래를 불렀다. 모닥불 피워놓고 마주 앉아서……. 조개껍질 묶어 그녀의 손에 걸고……. 물 위에 떠있는 황혼의 무지개 말없이 바라보는 해변의 여인아……. 가사를 까먹어 끝까지 부르는 노래가 없었다. 그래도 누군가 끊임없이 시작했다. 중간에 이장이 집에 가 술을 내오기도 했다.

검은 배경에 도드라지는 오렌지빛 얼굴들, 캠프파이어 앞의 얼굴들은 하나같이 과거에서 소급한 기운을 토해냈다. 시간의 주름이 사라진 공간에서 불춤을 추고 불노래를 불렀다. 누군가 풍덩 바다에 빠지는 소리가 들리기도 했다. 도시에서 고향에 다니러 왔다는 잘생긴 청년도 자리를 뜰 줄 몰랐다. 친구들이 젊은 기를 받는다며 잘생긴 청년 곁으로만 꼬이는 게 싫지 않은 모양이다. 이모님, 이모님 하며 술을 따르는 게 성격도 좋아 보였다.

상심주는 기가 막히게 맛났다. 원래 과실주는 질색인데 그 술만은 당겼다. 취하는 줄도 모르고 마시다 백사장에 쓰러져 잠이 들었다. 초저녁에 나는 죽었다. 숙소에 어떻게 왔는지도 블랙아웃이다.

자현의 뒤를 밟는다.

해변을 거닐며 생각을 정리하는 그녀의 뒤를 밟다 얼굴이 마주치면 손잡고 위로나 해주면 되리라 가볍게 생각했다. 그런데 그게 아니었다. 새벽 두 시, 인적 없는 떼뿌리해변, 가시거리 오 미터도 허락하지 않는 밤안개, 밤을 균열시킬 듯 으르렁대는 파도, 깔깔대며 안개 속으로 사라지는 그녀……. 살면서 이처럼 막막해 본 적이 없다.

어느 순간, 그녀를 놓치자 정신이 번쩍 들었다. 안개 속에서 뭐라뭐라 그녀가 지껄이는 소리가 들렸다. 밤바다는 점점 사나워지고 안개 속에서 희미하게 드러난 그녀의 실루엣이 백사장과 파도 사이를 오락가락하며 뛰고 있었다.

"위험해!"

밤바다에 서면 비로소 내가 행성의 생명체임을 느낀다. 그곳이 섬일 경우, 더욱 분명하게 내가 존재하는 곳이 행성임을 체감하면서 아뜩한 현기증과 함께 모공마다 일제히 소름이 돋는 경험을 한다. 새벽 두 시, 나는 우주의 미아처럼 처절히 외롭고도 두려운 밤의 한가운데에 섰다. 고흐의 유화처럼 윤곽을 버리고 마음껏 확장돼 빙글빙글 도는 가로등 아래, 나 또한 그렇게 돌고 있었다. 시간의 상대성이 적나라한 행성의 밤, 밤안개 색은 서리태콩물빛이었다.

"자현아! 자현아!"

사라진 그녀를 불렀다. 목이 쉬도록 밤의 바탕을 휘저었다. 눈앞은 점점 더 뿌옇게 캄캄해졌다. 휴대폰을 챙겨 나오지 않은 걸 뼈저리게 후회했다. 그녀는 진작부터 보이지 않고 깔깔대던 목소리도 더이상 들리지 않았다. 다섯이 와서 넷이 가면 어쩌지?

"자현아, 너 도대체 나한테 왜 이러는 거야!"

목이 터지도록 악을 썼다. 이건 주마나 야차의 장난일 거야. 이건 자현이가 아니야. 자현이를 깨워야 해.

"자현아! 자현아!"

수없이 그녀의 이름을 불렀다. 다리가 풀려 걸음도 걸어지지 않았다. 휘청대며 파도가 핥는 해변가를 걸었다. 숙소로 돌아가 친구들에게 도움을 청하고 싶지만 혹시라도 나타날지 모를 자현 때문에 한 발짝도 물러설 수 없는 상황이었다. 자현을 살리는 건 오로지 내 몫이었다. 누구도 대신할 수 없었다. 술 마시다 툭하면 자현을 버리고 왔지만 여긴 아니다. 안개 자욱한 밤바다, 술 취한 사람이 아니라도 사고가 날 수 있다. 무조건 데려고가야 한다. 들물의 혓바닥은 점점 거칠어지고 기운이 바닥난 나는 그만 해변에 퍼더버리고 말았다. 그때 무슨 소리가 들렸다. 귀를 기울이니 같은 소리가 반복되고 있었다.

"왜 그래? 도대체 나한테 왜 그러는 건데?"

내 속의 소리가 환청으로 들리는가? 눈을 감고 청각을 모은다. 같은 소리가 반복되고 그 소리가 점점 가까워진다. 눈을 뜨자 안개 속에 얼핏 자현의 실루엣이 보인다. 물가에서 철벅대며 이쪽으로 걸어오는 자현. 끊어진 필라멘트가 이어진 듯 불이 번쩍 들어온다.

"자현아! 위험해. 이쪽으로 와!"

나는 자현을 향해 전속력으로 달려간다. 내가 나타나자 무슨 심술인지 그녀가 바다 쪽으로 방향을 틀어 달아난다. 들물이라 저항이 심한지 생각보다 그녀와의 거리가 벌어지지 않아 다행이다. 죽을힘을 다해 그녀 쪽으로 달려간다. 그녀의 머리채를 잡아 넘어뜨린다.

"왜 그래? 도대체 나한데 왜 그러는 건데?"

자현은 자동인형처럼 같은 소리를 반복한다. 내가 할 소릴 그녀가 한다. 나는 재빨리 바다 쪽을 막고 서서 그녀의 등을 떠밀어 쓰러뜨리고 일어서면 또 쓰러뜨려 육지 쪽으로 밀어낸다. 백사장에 나와서도 마찬가지다. 그녀를 압도하여 끌고 갈 힘이 내겐 없었다.

그녀가 일어서면 숙소 방향으로 밀어 쓰러뜨리고 일어서면 쓰러뜨리면서 한 걸음 한 걸음 숙소로 향했다. 얼마 되지 않는 거리가 구만 리 같았다. 나의 체력은 고갈되는데 그녀의 괴력은 끄떡없었다. 목청도 득음한 사람 저리가라로 우렁찼다. 지친 나머지 쓰러뜨린 그녀를 깔고 앉아 엉덩이를 구르며 구원을 청해도 누구 하나 내다보지 않는다. 창문을 닫고 수다 삼매경에 빠진 친구들이 원망스럽다. 힘이 세지 못한 나도 원망스럽다. 외로운 새벽 투쟁이 미치도록 서럽다. 다행히 취한 자현은 중심이 안 잡혀 떠밀면 미는 대로 쓰러졌다. 숙소에 거의 다 와서 돌 벤치에 자현을 앉힌다.

"왜 그래? 도대체 나한테 왜 그러는 건데?"
"왜 그래? 도대체 나한테 왜 그러는 건데?"

자현의 말을 받아 내가 앵무새처럼 되풀이한다. 자현이 눈을 찡그리고 나를 보더니 히잉 웃고는 귀신 씨나락 까먹는 소리를 한다.

"어? 누군가 했더니 너구나. 그래 나 왕따다. 어쩔래?"

어이가 없었다. 아무리 취했어도, 아무리 감정이 엉망이래도 그렇지 평범한 인생에서 왕따 당한 내 앞에서 할 소리는 아니었다. 아직도 혼자고 아직도 처녀인 내 앞에서 말이다. 살다 보니 나도 모르는 새 이렇게 되고 말았다. 사람들은 나더러 까다롭다지만 내겐 세상이 까다로웠다. 세상과 나는 서로가 눈 흘기며 여기까지 왔다.

"자현아 정신 차려! 도대체 누가 널 왕따시킨다고 그래?"

"다 그래. 모조리 다! 자식도 남편도 다 소용없어!"

헌신하다 헌신짝 된다더니 설마? 믿을 수 없는 일이다. 자현한테 무슨 일이 생긴 걸까?

"너도 뻑하면 날 버리고 가잖아. 아니야? 근데 오늘은 웬일이지? 내가 꿈을 꾸나?"

가슴이 덜컥 내려앉는다. 그게 우리의 룰인 줄 알았는데 아닌가 보다. 나 혼자 착각했나 보다.

"미안해 자현아. 내가 잘못했어. 이제 다 왔으니 제발 그만 들어가자. 나 좀 살려줘."

때마침 구세주가 나타난다. 친구들이다. 여럿이 힘을 모아 자현을 데려간다.

내 몸의 기운을 닥닥 긁어 쓰고도 모자라 욕실에서 소리소리지르며 발광하는 자현. 누군가 자현의 등짝을 펑펑 내리친다. 속눈썹 들어 올릴 기운조차 없는 나는 젖은 빨래처럼 방바닥에 널브러져 있다. 이게 무슨 일인가? 혹시 꿈은 아닐까?

"왜 그래? 도대체 나한테 왜 그러는 건데?"

자현의 멘트는 끝날 줄 모른다.

"시끄러 이년아! 온몸이 모래투성이잖아. 씻어야 자빠져 자지."

쏴아아, 샤워기를 들이대고 씻기는 소리가 들린다. 물이 뜨거운지 비명이 들린다.

"앗 뜨거! 사람 살려!"

방에 있는 친구들이 가지가지 하네, 하며 웃는다. 나도 눈을 감은 채 웃는다.

천장에 매달린 전등이 돈다. 고흐의 그림처럼 뱅글뱅글 돈다. 서리태콩물빛 밤의 바탕이 벗어지는지 창가가 번하다. 아침이 소생하는 소리가 저 멀리 수평선에서 달려온다. 당나라 13만 대군처럼 요란하게 달려온다. 소야도에 오랑캐가 침입했다. 내게 쳐들어온 오랑캐다. 이젠 버리고 올 수도 없는 오랑캐다. 오랑캐의 익숙한 멘트가 환청처럼 끊임없이 들린다. 왜 그래? 도대체 나한테 왜 그러는 건데?

해시태그

해시태그

영화를 보는데 전화가 왔다. 극장이 아닌 집이라도 이럴 때 전화는 받기 싫은데 하필이면 혼마였다. 휴대폰 소리를 죽이고 밀쳐놓았다. 어젯밤 얘기가 다 끝났는데 또 전화를 넣은 걸 보면 나를 믿지 못한다는 뜻이다. 좋게 만나지도 좋게 헤어지지도 못한 그녀를 새삼 왜 찾아갔나 모르겠다. 지난 오 년 동안 안 보고 살면서 해이해졌나 보다. 그녀의 본색을 깜빡 잊고 쉬운 여자로 착각했던 게다.

어쩌면 혼마는 밤새 뒤척이며 고민했을지도 모르겠다. 어젯밤 거절했던 걸 오늘은 조건을 걸고 허용하려는 건지도. 하지만 늦었다. 내가 이미 깨끗하게 마음을 접었다.

당사자가 싫다는데 굳이 뭘.

딴 소재를 찾기로 마음을 굳혔다. 주변에서 서로 자기를 취재해

달라고 난리지만 그건 또 아니라서 까다롭게 굴곤 했는데, 혼마는 내 발로 찾아갔다가 그만 뒤통수를 얻어맞았다. 마음이 안 상했다면 거짓말이다. 화제가 될 건덕지도 없는 그녀지만 의미 부여할 꼬투리를 찾아내, 늙고 가난하고 외로운 한 여인을 멋들어지게 만들어볼 참이었다. 그런 식의 조명도 한 번쯤은 필요하다며 자뻑모드에 취했다가 정신이 번쩍 들었다. 세상에 만만한 건 아무것도 없다. 대수롭지 않아 방심하면 여지없이 애를 먹이는 일이 좀 많은가?

혹시라도 그녀가 내 뜻을 오해할까 싶어 샘플까지 챙겨서 들고 갔다.

"이런 식으로 실리는 거예요. 단 한마디 설명도 필요 없게끔 분명한 이야기를 담은 사진을 찍어야 하는데 그건 언감생심이라 이렇게 몇 마디 주절거리지요. 우리 혼마님은 표정이 좋아 사진이 잘 나올 테니 일단 안심이에요."

그녀는 지나치게 멀쩡했다. 나이 칠십이 넘어서면 세상없는 사람도 나이가 드러난다. 이마나 눈가주름이 별로 없다 해도 입가의 팔자 주름이나 목주름은 피할 수 없다. 한데 무슨 영문인가 몰라도 혼마는 그 모든 걸 비켜가고 있었다. 인물사진은 주름이 한 몫 하는데 과한 동안이 실망스럽기까지 했다.

"비법이 뭐래요?"

툭 던지듯 성의 없이 물었다.

"여자로 사는 거."

그녀가 신문에서 얼굴을 들고 살짝 웃었던가? 그녀의 작은 눈이 더 작아졌으니 아마 웃은 게 맞을 것이다. 당황스러웠다. 나는 분명 동안 비법이 뭐냐고 묻지 않았다. 다만 비법이 뭐냐고 물었을 뿐인데 그녀가 질문의 의도를 정확히 파악했던 것이다.

아직도 반들대는 눈. 그녀의 작은 눈이 살아 있다. 그녀의 작은 눈이 무섭다. 우리 아버지는 내 눈깔이 쥐새끼 같다고 싫어했어. 와이셔츠 단추구멍 같은 눈깔로 못 보는 게 없다고 질색했지. 나만 마주치면 눈이 시뻘개져서 복날 개 패듯 팼어. 실은 내가 시력이 몹시 좋아요. 그러니 난들 어떡해. 보이는데. 굳이 보려하지 않아도 잘 보이는 데 어쩌냐고. 그녀의 눈빛이 화제에 올랐을 때 느닷없이 고백한 그녀의 사연이다.

"지금도 그렇게 눈이 좋으세요?"

그녀가 고개를 끄덕이며 입술을 달싹였다.

"차가운 얼음장 위 옹기종기 휴식에 든 순례자들 참으로 거룩하다. 한 발을 든 채, 무리의 가장자리에서 흘리는 잠꼬대는 더욱 거룩하다. 가장자리는 참 따뜻해. 가장자리는 정말 친절해."

물닭들 사진에 입힌 글을 그녀가 또박또박 읽고는 물었다.

"근데 세실리아. 가장자리는 참 따뜻해, 가장자리는 정말 친절해,가 무슨 뜻이야? 멋있긴 한데 이해가 잘 안 가서."

얼어붙은 강가, 지표면과 잇닿은 가장자리가 짧은 겨울 볕에 녹아 물로 흐르니 물닭의 입장에선 따뜻하고 친절하달밖에. 사실 가장자리는 뭐든 앞장서는 선발대다. 어느 것도 먼저 녹는 것도 먼저, 매 맞는 것도 먼저 상 받는 것도 먼저, 들어가는 것도 먼저 나오는 것도 먼저, 좋은 일도 먼저 나쁜 일도 먼저 앞장서니 친절한 가장자리라 할밖에.

"갈데없는 내 얘기네. 저 시커먼 물닭도 딱 나 같고."

혼마가 키득대던 웃음을 멈추고 말을 이었다.

"맞아. 잊고 살았는데 생각나네. 나 어렸을 때 말이야. 물닭이 물 위로 다다다 달리는 거 봤다."

하늘에 수리가 떴을 때였다고 한다. 혼비백산한 물닭들이 날갯짓을 하며 수면을 박차고 달려 날아가는데 우습기도 하고 신기하기도 했다는 혼마. 얘기 끝에 혼마의 눈가가 젖어들었다.

"참 웃기지? 물닭들이 수리를 피해 물위를 달려 달아난 바로 그날, 나는 아버지한테 잡혀 직살나게 얻어터졌으니 말이야."

그녀의 아버지가 대낮에 들어왔다고 한다. 시내에서 만물상을 하는 아버지가 대낮에 들어오는 일은 좀처럼 없는데 해가 기울기도 전 들어섰고, 부엌에서 나오는 그녀와 딱 마주쳤다. 그녀는 아버지 다녀오셨어요? 인사를 한 뒤 설탕물을 타다 드리려 다시 부엌으로 향했다. 시키지도 않았는데 그런 생각을 한 건 일단 아버지를 벗어나려는 자구책이었다.

아버지는 언제나 어려운 존재였다. 그녀뿐 아니라 식구들 누구도 아버지 앞에선 숨도 제대로 못 쉬었다. 아버지를 낳은 할머니마저도 고개를 절래절래 흔들며 상종하길 꺼렸다. 아버지가 귀가하면 집안은 비상체제에 돌입했다. 그러니까 집안이 평화로운 시간은 아버지가 부재중일 때뿐이었다.

이상한 조합의 식구들이었지만 식구들이 똘똘 뭉쳐 구순하게 살아낸 것도 다 아버지 덕분이라고 혼마는 말했다. 아버지는 늘 화가 나 있었다. 누구라도 아버지한테 걸리면 이유없이 혼쭐이 났다. 그러니 다들 아버지를 피해 다니느라 안절부절못할밖에.

"요년! 요 배라먹을 년이 약은 수까지 지 에미를 빼다 박았네. 돼먹지 못하게 설탕물부터 디미는 짓거리는 어디서 배웠느냐?"

"네?"

"저저 쥐새끼처럼 반들거리는 눈깔 좀 봐라. 요년, 고 재수 없는 상판대기 저리 치우지 못할까!"

설탕물을 탄 대접을 마당에 패대기친 아버지는 어린 딸의 긴 머리채를 휘어잡고 광으로 끌고 들어갔다. 그야말로 요절이 나도록 늘씬하게 두들겨 맞은 그녀는 날이 어두워서야 정신이 들었다. 아버지가 대청마루에서 술을 마시며 광을 감시하니 누구도 그녀를 꺼내줄 수 없었다. 아버지가 방에 들어가 쓰러진 뒤에야 할머니가 광에 들어섰다. 그녀는 저녁도 굶은 채 방에 들어가 밤새 복통에 시달리며 끙끙 앓았다고 한다.

아버지는 잊을 만하면 한 번씩 그녀를 광에 가두고 폭력을 행사했다. 이유는 늘 같았다. 지 에미를 똑 닮은 눈깔이 꼴 보기 싫다는 거였다. 동네에서 그녀의 비명소리를 못 들은 이가 없을 즈음, 할머니가 그녀의 손을 꼭 쥐며 말했다.

"고만 가라. 니 에미를 찾아가든 다른 살길을 찾아나서든 일단 여기를 떠나거라. 그래야 너도 살고 짐승 같은 니 애비도 산다."

할머니가 쥐어준 돈은 할머니 명의의 텃밭 딸린 시골집을 판 적지 않은 액수였다. 아랫도리가 아파 걸음도 제대로 못 걷는 그녀의 손을 꼭 붙들고 할머니가 사정하듯 당부했다고 한다.

"타도시에 가면 일단 병원부터 들러라. 어디고 골병이 들었을 기다. 인생 고쳐서 살자면 뭣보담도 병부텀 고쳐야지."

그래 병은 고치셨어요? 무슨 병이었대요? 차마 물을 수 없었다. 물꼬가 트인 듯 마구 쏟아지는 위험한 발설, 그녀는 점점 삼천포로 빠지고 있었다. 나는 그녀의 이바구를 들으며 짬짬이 그녀의 얼굴 사진을 찍었다. 그녀의 뺨이 갑자기 번들거렸다. 무춤해진 나는 동작을 멈추고 엉거주춤 서 있었다.

"세실리아, 자기도 알지? 우리 애기."

그녀로부터 직접 아들 얘기를 들은 적은 없으나 알고는 있다. 혼마가 서른 넘어 미혼모로 낳은 아들을 불임인 선배 언니가 입양해 키웠고, 사고로 일찍 갔다는 정도. 오늘이 혹시 그녀의 아들 기일일까? 얘기가 자꾸 걷잡을 수 없는 방향으로 가고 있었다.

나는 취재를 왔을 뿐이다. 내가 필요한 정보만 들으면 된다. 아니면 사진만 찍어가도 알아서 쓸 수 있다. 뭔가 말하고 싶어 안달 난 사람처럼 나를 붙들고 늘어지는 혼마를 보니 일진이 안 좋은 것 같다. 아무래도 잘못 걸려든 것 같다. 나는 방바닥에 털썩 주저앉으며 고개를 끄덕였다.

"내 아들이 온전한 집안에서 자라는 게 좋을 것 같아 보냈는데 가정이 깨지더라고. 그렇게 금슬 좋던 부부도 갈라서더라고. 가정이 깨지자 바로 우리 애를 보내더라고. 왜는? 대학등록금이 때문이었지."

그녀가 눈물을 찍어내며 말을 이었다.

"아니아니. 자살은 아니고 사고였어. 하루아침에 이모라며 드나들던 여자가 엄마로 바뀌어 충격을 받긴 했어도 아주 의젓한 대학생이었어. 저쪽에서 깨진 가정을 이쪽에서 모자가정으로 붙일 생각에 솔직히 나는 좀 설레기도 했는데 그만."

그녀의 스무 살 아들은 뺑소니 사고에 희생됐다. 그것도 등굣길 학교 앞에서.

"힘들어도 내가 끼고 살았어야했는데……."

이어진 아이 아빠 얘기는 더 충격이었다. 멀어서 편해진 사이가 바로 이런 걸 두고 하는 말인가 보다. 한집에 살 땐 그렇게 가리는 게 많더니 딴 동네로 이사하자 감춰둔 보따리까지 꺼내 풀어주는 혼마다. 생활권이 다르고 만나는 사람이 다른 게 사람 사이를 이렇게 좁혀주는구나 싶어 얼떨떨하기까지 했다. 가까우면 경계심을 조이고 멀어지면 경계심이 느슨해지는 사람 관계, 멀어진 그녀에게서 외로움이 묻어났다. 그동안 많이 외로웠나 보다.

혼마는 사교성이 좋아 주변에 사람이 들끓고 너도나도 도와주려 줄을 섰다. 혼마에겐 사람 홀리는 재주가 있었다. 사람에겐 분위기라는 게 있다. 꼭 찝어 말하지 않아도 알 수 있는 그 사람의 히스토리가 분위기에서 풍긴다. 그것은 거의 첫인상에서 결정되는 데 혼마에게서는 예사롭지 않은 불행의 냄새가 났다. 거부할 수 없는 음습함과 희미하게 풍기는 부패의 냄새가. 그래 그런지 그녀는 주로 밝은 색깔 옷을 입었다. 흰색이 아니면 노랑이나 빨강이었다. 색깔 선택이 참 과감하다고 하면 그녀가 겸연쩍게 말하곤 했다. 나도 환하고 싶어서.

정작 환해야 할 나이는 환락가에서 어둡게 지나가고 서른이 넘어서야 스무 살 남자를 만난 혼마. 농익은 연상의 여인에 빠진 애송이는 주지육림에서 헤어날 줄 모르고, 혼마는 번짓수가 틀린 카타르시스에 취해 승리의 깃발을 흔들었다. 그러니까 애송이는 애송이대로 취할 것을 취했고 혼마는 혼마대로 한풀이를 했던 것이다. 애송이 엄마가 찾아와 자기 아들 좀 놓아 달라고 사정사정하고 돌아간 주말, 친구들과 등산길에 나섰던 애송이가 사고를 당하고 말았다. 혼마는 애송이가 죽은 줄도 모르고 기다렸다고 한다. 찾아오면 앞길이 구만 리 같은 애송이를 잘 달래서 제 갈 길 가게 하리라 마음먹고 있었는데 이별의 말 한마디 없이 발길을 뚝 끊어

마음이 몹시 상했다고 한다.

무슨 조홧속인지 입덧도 없었다. 임신이 확인되면 바로 지워버리길 반복하니, 태아가 살기 위해 존재를 감추었는지도 모르겠다며 혼마가 훌쩍였다. 애송이를 대신해 뱃속에서 꼬물대던 아기, 그 아이를 지켜내지 못한 자책에 혼마는 통곡했다, 마치 작정이라도 한 듯, 내가 올 걸 알고 미리 있었다는 듯.

애송이와의 로맨스는 나도 아는 얘기다. 장맛비가 추적이던 한 날, 혼마와 나는 우산을 받고 집을 나섰다. 빈대떡에 막걸리나 한잔하자고 의기투합했던 것이다. 나도 그녀도 술을 즐기는 타입이 아니라 비에 취해 객기로 나선 거였다. 한잔 술에 살짝 취기가 오를 때 그녀가 꺼내 놓은 어금니 사건은 내가 아는 그녀의 사연 중 가장 슬프다.

"우리는 어금니에 기다란 실을 묶고 술을 마셨어. 그러다 취하면 화장실에 가서 토해냈지. 술이 되올라와 토한 게 아니라 끌어내 토해내는 거야. 식도로 넘어가버린 실을 잡아당기면 폭포처럼 쏟아지는 오바이트의 신세계가 가느다란 실에 매달려 있다는 거 꿈에도 몰랐지? 에이 됐다. 술도 잘 못 마시는 사람한테 쓸데없이 ……."

나는 발끈해서 말했다.

"혼마님도 잘 못 마시잖아요?"

"나는 못 마시는 게 아니라 넌덜머리가 나서 안 마시는 거예요.

아시겠어요 주인마님?"

혼마는 이따금 내게 주인아줌마라거나 주인마님이라며 놀렸다. 그날 이런저런 말끝에 그녀가 고백했다. 자기는 둘째 마누라가 낳은 딸이고 그 집안에서 맏이라는 걸. 혼마 엄마는 딸만 내리로 둘을 낳고는 아무도 몰래 도망쳤다. 넷째 엄마에 이르러서야 아들을 보았는데 혼마와 여덟 살 터울이었다. 그 남동생 돌보라는 엄명에 다니던 학교도 그만두고 애보개로 살다 하필이면 아버지 때문에 떠돌이가 되었다고.

"내 팔자가 그래. 밤낮 남 사정만 봐주다 찌끄레기 신세가 됐다니까. 그러고 보람이나 있으면 몰라. 그것도 안 되니 평생 시장한 인생이지."

그녀의 남동생 비보가 왔던 건 기억난다. 남동생이 충무에서 객사했는데 시신을 거둘 가족이 없다는 경찰의 전화였다. 그녀는, 나도 암수술 받고 다 죽게 생겼는데 정 내가 필요하면 와서 데려가라며 죽는소리를 했다. 가족들과 일체 연을 끊고 산 지 오랜데 어떻게 자기 전화번호를 알아냈느냐며 경찰에게 따지기까지 했다. 자신의 치부를 다 보여준 게 민망한지 그녀가 냉수 한 잔을 단숨에 들이켰다.

"동생도 약을 했다네. 아버지가 아편쟁이더니 그것도 부전자전인가봐."

그녀의 아버지는 일제 강점기 만물상으로 돈깨나 만지는 장사

꾼이었다. 비단, 화장품, 아편 등을 취급하려니 일본 관리들한테 사바사바하는 일이 일과였는데 해방되자 바로 친일파로 몰렸다. 친일파로 손가락질당하며 뻑하면 동네 사람들한테 두들겨 맞던 아버지는 기어이 아편을 입에 댔다. 뭇매에 골병든 아버지가 아편을 입에 댄 건 그야말로 팔자소관 아니냐며 허탈한 표정으로 그녀가 웃었다.

"내가 미안한 사람도 가고 내게 미안해야 할 사람도 가고, 사과할 사람도 사과받을 사람도 없으니 똔똔인가? 흐흐흐."

나는 그녀의 방문을 닫아주며 말했다.

"다 잊어버리고 그만 주무세요."

등 뒤로 모가지를 바짝 세운 코브라가 공격하는 소리가 났다. 카아악 하아악. 깜짝 놀라 다시 그녀의 방문을 여니 그녀가 집게손가락을 목구멍에 밀어 넣고 있었다. 이어서 마치 실오라기를 찾듯 집게손가락 더듬댔다. 그녀는 피를 흘리고 있었다. 스스로 목구멍을 찔러 피를 토하고 있었다. 눈물이 찔끔 났다. 오죽하면 저럴까 싶어 아무 말도 못 하고 가만히 문을 닫았다.

사람이 안된 건 안된 거고 싫은 건 또 다른 감정이다. 그녀에게서는 불온한 냄새가 났고 나는 그런 그녀가 싫었다. 그녀를 내보내려 끊임없는 공작을 했다. 그녀도 모르지 않을 것이다. 뭔가 앙금이 있을 텐데 티를 내지 않아 오히려 켕긴다.

그녀가 우리 집에 사는 동안 말도 안 되는 기우에 나는 고단했다. 우리 집에 드나드는 남자는 모두가 단속 대상이었다. 친정오빠와 시동생 하물며 아들과 조카들까지 단속했다. 남편이 없는 게 다행이었다. 혼마의 전직과 현재 혼마의 입장 등을 볼 때 혹시라도 모를 일을 경계했다. 게다가 그녀는 언제나 여자여자한 모습으로 암내를 풍기는 암컷이었다.

위로 띠동갑인 그녀는 아직도 여자로 사는데 나는 오래전에 여자를 놓았다. 요즘 말로 완경을 맞으면서 중성이 되었다. 완경 이후 나는 무기력증이라는 나락으로 떨어졌다. 가슴 떨리는 건 지하철 계단 오를 때뿐 어떤 사람도 어떤 사건도 나를 흥분시키지 않는다. 때문에 아직도 여자로 사는 혼마가 때론 징그럽다. 늙은 몸뚱이로 남자를 휘감는 상상을 하면 구역질이 난다. 그러고 싶을까? 정말 혼마와 섹스하는 남자가 있기는 할까? 그녀의 오늘 컨셉은 개나리인가 보다. 노란색으로 깔맞춤한 옷이 희극적이다.

"우리 빨리 끝내고 나가서 저녁이나 먹자. 조 앞에 갈치찜 맛있게 하는 집이 있는데."

그때 틀렸다는 감이 왔다. 그녀가 너무 많은 이야기를 쏟아냈다. 그건 쓰지 말라는 거나 다름없다. 그러나 어리석은 나는 포기를 못하고 그녀에게 말하고 말았다. 투자한 시간이 아까워서였다.

"저 믿지요? 제가 알아서 혼마님 불편하지 않게 잘 만들어볼게요. 이 신문 나가고 혼마님 인기 폭발해 외출도 마음대로 못할까 걱정이네요. 그니까 적당히 쓸게요."

그녀가 나를 빤히 바라보며 씹어뱉듯이 말했다.

"하지 마!"

얼굴이 활활 달아올랐다. 이 노친네가 여태 나를 가지고 놀았나? 노여움이 솟구쳤다.

그녀는 이 도시의 변두리 임대주택에 산다. LH에서 노후주택을 사서 리모델링해 기초생활수급자에게 임대해주는 주택을 좀 오래 기다린 끝에 차지했다. 그걸 미리 말했으면 내가 야박하게 나가라고 재촉하지 않았을 텐데 그녀는 조용히 버티다 내가 포기할 때쯤 나갔다. 아무튼 사람 난처하게 하는 재주가 있는 사람이었다.

방 두 개에 화장실과 주방이 딸린 그녀의 집은 제법 넓고 쾌적해 보였다. 게다가 보증금 삼백에 월세 오만 원이라니 거저 아닌가. 기초생활수급비와 노령연금으로 그럭저럭 살 만한가 보았다. 그녀의 집은 생각보다 깨끗했다. 상태가 좋은 환경에 마음이 비뚤어진 걸 보면 나도 참 한심한 인간이긴 하다.

그녀가 우리 집에 살던 시절, 우리 집은 고물상이나 다름없었다. 온갖 폐지에 공병에 헌옷까지 마당에 가득했다. 사나흘에 한번 고물상에 내다파는 날만 마당이 마당다웠다. 그녀는 그걸 민폐라 여기지 않는 눈치였다. 혼자 사는 늙은이가 먹고살자고 꿈적이는데 누가 탓하겠냐는 배짱 같았다. 괜스레 마음이 뾰족해져 이젠 재활용품 안 모으냐고 물었더니 어울리지 않는 허세를 부렸다.

"폐지는 시세가 없어 관두고 이젠 공병만 해. 새벽에 일어나 동네 한 바퀴 돌면 한 서른 개는 거뜬하니 반찬값 되지 운동 되지 일거양득이지 뭐. 헌옷은 성당 식구들이 전화하면 놀러갈 겸 가지러 가고."

우리 집에 살던 시절 그녀는 최악이었다. 더러운 재활용품은 그렇다 치고 툭하면 쓰러져 구급차가 오니 언제 송장 치울지 몰라 무서웠다. 그녀가 우리 집에 들어오기 얼마 전, 남편이 죽어 나갔다. 그러니까 나는 그녀가 죽을까 봐 살아서 나가라고 등을 떠밀었던 것이다. 대장암 수술을 받고야 구급차 부르는 일이 사라졌고, 그녀는 살아서 나갔다.

나는 저녁 선약이 있다는 핑계를 대고 그녀의 집을 빠져나왔다. 실은 그녀의 집에 들어서는 순간부터 비위 상하는 냄새에 시달렸다. 그동안 잊어버려서 그렇지 사실은 아주 익숙한 악취였다. 혼마가 우리 집에 살 때 간간이 이런 냄새가 흘러 아들이 질색을 하던 바로 그 냄새였다. 코를 톡 쏘는 게 산초 냄새 같기도 하고 양파 썩는 냄새 같기도 했다.

또 어디가 아픈 건 아니겠지?

혼마가 대장암으로 고생할 땐 이 냄새가 우리 집 마당에서도 났다. 뚫린 공간인 마당도 점령한 혼마의 냄새에 골머리가 흔들렸다. 아들은 집에만 들어오면 짜증을 부렸다. 어떻게 헤어졌는데 다시 엮여 그녀의 보호자 노릇을 할 수는 없는 일이다. 생각만으로도 체머리가 흔들렸다. 기사고 나발이고 우선 도망치는 게 상수였다.

혼마가 아니라도 소재는 많다. 우주기지처럼 생긴 검암역도 있고, 대곡리 고인돌도 있고, 인간문화재도 여럿 있다. 지인의 권유로 지방지에 연재하는 포토에세이가 나를 움직이게 하는 힘이다. 재정이 어려워 차비 한 푼 보태주지 않지만 나를 움직이게 하는 것만으로도 가치가 있다고 자위한다. 누군가 재밌게 잘 읽었다고 인사를 하면 그게 곧 고료였다. 이렇게 코 꿰서라도 한 달에 한 꼭지씩 포토에세이를 쓰다 보니 어느새 책 한 권 분량이 돼간다. 쌓여가는 사진과 원고가 보상이다. 그러고 보면 세상에 억울하기만 한 일은 없지 싶다. 어떤 방식으로든 보답을 하니 말이다.

 한 달에 한 꼭지 쓰는 일인데 이것도 일이라고 돌아서면 금세 한 달이 지나 미리미리 소재를 뽑아두곤 하는데 이번엔 하필이면 혼마가 튀어나오는 바람에 나도 놀랐다. 『혼자, 괜찮아?』란 책 때문이다. 혼밥, 혼술, 고독사 등을 다룬 미니픽션을 읽는데 독거노인인 혼마가 불쑥 떠올랐다. 요샌 독거노인이라 하지 않고 홀로노인, 홀몸노인이라던가? 단어 하나 바꾼다고 뭐가 달라지는지 하여튼 유난스러운 세상이다. 순화를 부르짖으며 안달복달하면 할수록 실상은 점점 더 삭막해지고 목말라지는데 무슨 시추에이션인지 모르겠다.

 혼자서도 유쾌한 멋쟁이로 잘사는 여자. 주일마다 성장을 하고 성당에 나가 우아하게 미사를 보는 여자, 기초생활수급비로 기초생활을 해결하고, 재활용품을 수집해 판 돈으로 여가생활을 즐기는 홀로노인. 거치적거리는 사람 하나 없이 그야말로 단출한 살림살이로 가뿐하고 자유롭게 사는 여인. 칠십이 훌쩍 넘은 그녀를 여인이라 하는 건 그녀가 여전히 여자 냄새를 풍기며 살기 때문이다. 전엔 그런 모습이 부담스럽고 역겹기까지 했는데 이젠 가끔 부럽다, 여전히 여자여자한 그녀가.

집주인과 세입자라는 형태였지만 나는 일부러 월세를 받지 않았다. 왠지 그녀가 눌어붙을 것 같은 불길한 예감 때문이었다. 해서 우선 급한 대로 잠시 살다 어서 좋은 방 구해 나가라며 방세를 사양했다. 그게 그녀를 붙드는 자충수일 줄은 까맣게 몰랐다. 나는 그녀처럼 염치없는 사람을 처음 보았다.

곱상한 얼굴에 군살 없이 날씬한 몸매를 가진 그녀는 비록 얻어 입는 옷이지만 브랜드 있는 옷차림으로 집을 나서곤 했다. 모르는 사람은 그녀를 집주인으로, 나를 세입자로 보기 일쑤였다.

"세상에 공짜가 어디 있어요? 날마다 마당 쓸지, 집 앞 골목 청소하지, 정원의 나무 손질하고 꽃밭에 물 주지, 하루가 멀다하고 오는 택배 받아주지, 정말 외출 한 번 마음 편히 못 한다니까요."

틀린 말도 거짓말도 아니었다. 그녀가 들어오면서 편해진 건 맞다. 하지만 그녀가 없을 적에도 우리는 아무 문제 없이 잘 살았다. 마치 우리의 편의를 위해서 우리 집에 머무는 듯 말하는 게 괘씸할밖에.

"괜찮아요. 저희 사정 안 봐주셔도 되니까 좋은 데로 가세요."

"그래도 의리가 있지. 그동안 신세지고 살았는데 나 편하겠다고 홀랑 나가버릴 수야 없죠."

고양이를 생각해주는 쥐. 그러고 보니 뾰족한 그녀의 얼굴이 쥐를 닮은 것 같았다. 유난히 반들거리는 작은 눈에 오목조목한 이목구비가 딱 그랬다. 그녀의 아버지가 그랬듯 내게도 그녀가 쥐상으로 보였다. 얍삽한 욕망덩어리. 그녀는 사람을 알뜰하게 사용하고 용도 폐기하는 데 천부적인 재주를 가진 사람 같았다. 중요한 건 그녀로 인해 내가 훼손되고 오염된 거였다. 생전 안 하던 저울질을 하고 못된 생각도 하고 누군가를 저주하기도 하고 아무튼 내가 달라졌다. 나의 소중한 부분을 뚝 끊어간 것 같은 혼마, 그래도 그것으로 끝내려 했다. 이웃들이 혼마네 집들이에 같이 가잘 때 거침없이 고개를 저었던 건 단절을 고착화하려는 의지였다. 한데 그 의지를 내가 깨고 말았다.

실은 『혼자, 괜찮아?』보다 먼저 혼마를 떠올리게 한 사건이 있었다. 입 가진 사람마다 한마디씩 하는 온 국민의 껌딱지 미투운동이다. 그걸 해시태그운동이라 한다는 것도 이번에 알았다. 음악부호 샵(#))이 SNS에 가면 해시태그로 통한다는 걸 말이다. 특정 단어나 문구 앞에 해시(#)를 붙여 게시물을 묶는다는 뜻이 해시태그였다. 나도 당했다는 뜻의 #MeToo에 #WeToo운동이 이어지고 있다. 성폭력 피해자를 고발한 여성에게 사회적 반박이 가혹한 일본마저 우리도 행동해야 한다며 일어섰다는 소식이 들렸다.

가족과 연을 끊고 홀로 사는 혼마의 상처가 미투와 무관할 것 같지 않았다. 그녀를 처음 볼 때부터 직관적으로 그런 느낌이 왔다. 여자라서 불행해진 여자. 해서 글감으로보다 요새 미투운동에 대한 그녀의 감상을 듣고 싶었다.

그나저나 벗은 몸이 어쩌면 저리도 슬퍼 보일까?
얼굴보다 몸이 슬픈 여자는 처음 보았다. 얼마전 삼백 킬로그램이 넘는 몸무게로 세계기록을 세우려다 뜻밖의 임신으로 체중을 줄이기에 돌입한 외국 여자는 그 어마어마한 몸뚱이가 익살스러워 보였는데, 사십 킬로그램이나 나갈까 싶게 깡마른 이 여자는 차마 눈 맞추기 어려울 정도로 안쓰럽다. 영화 '주홍글씨'를 보면서 여자의 나체가 나올 때마다 차마 보기 민망해 눈길을 창밖으로 돌린다. 화창한 봄날인데, 몇 날 며칠 미세먼지로 뿌옇던 세상이 뽀득뽀득 비누질로 낯을 씻은 듯 해말간데, 빗물이 흐르는 듯 창문이 어리어리하다. 한창나이 여자의 나체가 운다. 늙은 여자도 운다. 13년 만에 운다.

그러고 보니 혼마를 처음 만난 게 13년 전이다. 나체가 슬픈 여배우는 그해 2월에 죽었고 혼마와 나는 3월에 만났다, 혼마가 내 집에 들어오면서. 사실 시끄러운 게 싫어 문간방을 비워두고 살았는데 대모님이 간곡하게 부탁하는 바람에 그렇게 됐다.

"세실리아 자매님. 정말 사정이 딱한 자매님이 계신데 말이야.

다들 혼마라고 불러. 혼자 사는 엄마, 이모, 고모 뭐 그런 뜻으로. 당분간만이라도 자매님네 남는 방에 들여주면 안 될까? 갑자기 오갈 데 없는 신세가 돼서 누구라도 도와줘야 해요. 부탁이야."

당분간은 팔 년이 됐다. 그동안 대모님은 유명을 달리하고 나는 성당에 발길을 끊었다. 혼마의 다중인격에 종교고 뭐고 다 염증을 느낀 나는 참혹할 정도로 피폐해졌다. 그녀를 만나기 전까지만 해도 온화한 세상에서 구순하게 살았는데 그녀가 내 인생에 들어오면서 많은 것이 흐트러지고 망가지고 거칠어지고 사나워졌다. 세상이 무서워진 나는 마음을 단단히 먹고 그녀에게 말했다.

"우리 애가 장가간대요. 이제 그만 방을 빼주셔야겠어요."

당연히 거짓말이었다. 생전 안 하던 거짓말까지 하게 만든 그녀가 원망스러웠다. 나는 가슴이 벌벌 떨려 얼른 자리를 벗어나고 싶은데 멘탈 갑 혼마는 여유만만이었다.

"기다려보세요 주인마님. 방은 알아보는 중이니까 걱정 말고. 요즘은 청첩장 돌리고도 깨지기 일쑤라는데 겨우 상견례만 하고 아직 날짜도 안 잡았다면서 뭘 그리 서두르시나?"

거짓말이었기에 망정이지 진짜 경사를 앞두었다면 그냥 지나칠 수 없는 악담이었다. 그런 악담을 웃으면서 하는 그녀가 몸서리치게 무서웠다. 그때 그녀는 변두리 임대주택을 신청하고 기다리는 중이었다. 그걸 나만 몰랐다. 팔 년을 공짜로 산 집주인한테 그렇게 모진 소리만 하고 떠난 혼마. 그로부터 오 년이 지난 지금도 내

아들은 여전히 솔로다. 지금은 회사 근처로 집을 얻어 나가 나도 덩그마니 큰 집에서 혼자 산다.

아까워라, 저 예쁜 아이가 죽었다니.

사실 이 여배우가 우울증으로 자살했다는 뉴스를 접하던 13년 전, 나는 이은주란 배우를 알지 못했다. 그녀의 약력을 보면서 아는 사람인데 왜 몰라봤지? 스스로가 한심했다. 엄밀히 말하자면 그건 내 잘못이 아니다. 영화를 몇 편이나 보았어도 여주인공의 이름이나 얼굴을 확실하게 기억하지 못한 게 어찌 관객 탓인가 말이다. 「오! 수정」도 보았고, 「번지점프를 하다」와 「태극기 휘날리며」도 분명 봤는데 이상하게 그녀의 얼굴이 각인되지 않았다. 그저 신인 여배우가 나왔구나 하고 지나쳤을 뿐이다.

가만 저 여자 얼굴에서, 초승달 눈으로 웃는 옆모습에서 가끔 이효리가 보이네. 한데 저토록 사랑스럽게 웃을 수 있는 여자가 왜 죽음을 선택했을까. 남들은 기나긴 무명생활 끝에 간신히 이름 석 자가 떠도 감지덕지 행복해하는데 일찌감치 주연을 꿰찬 여자가 어찌하여 불행이란 너울에 갇혔을까.

이 영화를 마지막으로 자택에서 넥타이로 목매달아 죽었다고 한다. 그래 그런지 영화가 예사롭게 보이지 않는다. 영화 속에 무슨 단서가 있을 것만 같아 한 장면도 놓치지 않으려 꼼짝 않고 자리를 지킨다. 영화를 보기 전 커피와 물도 가져다 놓았다.

몸이 하도 가녀려 얼굴이 가분수처럼 보이기도 하는 여자. 좀

전에 나왔던 사진관 여자는 거미처럼 긴 팔다리가 부러웠는데 이 여자의 안쓰러운 육체에는 눈이 뜨거워진다. 여자들이 선망하는 날씬한 몸이 저리 슬픈 것이었던가? 저이가 죽어서, 그것도 13년 전에 죽은 사람이라 그런 건 아니다. 몸빛도 눈빛도 낯빛도 하나같이 슬프다. 정사 장면에서는 더더욱 두드러진다. 멋지게 연기하고 싶은 욕망과 시나브로 몸서리치는 듯한 몸의 말씀이 교차한다. 세련되면서도 어색하다. 뭔가 불편한 매력을 지닌 묘한 분위기의 영화다. 이 터널을 통과해야 빛이 보인다는 전제를 깐, 싫어도 거부할 수 없고 이왕이면 멋들어지게 통과해서 칭찬받아야 한다는 강박이 깔린 연기다. 에라 모르겠다, 던지는 마음과 주춤대는 몸의 언발란스가 자주 포착됐다.

욕망을 담보로 한 성추행 혹은 인격 살인, 배우들은 거기에 무방비로 노출돼 있구나. 관객들의 관음증을 충족시킨다는 명분으로 불필요한 탈의와 정사신을 남발해도 적극적으로 부응해야만 하는 운명이구나. 싫어도 싫다 소리 한 번 못하고 열심히 해야 하는 일, 열심히만 해도 안 되고 누구보다 잘해야 하는 일, 무엇보다 내가 선택한 일, 이은주는 배우가 된 걸 후회했을까. 발등을 찍었다고 통탄했을까. 가끔은 되돌아가 다시 새로운 인생을 시작하고 싶은데 그러기에는 늦었다고 절망했을까. 13년 전 죽은 여자, 우리 나이로 스물여섯, 내가 결혼하던 나이에 그녀는 아깝게 갔다. 이제야 그 이름과 얼굴을 각인하게 된 여배우의 내면, 그 갈등이 오롯이 내게 복사된다.

나의 결혼은 진부했다.

노름에 빠진 엄마 빚 때문에 재취로 팔려 왔으니까. 늙어빠진 헌 신랑은 재산만 많았다. 다른 건 없이 오직 땅만 많았다. 큰소리만 땅땅 쳤지 막상 손에 쥔 돈은 없어 그야말로 땅거지였다. 늙은 부자 신랑에게 시집온 나는 허무하도록 가난하게 살았다. 나이 많은 남편이 죽은 다음에야 천지사방에 널린 부동산에 손을 댈 수 있었다. 뒤늦게 배운 사진으로 전국대회에서 상을 몇 번 탄 것도 다 비싼 카메라 덕분이다. 이젠 사진도 부르주아가 유리하다.

엄마가 감언이설로 등을 떠밀긴 했지만 대단한 부자라는 말에 나도 흔들렸다. 징글징글한 가난에서 벗어난다면야 한눈 질끈 감아볼 만했다. 아이가 생기지 않았다면 도망쳤을 것이다. 내 수중에 돈만 있었다면 아이와 함께 도망쳤을 것이다. 내가 할 수 있는 건 치욕을 견디며 늙어가는 일뿐이었다.

늙은 남편은 쓸 수 없는 재산을 휘두르며 밤마다 나를 강간했다. 정력은 늙지 않는다고 시위하듯 일수를 찍었다. 그리곤 꼭 물었다. 좋았어? 대답이 없으면 다시 반복되는 악몽. 연기까지 해야 하는 끔찍한 밤이었다. 가끔은 엄마가 떠올랐다. 혹시 이런 밤이 싫어 엄마가 밤마다 나가 노름을 했던 건 아닐까?

영감은 죽기 전날도 나를 탐했다. 혐오스런 몸뚱이를 흔들어대곤 못 일어났다. 그는 행복하게 갔고 나도 행복해졌다. 남편으로

부터의 해방은 곧 강간으로부터의 해방이었다.

모든 게임은 마지막까지 남은 사람이 이기는 거다. 내가 남았다. 그러니 내가 이겼다. 인생을 다 바쳐 이겼다. 허무하게 이겼다.

아들은 아빠 재산을 정확히 모른다. 회사 근처에 아파트 한 채 사준 걸로도 어미가 대출금에 허덕일까 걱정하는 눈치다. 역시 노랭이는 노랭이다. 세금으로 뜯기는데 특히 예민했던 영감은 미리미리 명의를 내게로 돌려놓았다. 영감이 죽은 다음에야 그 사실을 알고 나는 웃었다. 밀린 화대를 몰아서 받은 기분이었다.

그리고 보니 혼마와 나의 해시태그는 늙은 남자다. 할머니가 쥐어준 돈으로 집을 나온 혼마가 병원에 가서 과연 무엇을 했을까? 미투니 위투니 떠들어대는 세상 그녀와 나는 고발할 사람이 없어 허무하다. 어쩌면 그들이 없어서 다행이기도 하다. 늙은 여자들이 아버지나 남편을 고발하면서 가까운 사람이 위험하다고 하면 또 얼마나 웃음거리가 될까.

다시 전화벨이 울린다. 역시 혼마다.

그녀가 어제 그랬다. 난 지은 죄 없어, 어디 가서 돈 떼어먹은 적도 없고, 그러니까 신문에 나와도 겁날 거 없다구. 자기 집에서 공짜로 살면서 돈 모아 여기 오게 됐으니 내가 신세진 사람을 꼽자면 자기가 일등이지. 일등이 나를 세워준다는데 어떻게 마다냐? 무조건 오케이 해야지. 이렇게 변죽을 올리던 그녀가 막판에 뒤집었다. 다시 생각하니 그 또한 다행이다.

어떤 내용으로 나오든 매체에 얼굴이 나오는 건 조심할 일이다. 그녀가 그걸 안다는 얘기다. 역시 혼마는 아마추어가 아니다. 이번 일은 무조건 내가 실수한 거다. 그녀 말마따나 그녀는 아무 죄가 없다, 신중하지 못했던 내게 화가 날 뿐.

아직도 난 그녀를 좋아하지 않는다. 좋아하지도 않으면서 내 볼일로 찾아간 내가 철면피다. 적수도 안 되는 주제에 얕은수를 쓰다 망신을 샀다. 이런 걸 쌤통이라 하던가. 맞다, 쌤통이다. 혼마의 전화는 이제 영영 안 받기로 한다.

혼돈을 빚다

혼돈을 빚다

 당신을 놓친 그날을 기억합니다.
 정자에 앉아 넋을 놓고 별 바라기를 하는 제게, 당신이 술을 권했습니다. 바랑에서 호리병을 꺼내 표주박에 막걸리를 따른 당신, 초면의 당신, 기이한 모습의 당신이 말없이 눈짓으로 술을 권했습니다. 이게 혹시 말로만 듣던 춘몽인가? 진실로 그때 저는 비몽사몽이었습니다. 얼떨결에 받아마신 뽀얀 막걸리는 너무 거칠었고요. 막걸리에 소주를 탔는지 도수도 꽤나 높았습니다. 빈 잔을 건네면 당신이 또 한가득 따라주었습니다. 당신의 눈빛엔 거부할 수 없는 힘이 느껴졌습니다. 그 눈빛에 압도당한 저는 주는 대로 받아마셔야 했고요. 몇 잔을 마셨는지도 기억에 없습니다. 취기가 올라오며 머리가 띵해져서야, 그러니까 알딸딸 분별이 힘을 잃고서야 당신께 감히 입을 뗄 용기가 생겼습니다.

"어르신 이게 무슨 술인지요?"

당신이 호탕하게 껄껄 웃으며 답했습니다.

"혼돈주올시다."

그러고는 엉덩이를 툭툭 털더니 바랑을 지고 일어선 당신. 당신은 곧바로 비탈길로 내려섰습니다. 이어서 눈 깜짝할 사이, 시야에서 사라졌습니다. 꿈 같은, 거짓말 같은 만남이었습니다.

사거리 슈퍼에서 해주 정씨 허암공파 사람한테 들은 말이 문득 떠올랐습니다. 슈퍼 사장은 아무나 붙들고 당신을 자랑했습니다. 한때 당신이 서곶들에서 황해도 해주까지 한나절에 다녀오셨다는 전설을 말입니다. 축지법을 쓰는 분이라는 흰소리가 과장이거니 여겼는데 어쩌면 정말일 수도 있겠구나 싶었습니다. 아무튼 눈앞에서 당신을 놓친 믿을 수 없는 현실에 눈을 비벼댔습니다. 뭐에 홀린 것 같았습니다. 입 안에 남은 텁텁한 막걸리의 잔향과 어릿어릿한 술기운이 잠시 전의 일을 증거할 뿐이었습니다. 한동안 우두커니 서 있다가 당신이 사라진 방향을 향해 내려갔습니다. 몇 걸음 내려가다 멈췄습니다. 그만그만한 잡목들 사이, 우뚝한 나목 앞이었습니다.

헐벗은 나무를 누가 초라하다 할까요?

기하학적으로 뻗어나간 가지가 우듬지에서 화룡점정을 찍으며 하늘을 조각낸 모습이 놀랍도록 아름다워 시나브로 우러러보게 하는 나무였습니다. 자연스럽게 고개가 뒤로 젖혀지고 시선이 하늘로 향했습니다. 그 나무가 당신과 저를 단절시켰습니다. 당신으로 향하던 관심을 차단시켰습니다. 규칙적인 듯 아닌 듯 허공에 선을 긋는 나뭇가지의 공간구성은 나목일 때만 유효한 매력입니다. 당신을 만나고 당신을 놓친 그날, 나목에 붙들려 있다가 우연히 들었습니다.

"여러분 이 나무 이름은 물푸레나무예요."

한 떼의 유치원 아이들을 이끌고 산길을 오르던 교사가 말했습니다. 물푸레나무라는 이름에 아이들이 까르르 웃었습니다. 제게도 익숙한 이름이긴 한데 직접 그 나무를 본 바는 없던 터라 노거수 밑동부터 우듬지까지 시선을 그으며 살펴봤습니다.

"이 나무는 단단하면서도 탄력이 있어 야구 방망이, 도낏자루, 도리깨에 쓰여요."

"선생님, 탄력이 뭐예요?"

교사가 질문한 아이의 바지를 가볍게 잡아당겼다 놓았습니다.

"바로 이렇게 늘어났다가 다시 제자리로 돌아가는 쫄바지 같은 성질이에요."

아이들이 고개를 끄덕이더니 이번에는 도리깨는 뭐냐고 물었습니다. 교사도 도리깨는 자신 없는지 이따가 유치원 가서 그림으로 보여준다며 얼렁뚱땅 넘어갔습니다.

도리깨는 타작마당 농기구입니다.

긴 작대기 끝에 가로로 구멍을 뚫어 비녀못을 끼우고 두세 개의 회초리를 매달아 휘두르며 내리치는 농기구입니다. 잘 말린 콩대나 팥대를 가지런히 멍석에 깔아놓고 도리깨로 탁탁 내리치면 낱알들이 수월하게 깍지에서 빠져나옵니다. 시골 친구네 갔다가 도리깨질을 해본 적이 있습니다. 얻어맞지 않게 조심하라는 친구의 말을 귓등으로 흘려들었습니다. 도리깨 회초리는 생각처럼 유연하게 돌아가지 않았습니다. 엇박자를 타다가 결국은 등짝을 되게 얻어맞고 말았습니다. 그 도리깨 회초리가 물푸레나무인 줄은 미처 몰랐습니다.

도리깨는 수없이 바닥을 때리면서 자신 또한 맞는 운명입니다. 때리는 게 맞는 거고 맞는 게 때리는 거지요. 화를 내면 상대방이 다치기 전에 내가 먼저 화를 입는 것과 같은 이치입니다. 어머니는 이런 이치를 직관적으로 아셨던가 봅니다. 어려서부터 입이 마르도록 강조하셨거든요. 누구든 무슨 일이든 따지거나 대결하지 말고 무조건 친절하라고요. 착하고 친절한 사람이 결국은 이긴다고요.

저는 어머니께 어디까지 친절해야 할까요?

고대 그리스 사람들은 혼돈이 질서를 낳는다고 했지만 제겐 너무나 혼란스러워 날마다 벼랑 위에 서 있는 기분입니다. 한 줄기 바람만 지나가도 맥없이 떨어질 것 같습니다. 사실은 절실하게 떨어지고 싶습니다.

"이름이 왜 물푸레예요?"

아이들 목소리에 정신이 번쩍 들었습니다.

"나무껍질을 물에 담가 우려내면 파란색으로 변해서 물푸레나무니까 모두들 머릿속에 저장!"

"파란 물감 대신 써도 되나요?"

"아마 그래도 되겠지만 나무를 해치며언?"

아이들이 복창했습니다.

"안 돼요!"

오글오글 사랑스러운 아이들이 물푸레나무 물푸레나무…… 이름을 외우며 지나쳤습니다. 아이들 뒤꽁무니를 바라보며, 파란 물이 우러나서 물푸레나무구나, 영혼 없이 중얼거리는데 다시 어머니가 떠올랐습니다. 녹두빈대떡을 부칠 때면 노란색을 입히기 위해 치자를 우려내던 어머니가요. 어머니는 번번이 맷돌에 타서 물에 불린 녹두를 거피하다 말고 깜빡 잊었다는 듯 저를 불렀습니다. 마루에 있는 포마이카 찬장 서랍에서 치자 열매를 한 주먹 꺼내오라고요. 저는 물에 담그면 샛노랗게 우러나는 치자를 하염없이 들여다보곤 했습니다. 하얀 꽃을 피우는 치자 열매에 어쩌다 노란색이 들어갔을까? 시간 차에 따라 농담을 달리하며 풀어지는 노란색이 신기해 시간 가는 줄 몰랐습니다. 사실 노란색을 오래 들여다보면 어지러웠습니다. 어쩌면 제가 어지러움을 즐겼는지도 모르겠습니다. 뭔가 아퀴가 안 맞는 삶이란 생각에 아무것도 도모하기 싫은 무기력증에 시달리던 중이었거든요.

"너도 참 별나다. 그게 뭐라고 코에 노란 물이 들 정도로 바짝 들여다보냐?"

어머니는 그런 제가 신기했던가 봅니다.

아뿔싸!

어머니를 버리고 싶은 제가 자꾸 어머니를 입에 담다니요? 저도 모르게 깨버린 금기에 놀라 피가 나도록 입술을 깨물었습니다. 저는 천하의 후레자식입니다. 망나니 주제에 이렇게 살아 있습니다. 하루 24시간을 아슬아슬 살아내고 있습니다. 죽을 둥 살 둥 살고 있습니다. 저는 함부로 죽을 수도 없는 운명입니다. 제게 내려진 형벌이지요. 그 형벌을 기꺼이 감수하는 중입니다. 아직 어머니가 살아 계시니까요. 아무리 후레자식이라도 어머니보다 먼저 죽을 순 없는 노릇이니까요.

사실은 벌건 대낮에 이렇게 돌아다니는 일도 삼가야 합니다. 저 스스로가 정한 룰입니다. 대명천지를 마주할 자격이 제겐 없습니다. 저는 답답하고 캄캄하고 외롭고 고통스럽고 지난하게 살아야 합니다. 평생 외아들 하나 바라보고 산 노모가 운명하실 때까지 그래야 합니다.

어머니의 사고는 끔찍했습니다.

어머니는 팔십이 넘어서도 치킨집을 놓지 않았습니다. 이제 그만 접으시라 아무리 설득해도 단골 만나는 재미, 돈 버는 재미가 얼마나 쏠쏠한데 그만두냐며 펄쩍 뛰셨습니다. 변두리지만 역세권에 있는 가게는 장사가 잘돼 정년퇴임 후엔 결국 저도 거들었습니다. 거의 시늉만 하는 저를 어머니는 흐뭇하게 바라보면서도 조금은 미안해했습니다. 평생 시청 공무원으로 산 제가 앞치마를 두르고 튀김옷을 입히는 게 민망했던가 봅니다. 가게 전면 불 앞에서 닭을 튀기는 건 늘 어머니 몫이었습니다. 아들 체면을 생각해서 절대로 물러서지 않았습니다.

어머니를 이겼어야 하는데 그러지 못한 게 잘못입니다. 팔십이 넘으면 그만둔다던 치킨집도 그렇고, 튀김기에서 튀겨내는 일도 그렇고, 어머니한테 밀리면 안 되는 일이었습니다. 억지로라도 어머니를 거역해야 했습니다. 저는 감히 그러지 못했습니다. 혼자 몸으로 부족함 없이 저를 키운 어머니를 한 번도 거역하지 않았습니다. 그렇게 길이 들었습니다. 어머니는 넘을 수 없는 산이었습니다.

큰 키에 희고 갸름한 얼굴, 오똑한 코와 푹 꺼진 쌍꺼풀 눈의 어머니는 여타의 어머니와 달리 낯선 미모였습니다. 그리스 신화에 나오는 여신 같았습니다. 그런 어머니와 단둘이 살면서 호기심 어린 눈길깨나 받았습니다. 제 삶의 목표는 남의 눈에 띄지 않는 것이었습니다. 공부가 어렵지 않음에도 시청 공무원으로 주저앉은 건 그 때문입니다. 출세도 탐나지 않았습니다. 평범에 묻혀 존재감 없이 살고 싶었습니다.

"아무리 봐도 순종은 아니야."

어머니의 이국적인 미모는 사람들의 시선을 끌었습니다. 저와 달리 어머니는 그걸 즐기는 눈치였습니다. 어머니는 거울공주였습니다. 늘 앞치마 주머니에 손거울을 넣고 다니며 수시로 꺼내봤습니다. 피부가 하얀 어머니는 입술만 살려도 풀메이크업을 한 듯 화려했습니다. 어머니는 자주 립스틱을 꺼내 덧발랐습니다. 팔십이 넘어서도 그건 여전했습니다.

급발진한 승용차가 튀김기를 밀고 들어오기 바로 전에도 어머니는 거울을 꺼내 들여다봤습니다. 어머니가 흡족한 표정으로 입술을 마주 비비며 알맞게 온도가 오른 튀김기에 닭을 넣을 때였습니다. 길 가던 승용차가 느닷없이 가게로 쳐들어왔습니다. 삽시간에 펄펄 끓는 기름을 뒤집어쓴 어머니 가슴이 지글지글 오그라들었습니다. 다행히 어머니가 서서 작업을 해 얼굴 화상은 심하지 않았습니다. 대신에 어머니 마음이 치명적인 화상을 입었습니다.

화상치료를 받으며 어머니가 달라졌습니다. 포기를 모르고 물러설 줄 모르던 어머니가 움직임을 멈췄습니다. 외출은 물론 밖을 내다보는 것도 멈췄습니다.

"무서워."

어머니는 무섭다는 표현만 반복했습니다. 닭을 튀기면서도 수시로 얼굴을 들여다보던 어머니가 거울을 외면했습니다. 얼굴은 회복됐는데 당신 얼굴이 나우 망가졌다고 우겼습니다.

"이건 내가 아니야. 제발 나를 찾아줘 아들."

이제 아버지가 와도 당신을 못 알아볼 거라며 어머니는 좌절했습니다. 사람은 서서히 약해지는 게 아니라 한순간에 약해짐을 비로소 알았습니다.

"아버지가 오신다구요? 여태 안 나타난 아버지가 새삼스럽게 왜요?"

어머니가 몸을 비틀며 수줍게 말했습니다.

"꿈에 나타나셔서 가만가만 나를 만졌어."

만지다니? 어머니의 표현이 야릇했습니다. 그때부터 어머니가 달라졌습니다. 밤에도 어머니를 혼자 둘 수 없었습니다. 저녁 식사 마치고 잠드신 걸 보고 우리 집으로 왔는데 한밤중에 가스레인지에 찌개를 데우다 새카맣게 태우고, 잠든 이웃집 문을 두드리고, 오밤중에 일어나 청소기를 돌렸습니다. 아내한테 양해를 구하고 어머니 집에 들어가 살 수밖에 없었습니다.

효자를 남편으로 둔 아내는 외롭다네요.

신혼 초부터 아내가 하던 말이었습니다. 그래도 자기한테 효부 되라 안 하고 혼자 효자인 게 다행이라고도 했습니다. 생전 효도하곤 담쌓고 살던 사람이 결혼만 하면 갑자기 효자 코스프레하면서 아내한테 효도를 강요하는 이상한 남자가 판치는 세상에서, 당신은 그러지 않아 다행이라고 했습니다. 뼈 있는 말이었습니다. 아닌 게 아니라 저도 효자라기보다 효자 흉내를 내는 처지였으니까요. 어머니의 경제력을 무시할 수 없어 아내가 국으로 조용했던 것도 압니다. 우리는 피차 속을 빤히 들여다보며 구순하게 살았습니다.

화상치료를 위해 매일 어머니를 병원에 모시고 다니고 삼시 세끼 챙겨드리고 마주 앉아 고스톱을 쳤습니다. 어머니는 나날이 퇴행했습니다. 신기하게도 어머니는 퇴행할수록 행복해 보였습니다.

우리 집에는 한 주에 한 번 가다 이 주에 한 번 그러다 한 달에 한 번쯤 들르게 되었습니다. 아내가 불만을 크게 내색하지 않아 한시름 놓았습니다. 그럴 나이도 되긴 했지요. 어머니를 우리 집에서 모시지 않고 제가 어머니 댁으로 가서 모시는 걸 다행으로 여기는 눈치였습니다. 제 어머니니까 제가 모셔야지요. 누구처럼 자기 어머니를 아내한테 떠밀어놓고 효도를 시험하는 건 옳지 않으니까요.

어머니의 기억이 들락날락하는 빈도가 점점 더 잦아졌습니다. 술자리가 있어도 어머니가 걱정돼 나갈 수가 없었습니다. 난데없이 친구들이 몰려와 위로주를 냈습니다. 어머니 집 근처에서 만나 모처럼 마음 놓고 취했습니다. 요즘 보기 드문 효자라며 친구들이 칭찬인 듯 아닌 듯 놀렸습니다.

"한밤중에 처량하게 혼자 자작하지 말고 오늘은 우리들과 대작하자. 네가 너무 갸륵하고 안쓰러워 작정하고 찾아온 거니까 허리띠 풀고 실컷 마셔라. 이따가 집에 배달해 줄 테니까 걱정 내려놓고."

"시간을 선물하는 게 진짜 친구라는데 너희들 진짜 맞구나."

일부러 찾아온 친구들에게 감동했습니다.

"노인은 쓰레기 아니면 호구라는데 너희 어머니는 효자 아들 덕분에 호강하시니 팔자 좋은 분이지. 그것만도 대단한 일이니까 너무 애면글면하지 마 짜식아."

아내가 모시기를 거부해 부친을 요양원에 모신 친구가 거의 존경스러운 눈빛으로 저를 쳐다보며 말했습니다.

"우리 노인네는 폐렴 때문에 돌아가셨는데 너도 어머니 폐렴 걸리지 않게 잘 살펴드려라."

"폐렴 때문에 돌아가시는 게 아니라 죽을 때가 돼서 폐렴이 오는 거야."

대학병원 외래교수로 있는 친구가 말했습니다.

"고인의 유품을 정리하다 보면 약만 한 가마니야. 오래 살면 너나없이 약으로 버티는 거지. 우리는 죽음과 경쟁하지 말고 순명하자. 괄약근이 존엄성의 마지노선이니 그거나 잘 지키고 말이야."

유품정리원으로 일하는 친구의 말이었습니다.

"그럴려면 술부터 줄여야지. 안 그러냐?"

"그건 곤란하지. 이 나이에 무슨 영화를 보겠다고 주님을 버리냐?"

"맞아. 술을 안 마시면 오래 살 수 있지만 술이 없으면 오래 살 이유도 없지. 자, 오늘의 주님을 위하여 건배!"

"그래도 이젠 나이 생각해서 살살 마시자구. 술잔이 아무리 작아도 물에 빠져 죽은 사람보다 술잔에 빠져 죽은 사람이 훨씬 많다잖아?"

음주는 스트레스 감소전략의 하나입니다. 필요악이지요. 술 마시는 속도가 점점 빨라졌습니다. 친구들 덕분에 마음의 오랏줄이 스르르 풀어졌나 봅니다. 작두를 탄 듯 술을 마셨습니다. 그리고 블랙아웃, 뇌가 기절했습니다. 친구들이 집에 들여놓았을 때 어렴풋이 정신이 들었습니다.

어쩐 일인지 그날은 어머니 컨디션도 좋았습니다. 술이 떡이 돼 들어온 저를 어머니가 챙겨줬습니다. 어머니로 돌아온 어머니가 좋았습니다. 꿀물을 타주고 웃옷을 벗어 걸어주고 양말도 벗겨줬습니다. 저도 어머니처럼 퇴행해서 기분 좋게 잠들었습니다. 이상하게 잠들고 나서도 내내 기분이 좋았습니다.

아침에 일어나서야 엄청난 사태를 깨달았습니다. 죽고 싶었습니다. 아들의 팔을 베고 누운 어머니가 알몸이었습니다. 눈앞이 캄캄했습니다. 그대로 도망쳐 나올밖에요. 미친놈처럼 싸돌아다니다 아랫뱃길 다리 위에서 신발을 벗었습니다. 기다렸다는 듯 어디선가 경찰차가 나타났습니다.

"선생님, 여기서 이러시면 안 됩니다."
"제가 뭘 어쨌는데 이러십니까?"

경찰이 벗어둔 신발을 가리켰습니다. 아라뱃길 시천교 다리 위에서 경찰차에 실려 귀가했습니다. 바로 전날 그 자리에서 누군가 뛰어내렸답니다. 사실 그날 제가 신발을 벗은 게 뛰어내리려고 그랬는지 발이 갑갑해서 그랬는지도 정확하지 않습니다. 뭐가 뭔지 잘 모르겠습니다. 신발을 벗기 전 상의도 벗어 던져 바람이 제법 쌀쌀하던 그날 반팔 차림이었으니까요.

세상에 이보다 더 난감한 일이 있을까요?

어머니는 툭하면 제게 치근댔습니다. 드나드는 사람이 없기 망정이지 조마조마해서 살이 쭉쭉 내렸습니다. 정신이 외출하면 아무 때나 덤벼드는 어머니였습니다. 노모를 모시면서 노모를 밀어내는 혼돈의 지옥, 그나마 오밤중에만 마시던 혼술도 포기했습니다. 위로의 시간을 잃어버리자 모든 게 무의미해졌습니다. 사는 게 사는 것 같지 않았습니다.

어려서부터 술을 마셨습니다.

어머니와 함께 마셨습니다. 어머니가 제게 술을 가르쳐 주었습니다. 그건 어머니의 음주를 정당화하기 위한 꼼수였을지도 모릅니다. 그래도 저는 재미있었습니다. 때로는 자랑스럽기도 해서 친구들에게 떠벌였습니다.

"어제도 엄마와 술 마셨다. 우리 엄마는 독주를 좋아해서 캡틴 큐 마셨지."

"어쭈구리. 입이 고급이시구먼."

캡틴큐는 머리가 깨지는 숙취의 제왕입니다. 엉터리 양주지만 당시는 고급하다는 인식이 있었습니다.

"아니야. 얘네 엄마 보면 서양 사람 같잖아. 러일전쟁 때 월미도 앞바다에서 구사일생으로 살아남은 러시아 병사와 피가 섞여 2대쯤 흘러왔을지도 몰라. 안 그러냐? 그러니 양주가 딱 체질이시겠지."

"나더러 잡종이라고?"

벌컥 화를 내자 친구가 그랬습니다.

"우성으로 발전한 거니까 칭찬이라고 여겨둬. 일단 네 키를 봐라. 백팔십이 어디 예사 키냐?"

다른 친구가 말을 이었습니다.

"미성년 아들과 술 마시는 게 어디 동양적 사고냐? 생각이 화끈하게 트이신 게 서양적 사고 맞다니까. 일편단심 남편을 기다리시는 거 보면 갈데없는 토종 같기도 하고 하여튼지 신기하게 믹스된 분이야."

온종일 밖에서 일하다 지친 몸을 끌고 들어와 싸구려 독주를 홀짝이던 홀어머니. 고단하고 외로운 어머니와 대작해야만 했던 아들, 저는 그게 효도라 생각했습니다. 공부는 할 만큼 하는 상황이었고 달리 효도할 방법도 없었습니다. 술에 취한 어머니는 아련한 눈길로 제 얼굴을 쓰다듬었습니다. 저는 꼼짝도 못 하고 어머니께 얼굴을 맡겼습니다. 아버지 몫까지 미안하고 죄스러웠습니다. 떠나간 아버지가 원망스러워 이를 갈면서 어머니의 손길을 참았습니다. 어머니는 팔십이 넘으면서 술을 끊었습니다. 죽기 전에 아버지를 만나야 한다며 끊었습니다. 아마도 연세 때문에 술이 벅찼던가 봅니다.

아버지도 효자였습니다.
할머니 삼년상이 끝나자 마루에 있던 상청을 걷어내고 아버지는 떠났습니다. 할머니와 살던 셋집에 아무렇지도 않게 머물 자신이 없다는 이유 같지도 않은 이유를 대고 떠났습니다. 할머니는 어머니를 며느리로 탐탁지 않아 했습니다. 어머니가 아버지를 더 좋아해서 이루어진 혼인이었답니다. 어머니의 열정적인 사랑에 포로가 돼서 불효를 저지른 아버지는 내내 불편하게 살았습니다. 아버지는 자주 취해 들어왔습니다. 할머니는 어머니 들으라고 소리소리 질렀습니다.
"그렇게 죽고 못 살아 결혼했으면 사내를 밖으로 나돌지 않게 해야지 이게 무슨 변고인고?"
할머니도 아들에 대한 배신감에 화병을 얻었다고 합니다. 아버지가 바깥에서 취하는 날이면 어머니는 할머니 몰래 광에 숨어들어 도둑 술을 마셨습니다. 깜깜한 광에서 슬픔을 홀짝였습니다.

어머니가 따라나서자 아버지는 손사래를 치며 일단 아이를 기르며 기다리라고 했답니다. 번듯한 집 사서 이사할 만한 돈을 벌면 돌아오겠다고 약속하며 달아났습니다. 아버지가 돌아오지 않자 어머니는 억척스럽게 돈을 벌어 살던 집을 사고 그 집에서 일평생을 보냅니다. 집은 초라합니다. 아버지가 돌아오면 언제고 팔고 나갈 집이라 에멜무지로 대강대강 기워 살다보니 어머니 일평생이 흘렀습니다.

어머니보다 두 살 어린 아버지.

아버지는 증발한 채 소식이 없습니다. 살았는지 죽었는지도 모릅니다. 비겁하게 어디 숨어서 우리를 지켜보고 있을지도 모를 일입니다. 어머니가 습관적으로 두리번대는 것도 그 때문일 겁니다.

"너는 효자 하지 마라."

제가 결혼할 때 어머니가 당부했습니다. 옆에서 아내가 고개를 갸웃거렸습니다. 신혼여행에서 기어이 아내가 물었습니다.

"아까 폐백드릴 때 어머니가 하신 말씀, 진심일까요?"

"그럼. 우리 어머닌 가식 없어. 늘 말씀 그대로 받아들이면 돼."

저는 자신 있게 말했습니다. 그런데 말입니다.

어머니를 버리고 싶을 때 어머니보다 아내와 먼저 헤어졌습니다. 아내가 저를 버렸습니다. 경멸에 찬 아내의 시선을 받아내며 오히려 후련했다면 제가 나쁜 놈이겠죠? 그렇습니다. 저 나쁜 놈

맞습니다.

어머니가 저를 혼자 키워낸 게 원망스럽습니다. 극성스러운 어머니 덕분에 남부럽지 않은 삶을 살았지만 차라리 보육원에 버렸으면 얼마나 좋았을까 싶습니다. 그때나 지금이나 어머니는 아무것도 모릅니다. 저만 압니다. 저 혼자 미치고 환장할 때 그만 아내한테 들키고 말았습니다. 눈앞이 캄캄했지만 이내 환해졌습니다. 이제 끝났다. 해방이다. 어찌나 후련하던지 살 것 같았습니다. 개봉된 비밀의 단죄도 말도 안 되는 비밀을 지키는 것보다는 겁나지 않았습니다.

있을 수 없는 일입니다.

신화에서는 종종 있는 일이지만 제게 경악할 일이 벌어질 줄은 꿈에도 몰랐습니다. 이제 그만 어머니를 내다 버리고 싶습니다. 길거리든 요양원이든 버리고 싶습니다. 아버지처럼 도망치고 싶습니다. 배고픈 아이처럼 보채는 어머니를 어째야 할지 모르겠습니다. 그런 어머니께 임시방편으로 공갈젖꼭지를 물려주며 돌아서서 웁니다. 어머니도 딱하고 저도 딱하고 답은 없고 인생은 아직인 생지옥에서 무엇보다 힘든 게 패닉 상태에서 허우적대면서도 정신은 꼭 붙들어야 한다는 강박에 시달리는 겁니다.

혹시 이게 니체가 말한 '춤추는 별'에 반하는 행위일까요?

별이 스스로 발광해 춤을 추려면 마음속에 혼돈을 가지고 있어야 한다면서요. 그런데 대부분의 사람이 혼돈을 견디지 못해 서둘러 질서를 부여한다면서요. 하지만 제겐 아무런 의지도 없습니다. 새로운 가치 창조 같은 건 애당초 관심 없었습니다. 그런 저한테 어찌하여 이런 시련이 왔나 모르겠습니다. 저는 온통 모르는 것투성이입니다. 살면 살수록 점점 더 모르겠습니다.

신화의 개입으로 혹독한 나날, 어머니가 낮잠에 빠진 틈을 타 집을 나왔습니다. 이맘때쯤 당신을 만난 기억이 떠올라 부리나케 나섰습니다.

당신이 그분 맞겠죠?

처음부터 그리 짐작했듯 저는 당신을 그분이라 단정하고 당신의 흔적을 찾아 정자로 향합니다. 덕성고물상 맞은편 이십여 개의 층계를 올라 비탈길에 들어섭니다. 몇 년 전 맏물 봄이 따사롭던 어느 날 혼돈주를 권하던 당신을 기억합니다. 당신을 만나고 싶습니다. 당신도 효자였습니다. 효자일 수 없는 효자였습니다. 당신께 여쭙고 싶습니다. 어디까지가 효고 어디까지가 불효인지를요. 당신은 그 경계를 어떻게 무사히 건너셨는지요. 혼돈스런 효의 소용돌이에 휘말려 허우적대는 저를 구해주십시오. 저도 당신처럼 임진강과 한강이 손을 맞잡고 몸을 부풀려 황해로 흘러드는 할아버지강에 가서 신발을 벗어놓고 싶습니다. 소속 없이 둥둥 떠도는 낭인이고 싶습니다. 정말이지 절실하게 소속이 없고 싶습니다.

유배지를 벗어날 수 없어 모친상에도 참석하지 못한 당신. 귀양살이를 마친 후 시묘살이를 하다 조강에 미투리와 상복을 벗어놓고 사라진 당신. 끝내 시신은 찾지 못하고 전설이 돼버린 당신. 무위자연으로 허위허위 떠돈 영혼의 발자취가 돋올한 당신. 잠적 이후의 행적이 더 신비로운 당신. 검암동 산기슭에 파묻혀 차와 술을 벗하던 당신. 오백 년 전에 이미 '이천년'이란 가명을 사용하신 당신…….

물푸레나무를 지나면 정자가 있으니 거기 걸터앉아 차를 마시며 당신을 기다려야겠다고 생각했습니다. 패딩 잠바 호주머니에 넣은 텀블러를 만져봅니다. 감탕나무 잎을 우려낸 쿠딩차를 담았습니다. 쓰디쓴 제 인생처럼 쓴맛이 강한 차입니다. 쓴맛 뒤에 게으르게 따라오는 은은한 단맛이 우아해 쓴맛을 참아내게 하는 차입니다.

이게 무슨 일일까요?
갑자기 길이 낯설게 느껴집니다. 분명 바르게 찾아 올라왔는데 어째서 물푸레나무가 보이지 않는지 모르겠습니다. 여기 허암 유허지 올라오는 입구에 덕성고물상이 있습니다. 분명히 그 간판을 보고 산길 계단에 접어들었는데 물푸레나무의 종적이 묘연합니다. 물푸레나무는 어디로 사라진 걸까요? 가슴이 벌렁거립니다. 불길한 마음을 털어내며 좀 더 올라가 봅니다. 졸졸대며 흐르는 도랑이 보입니다. 도랑 건너편에 깡뚱하게 잘린 나무둥치가 보입니다. 가슴이 까마득한 낭떠러지로 떨어집니다. 무서운 속도로 떨어집니다. 심장이 감당할 수 없게 요동칩니다. 핑, 눈물이 돈 건 한참 후의 일입니다.

아아, 갔습니다.

나목이 아름답던 물푸레나무는 갔습니다. 깡뚱한 밑동도 이미 썩어 절반은 부서져 나갔습니다. 어쩌다 저리 빨리 갔나 모르겠습니다. 150년 된 나무로 알고 있습니다. 오래 사느라 고생하는 노거수한테 막걸리 한 병이라도 부어주리라 마음먹었는데 그만 공수표로 끝났습니다. 만나면 생각나고 안 보면 잊어버리는 허술하기 짝이 없는 일상입니다. 단 한 번이라도 챙겼어야 하는데 그러지 못했습니다. 후회는 늘 한발 늦는 법이지요. 죽은 물푸레나무에게 미안해 한동안 고개를 숙이고 죄인처럼 그 자리에 머물렀습니다.

눈을 감자 귀가 확장됩니다.

돌돌돌돌 명랑한 도랑물 소리 꼭대기로 쯔비찌비쯔비 동박새의 고음이 들리자 으꾸 구구으 멧비둘기가 중심을 잡아줍니다. 자연의 소리가 어루만지니 이내 마음이 진정됩니다. 정수리를 쓰다듬는 다정한 햇볕, 마른 잎을 뒤집으며 간지럽게 지나가는 바람, 여기 있으면 저절로 신선이 될 것 같습니다. 그래서 당신이 여기 머무르셨나 보군요.

허암정.

아담한 정자 아래 지름이 50cm 남짓 되는 앙증맞은 샘이 있습니다. 그 옛날 당신이 물을 떠다가 차를 끓이던 동그란 차샘에선 끊임없이 물이 솟아납니다. 늘 느끼는 거지만 샘은 밑도 끝도 없이 솟아납니다. 하염없이 솟아납니다. 어두운 땅속 어디에서 만나 어디로 물길을 내고 흘러와 여기서 솟아나는지 모르겠습니다. "잠이 오지 않는 밤 차가운 샘물을 길어다 찻물을 천천히 끓여 마시면 신선과 통하게 되고, 신선이 노니는 천계에서 속세를 잊을 수 있다." 고 읊으신 바로 그 차샘에서 솟아난 물이 작은 도랑을 내고 마을을 향해 흐릅니다.

연산군 시절, 강골 선비로 고초를 겪으며 불운한 삶을 산 당신. 익사를 가장해 낭인으로 이름을 바꾸어가며 살던 시절, 이곳에 허름한 암자를 지어놓고 수년간 머무르셨다지요. 차고 맑은 샘물이 있어 여기 자리 잡으신 줄 압니다. 안내판을 보니 신선로도 당신의 발명품이군요. 그렇죠. 저 샘물로 차도 마시고 신선로도 끓이셨군요. 역학에 능한 당신은 갑자사화를 예견하고 고향을 등지셨습니다. "어머니 시묘살이를 마치지 못했으니 불효요, 임금을 끝까지 모시지 못했으니 불충인데 어찌 세상에 나오리이까." 하며 홀연히 사라졌습니다. 당신의 신선로는 화려한 궁중음식이 아니라 초라한 연명 수단이었을 겁니다. 입을 즐겁게 하는 탕이 아니라 마음을 정화하는 탕이었겠죠.

이 샘물로 혼돈주도 빚으셨겠군요.

유배 생활하면서 손수 술을 빚어 거르지도 짜지도 않고 그대로 마셔 혼돈주라 했다지요. 잘 빚어 알맞게 익은 술을 바가지에 따라 마시며 혼돈스런 세상사를 잊고 신령과 통하는 초자연적인 경지에 드셨을 테고요. 세상을 버리고 술과 벗하며 도연명보다 더 자유스러운 사람이라고 자족하셨다지요. 일평생을 여여하게 사신 당신이 진정 부럽습니다. 어림없겠지만 당신 흉내라도 내고 싶습니다. 눈곱만치라도 평화로워질까 싶어서요. 번번이 마음만 먹고 실천은 뒷전이었는데 이번엔 바로 실천하렵니다. 그만큼 절박하니까요.

허암정에 앉아 쓰디쓴 쿠딩차를 마시며 손바닥학교를 불러냅니다. 막걸리 레시피를 검색합니다. 수제 막걸리 성공사례가 생각보다 많은 걸 보니 자신감이 생깁니다. 당신에게 얻어 마신 그 맛이 날까 몰라도 무작정 시도해볼 생각입니다.

마음이 급해 하산을 서두릅니다.

혼돈주를 성공적으로 만들면 뭔가 새로운 세상이 열릴 것 같습니다. 설레는 마음으로 재래시장을 향합니다. 술의 뼈라는 누룩을 사러 갑니다.

"아범아, 웬 쌀을 이리 많이 씻는다냐?"

쌀뜨물이 나오지 않을 때까지 깨끗하게 씻어야 한다기에 개수대에 오래 있었더니 어머니가 나와서 참견했습니다. 실컷 주무셨는지 눈빛이 맑았습니다.

"막걸리 담그려고요."

어머니가 말없이 웃었습니다. 저를 밀치며 쌀을 마저 씻고 고두밥 밥물도 맞췄습니다. 어머니가 신나 보였습니다. 밥이 다 되자 채반에 고두밥을 넓게 펴서 부채질을 하며 식혔습니다. 저는 뒷전에서 구경만 했습니다. 어머니가 막걸리를 만드는 걸 본 기억이 없는데 어머니 손길은 거침없었습니다.

"네 아버지 계실 때, 무슨 이름 붙은 날이면 집에서 동동주를 만들었다. 할머니가 누룩 만드는 것부터 가르쳐주셨는데 그건 너무 까다로워서 지레 포기했지. 누룩은 술의 뼈라 누룩이 잘못되면 술을 망치거든."

이어서 어머니가 흥얼대며 읊었습니다.

"누룩 군을 불러다가 독에 가두니, 밤낮으로 숨소리 보글보글 나네. 이윽고 봄강에 비가 와 흐뭇하듯, 빚어진 색깔이 맑고도 짙네."

"어머니 그게 무슨 노래예요."

"혼돈주가."

어머니 입에서 스스럼없이 혼돈주가가 나올 줄 상상도 못했습니다. 아버지가 종종 읊어주던 시조라네요. 오늘은 어머니 상태가 양호합니다. 모처럼 긴 시간 말짱하십니다. 재빨리 혼돈주가를 찾아봅니다. 어머니가 읊은 부분은 혼돈주가의 중간 부분이었습니다.

술을 거르지도 누르지도 않아 '혼돈주'라 불렀다는 당신. 취하면 문득 흐느끼며 부르던 당신의 노래, 혼돈주가를 소리 내 읽어봅니다.

"내 막걸리 내가 마시고, 내 천성을 내가 보존하네. 내가 스승으로 삼은 술은 성인도 아니고 현인도 아니라네. 대개 그 즐거움을 즐기는 자는 마음을 즐김이라, 늙음이 오는 것도 알지 못하네. 세상 어느 누가 내가 이 술을 즐기는 뜻을 알까……."

타협을 모르는 성정 때문에 많이 외로웠을 당신. 홀로 꼿꼿하게 마음을 세우고 청청하던 당신. 그래서 한 번 마시면 신령과 통하고, 두 번 마시면 자연과 합일하셨군요. 당신의 혼돈주가는 "구구한 두건을 어디에 쓸까. 도연명도 역시 지리한 사람이었네"로 끝납니다. 여기서 왜 두건이 나오나 의아했는데 아, 그렇군요. 도연명이 칡 두건으로 술을 걸러 마셨다네요. 거르지도 누르지도 않고 원액 그대로 마신 당신의 혼돈주가 원형이고 한 수 위임을 인정합니다.

어머니가 분주하십니다.

식은 고두밥에 누룩을 버무려 질항아리에 넣는 것까지 일체 어머니가 주관하셨습니다. 항아리에 물을 넣고 골고루 섞어줄 시점에 다짜고짜 제가 나섰습니다. 갑자기 생각이 났던 겁니다. 당신의 샘, 허암샘에 가서 샘물을 길어와야겠습니다.

"아무렴. 다 걸러내 맹탕인 생수보다는 모조리 살아 있는 샘물이 한결 좋지. 어서 핑하니 길어오너라."

다른 건 몰라도 물은 제대로 써야 혼돈주라 할 수 있다는 생각이 들었습니다. 어머니 덕분에 혼돈주 빚기에 성공할 거란 예감입니다. 가슴이 뜁니다. 저처럼 혼돈에 빠진 사람도 혼돈주를 빚어 마시면 선계에 들까 궁금합니다. 제발 그런 기적이 오길 바라며 당신의 샘, 허암샘으로 향합니다.

부지런히 차를 몰아 샘물을 길어왔습니다. 집에 들어서자 어머니가 환하게 웃으며 다가왔습니다. 팔을 활짝 벌리고 다가왔습니다. 주춤, 몸이 자동으로 뒤로 물러섰습니다. 어머니가 애교 섞인 목소리로 말했습니다.

"어서 오세요. 당신이 오실 줄 알고 혼돈주 담는 중이라우."

오늘 하루도 쉽지 않을 것 같습니다. 보은이어야 할 효가 제겐 보속이 되었습니다. 달라붙는 어머니를 떼어내며 항아리에 샘물을 기도처럼 붓습니다. 생전 처음으로 담는 혼돈주가 과연 성공할까 모르겠습니다.

13편의 소설, 13인의 독법

로맨스를 모르는 여자의 로맨스
—「나무 남자」를 읽고

이근복

피싱과 사기가 일상화된 판국이다. 이제는 평범해 보이는 문자도 가족 목소리의 전화도 조심해야 하는 세상이니 소설의 도입부부터 긴장하지 않을 수 없었다.

첫 단락부터 주인공의 혼란, 당황 속에 언급된 '빌려준 돈'이라는 단어에 절로 탄식이 나왔다. 동질감에서 오는 통증처럼 뜨끔했다. 대학 신입생 무렵 세상 다 아는 어른인 양 굴던 그때 느닷없이 만났던 어수룩한 여자가 떠올랐다. 그녀의 몇 마디 말에 빠져들어 낡은 봉고차에 올랐고 잠시 뒤 내 손에는 35만 원짜리 고지서와 허접한 영어 카세트테이프 한 세트가 들려있었다. 그럴 리 없다고 되뇌며 이참에 영어 공부를 하리라 스스로 다짐도 해보았지만, 테이프에서 흘러나오는 탁한 소리는 내가 당한 것이 영락없는 사기였음을 분명히 했다. 이 소설의 첫 문단은 어이없이 속아 넘어간 나 자신을 원망했던 그때 그 기억을 불현듯 소환했다. 그렇다. 우리는 다 같은 호구인 것이다. 그래서인지 주인공이 남자와 마주치길 반복하는 과정을 읽어 내려가면서 나는 탄식하길 반복했다. 부지불식간에 빚을 내어 남자에게 돈을 빌려준 대목에서는 '어떻게 번 돈인데!'라며 소리 없이 외치기도 했다. 안으로, 밖으로 남을 돌보기만 하면서 사는 인생에서 유일하게 자신을 위해 마련한 것이 집 하나인데 이 집이 사기꾼에게 넘어갈까 봐 입이 탔다.

제목은 「나무 남자」이지만 소설 속의 진짜 나무는 주인공이다. 아낌없이 주는 나무에 나오는 그 나무처럼 주인공은 모든 것을 주는 사람이다. 일찍 돌아가신 아버지 대신 엄마를 다독이며 컸다. 그 어린것이 엄마를 위로한다고 나이에 맞는 어리광이나 피워봤을까? 커서는 동생의 새출발을 위해 남겨진 조카를 키운다. 사람을 키워낸다는 것은 자기 인생을 갈아 넣는 일이다. 그 고생은 배우자와의 동감과 자기의 유전자를 가진 아이가 자라는 걸 보는 기쁨으로 상쇄된다고 한다. 모르긴 몰라도 그녀는 그 어떤 보상도 없이 조카를 보살피는데 자신의 삶을 헌신했을 것이다. 다른 사람이 머물고 간 자리를 치우고 새로운 사람의 잠자리를 준비하는 호텔 청소일 역시 어떤 인정도 없이 무던히 견뎌야 하는 고된 노동이었을 게다. 그럼에도 그녀의 회상에서는 그 어떤 생색이나 원망이 보이질 않는다. 그저 묵묵히 주기만 했던 그녀의 삶이 무덤덤하게 기술될 뿐이다. 엄마에게는 위로를 조카에게는 보금자리와 사랑을, 그리고 타인에게도 묵묵히 정갈한 잠자리를 준비해 주었을 뿐이다. 이러니 수피의 골이 깊은 나무 앞에선 그녀에게 영락없이 그 나무의 모습이 보이는 것일 테지. 수도 없이 터지고 갈라지는데도 무덤덤하게 모든 걸 내어주는 그 아낌없이 주는 나무의 모습 말이다.

이 나무 같은 여자는 로맨스를 믿지 않는다, 아니 믿을 기회가 없었다. 이성애적 사랑을 해보지 못했던, 스토르게적 사랑으로 남을 보살피고 보듬었던 사람이다. 나무처럼 평생을 주변을 돌보지만 본인은 사랑을 받아보지 못한 외로운 존재다. 그래서 그토록 나무에게 끌리는 것이 아닐까. 그녀는 900년 된 은행나무에 어쩐지 동지애를 느낀다. 무학리 은행나무는 900년 동안 어렵사리 자리를 지키며 번식을 기도하지만 수나무와 만나지 못해 그 오랜 시간을 홀로 서 있었다. 농지 가운데 외로이 서서 900년을 견뎌 온 그 할머니 같은 나무에서 자신의 모습을 보았을지도 모르겠다. 그녀는 무학리 은행나무를 내버려둔 사람들이 '인색'하다 했다. 900년 동안이나 인색한 그들에 대한 짧은 원망이 왠지 그녀를 내버려둔 그 누군가에 대한 원망이 아닐까도 싶었지만 이내 그녀가 보여준 모습은 그 나무를 세밀하게 살펴보고 만져주는 것이다. 어쩌면 이리도 보살피기만 하는 사람일까.

그렇게 평생 자신보다 남을 보살피던 주인공이 자기 삶을 위해 유일하게 준비한 것이 집이다. 스스로가 당당히 조카 옆에 머물기 위해, 누구에게도 짐 지우지 않을 수 있도록 자신의 존엄한 노년을 위해 준비한 것이다. 이를 위해 그녀는 오랜 시간 노동과 인내로 준비해 왔다. 지금 한국 사회에서 집이라는 것이 가지는 의미를 이해하는 사람이라면 누구나 그녀의 집에 대한 애착을 이해할 것이며 싱글 여성의 노후 준비로 그만한 것이 없다고 칭찬할 것이다. 그녀 입장에서 집은 누구의 도움 없이 다시 삶을 버텨낼 유일한 자산, 마치 뿌리마저 잘려 나간 은행나무가 다시 삶을 피워낼 수 있는 맹아와 같은 것일 것이다. 맹아목 같은 여자에게 집이란 그런 것일 것이다.

그런 그녀가 맥락 없이 다가온 낯선 남자에게 끌릴 때 '사랑을 받아본 적이 없는' 사람은 이렇게 속절없이 사기꾼의 촉수에 당하는구나 싶었다. 철렁 마음이 내려앉고 착잡했다. 이 남자는 여자가 조심히 다가와 보듬어 본 나무를 자기의 것이라고 선언한다. 그리고 알 수 없는 인연으로 또 다시 나무를 매개로 나타나 여자를 흔든다. 첫 만남에서 보여준 그 강경함이 무색하게 여자는 자신의 미래를 담보 잡아 남자에게 다시 아낌없이 베푼다. 그 소중한 것이 낯선 남자에게 저당 잡히고 잃을 위기에 처한다 싶자 속이 탔다. 소설 속 여자는 그 낯선 남자의 말은 제대로 듣지도 않았다. 여자가 남자의 품에 안길 때 나는 아이고…… 소리가 절로 나왔다. 탄식이었다. 이 여자의 슬픈 미래가 보이는 것 같아서 속이 갑갑해졌다. 다시 살아갈 씨앗마저 빼앗기고 불타버린 채 사그러질 것 같아서 불안했다.

그리고 작은 뉴스 꼭지 하나로 이 소설은 장르를 바꾼다. 이런 로맨스 소설인 줄 알았으면 좀더 긴장을 풀고 읽을 것을 그랬다. 이 가여우리만큼 착한 여자에게 세상 끝까지 잔인하지 않았다는 것이 기쁘다. 우리가 사는 세상이 사기와 이권 다툼으로 가득 채워진 곳이라지만 그래도 숨 쉴 구멍은 있다고 말해줘서 고맙다. 불현듯 삶의 구원자가 나타날 수 있다는 희망. 그렇다. 어떤 이야기는 잔인한 현실을 극화하거나 가감 없이 그려내어 우리를 각성시키기도 하지만 근본적으로 우리를 위로하고 희망을 보여주기에 우리는 이야기를 사랑하는 것이다. 이 소설 역시 그렇다. 매일 뉴스에서 보는 피싱 이야기처럼 시작했지만 외롭고 착한 사람이 사랑하는 사람을 만나 새로운 시작을 할 수 있다는 그 끝이 나를 행복하게 한다. 반전이, 이런 반전 있는 로맨스가 참 맛있다. 소설의 끝에 내 귀에 들리는 것이 낡은 영어 테이프의 탁한 잡성이 아니라 노오란 은행나무 잎이 바람에 사각거리는 기분 좋은 소리여서 좋다. 주인공이 손에 쥘 여권의 새 종이의 향이, 그 빳빳함이 오롯이 내 손에 닿는 느낌이다.

금연 계획이 있거나 유지 중인 분에게 권하고 싶은 소설
—「너를 참는다」를 읽고

한 유 민

작품의 처음 몇 줄을 읽는 와중에는 섣부르게 '아~ 원해도 끊어내기 힘든 인연(사람)에 대한 이야기인가?'라는 생각이 들었다가 이내 담배에 대한 이야기라는 것을 알아차렸다.

나 또한 20년 경력의 흡연인, 포장 좀 하면 애연가였다고 할 수 있다.

'애연가'라는 단어에는 정말 담배를 즐기는 사람이라는 의미뿐 아니라, "나는 담배를 좋아하는 것이지 담배 중독자는 아니야!"라는 자기 최면의 의도도 포함되어 있지 않나 생각한다.

하지만 기억을 더듬어 보면 금연을 시도할 때마다 처참한 나의 인내심을 깨달을 뿐이었고 '내가 담배를 피운 게 아니라 담배가 나를 피웠구나' 하는 생각이 절로 들면서도 뭉그러진 자존심을 애써 외면한 채 편의점으로 달려가기 일쑤였다.

담배 때문에 아찔했던 순간도 몇 번 있다. 고속도로에서 차 창문을 내리고 피워 문 담배의 불똥이 강풍에 날려 바짓가랑이 위에 떨어지는 바람에 시속 100km로 달리는 차 안에서 난리 법석을 떨었던 기억이다.

나는 스스로가 더이상 젊고(젊기에) 건강하지 않다고 느낀 어느 순간에 담배를 끊었고 현재는 8년째 잘 참고 있는 중이다. 그러나 20년의 흡연 경험은 만만한 게 아니어서 이 작품을 읽는 동안 꽤 여러 번 나도 모르게 생각에 빠져들곤 했다. 결혼 전에는 맞담배를 즐기다가 결혼 후에는 끊기를 원하는 남편의 이야기에서는 함께 담배를 즐겨 피우던 전 여자친구가 떠올랐고, 여름철 산골의 아침 안개 이야기에서는 비 오는 날 아침 습하고 서늘한 공기 속에 피우던 담배가 떠올랐으며, 몽골의 게르 이야기에서는 추운 겨울에 밤하늘을 보며 찬 공기를 곁들여 피우던 담배 한 모금이 떠올랐다. 마지막으로 담배 냄새가 난다며 떠나간 연인 이야기에서는 내가 담배를 피워도 (본인은 비흡연자임에도) 싫은 소리 한번 하지 않던 예전의 연인 또한 떠올랐다.

내 실제 경험과 완벽히 같은 것은 아니어도 작품 속 세상을 체험하다 보면 어느새 나의 기억과 추억, 나의 세상을 떠올려 보게 되는 것이 김진초 작가의 소설이 품은 매력인 것 같다.

이런저런 상념에 빠져 읽어내려가다 보니 어느 순간 작품 속 화자가 참는 것이 담배인지, 지나간 사랑인지, 아니면 담배와 함께 했던 모든 순간에 대한 그리움인지 아리송했다. 어쩌면 어린 시절 할머니의 말투와 모습부터 배신한 남자의 모습까지 지나가 버려서 다시는 돌아올 수 없는 모든 것에 대한 그리움일 수도 있겠다는 생각이 들었다. 다시 작품의 첫 부분으로 돌아온 느낌이었고 읽으며 그냥 지나쳤던 단어들이 중의적으로 느껴졌다. 해서 읽었던 구절들을 찾아 다시 한번 읽어보기도 했다.

 작품 속의 나는 본래 마음속 불씨가 가득한 사람인 것 같다. 거의 유일한 분출구였던 담배와 담배처럼 중독된 사람에 대한 그리움을 기저에 깔고, 끝내는 결국 참기로 한다. 참을 수밖에 없어서인지 또 다른 이유가 있어서인지는 알 방법이 없지만, '인생에는 담배를 피우는 것과 끊는 것처럼 정답이 없고, 있다고 해도 정답과 오답 사이에서 갈팡질팡하면서 그냥 그렇게 사는 게 아닐까?' 하는 생각과 함께 감상을 마쳤다.

 작품을 읽으며 담배를 피우던 시절 찰나의 풍경, 느낌, 좋아했던 것들을 잠시나마 추억해 본 것이 즐거웠고, 담배를 소재로 한 작품이지만 흡연 경험과 상관없이 소소한 공감 포인트가 많아 읽는 즐거움이 있다. 현재 어렵게 담배를 참으며 금연 중이신 분들을 응원하면서 일독을 권한다.

나한테만 고꾸라지겠어!
―「흐미」를 읽고

구 지 영

 소설「흐미」를 읽고 가장 먼저 한 일은 오래전 봤던 예능 프로그램을 찾아보는 거였다. 흐미를 부르는 몽골인이 나왔었는데 신기하지만 생경한 느낌이 소설을 읽자마자 다시 생각날 만큼 인상적이었다.
 예전에 본 가수와 여러 가수의 흐미 동영상을 찾아봤지만 아무리 봐도 주인공이 흐미에 빠지는 걸 이해하기 어려웠다. 매미소리 같기도 하고 기괴한(영화 듄 OST 느낌?), 서글프기까지한 흐미가 왜 좋았을까?
 초원의 원주민의 경우, 전설의 시력 5.0까지 가능한, 드넓고 푸른 들판에서 낯선 음식을 먹어보고, 말도 타고, 쏟아질 듯한 별을 볼 수 있는 몽골 여행의 여운이 흐미에 강력한 '호'를 만들어 낸 건 아닐까 하는 생각도 해봤다. 나 역시 여행에서의 경험을 후하게 포장해서 담아두곤 하니까.

흐미 동영상을 보고 가벼운 마음으로 다시 읽기 시작했는데 이야기를 따라가다 보니 점점 생각이 많아졌다.

버려야 할 건 갖고 돌아오고 원하는 건 찾지 못하는 주인공의 모습…….

'버릴 게 생각나지 않아서'라며 끝내 기도를 하지 못하는 주인공의 모습이 누군가에겐 미련해 보일 수 있겠지만 나에게는 알 수 없는 강인함으로 다가왔다. 깜지가 될 만큼 힘든 시절과 거칠어진 목소리에 회환을 느끼지만, 그 고백을 들으며 치열하게 삶을 살아내고 자신의 삶을 사랑하는 주인공의 마음이 느껴졌다.

나 역시 그렇다.

하루에도 몇 번씩 왜 이렇게 어리석냐고 스스로를 탓하다가도 결국엔 그래도 참 잘 살았다, 이만하면 행복해,라며 나를 토닥이고 위로한다.

주인공이 흐미를 좋아하는 것도 그래서일 거다.

저음과 고음이 공존하는 흐미는 기쁨과 슬픔, 밝음과 어두움이 공존할 수밖에 없는 우리 삶과 많이 닮아 있다. 주인공은 흐미를 따라가며 잃어버린 목소리와 인생의 아름다움을 되찾고 싶었던 게 아닐까 싶다.

"흐미가 바람처럼 떠나간다."

주인공은 흐미에 대한 열정이 흐릿해짐을 느끼며 꿈결처럼 짧은 연애의 감정을 아쉬워한다. 하지만 딸 앞에서 자신은 어디 푹 고꾸라지지 않는 사람이라고 큰소리를 친다.

이 부분이 참 좋았다. '멋진 언니네'라는 말이 절로 나올 정도로.

흐미든 BTS든 여행이든, 어딘가에 고꾸라지는 순간은 흘러가는 감정들일 뿐이다. 중요한 건 스스로에게 고꾸라져서 으쌰으쌰 하며 살아가는 순간순간이다.

이 단순한 진리를 자주 잊어버려서 좌절할 때가 많지만 그럴 때마다 '나한테만 고꾸라지겠어'라고 읊어 봐야겠다.

흐미에 대한 '호'는 의문이었지만 여행 버킷리스트 중 한 곳인 몽골의 자연과 역사, 사람들을 생생하게 묘사해준 덕분에 짧게 몽골 여행을 다녀온 기분이다.

그냥 여행이 아닌 삶을 돌아보고 용기를 얻게 된 여행.

멋진 가이드 언니에게 커다란 감사의 마음을 전한다.

두려움과 그리움으로 쌓아올린 미망의 탑
—「말승냥이 시절」을 읽고

이 점 석

 이리 혹은 늑대로 불리는 말승냥이는 두려우면서 호기심 가는 야생의 동물이다. 이 작품에서 말승냥이는 미지의 세계를 경험해 보지 못한 19살 청춘이 느끼는 두려움과 호기심의 상징에 가깝다.
 말승냥이는 제거의 대상이자 여자들과의 실패한 사랑일 수도 있다. 과거의 기억이 자아와 맞서고 있는 단절의식은 서술에서 다양한 에피소드를 통해 생동감 있게 묘사된다. 이 인식은 유한한 인생에서 정결한 인연을 못 이룬 자성의 넋두리처럼 보인다.
 작가에게는 그때 그곳에서 무슨 일이 일어났던 것이 아니라 무슨 이야기가 생겨난 것이다. 이야기의 허구성은 주인공의 젊은 시절 회상과 중년 이후의 현실 인식으로 교차된다. 작가는 숨겨진 인연의 얽힘과 인간사를 들추면서 인연의 중요성에 대한 인식을 반추시킨다.

주인공이 비구니에 대한 여성성을 인식한 후 일어난 일탈은 삶의 원조적 본능과 존재론적 가치관 사이에서 방황하는 청춘으로 묘사된다. 친구 누나의 자살과 이웃 여인들과의 타락은 '여성봉'이라는 풍수지리적 설명으로 합리화된다.

타락한 청춘의 미완성 사랑은 기성의 관념에서 혼란을 겪는 군상들의 삶을 통해 형상화된다. 사랑의 절대성은 극단적인 모습으로 소재화 된다. 고아원을 운영하는 스님이 사회적 파문을 일으키며 종적을 감추는 또 다른 일탈로 나타난다.

작품 서사는 일인칭 관점에서 진행되지만 친구 '거덩이'의 전지적 관점은 사건의 전개에 속도를 높인다. 사랑의 기쁨보다 상실이 야기한 삶의 허무성과 비극이 부활된다. 서술 내용은 시간이 흐른 후 중년이 된 주인공의 입장에서 이루어진다.

과거에 대한 회상이 피카레스크 소설의 색채를 띤다면 현실의 인식은 성장소설의 양상을 띤다. 잊혀지지 않는 과거는 미망의 탑처럼 존재감이 두드러진다.

기억해야 하지만 기억해서는 안 될 일을 작가는 의식적으로 드러낸다.

주인공의 갈망은 '스님이 움직인 이유가 공포가 아닌 욕망이면 좋겠다'는 생각으로 집약된다.

"마음 통하는 멋진 남자와 연애 감정이 폭발해 다 버리고 오욕으로 점철된 길에 들어선 거라면 나는 전 재산을 털어 스님의 빚을 갚아줄 수도 있겠다. 돈은 쓸 줄 모르고 벌기만 해서 제법 모았다. 혼자 외롭게 살아 순진하게 모았다. 뻥튀기는 못하고 차곡차곡 모았다. 나도 불쌍하고 스님도 불쌍하다"

주인공은 과거를 소환해 놓고는 기억의 급류를 빠져나오지 못한다. 현재는 무한히 멀어지고 과거는 무한한 미래로 펼쳐진다. 언어가 지워진 자리에 뒤엉킨 인연의 성찰이 있다. 부끄러움과 두려움과 그리움이 작품의 분위기를 지배한다. 주인공은 존재의 무덤을 바라보고 있다. 나에 대한 회환이 소설의 말미에 시처럼 제시된다

"추락하는 내 앞으로 말승냥이가 지나간다. 가로로 획획 날아간다. 말승냥이 자태가 참으로 멋지다. 개는 꼬리를 바짝 세우지만 말승냥이는 내려뜨린다. 말승냥이는 절대 항문을 보이지 않는다고 했다. 나도 모르게 괄약근을 조인다. 주어지지 않는 힘을 주며 느릿느릿 떨어진다. 저 아래 굴참나무 낙엽무덤이 보인다. 열아홉 숫총각의 무덤도 보인다"

작가는 비정한 타성에 충격을 가하고 휴머니즘의 본질을 모티브로 이 작품을 썼는지도 모르겠다. 쉽게 다룰 수 없는 주제의식이 짧은 단편을 통해 잘 형상화되어 있다.

150그램에 담긴 사랑과 상실에 대한 명상
—「150그램」을 읽고

정 현 정

'너를 안고 너를 소멸하러 간다.' 라는 첫 문장에 오래 머물렀다. 김진초 작가의 작품은 언제나 제목에 끌린다. 「150그램」도 그렇다.

「150그램」은 반려견 '가을'의 마지막을 서정적으로 그린다. 식어가는 노견의 얼굴을 쓰다듬고, 작별 인사를 하고, 눈꺼풀을 쓸어내리고.

이 작품을 읽는 것은 마치 식탁에 앉아 누군가가 슬픔에 대해 부드럽게 말하는 것을 듣는 듯한 느낌이다. 일상이 조용한 어조로 느리고 친밀하게 흐른다. 긴박한 절정, 죽음과의 극적인 대립은 없다. '가을'이 좋아하는 음식을 준비하고, 좋아하는 음악을 들려주며, 산책을 하고, 안아준다. 그들의 행동은 평범하다.

이야기는 노견 '가을'의 마지막 시간을 따라간다.

"그래그래 가을아. 여기가 끝이야. 끝까지 살아내느라 정말 애썼어. 그동안 우리 피차 준비 많이 했잖아. 그러니까 이제 그만 안녕하자."

몇 번의 고비를 넘기고 마지막 에너지까지 다 소진시킨, 식어가는 '가을'의 눈꺼풀부터 덮어주는 화자의 마지막 인사는 안타깝다.
작가는 애도의 위치에서만 글을 쓴 것이 아니다. 기억, 사랑, 죽음이 하나의 경험으로 얽혀 있다. '가을'은 단순한 슬픔의 대상이 아니다. 사는 것만큼이나 죽기도 힘들다는 것을 알았다는 작가의 말은 죽음을 지켜본 이의 체험이다.

순조롭지 않은 배변훈련을 하고, 월광소나타를 연주하면 하울링하는 모습이 신기해 동영상을 찍고, 백내장으로 시력을 잃고, 몇 번의 병치레와 수술후유증을 이기지 못해 식음을 전폐했던 가을이. 15년을 함께 산 노견의 시간에서 발견되는 돌봄은 인내와 사랑이다. 가족은 반려견을 돌보는 자격증이라도 받은 사람들 같다. 사랑을 보여주는 일상적인 방식이 지극하여 부럽다.

소설을 읽다가 미소가 지어진 대목이 있다. '가을'이 거짓말을 하는 순간이다. 배변 훈련 중, 까까를 얻어먹기 위해서 깡총 뛰어 쏜살같이 배변판으로 달려갔다가 배변판에 발만 살짝 대고는 되돌아오는 모습. 그 순간을 직접 보는 듯 웃음이 났다.

소설 제목 150그램, 처음에는 작은 숫자가 '가을'의 마지막 무게라고만 추측했다. 식음을 전폐하면서 3킬로그램으로 줄었던 무게의 1/20. 작은 사과 한 개나 감자 한 개의 무게. 생이 남긴 마지막 무게. 그러나 측정할 수 없는 무게가 담겨 있다는 것을 알게 된다. 150그램에는 수년간의 우정, 기쁨, 우리가 평소 알아차리지 못하는 기다림, 기억, 작은 일상적인 행위 등이 들어 있다.

평소 작가는 주변을 잘 챙긴다. 자녀들은 물론, 어머니에게도 지극했다. 자전소설 「150그램」 '가을'에게도 지극하다. 정말 눈에 띄는 것은, 크고 극적인 제스처가 아닌 조용한 보살핌이다. 특별한 식사를 만들고, '가을'의 실명에 적응하고, 불평 없이 부드럽게 돌본다.

150그램의 문장은 부드러운 물결처럼 느껴졌다. 서정적 노랫말처럼 느리고 서두르지 않는다. 슬픔이 일직선이 아니라 작은 순간과 갑작스러운 기억 속에서 움직인다. 감정을 강요하지 않는다. 대신 속삭이는 인사처럼 자연스럽게 전달한다.

말하지 않아도 들을 수 있는 이야기도 있다. 150그램을 읽으며 든 생각이다. 조용하고 부드러우며 믿을 수 없을 정도로 개인적이지만 반려견을 사랑하고 잃어버린 경험이 있다면 그럴 것이다. 함께한 시간의 무게는 우리가 측정할 수 없지만, 항상 150그램을 초과한다.

150그램을 읽으며 사랑하고 잃어버린 반려견에 대한 추억이 떠오를 것이다. 나 역시 오래전 함께했던 반려견과 함께했던 사람들을 생각했다. 다시는 볼 수도 만질 수도 없는 그들이 그립다.

기억이 누군가를 어떻게 살아가게 하는지 보여준다. '가을'은 단순한 반려견이 아니다. 특정 노래, 특정 음식, 집안에서 가장 좋아하는 장소 등 일상으로 엮여 있다. 그가 떠난 후에도 여전히 '가을'은 존재한다.

"바이없는 슬픔은 힘든 게 당연하고, 힘이 들어야 힘도 생길 테니, 당분간은 너를 보내지 못할 것이다."
"우리한테 별리의 힘이 생길 때까지 기다려줄 거지?"

오후 4시를 기리며
—「하리라 스프」를 읽고

최 지 혜

  소설 「하리라 스프」 속 주인공 '박분이'는 태생적으로 많은 장점을 가진 사람이다. 그녀에 대한 설명을 글 속에서 찾아보면, 그녀는 키가 크고 늘씬하며 일머리도 있어 처음 보는 음식을 재료만 듣고 뚝딱 만들어 낼 수 있다. 하물며 처음 만든 음식은 '모양도 맛도 제법 그럴 듯'하다. 시쳇말로 그녀는 능력자다. 하지만 이 같은 외양과 재주를 가졌음에도 불구하고, '꺽다리 분이'는 영화 「카사블랑카」 속 대사와 자신의 모습을 비견하며 자신의 지난 삶을 후회로 점철한다.

  인생을 살기에 편한 능력을 가진 '박분이'지만, 괜찮은 사람들 사이에서 삶을 가꾸며 살아가지는 못했던 것 같다. 이야기에서 언급되는 가족 관계의 사람들은 분명히 괜찮지 않다. 홀아버지는 그녀를 노동력으로 간주하는 동시에 착취와 화풀이 매질의 대상으로 삼았고, 함께 아들을 낳고 '머슴처럼 일해 돈 벌어'준 동거인 남편에게 그녀가 되돌려 받는 감정은 '무시'다. 게다가 유일한 소생인 아들은 친어머니인지도 모른 채 '박분이'를 아버지의 정부로 여기며 미워한다.

'분이'는 남을 위해 양보하고 대신 희생하며 제 것을 다른 사람에게 주는 것에 자기 삶의 의미를 부여하고 가치를 두었음이 틀림없다. 그런 '분이'도 세월이 흘러 환갑을 넘기고 늙어 몸이 아프기 시작했다. 타인을 위해 몸과 마음으로 인생을 바친 그녀에게 찾아온 노쇠함과 병약함이란 더 이상 자신의 존재가치를 증명할 수 없는 상태에 이르렀음을 깨닫게 된 지점이 아니었을까 싶다.

퍼주기만 하다가 몸도 맘도 낡아버린 '박분이'의 인생 속에도 아름다운 화양연화가 있었다. 작중 화자 '장분이'와 함께했던 유년 시절이다. 오후 4시만 되면 피어나는 분꽃, 그 열매를 함께 빻아 서로의 얼굴에 분칠을 하고 당시의 또래답게 친구도 놀리며 우르르 몰려다녔던 때다. 가장 제 나이답게 인생을 살았던, 단순했지만 그리운 그때. 쇠약해진 '박분이'는 오후 4시의 시간과 비밀 그리고 추억을 함께 나누었던 '장분이'를 찾아온다. 그리고 옛이야기와 함께 그동안 쌓였던 지난 이야기를 한꺼번에 쏟아내며 꺼억꺼억 운다.

'땅꼬마 분이'는 그때나 지금이나 여전히 잘 들어주는 청자였나 보다. '땅꼬마 분이'는 '꺽다리 분이'가 쏟아내는 감정과 이야기에 어떤 평가나 잘잘못도 따지지 않고 가만히 들어준다. 둘은 아주 오랜만에 진정한 '분이들의 시간'을 함께했고, 끝으로 '뒷잡이 장분이'가 만들려고 했던 숙제, 하리라 수프를 '앞잡이 박분이가 나서서 완성해주고 홀연히 떠난다. 마치 그 옛날 '미령'이를 골리던 그 시절과 다를 바 없이 말이다.

'장분이'가 용궁사에서 빈 소원은 얄궂지만, 나름 '박분이'의 마지막 바람대로 이뤄진 듯하다. 좀처럼 스스로의 선택에 따라 자주적으로 살지 못했던 '박분이'가 적어도 생애 마지막은 자신의 의지로 선택한 결과를 만들었다고 볼 수 있을 테니 말이다.

영미권에서 사람들은 분꽃을 흔히 '오후 4시(4 o'clocks)'라고 부른다. 소설 속 '박분이'의 깨달음처럼 그 시간이 되면 어김없이 피기 시작하는 꽃이라 사람들이 그렇게 불러왔다고 한다. 경도와 위도 등에 따라 차이는 있지만, 전 세계적으로 그 시간대에 보통 해가 저물기 시작하며 온 세상이 금빛으로 물든다. 그래서 골든아워Golden hour라고도 일컬어지는 시간대다. 다양한 나라에서 풍경 관련 사진을 찍고 그림을 그리는 작가들에게도 영감을 주며 사랑 받는 시간이기도 하다. 생텍쥐베리의 『어린 왕자』에서 여우가 왕자에게 길들임을 설명하며 예로 드는 시각 역시 오후 4시다.

쉽고 단순했던 '박분이'는 모두에게 퍼주기만 한 인생을 산 탓에 스스로는 서글퍼졌지만, 그녀가 떠나고 난 뒤 남겨진 이들에겐 그래서 더욱 진한 여운으로 남아 있을 것 같다. 지치고 힘들 때 언제 어디서든 다시 생각나는 소울푸드처럼.

소설을 읽고 나서 하리라 수프가 몹시 궁금해졌다. 구글 앱을 켜서 하리라 수프의 레서피를 찾아봤다. 재료들을 오랫동안 끓여내는 것이 중요한 부분인, 크게 어렵지 않은 조리법의 음식이었다. 다양한 국가의 음식들을 집에서 해먹는 개인적 사정상, '하리라'의 재료들은 집에 있는 흔한 것들이라 한번 만들어봐야겠단 생각이 이내 들었다. 북아프리카 사람들에게 '엄마 밥'처럼 떠올려질 듯한 음식 '하리라', 한 숟가락 들면 아팠던 몸이 치유되는 것 같고 배가 고프면 자연스럽게 떠올려지는 메뉴일 것 같다. 쉽고 단순하지만 언제든 생각나는 그리운 맛.

자신이 가진 것들을 타인에게 쏟아부으며 살아간 '박분이'의 모습은 우리가 사는 이곳의 어느 누군가일 수 있을 거란 생각을 한다. 나를 포함한 어떤 독자들은 각자의 삶 속에 있는 혹은 있었던, 자신만의 '꺽다리 분이'를 떠올리며 이 소설을 읽을 수 있겠다. 그리고 이 작품을 통해 여운을 가진 독자라면, 한동안 오후 4시의 햇살이 쏟아지는 시간 즈음에 진분홍과 노랑의 분꽃 내음을 지닌 우리의 '분이'들을 문득문득 떠올리게 되지 않을까 싶다.

절친과 함께 퇴고하는 청춘의 비밀
—「허벅지를 퇴고하다」를 읽고

이은종

 어느덧 내 삶도 중후반부에 접어들었다. 예전 같으면 봄이면 봄이라 설레었고, 벚꽃이 핀다 하면 주말 일정을 조율해 꽃놀이 계획부터 짰을 것이다. 하지만 요즘은 그저 차 안에서 휙 스쳐 지나가며 꽃을 보는 것만으로도 충분하다는 생각이 든다. 굳이 사람 많은 곳에 가서 사진을 찍고, 인파에 치이며 '봄'을 느껴야 하나 싶다. 그런데 「허벅지를 퇴고하다」를 읽고 난 후, 그런 내 마음이 조금 흔들렸다. 늦은 봄날 친구들과 단출하게 떠나는 꽃구경이 여전히 설렐 수 있고, 삶의 후반에도 그런 순간이 얼마나 따뜻하고 의미 있게 다가올 수 있는지를 새삼 느끼게 되었기 때문이다.
 이 소설은 삶의 황혼기에 접어든 세 여성이 어느 늦은 봄날 함께 꽃구경을 가면서 나누는 이야기가 중심이 된다. 한 친구가 운전을 하고, 나머지 둘은 뒷자리에 나란히 앉아 이런저런 대화를 나눈다. 그 대화는 때로는 유쾌하고, 때로는 무심하게 흘러가지만, 그 속에는 시간의 층과 삶의 결이 켜켜이 쌓여 있다. 단순한 수다가 아니라, 인생을 함께 걸어온 사람들만이 공유할 수 있는 미묘한 정서와 공기가 그 안에 있다. 장면은 조용히 펼쳐지지만, 마치 잘 만든 단편영화를 보는 것처럼 이미지와 감정이 눈앞에 선연하게 그려진다.

작품 속 주인공 명이에게는 한때 깊이 사랑했던 남자, 깡수가 있었다. 그러나 그 사랑은 행복하거나 이상적이지 않았다. 그는 명이에게 상처를 주었고, 명이는 그 사랑 안에서 늘 '을'의 입장이었다. 아니, '을'조차도 과분한 '병'에 가까웠다. 그런 남자에게 왜 그렇게 마음을 줬을까 하는 생각이 드는 건 자연스러운 일이다. 하지만 우리는 종종 그렇게, 논리나 조건으로 설명할 수 없는 방식으로 누군가를 사랑하곤 한다. 명이의 사랑은 아프고 서글펐지만, 동시에 애틋하고 깊었다. 그녀는 그 감정을 꽁꽁 싸매 두고 살아왔고, 어느 날 치매에 걸려 그 기억을 무심코 흘려버릴까봐 먼저 걱정할 만큼, 그것은 그녀에게 중요한 비밀이었다.

「허벅지를 퇴고하다」는 표현은 단순한 문학적 장치가 아니다. 오랜 세월 마음속에 간직해온 기억과 감정, 그리고 그에 대한 생각을 되새기고 다시 쓰며 자신만의 언어로 정리하는 과정이다.

'퇴고'는 글쓰기에만 필요한 것이 아니다. 우리는 살아가면서 수없이 많은 감정과 사건을 겪고, 그것을 어떻게든 이해하고 소화하며 살아간다. 그때 필요한 것이 바로 '삶의 퇴고'다. 명이는 깡수와의 기억을 허벅지라는 아주 구체적인 신체적 접촉을 통해 떠올리고, 그 순간을 다시 들여다보며 자신을 돌아본다. 그 퇴고의 과정은 그녀가 그 관계를, 그 사랑을, 나아가 자신의 인생을 다시 써 내려가는 과정이다.

이 작품에는 화려한 사건이나 극적인 반전이 없다. 오히려 조용히, 담담하게 흘러가는 이야기를 통해 독자의 마음에 더 오래 남는다. 아무 일도 일어나지 않는 듯한 하루, 그 안에 담긴 표정과 시선, 짧은 한마디의 말이 얼마나 많은 것을 담을 수 있는지를 보여준다. 그리고 그런 서사야말로, 우리가 실제로 살아가는 삶의 모습에 훨씬 더 가까운 것이 아닐까 생각하게 된다. 인생은 대개 조용히 흐르고, 특별한 사건보다는 관계의 누적이 우리를 만들기 때문이다.

작품을 읽는 내내, 어디선가 마주쳤던 얼굴들이 떠올랐다. 잊었다고 생각했던 오래된 감정들이 조용히 떠오른다. 날마다 우리가 쓰는 삶이라는 이야기. 그 안에서 때로는 잘못 썼다고 지우고, 다시 써보고, 고치다가 그냥 남겨두는 것들도 있다. 그렇게 우리는 살아간다. 이 작품은 그런 삶의 문장들이 모여 이루어진 한 편의 조용한 이야기이다.

물성이 갖는 충족감, 뜨개질
—「코를 걸다」를 읽고

윤재호

  다양한 인생을 한 문장으로 묘사하기는 어렵지만, 대체로 뭉뚱그려 보면 태어날 때부터 멋모르고 생성과 확장을 거치다 어느 순간 정신을 차리기 시작할 때쯤부터 소멸을 향해 달려가는 모양을 띠게 된다. 뭘 알 만하다 싶은 나이에는 이미 생산과 확장은 엄두도 못 낼 상황에 마주해 있다. 주인공은 그 나이 또래가 안고 있을 법한 구불구불한 사연을 다 안고 나름의 일상을 살고 있다. 살고 있다고도 버티고 있다고도 할 수 있을 그 일상은 희망과 확장보단 느리게나마 소멸로 가고 있다. 결혼할 때 집을 마련해줄 정도로 기댈 곳이 되었던 친정의 경제력은 더 이상 언급되지 않고, 잠깐이나마 반짝였을 가정의 안정도 온데간데 없다. 안정적인 직업은 사라지고 노동시장에서 가장 비선호되는 직종에 종사하고 있으며 그마저도 한곳에서 오래 버티기 힘들어 이직을 전전해야한다. 고객 응대를 가장한 직종에서 하는 일은 서비스를 생산하는 게 아니라 불만을 소멸시키는 것이다. 어떤 문제든 겉으로 드러나지 않게 하는 것이 미덕이고, 조용히 불씨를 없애는게 능력인 직종이다. '기분뿐이 아니라 나라는 존재까지 굴리고 굴려 소멸시키는' 것이 목적이다. 배신감을 안겼던 남편의 존재는 스스로 쪼그라들다 못해 마지막까지 인생의 경계를 침범해온다. 내가 감당할 수 있는 범위라면 덜 비극일텐데. 더 나아지지 못하는 상황에서 짐을 더하는 게 인생이다.

코를 거는 행위는 그런 삶의 경로에서 거의 유일하게 하는 생산이다. 삶의 모든 영역이 축소의 방향을 향하는 가운데 유일하게 확장하는 손길이다. 디지털과 음성으로 이루어지는 노동과 달리 손에 닿는 원초적인 물성을 갖고 있으며, 물리적으로 가장 기계적이면서도 정서적으로 가장 인간적인 행동이다. 병상에 앉든 집밖에 내몰리든 어떤 상황에서도 일정한 시간의 결과물로 인격적인 충족감을 보장해주는 행위이다. 어떻게 보면 산업혁명기 마르크스가 그렇게 찾고싶었던 노동의 본질적 가치에 가까운 것인지도 모르겠다.

오랜 병마 앞에서 속절없이 스러져가면서도 딱히 하고 싶은 게 따로 없어 보였던 어머니의 일상을 옆에서 보면서 슬픔과 미움이 교차했었다. 목적이 없는 인생이란 얼마나 슬픈 것인가. 생존 자체가 목적인 삶이란 얼마나 비참한 것인가. 참다참다 그런 건방진 생각을 토로했을 때, 내 아내는 아침에 일어나서 집앞 평상에 앉아 동네 사람들과 이야기를 나누는 그 하릴없는 일상이 한 인생의 목적일 수도 있음을 일깨워줬다. 많이 배웠다고 자부하던 나는 얼마나 한심하고 직관이 부족한 인간인가. 뜨개질을 왜 해? 돈도 안 되는 일을 지금 왜? 이런 질문을 하는 사람은, 나의 인생의 경로에 나의 힘과 노력이 영향을 미치는 범위가 생각보다 적다는 불편한 진실을 아직 경험해보지 못한 사람일 것이다. 그 사람에게 인생의 목적이 될 수도 있다는 그런 삶을 이해시키기는 어려울 것이고, 굳이 이해시킬 필요도 없을 것이다. 인생은 오롯이 각자의 것이고, 그에 대한 해석 또한 해석하는 자의 것이다.

방석은 완성했지만 뜨개질은 미완성일 것이다. 결과를 바라고 하는 생산이 아니기 때문이다. 슈베르트가 곡을 완성하기 위해서 노력하지 않았기 때문에 만들어진 미완성교향곡만큼 그 뜨개질이 빛날지는 모르겠다. 슈베르트여서 미완성곡이 빛나는 건지, 그 곡이 미완성이어서 슈베르트를 보는 사람들의 눈빛이 더 아련한지 그런 것은 결국 우리 생애 동안에는 알 수 없을 것이다. 다만 누군가에게는 그 뜨개질 자체가 삶의 목적일 수 있다. 물색없는 남편의 자만과 그로 인한 이혼, 당연하고 진부한 얘기였을 남편의 사업실패, 암으로 아내와 사별한 남자를 만났는데 내가 암에 걸려서 그 영향을 걱정하는 아이러니. 대책 없이 내몰리는 인생과, 딱히 악당이 없는, 충만한 선의에도 불구하고 누구도 어쩌지 못하는 상황속에서 그 뜨개질은 주인공이 할 수 있는, 또는 해야하는 것일지도 모르는 유일한 행동이다.

약점도 약이 된다
—「원피스가 운다」를 읽고

김현진

 이 작품의 후반부를 읽으며 계속 궁금증이 생겼다. 묘자의 마음의 소리를 그대로 이해를 해야 하는지, 아니면 숨겨진 의미를 생각하며 읽어야 하는지.
 작품을 다 읽은 지금도 나는 결정을 내리지 못했다. 이유를 생각해보니, 요즘 대중매체를 통해 공개되는 수많은 이야기들이 항상 복선이 복잡하게 깔리고 반전에 반전을 거듭하는 이야기들이 많아서 나도 모르게 이 작품을 읽으면서도 이런 궁금증을 가지게 된 것 같다. 나는 고민 끝에 묘자의 마음의 소리를 그대로 받아들이기로 했다. 그렇게 결정하자 묘자와 나의 경험에서 공통점이 떠올랐다.

첫번째 공통점은 약점이다. 사람은 누구나 약점이 있고 이 약점은 스스로에게 독이 되기도 하고 약이 되기도 한다. 묘자의 약점은 소통장애이고 나의 학창 시절 약점은 성적이었다.

묘자는 어렸을 때 남의 말을 못 알아듣고 딴소리 하는 것을 남들에게 들키지 않기 위해 입을 닫았다. 입을 닫으면 자신의 약점이 남에게 들키지 않고 창피도 당하지 않을 테니까.

나는 학창시절에 친구들보다 낮은 성적을 티내지 않기 위해 친구들과 내기를 하지 않았다. 고3 시절, 친구들이 모의고사 문제 중 일부를 풀고 점수가 제일 낮은 친구가 매점에서 주전부리를 사주는 내기를 할 때 나는 거의 참여하지 않았다. 내가 참여하면 꼴등은 거의 확정이라고 스스로 생각했기 때문이다. 그래서, 친구들이 내기를 하자고 할 때마다 이 핑계 저 핑계를 대며 회피했다. 그럴 때마다 자괴감을 느꼈다. 아주 친한 친구들에게도 내기를 회피하는 진짜 이유를 말하지 않았다.

그런데, 지금 생각해보면 그 감정이 공부를 더 열심히 하게 만든 나름의 동기가 되었다. 안타깝게도 나름의 동기가 되었지만 나는 그 동기를 내 것으로 만들어 공부를 더 열심히 하지는 않았다. 이것이 나의 한계였다. 그러나, 묘자는 자신의 약점을 감추며 생긴 상처를 독서를 통해 위로했고 독서를 통해 박학다식해졌다. 이 수많은 정보를 바탕으로 아이를 교육했고 이것이 100%의 이유는 아니겠지만 아이는 의사가 되었다.(작금의 세태에서 아이가 의사가 되면 이것은 큰 부러움을 산다.)

 두번째 공통점은 타인의 시선이다. 묘자는 주변 사람들의 시선을 신경쓰며 사는 사람이라고 생각했다. 은지엄마를 경쟁자로 삼고 그녀를 능가하기 위해 시를 오백 편이나 외웠다. 몇 십 년이 지나 다시 만났을 때도 은지 엄마와 수빈엄마의 행동을 창피해하고 상스럽다고 생각하며 만남을 불편해한다. 묘자 자신은 고상하고 우아하니까. 묘자의 우아함은 어머니의 교육 덕분이다. 어머니의 세뇌 덕분에 묘자는 우아한 여성이 되었다. 묘자 어머니 역시, 남들의 시선을 신경썼기 때문에 여자는 치마를 입어야 한다는 둥 우아함을 강조한 것이라고 생각한다.
 나 역시 주변의 시선에 신경을 많이 쓰는 편이었다.(지금은 아주 조금 신경쓴다. 나이를 먹어서 남성성이 줄어서인지, 사람이 변한 건지 나 스스로도 알 수 없다.) 여자들에게 멋져보이고 싶어 외모에 신경을 많이 썼고, 후배들에게 멋진 선배, 재밌는 선배, 위엄있는 선배가 되려고 항상 의식하며 행동했고, 학교에서 아이들을 가르칠 때도 멋진 선생님, 재밌는 선생님, 위엄있는 선생님으로 보이고 싶어서 항상 노력했다. 그랬더니, 실제로 대학교 후배들은 나를 재밌어 했고, 나를 많이 따랐고 그 후배들은 이십여 년이 지난 지금도 나에게 연락을 주고 나와 만나주며 놀아준다. 학교에서 학생들은 나를 재밌는 선생님으로 여기지만 함부로는 할 수 없는 무서운 선생님으로도 생각했다.(여자들이 나를 멋진 남성으로 생각했는지는 확인하지 못했다.)

 작품을 읽으며 느낀 묘자와 나의 공통점은 다른 사람들에게는 없는 공통점일까? 아니면 많은 사람들이 느낄 수 있는 공통점일까? 나는 후자라고 생각한다. 많은 사람들이 이 공통점을 가지고 있기 때문에 인간 사회가 발전하는 것이라고 생각한다. 그렇다면, 묘자는 평생을 발전하며 살고 있는 것인가? 발전한 것이라고 생각한다. 소통장애를 극복하기 위해 스스로의 방법을 찾아냈고, 이것이 묘자를 다독으로 이끌었고, 이것이 이어져 아들이 의사가 되었다고 생각한다. 또한, 은지엄마보다 나아지기 위해서 노력했기 때문에 시 오백 편을 외웠다. 어머니의 교육관으로 인해 우아한 여자가 되기 위한 노력도했다. 그리고 이 노력들은 성공한 것으로 보인다. 그렇다면, 나도 발전하고 있다고 볼 수 있다. 다행이다.

누가 기생충이고 누가 숙주인지?
—「이를 박멸하는 최고의 방법」을 읽고

박 형 익

 내가 술친구로 지내는 김진초는 보기 드물게 부지런한 작가다. 단편소설집 일곱 권, 장편소설 세 권을 상재하고 이번에 열한 번째 책을 낸다니 기함할 일이다. 술 마시고, 여행 다니고, 요새는 외손녀까지 본다면서 도대체 언제 소설을 쓰는지 모르겠다.

 김진초 작가와는, 인천에서 활동하는 문화계 인사들의 모임에서 처음으로 만났는데, 벌써 십육칠 년은 되었지 싶다. 워낙 독서를 좋아하는지라 신작이 출간되면 건네주는 책을 기쁘게 받아 읽었고, 나중에는 앞서 나온 작품까지 거의 모두 찾아보았다. 비슷한 또래라 공감대가 많아 읽는 즐거움이 있는 소설이었다.

「이를 박멸하는 최고의 방법」은 우리를 과거로 데리고 간다. 그 옛날 우리의 어머님이 누이의 긴 머리를 참빗으로 빗어 내리고, 무릎에 엎어뜨려 이와 서캐를 잡으시던 모습이 그려져 웃음을 유발한다. 또한 코로나 시절 암울한 상황이 생생하게 표현된 모습도 너무나 공감 간다.

　김진초 작가의 작품을 읽으면서 내 나름의 느낌은, 우리가 살면서 일상적으로 쓰지 않는 옛말을 종종 소환해 반갑게 함은 물론, 생소하고 신선한 단어를 작품 곳곳에 비치해 소소한 재미를 준다는 것이다. 이번 작품, 「이를 박멸하는 최고의 방법」에서도 여지없이 신선한 단어를 만났다. 그것은 바로 '꼬려보고'이다. 혹시 오자가 아닌가 싶어 도서관을 찾아가 두꺼운 국어대사전에서 찾아보았으나 사전 어디에도 '꼬려보다'라는 단어를 찾지 못했다. 그러나 머리를 스친 것이 시인, 작가는 언어의 마술사라 하지 않던가?

　『태백산맥』의 작가 조정래는 조개의 한 종류인 '고막'을 '꼬막'으로 표현하여 그것을 국어대사전에 번듯하게 표준어로 올려놓았으며, 김소월은 대표작 「진달래꽃」에서 '사뿐히 즈려밟고 가시옵소서'를 읊으면서, 우리의 아름다운 말 '즈려밟고'를 만들어 냈다. 김진초 작가 역시 언어의 마술사가 맞을 것이다. 때문에 '꼬려보고'를 다시 한번 입으로 되뇌어 본다.

작가는 「이를 박멸하는 최고의 방법」에서 이제는 희귀해진 이蝨를 소재로, 마치 존재증명이라도 하듯 잊을 만하면 출몰하는 모습과, 엄마와 딸의 기생인 듯 아닌 듯한 관계를 병치하여 생활 주변의 소소한 일상으로 이어가다가, 대단원에서 헤어진 남편 이야기로 소설을 마무리한다. 누가 기생충이고 누가 숙주인지 헷갈리는 혼돈에 들어, 역시 이 시대의 이야기꾼, 재담가로 손색이 없는 소설가라 감히 말하고 싶다.

소설을 다 읽고 망연히 나 자신을 돌아다본다. 혹시 나도 누군가에게 박멸되어야 하는 이蝨에 속하는 것은 아닌지? 간절히 아니길 바라는 마음이다.

서리태콩물빛은 자현의 마음색이다
—「소야도 야화」를 읽고

송 윤 정

"왜 그래? 도대체 나한테 왜 그러는 건데?"

자현의 외침은 지금을 살아가는 나의, 아니 모든 이의 외침은 아닐까?

어쩌다 마시는 술은 폭음이 되고, 집으로 돌아가는 길은 멀기만 한 자현.

항상 가정을 위해 희생하지만, '왕따'라고 느끼는 자현.

차라리 자현도 다른 이들처럼 함께 안주삼아 누군가를 씹어 댔다면 좀 더 참을 만했을까?

소야도 야화를 읽으며 사람과 사람 간의 관계에 대한 생각이 많아졌다.

내가 누군가와 대화를 한 후 항상 무언가가 머릿속에서 떠나지 않는 불편함이 무엇인지를 알 것 같다. 이웃들과 만나 술 한잔 기울이다 보면 다른 이웃을 씹고 있다. 그렇게 공감하고 깔깔거린다.

나의 허물은 슬쩍 가리고 남의 탓으로 돌려버린다. 가장 쉽게 나를 이해하는 방법이다.

현재를 살아가는 우리는 좋든 싫든 누군가와 관계를 맺고 살아간다. 이 관계가 힘들어 멀리 도망가도 다시 제자리로 돌아오곤 한다. TV에 나오는 학자들은 이야기한다. 대화할 때는 많이 듣고 공감하라고. 이 공감이 왜 이리 어려울까? 내가 학자가 아니어서 인가 보다. 때로는 공감이 너무나도 계산적이어서 더욱 힘들게 다가온다. 그래서 오늘도 나는 얼굴에 옅은 미소를 띠고, 자현이 같이 '반질반질하고 보드라운 칭찬'으로 나를 감춰본다.

소야도의 서리태콩물빛은 자현의 마음색이다. 또한 지금의 젊은 친구들의 마음색이다.

혼밥과 혼술등 누군가와의 대화조차 어려운 이들은 혼자만의 생활을 즐긴다. 함께가 불편하다. 다른 사람과의 대화에서 누군가를 씹는것은 유튜브, 숏츠 등이 대신해 준다.

나의 마음색은 서리태콩물빛이지만, 달맞이꽃의 예쁜 노랑색이기도 하다.

가장 옆에서 나를 사랑해주는, 언제나 나의 편 가족이 있고, 생일이면 꼭 챙겨주는 어언 40년 지기 친구가 있고, 맛난 떡과 나물을 나눠주는 이웃이 있고, 평생 공짜로 커피를 주겠다는 편의점 사장님도 있고, 함께 여행하며 추억을 쌓아가는 친구도 있고…….

예쁜 옷, 예쁜 머리, 예쁜 집 또한 다른 이들이 있어 그만큼 가치를 더 발휘하는 것처럼, 나도 누군가 내 옆에 있기에 오늘도 나는 반딧불이처럼 빛난다.

그래서 나는,
"왜 그래? 도대체 나한테 왜 그러는 건데?"가 아니라 "그래도 이 세상은 살만한데. 하하하하……."이다.

「소야도 야화」의 자현이 나의 삶을 되돌아보게하듯, 김진초 작가의 글들은 항상 나의 삶을 뒤돌아보게 한다.

특히 앞서 나온 소설집 『엄마상회』의 「막내 엄마」는 나의 엄마를 상기시켰다. 구멍가게를 하신 엄마는 아이들을 키우면서, 가게에서 돈 벌랴, 살림하랴, 남편 세숫물까지 떠다 바치랴, 엄마 인생에 엄마는 늘 없었다. 그런 엄마를 무지개다리 건너실 때까지 이

해는커녕 부려먹기만 했다. 이제 내가 그 나이의 엄마가 되고 보니, 내 엄마에게 너무너무 죄송하고 사무치게 그립다. 하지만 이제 내 엄마는 내가 사는 세상에 없다.

 오늘도 나는 김진초 소설가의 글을 읽고 누군가를 그리워하며, 또한 나를 돌아보고 지키며, 결국은 내가 힘차게 살아내야 한다는 것을 깨달으며 작은 미소로 책을 덮는다.

오늘은 「오! 수정」을 봐야겠다
―「해시태그」를 읽고

이 한 모

글을 읽으면서 20대 후반부터 약 10년동안 살던 그 집이 생각났다. 소설 속에 등장하는 바로 그 집이다. 마당에는 폐지와 온갖 고물들이 가득 쌓여있던 바로 그 집. 혼마와 화자 모두 내가 아는 사람이다. 혼마는 그 시절 우리 집에 붙어있던 옆방 아줌마가 모델이고, 소설 속 화자는 주인집 아줌마로 설정되어 있으나, 누가 봐도 그냥 나의 엄마다. 우리는 1층에 살던 세입자였다. 그렇다. 나는 작가의 아들이다. 글을 읽으면서 어디까지가 진실이고 어디부터 허구인지 궁금해서 작가에게 물어보기도 했다. 대답을 들었지만, 다른 독자들은 그냥 마음껏 상상하시는 게 재밌을 것 같아서 결과를 공개하지는 않겠다.

이야기는 화자가 혼마의 이야기를 써도 되겠냐며 꾀는 것으로 시작된다. 혼마에게 듣는 그녀의 인생은 너무나 기구하고 가혹하다. 아버지의 두 번째 아내이던 혼마의 생모는 딸만 내리 둘을 낳고는 도망갔고, 네 번째 아내가 아들을 낳으면서 혼마는 학교도 그만두고 동생들을 돌보다가 계속되는 아버지의 폭행에 집에서 도망친다. 아버지의 폭행에 대해 묘사하는 그 장면은 너무나 구체적이어서 눈을 질끈 감고 싶을 지경이다. 할머니가 혼마에게 돈을 쥐어주며 도망쳐야 너도 살고, 니 애비도 산다며 이야기하는 대목에서는 혼마가 그 돈으로 잘 살게 되기를 바랐다. 하지만 혼마는 그 돈을 사기 당한 것으로 생각되고, 그 이후 환락가에서 직업여성으로 살아왔던 것으로 보인다. 서른이 넘어서 혼마는 임신을 하게 되고, 아이의 아빠는 임신 소식도 듣지 못하고 죽는다. 혼마가 아이를 낳자마자 불임인 선배 언니에게 아들을 입양시키고, 이모 행세하며 아이를 만나왔던 것으로 생각된다. 그러던 중 선배 언니가 이혼하게 되면서 스무 살 아이를 돌려보낸다. 아들과 함께 살 생각에 설렜다는 혼마. 그런데 그 아들은 뺑소니 사고로 죽는다. 불행 배틀에서 우승할 정도로 혼마는 힘겨운 삶을 살아왔다. 혼마의 50대 이후의 삶이 드러나지는 않지만, 아마도 그냥 하루하루를 버티며 살아낸 것이 아니었을까.

화자는 노름에 빠진 엄마 빚 때문에 재취로 팔려와 늙은 부자 신랑과 살게 된다. 매일 밤 남편에게 강간당하고, 남편이 죽음으로써 강간에서 탈출하게 된다. 남편의 유산으로 사진도 배우고 이후 삶을 즐기고 있는 것으로 나온다. 소설 속 화자는 혼마보다 우위에 있다고 생각하지만, 계속 혼마에게 주도권을 뺏기는 상황이다.

취재원과 지역신문 기자, 공짜로 사는 세입자와 집주인, 아버지에게 폭행을 당하던 여자와 남편에게 성폭행을 당하던 여자, 칠십이 넘은 나이에도 여성미가 뿜어져 나오는 여자와 완경과 동시에 중성이 되어버린 여자. 마당을 고물상처럼 쓰던 여자와 그녀를 내보내고 싶어하는 여자. 두 여성의 구도가 흥미롭게 읽혔다. 화자는 혼마의 인생 이야기를 들으면서, 혼마를 동정하면서도 혼마가 싫다. 가진 것 없어도 당당한 그녀가 싫다. 칠십 넘은 혼마에게 아들은 물론이고, 화자의 집에 드나드는 모든 남자를 단속했다는 이야기에서 화자는 혼마에게 꽤나 큰 열등감이 있나 싶기도 하다. 여성성이란 무엇인가 많은 생각이 들기도 한다. 폐경이 아닌 완경으로 표현했으나, 화자는 폐경으로 받아들인 것이 아닌가 싶기도 하다. 화자 혼자 느낀 혼마와의 대결은 완벽하게 혼마의 승리로 끝난다.

두 여성 모두 남성에게 폭행을 당한 이력이 있다. 아버지에게서, 또 남편에게서. 혼마와 화자를 하나로 묶는 이 과거는 소설속에서 미투운동 Me Too Movement을 언급하게 만든다. 소설 제목이 「해시태그」가 아니라 「#미투」가 되었으면 더 잘 어울렸을 것이라는 생각이 들기도 한다. 해시태그는 특정 주제나 키워드를 나타내기 위한 도구일 뿐이니까. 또한 미투 운동에 대해 이야기하며 화자는 혼마와 화자 모두 가해자가 죽었으니, 고발할 대상이 없어져서 허무하다고 말한다. 늙은 여자들이 아버지나 남편을 고발하면서 가까운 사람이 위험하다고 하면 세상의 웃음거리가 될거라 걱정하기도 한다. 하지만, 내 생각에는 이 소설의 결말에 이 둘이 미투운동에 동참했으면 어땠을까 싶다. 폭행당한 사실이 있지만, 알리지 않으면 그냥 개인의 역사로 남는다. 세상에 알리면, 사회적 문제가 된다. 화자는 혼마에게 미투운동에 대해 어떻게 생각하는지 물어보고 싶었다. 하지만 혼마에게 의견을 물어보는 장면은 나오지 않는다. 소설에서 미투운동에 대해 이렇게 사용하는 것은 현실적으로는 다분히 이해가 가지만, 씁쓸하다. 어쩌면 여성들이 느끼는 현실을 반영한 것이라 생각하니 입안이 텁텁하다.

24세의 나이로 스스로 생을 마친 이은주 배우의 이야기가 소설 속에 나온다. 그녀는 이십여 년 전 내가 가장 좋아했던 배우이다. 「오! 수정」, 「번지점프를 하다」, 「불새」, 「연애소설」, 「주홍글씨」 등 그녀는 그 당시 20대를 대표하는 여배우였다. 영화와 드라마를 오가며, 넓은 스펙트럼을 가진 배우였다. 소설 속에는 「주홍글씨」를 촬영하면서, 많은 노출씬으로 그녀가 모종의 폭행을 당한 것이 아니냐는 뉘앙스가 풍긴다. 그럴 가능성도 없지는 않겠으나,

내가 생각할 때는 작가의 개인적인 의견일 뿐이다. 이은주 배우는 「주홍글씨」를 촬영하면서, 우울증이 심해졌다고 한다. 노출씬도 힘들었을 것이라 생각되지만, 트렁크에 갇혀서 좁은 공간에서 한석규 배우와 피범벅으로 연기한 그 장면에서 뭔가 훨씬 힘들었을 것 같다.

2024년 우리나라는 14,000여 명의 사람들이 자살로 생을 달리했다. 하루 평균 약 40명이다. 혼마의 인생 이야기를 들으면서, 그녀가 죽지 않고 살아줘서 고맙다고 생각했다. 최근 「폭싹 속았수다」에서 나온 대사가 생각난다. 살민 살아진다. 어느 인생이고 힘들지 않은 인생이 있겠는가. 즐겁기만 한 인생은 또 어디 있겠는가. 살다보면, 하루 하루를 또 보내다보면 비도 오고, 바람도 불고, 따스한 햇볕도 쬐고, 뜨거운 햇살에 화상을 입기도 하겠지. 그러다 또 다른 하루를 맞이하고, 그렇게 우리는 살아가는 것이겠지. 아니 살아지는 것이겠지.

소설을 읽은 후, 「번지점프를 하다」와 「주홍글씨」를 다시 보았다. 가냘프지만 단단하다. 톡 쏘는 매서움 뒤로 슬픔이 몰려온다. 이은주는 그런 배우였다. 그녀가 또 보고 싶다. 오늘은 「오! 수정」을 봐야겠다.

빼어난 솜씨로 빚어낸 혼돈
―「혼돈을 빚다」를 읽고

이 성 률

 김진초 작가의 소설은 가볍지 않아서 좋다. 알맞게 무거우면서 유머와 재치, 정보가 달짝지근하게 버무려져 있어 가독성이 높다. 작품마다 진정성이 묻어나 읽고 나서도 여운이 길다. "나우"(좀 많게)나 "에멜무지로"(헛일하는 셈 치고 시험 삼아 하는 모양)처럼 맛깔스러운 우리말에 대한 애착은 또 어떤가. 진솔한 삶에서 올곧은 작가 정신을 길어내는 그의 여정에 갈채를 보낸다.
 그런 분의 작품을 독자들보다 먼저 읽을 기회가 주어져 내심 기뻤다. 게다가 존경하는 분의 창작집에 이름을 올리는 영예까지……….

제목부터가 범상치 않은 「혼돈을 빚다」는 내 마음에 쏙 드는 단편소설이었다. 그런 터라 읽는 내내 흐뭇했다. 마지막 페이지를 덮고도 문학의 향기가 지속되었다.

「혼돈을 빚다」는 "기이한 당신"의 등장부터 예사롭지 않은 분위기를 자아낸다. 발단부터 호기심 유발에 성공해 눈길을 사로잡는다. 게다가 산문율의 묘미를 탁월하게 끌어올린 경어체 덕에 읽는 맛이 쏠쏠하다. 읽다 보면 어느새 리듬을 타고 있는 나를 발견하고, 면전에서 고백을 듣는 것처럼 서술자의 담백한 입담에 빠져든다.

"함부로 죽을 수도 없는" "후레자식"이 들려주는 이야기인 「혼돈을 빚다」는 "증발한 채 소식이 없는" 아버지와 "넘을 수 없는 산이었"던 어머니, 그리고 "차라리 보육원에 버렸으면 얼마나 좋았을까 싶"은 아들의 이야기가 곡진하게 펼쳐져 있다. 그러나 이 작품의 백미는 "기이한 당신"과 "아들의 팔을 베고 누운" "알몸"의 어머니에게 있다. 두 사람 덕에 아들은 "절실하게 떨어지고 싶"고, "소속이 없고 싶"던 '혼돈의 길'에서 '정화의 길'을 모색한다. "당신을 놓친 그날이" 얼마나 화창한 날인지, "헐벗은 나무"가 얼마나 풍성한 사유인지를 깨닫는다.

「혼돈을 빚다」는 구성면에서도 뛰어난 솜씨를 드러낸다. "기이한 당신"을 발단과 결말에 배치해서 독자의 호기심을 끝까지 자극

할 뿐만 아니라 산뜻한 결말이라는 성과까지 거둔다. 이쯤에서 독자들은 "기이한 당신"의 정체를 깨닫게 될 터인데, 판타지를 좋아하는 독자라면 "기이한 당신"을 시공을 초월한 허암 정희량으로 보아도 좋겠다. 리얼리티를 좋아하는 독자라면 기인이나 아버지로 설정해도 무방하겠다. 이 작품의 매력 가운데 하나가 열린 구조이니, 정체보다는 다섯 인물 간의 관계에 관심을 두는 것도 괜찮겠다.

「혼돈을 빚다」에는 다른 매력도 있다. 허암이라는 역사적인 인물에 대한 고찰과 그가 발명한 신선로, 그리고 "혼돈주가" 등이 소설의 곳곳에 고명처럼 얹어있어서 영양가를 높이기 때문이다. 이를테면 다음의 두 대목처럼 명쾌하게 말이다.

"연산군 시절, 강골 선비로 고초를 겪으며 불운한 삶을 산 당신. 익사를 가장해 낭인으로 이름을 바꾸어가며 살던 시절, 이곳에 허름한 암자를 지어놓고 수년간 머무르셨다지요. 차고 맑은 샘물이 있어 여기 자리 잡으신 줄 압니다. 안내판을 보니 신선로도 당신의 발명품이군요. 그렇죠. 저 샘물로 차도 마시고 신선로도 끓이셨군요."

타협을 모르는 성정 때문에 많이 외로웠을 당신. 홀로 꼿꼿하게 마음을 세우고 청청하던 당신. 그래서 한 번 마시면 신령과 통하고, 두 번 마시면 자연과 합일하셨군요. 당신의 혼돈주가는 "구구한 두건을 어디에 쓸까. 도연명도 역시 지리한 사람이었네"로 끝납니다. 여기서 왜 두건이 나오나 의아했는데 아, 그렇군요. 도연명이 칡 두건으로 술을 걸러 마셨다네요. 거르지도 누르지도 않고 원액 그대로 마신 당신의 혼돈주가 원형이고 한 수 위임을 인정합니다.

우수한 작품은 처음과 마지막 부분이 뛰어나다. 「혼돈을 빚다」가 그렇다. 내친김에 나는 허암정을 찾아가 두 분과 대작을 한다. 혼돈주를 묵묵히 마시면서 허암 선생과 김진초 작가의 말씀에 귀를 기울인다.

이래저래 행복한 목요일, 나는 소장하고 싶은 책 목록에 『나무 남자』를 추가한다. 나무와 섬을 사랑하는 소설가! 마음이 언제나 부자인 문인! 넉넉한 누님 같은 김진초 작가의 신간을 어서 완독하고 싶다.

나무 남자

초판 인쇄 2025년 7월 21일
초판 발행 2025년 7월 30일

저　　자　김진초
발 행 인　최한묵
발 행 처　도서출판 미소
등　　록　2013년 1월 24일 제 2013-000002

주　　소　인천광역시 미추홀구 토금남로 84, 203호
전　　화　032-887-3454
팩　　스　032-887-3455

ISBN 979-11-94663-02-7
값　18,000원

잘못 만들어진 책은 교환해 드립니다.
저자와 출판사의 허락없이 책의 전부 또는 일부 내용을 사용할 수 없습니다.

□ 본 도서는 인천광역시와 (재)인천문화재단의 후원을 받아 2025년 예술창작지원사업에 선정되어 발간되었습니다..